〔錢基博集〕

XUBA HEBIAN

序跋合編

傅宏星／主編 龔瓊芳／校訂

2014年湖北省學術著作出版專項資金資助項目

華中師範大學出版社

新出圖證(鄂)字 10 號

圖書在版編目(CIP)數據

序跋合編/錢基博著;傅宏星主編;龔瓊芳校訂.
—武漢:華中師範大學出版社,2014.11
(錢基博集)
ISBN 978-7-5622-6857-4

Ⅰ.①序…　Ⅱ.①錢…　②傅…　③龔…　Ⅲ.①序跋—作品集—中國—現代
Ⅳ.①I266

中國版本圖書館 CIP 數據核字(2014)第 271537 號

序跋合編

錢基博著

傅宏星主編　龔瓊芳校訂

責任編輯:郭志剛　　**責任校對**:劉　峥
封面設計:甘　英　　**封面製作**:胡　燦
出版發行:華中師範大學出版社
社址:湖北省武漢市珞喻路 152 號　　**郵編**:430079
電話:027—67863426(發行部)　027—67861321(郵購)
傳真:027—67863291
網址:http://www.ccnupress.com　　**電子信箱**:hscbs@public.wh.hb.cn
印刷:湖北恒泰印務有限公司　　**督印**:章光瓊
字數:419 千字　　**印張**:26.75　　**插頁**:4
開本:787mm×980mm　1/16
版次:2014 年 12 月第 1 版　　**印次**:2014 年 12 月第 1 次印刷
定價:52.00 圓

錢基博先生晚年證件照

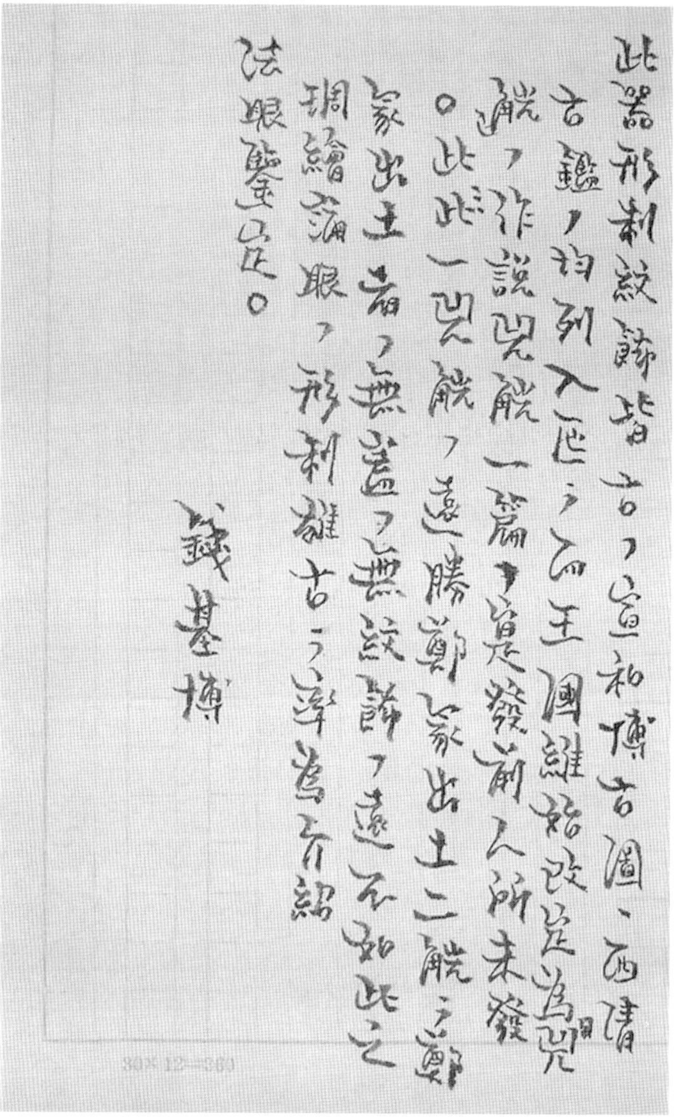
此器形制紋飾皆古，宣和博古圖、西清古鑑，均列入匜，而王國維始改定為兕觥，作說兕觥一篇，是發前人所未發。此此一兕觥，遠勝鄭家出土二觥；鄭家出土者，無蓋，無紋飾，遠不如此之雕繪滿眼，形制雖古，寧為介紹法眼鑒定。

錢基博

錢基博先生手迹

《國民外交常識》書影

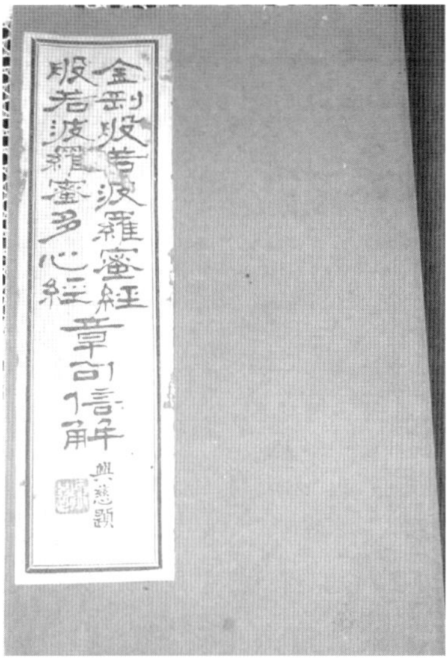

《金剛般若波羅蜜經
般若波羅蜜多心經　章句信解》書影

《孟子約纂》書影

《讀莊子天下篇疏記》書影

錢基博先生捐贈華中大學圖書館之部分古籍及捐贈書目

出版說明

錢基博先生（一八八七——一九五七），字子泉，號潛廬、老泉，江蘇無錫人。現代著名學者、文史專家和教育家。他一生勤奮讀書，博涉古今中西，治學領域極其廣泛，曾自述："基博論學，務爲浩博無涯涘，詁經譚史，旁涉百家，抉摘利病，發其闓奥。自謂集部之學，海内罕對。子部鉤稽，亦多匡發。而爲文初年學《戰國策》，喜縱橫不拘繩墨。既而讀曾文正書，乃澤之以揚馬，字矜句鍊；又久而以爲典重少姿致，叙事學陳壽，議論學蘇軾，務爲抑揚爽朗。所作論説、序跋、碑傳、書牘，頗爲世所誦稱；碑傳雜記，於三十年來民情國故，頗多徵見，足備異日監戒。論説書牘，明融事理，而益以典雅古遒之辭出之，跌宕昭彰。序跋則以生平讀書無一字滑過，故於學術文章得失利病，多抉心發奥之論。"誠爲先生終生治學生涯的實録。可是對於當今一般學人而言，恐怕衹會注意錢老先生"文在桐城陽湖之外，别闢一塗"和"集部之學，海内罕對"兩個方面，殊不知他在史學、經學、子學等方面亦造詣宏深，不僅著作數量多，而且門類齊全，幾乎無人能及。而錢先生生前，雖未能對自己的所有著作進行彙編出版，但從目前僅存的八册綫裝本《潛廬集》钞稿中，仍可以看出他對於出版文集是有所考慮和規劃的。據説，上世紀五十年代初，江蘇古籍出版社就擬議出版《錢基博全集》，可惜由於歷史的原因未能實現。一九六一年，先生之弟錢基厚亦曾爲之編訂《潛廬家藏遺文集》，可惜現在下落不明。最可嘆者，"文化大革命"運動中，先生遺留的五百餘册、綿歷數十寒暑的《日記》，遭到查抄、批判，並被付之一炬。因此，二十多年前，吴忠匡、周振甫、石聲淮等前輩學人就曾呼籲社會和有關學術團體、出版單位趕緊整理出版錢先生遺著，使其人其學不至湮没無聞。

一九八六年，臨近"錢基博先生誕辰百周年"的紀念日子，華中師範大學在章開沅先生的支持下，由錢先生弟子彭祖年、石聲淮、吴忠匡等人牽頭，做了大量富有成效的工作，如一九八七年底，華中師範大學以學報特刊的形式，首次將部分遺著結集面世，爲我們瞭解錢基博提供了極大的方便。同時，湖南岳麓書社又重新出版了錢先生的《現代中國文學史》、《近百年湖南學風》等著作。十年之後，我校曹毓英先生以此次整理工作爲基礎，精心策劃，於一九九七年十二月編輯出版了《錢基博學術論著選》，此書對推動國内錢基博研究的深入開展可謂功不可没。此後又是一個十年期，我們委托傅宏星先生陸續對錢基博遺著在全國各大圖書館的保藏情況進行了一番細緻的普查，一份相對完善詳備的著作編年目録也隨之形成了。

綜觀錢先生一生，出版各類學術專著二十六部，編撰各類教材十二部，雜著十二部，稿本、油印本等未公開發行的著作二十一部，約計七十一部，目前均分藏於全國各大圖書館、大学和民間私人手中；而他的大量學術論文、碑傳雜記、書信則散見於解放前出版的地方報紙、學術刊物、鄉賢著述、譜牒家乘和私人手中，無人問津，漸致散佚。雖然先生逝世至今，大陸方面，他的一些代表性著作多次再版，甚至影印出版，如《經學通志》、《版本通義》、《〈周易〉解題及其讀法》、《〈四書〉解題及其讀法》、《現代中國文學史》、《（增訂新戰史例）孫子章句訓義》、《近百年湖南學風》等。港臺方面，臺灣商務印書館等出版機構亦有多部錢著多次重印出版。但這些重版的著作還不到錢先生公開出版物總數的五分之一。

華中師範大學是中國真正具有百年以上歷史的少數知名大學之一。在其一百多年的發展過程中，有一批又一批篳路藍縷、披荆斬棘的先驅者，他們嘔心瀝血，殫精竭慮，爲華中師大的奠基與成長作出了無可磨滅的貢獻。

隨着我們對大學學脈與傳承精神的感悟日深，出版社已將把挖掘百年老校豐富的學術資源作爲未來工作的重心之一。整理出版一代國學大師錢基博先生的文集，華中師範大學出版社責無旁貸。可以這麽説，正是在幾代學者的共同關心和努力下，經過二十年的醖釀和籌劃，二〇〇六年六月，我們才正式將《錢基博集》列爲我社在“十一五”期間的重點出版選題，計劃分輯推出。同時，精心組織，合理安排，從資料搜集、點校、專審和圖書設計四個方面加大資金和人員的投入，努力打造好此項精品工程。

華中師範大學出版社

二〇一〇年十二月

凡　例

一、《錢基博集》以公開出版著作爲基礎，增補了目前已發現的未公開發表的手稿本、油印本等，還包括大量散落在《新無錫》、《無錫新報》、《錫報》、《通海新報》、《南通報》、《力行日報》、《江蘇民報》、《武漢日報》等報紙，以及《婦女雜誌》、《小説月報》、《教育雜誌》、《新教育》、《東方雜誌》、《無錫縣教育年刊》、《約翰聲》、《甲寅》、《國學叢刊》、《清華學報》、《清華週刊》、《光華大學半月刊》、《青鶴》、《國立師範學院季刊》、《國立師範學院旬刊》等雜誌上的散文、小説、方志、序跋、書牘、碑傳等佚文。當然還包括目前我們能夠見到的地方教育雜誌、譜牒家乘、鄉賢著述中的序跋文函、碑傳雜記等，亦予以收録。

二、關於底本的選擇和確定。專著方面，有修訂本、增訂本的，以修訂本、增訂本爲底本；如果没有修訂本、增訂本，則需要比較初版、再版，取其較優者爲底本。當然，港臺的重印本、盜印本也在此遴選範圍之内。散篇方面，某一篇文章可能會在多處發表，文字或不盡相同，則酌情取捨，若影響到對句意的理解，則用脚注説明，以利讀者判斷。部分油印本還有複本，則取其較優者爲底本。各卷所據底本，一般無標點或僅用舊式圓點者，均重新標點；底本未分段者，一般不予分段。

三、各册散篇在前，專著在後。卷内各篇（專著和散篇），一般均按成文（成書）時間先後編次。凡有年月可考而日無可考者，列於各月之末；凡有年可考而月、日無可考者，列於各年之末；年份不詳者，列入各卷之末。爲節省篇幅，避免重複，凡已經被收入專著中的篇目，又没有必要單獨歸類或按單篇發表時間分列的，則只收録一次。有改動處，酌加注釋。凡輯入《錢基博集》者，一般仍采用原有標題，個别的酌加改動。新收録的論著亦遵此例，但未經發表的書信短箋則由編者根據内容或收信人另加標題。

四、各册部分專著，注明出版机构名稱、版期。凡輯於報刊之散篇者，注明所據報刊雜誌之名稱、版期。所標時間一律采用西曆。

五、凡收入本文集的作品，一般不做删改；作者的原用字、原譯名，習見的異體字、通假字，原則上保持原貌；標點符號用法，多依從作者習慣，未予改動。文集中的作品都具有史料性質和價值，難免帶有特定時代的印痕，部分文字甚至可能存在“政治偏向性”問題，請讀者和研究者閱讀和使用時注意鑑别。

六、《錢基博集》除署名主編之外，校訂者不一，亦同署名。各册由校訂者標點、校勘。底本原注用小字或（　）標明；錯别字、脱字、衍字等則用脚注予以説明；缺字用□標出。

目録

卷一　書序上

《無錫光復志》敘目 …… 3
《禮記約纂》敘例 …… 5
《春秋約纂》敘例 …… 9
《國文研究法》序目 …… 11
《國民外交常識》序文 …… 13
《論語孟子約纂》敘例 …… 15
《酬世文範》序 …… 19
《語體文範》例言 …… 20
《江蘇省立第三師範學區紀念人物志》自序 …… 23
《北堂永感録(附兄弟孔懷録)》序 …… 25
《高子水居精華録》序目 …… 26
中國文學史概論——《斯文統宗》自序 …… 28
《無錫人物志稿》自序 …… 35
《江蘇省立第三師範學校癸亥春季修學旅行指導書》小序 …… 36
《常州學者傳》序目 …… 37
《上古學術文編》敘録 …… 39
《模範文選》敘目 …… 42
三師《群書治要》敘目 …… 46

《國學必讀》序言 …… 54
《讀〈莊子·天下篇〉疏記》叙目 …… 57
《鬼谷子校讀記》叙録 …… 61
《〈四書〉解題及其讀法》序 …… 64
《光華大學五周紀念書》叙目 …… 68
《版本通義》叙目 …… 71
《國學文選類纂》總叙 …… 73
《古籍舉要》序 …… 85
《駢文通義》叙目 …… 88
《明代文學》自序 …… 90
《現代中國文學史》序 …… 92
《韓愈文讀》叙 …… 95
《〈老子道德經〉解題及其讀法》叙 …… 97
《韓愈志》叙 …… 99
《韓愈志》重版自序 …… 103
《江蘇學風》代序 …… 104
《讀清人集别録》小序 …… 105
《經學通志》自序 …… 106
《孫子章句訓義》序 …… 107
《歐洲兵學演變史論》序 …… 116
《堠山錢氏丹桂堂家譜》序目 …… 121

卷二　書序下

《競志女學雜誌》序 …… 127
代廉南湖《吴烈士遺詩》序 …… 129
《明遺民録》序 …… 131
《綴珍集》叙 …… 133
《鐵樵小説彙稿》序 …… 135
《松牕漫筆》叙 …… 137
《俠骨恩仇録》叙 …… 138

《王冠春哀挽録》序 …… 139
《松陵文徵》序 …… 140
《無錫競志女學十週紀念録燼存》序 …… 142
《寒香館遺稿》序 …… 144
《從政録》序 …… 146
《漫遊紀程》序 …… 148
《三國志捃華》序 …… 149
《吴下英才集》序 …… 151
《蓉江散人遺文》序 …… 153
《讀莊窮年録》叙 …… 155
《張南湖詩詞存》序 …… 157
重刊《張端甫先生遺稿》序 …… 159
《次哲次齋遺文》序 …… 160
《次哲次齋主人年譜》序 …… 161
《錫秀》序 …… 163
《無錫縣立圖書館鄉賢部書目》序 …… 166
《無錫乙種實業學校十週紀念録》序言 …… 169
《平龕遺稿》序 …… 170
《南洋旅行紀》序 …… 172
《大公圖書館藏書目録》序 …… 173
《江蘇省立第三師範學校圖畫研究刊》序 …… 175
《太炎文録拾遺》序目 …… 177
《衛生月刊》序 …… 179
《南通費生遺稿》序目 …… 180
《中國歷史問題研究集》序 …… 182
《復堂文餘》序目 …… 185
《辛廬拾存》叙 …… 190
《無錫指南》序 …… 192
《王氏家乘》序 …… 194
《延旭軒儷語》序 …… 195

《茹經堂外集》叙 …… 196
《師滌軒集》叙 …… 200
《無錫縣立圖書館歷年概況》叙 …… 202
《琴趣居詞話》序 …… 203
《栩窗文集》叙 …… 205
《仁安堂文集》序 …… 207
箴士——序薛明劍《民衆工藝》 …… 210
《約翰離校同學録》序 …… 212
《一年來的無錫縣二》序 …… 214
《思沖齋文別鈔》序 …… 216
《國學概論》序 …… 218
《簫心劍氣樓詩存》序 …… 220
《續刻復堂日記》序 …… 222
《無錫國學專修學校校友會集刊第一輯》序 …… 224
《上海倪王家乘》叙記 …… 226
《常熟狄氏家譜》序録 …… 229
《無錫國專作文會考程文》叙目 …… 234
《念劬廬叢刻》序 …… 236
《遼史紀事本末緒論》序 …… 238
《章梅先文稿》序 …… 241
《一柳艸堂文稿》序 …… 243
《蘭言居遺稿》序 …… 244
《喪禮集要》序 …… 246
《無錫縣立初級中學五年概況》序 …… 248
《麟洲叢稿》序 …… 249
《楊家圩周文襄公祠考略》序 …… 251
《鶴巢通俗字環》序 …… 252
《健秋畫存》序 …… 254
黄仲蘇先生《朗誦法》序 …… 256
《錫山風土竹枝詞》序 …… 261

《費韋齋集》序 …… 262
《爾雅釋補》序 …… 263
《燕遊賸草》序 …… 264
《猛庵集》序 …… 265
《二知齋遺稿》序 …… 268
《關友聲詞集》序 …… 269
張令杭《文學綱領》序 …… 272
《仁園詩稿》序 …… 273
《轉蓬集》序 …… 275
《茈湖精舍詩初集》序 …… 277
《盧木齋先生遺稿》序 …… 279

卷三　卷頭語

《中國文法説例》贅辭一(論中國文字内籒之術) …… 285
《中國文法説例》贅辭二(論中學校之授國文文法) …… 288
《德國兵家克老山維茲兵法精義》卷頭語 …… 290
《孫子章句訓義》卷頭語 …… 294
《華中高等師範學校歷史博物館贈品説明書》卷頭語 …… 302

卷四　發刊詞

《麗則女校週報》弁言 …… 307
《宏毅日誌彙刊》頌言(發刊辭一) …… 309
《弘毅日誌彙刊》再致頌言(發刊辭二) …… 311
《無錫新報》發刊辭 …… 313
《無錫新報・文學月刊》發端 …… 315
《無錫新報・思潮月刊》發端 …… 316
《無錫新報・雙十節特刊》發端 …… 318
《工商日報》發刊詞 …… 319
《國命旬刊》發刊辭 …… 321

卷五　後　序

《桃花扇傳奇》後序 …… 327
讀曾子固《列女傳目録序》書後 …… 330
《春壺殘滴》後序 …… 332
吴江沈穎若先生《文字源流》後序——文字源流之中英比較觀 …… 334
《尹文子校讀記》後叙 …… 339
《鄧析子校讀記》後叙 …… 342
《慎子校讀記》後叙 …… 344
《公孫龍子校讀記》後叙 …… 347
《復堂董子定本》後序 …… 350
《雪苑侯朝宗全集》後序 …… 354
《蔣百里先生文選》後序 …… 356

卷六　題　跋

《武俠叢談》跋 …… 363
跋元人黄晉卿撰寫《袁静春先生墓誌銘》拓本 …… 365
《南湖居士自反録索隱》跋尾 …… 367
《次晢次齋遺文》跋尾(二則) …… 369
題龐生文後 …… 370
《太炎文録拾遺》題記 …… 373
李恭《"四依"的求學法》跋尾 …… 375
題《華孝子祠記》 …… 376
書梁啓超《墨經校釋》後 …… 378
惠定宇《禮記注疏鈔》稿本跋 …… 381
《漢書事鈔》寫本跋 …… 384
《復堂日記續録》跋記 …… 386
題徐錫丞先生鼎康手寫《金剛經》後 …… 389
《京江相公詩稿真迹》跋 …… 390
《文心雕龍校讀記》跋 …… 392

《學製齋論文書札》題記 …… 394
葉思昆《關於本校大一目前的功課》跋 …… 395
《現代中國文學史》跋 …… 396
《讀史方輿紀要》跋 …… 400
《〈金剛般若波羅蜜經〉〈般若波羅蜜多心經〉章句信解》跋 …… 402
《雲夢吴綬卿烈士遺詩》跋 …… 404
《毛澤東選集》(第一卷)籀繹 …… 406
《高忠憲公手寫文稿》跋 …… 407
題《辛亥革命》跋語 …… 409

校訂後記 …… 410

書序上 SHUXUSHA

《無錫光復志》敘目

匡復篇第一
軍政篇第二
財政篇第三
民政篇第四
司法篇第五
自叙篇第六

右六篇，都二萬餘言，計屬稿二十日卒事，約日得千言有餘裕矣。吾邑秦毓鎏者，蓋吾書之主人翁也。吾書正叙毓鎏筦領軍民隆隆盛時，曾不幾何而毓鎏則已敗矣。嚮日附和景從，岸然以擁戴毓鎏自居者，今已縮首藏頸全軀、保妻子之不暇，而暇囁嚅出一辭爲毓鎏訟冤乎！誠不意毓鎏事已敗壞至此，猶自齗齗力持平情之論者，反在當日面争發赤之錢氏子也，不亦異哉！博嘗謂毓鎏誠有沽禍之道，然當毓鎏柄兵操邑政時，壹以安靖爲務，初無大過惡之可言，惟於地方一二不逞之徒，小加懲創，爲地方謀治安。是則府宵小之怨實甚！武三思謂："我不知世上何者爲善人，何者爲惡人，但與我善者即善人，與我惡者即惡人。”而不自别白是非所在，此又今日蚩蚩者之所謂輿論也。然在毓鎏左右一二帷幄之士，誠不免酣歌色荒，自玷官箴。毓鎏益無堅明約束之才，重滋邦人口實，甚有謂上有好下有甚焉者。博亦嘗引古人“從好不從令”之言爲誡，謂：“君苟毋好是，何至所部將佐靡靡成風乎?”毓鎏惟自引咎，初不曒曒自辨明也。惟聞毓鎏嘗於深夜引一私人自貳者於密室而告之曰：“君猶自憶去年作無錫市議員時，曾議禁縣官佐冶遊之事乎？今言猶在耳，吾儕已靦然躐尸其位矣！夙昔所用訾敖若輩者，益躬自蹈之，縱不自愧於心，獨何面目見若輩乎?”其人嘿無以應也。此則邑子某君嘗爲博言者。然毓鎏終未嘗自明而諉過於其徒，誠亦有足多焉者。既，毓鎏辭職，丹徒張鵬繼之，此風少衰。後鵬自謝病去，而儀徵嚴偉代焉，遂用邑人裘泰齡爲第二課課長。泰齡夙幕遊於河南者也，家居，失職已久，去年仲冬，博猶親見泰齡日飲崇安寺茶店，口日誦“不得館無飯噉”之言。博時不知其誰某，然私心故已鄙之。誠不意一旦乘時僥倖，猝起柄用，遽自居移氣，養移體，朝笙歌而夜麻雀，一自湔其夙昔寒儉之態也。嗚呼！昔何蕭瑟，今何豪舉，天下士不可輕量故如此哉！博嘗聞之邑中某先輩曰：“今日縣知事署，惟第三課端居有方，至第一二兩課，自課長以下，無一人無外嬖焉者，日晌午而署空闃無一人矣！此則不能無歸獄於裘君重揚其焰之過也。”言下喟然。嗚呼！輿人爲誦，曉恩怨而泯是非，當官而行，有聲色而無政事，吏事日習於偷苟，民風益流於淊淫，上下巧僞相遁，莫知紀極，豈獨吾邑也歟哉?此則博之所以爲“潛夫”自氏也。吁！癸丑中秋後三日，晨起，筆之。錢基博。

（鉛印本，1913 年出版）

《禮記約纂》叙例

國於天地，必有與立；而立國之道，尤有其本，斷非剽取他邦文物所能爲功。舉國數千年積成之風習，與其足以支配國民之心理者，有最深之關係。道在探索原本，發明而光大之，用以範圍人心而示之鵠，此尤教育所有事。而學校講經讀經之用以漸摩聖訓，浹洽人心者，遂盛爲時賢所唱道焉。顧經有五：《易》著天地陰陽四時五行，故長於變；然天道遠，人道邇，其敝也迂怪而不切人事。《書》記先王之事，大率成陳迹。《詩》記山川、谿谷、禽獸、草木、牝牡、雌雄，托興於深微，惜非淺人所能索解。《春秋》辨是非，及其末也，苛察繳繞，壹務於屬辭比事，嚴别白而失人情，不可不察也。夫正人心，輔國本，蓋莫近於《禮》。何者?《禮》之爲言履也。經天緯地，本之則大一之初，原始要終，體之乃人情之欲。綱紀萬事，彫琢六情，三百三千，於斯爲盛！故曰：人之所生禮爲大也。我先哲王實以此樹道德之權威焉。暨乎道喪兩楹，義乖四術，上自遊夏之初，下終秦漢之際，其間歧塗詭説，雖紛然競起，而餘風曩烈，亦時或獨存。於是博物通人，知今温古，考前代之憲章，參當時之得失，俱以所見，各記舊聞。數典則商輅、夏時，古制網羅；議禮則甚深微妙，精義紛綸。錯綜鳩聚，以類相附，《禮記》之自於是乎在，非惟《禮》家之别子，實亦群經之總義也。鄞縣萬斯大博通五經，謂非通群經，不能通一經。吾則謂通群經以通一經，此其樞鑰矣。

《禮記》四十九篇，據鄭玄《目録》，考之於劉向《别録》，以類相從。屬制度者六，《曲禮》上下、《王制》、《禮器》、《少儀》、《深衣》是也；屬通論者十六，《檀弓》上下、《禮運》、《玉藻》、《大傳》、《學記》、《經解》、《哀公問》、《仲尼燕居》、《孔子閒居》、《坊記》、《中庸》、《表記》、《緇衣》、《儒行》、《大學》是也；屬明堂陰陽者二，《月令》、《明堂位》是也；屬喪服者十一，《曾子問》、《喪服小記》、《雜記》上下、《喪大記》、《奔喪》、《問喪》、《服問》、《閒傳》、《三年問》、《喪服四制》是也；屬世子法者一，《文王世子》是也；屬子法者一，《内則》是也；屬祭祀者四，《郊特牲》、《祭法》、《祭義》、《祭統》是也；屬樂者一，《樂記》是也；屬吉事者六，《投壺》、《冠義》、《昏義》、《鄉飲酒義》、《燕義》、《聘義》是也。蓋其目次之大凡如是，而《唐書·魏徵傳》，則曰："嘗以《小戴禮》綜彙不倫，更作《類禮》二十篇，數年而成。太宗美其書，録置内府。"諫録載詔曰："以類相從，别爲篇第，併更注解，文義粲然。"朱子惜不之見。迨元吴澄撰有《禮記纂言》三十六卷，其書每一卷爲一篇，大旨以《戴記》經文龐雜，疑多錯簡，故每一篇中，其文皆以類相從，俾上下意義聯屬貫通，而識其章句於左。其三十六篇次第，亦以類相從：曰通禮者九，《曲禮》、《内則》、《少儀》、《玉藻》通記大小儀文，而《深衣》附焉；《月令》、《王制》專記國家制度，而《文王世子》、《明堂位》附焉。曰喪禮者十有一，《喪大記》、《雜記》、《喪服小記》、《服問》、《檀弓》、《曾子問》六篇，記喪；而《大傳》、《閒傳》、《問喪》、《三年問》、《喪服四制》五篇，則喪之義也。曰祭禮者四，《祭法》一篇記祭；而《郊特牲》、《祭義》、《祭統》三篇，則祭之義也。曰通論者十有二，《禮運》、《禮器》、《經解》一類；《哀公問》、《仲尼燕居》、《孔子閒居》一類；《坊記》、《表記》、《緇衣》一類；《儒行》自爲一類；《學記》、《樂記》，其文雅馴，非諸篇比，則以是爲書之終，皆非小戴之舊；他如《大學》、《中庸》，依程、朱别爲一書；《投壺》、《奔喪》歸於《儀禮》；《冠儀》等六篇，别輯爲《儀禮傳》，亦並與古不同。虞集稱其始終先後，最爲精密。先王之遺制，聖賢之格言，其僅存可考者，既表而存之，各有所附，而其糾紛固泥於專門名家之手者。一旦各有條理，無復餘藴，其推重甚至。惟其篇次之類從，或與劉向有出入。竊不自揣，榷量劉、吴二家目次，芟繁鈎要而約取之，名曰《禮記約纂》，得所謂通論者三，曰《禮運》、《禮器》、《中庸》；論學者二，曰《學記》、《大學》；原樂者一，曰《樂記》；記制度者三，曰《曲禮》、《内則》、《王制》；記賓嘉禮者四，曰《婚義》、《鄉飲酒義》、《射義》；記喪禮者三，曰《檀弓》、《問喪》、《三年問》；記祭禮者三，曰《祭法》、《祭義》，都十七篇，而以其雜出漢儒所記，一篇之中，錯雜不倫，不得不節取爲教，非敢上擬尼父之删訂以蹈戾於僭聖也。惟考《漢書·藝文志》，《禮記》本一百三十一篇，戴德删爲八十五篇，戴聖删爲四十九，與《易》、《書》、《詩》、《春秋》經聖人手訂者固殊，而其顛倒糾紛，朱子嘗欲爲之是正而未及竟，豈無望於後之人乎？

“古之知道者，未有不明於文字者也。能文而不能知道者或有矣，烏有知道而不明文者乎？古聖觀天地之文，獸迒鳥迹，而作書契，於是乎有文。文與文相生而爲字，字與字相續而成句，句與句相續而成篇。口所不能達者，文字能曲傳之。故文字者，所以代口而傳之千百世者也。伏羲既深知經緯三才之道，而畫卦以著之。文王、周公恐人不能明也，於是立文字以彰之。孔子又作十翼，定諸經以闡顯之。而道之散列於萬事萬物者，亦略盡於文字中矣。所貴乎聖人者，謂其立行與萬事萬物相交錯，而曲當乎道，其文字可以教後世也。吾儒所賴以學聖賢者，亦藉此文字以考古聖之行，以究其用心之所在。然則此句與句續，字與字續，古聖之精神語笑，胥寓於此。差若毫釐，謬以千里。詞氣之緩急，韻味之厚薄，屬文者一不慎，則規模立變；讀書者一不慎，則鹵莽無知。故竊謂今日欲明聖人之道，不得不以精研究文字爲要務，而六經尤文字之至焉者。”此湘鄉曾國藩之説也。“雖然，文字必本六經，固也。諸經之中，《易》道陰陽，卦彖爻象自爲一體。《書》絶質奥，《詩》專詠言，皆非可學，獨《左氏傳》、《禮記》於修詞宜耳。然人徒知左氏爲文章鼻祖，不知左氏文多叙事，大篇累幅不易讀，其詞多列國聘享、會盟、專對之所施。否則戰陣禦侮、取威定霸之謀，事關軍國，延及數年，斷章節取，始末不具，無以知端委。不如《禮記》書各爲篇，篇各爲體。微之在仁義性命，質之在服食器用；擴之在天地民物，近之在倫紀綱常；博之在三代之典章，遠之在百世之治亂。其旨遠，其辭文；其聲和以平，其氣淳以固；其言禮樂喪祭也。使人孝弟之性油然而生，哀樂之感，涔然而不能自已，則文詞之精也。學者沈浸於是，苟得其一端，則抒而爲文，必無枝多遊屈之弊。蓋《禮記》多孔子及七十子之遺言，故粹美如是。某嘗勸人熟讀《禮記》而翫索其意味以此。”此閩縣陳壽祺之又一說也。

博文質無底，然治此書，於文字不敢不致齗齗，其大端有三：一曰選字造句之妙；二曰關鍵筋節之法；三曰謀篇命意之要。而圈點則取裁桐城姚鼐本者爲多，以其於字文精微有深契處也，其亦猶曾、陳二子之意也夫。民國六年八月七日，無錫錢基博叙於江蘇省立第三師範學校。

（江蘇省立第三師範學校，1918 年 11 月出版）

《春秋約纂》敘例

學，所以明理也。明理，所以經世而致之用也。故學不足以致用而經世，則雖外極博綜，内析毫芒，與不學同。抑古之人有詔我者矣。曰："學明理於經，而習事於史。史於學居十之六，而閱歷鍛煉又居其四。事變無窮，莫可究詰；然能舉古人之成案，精思而力辨之，置身當日，如親受其任，而激撓衝突於其間。如是者久之，則閱歷鍛煉，已兼具於讀史之中。矧身世所遭，得之於動忍增益，其力又有大焉者乎！"此南豐謝程山先生之説，是也。顧博以爲古今聖賢修齊治平之至理名言，盡於《小戴》一記。而古今御天下之變，備於《春秋左氏傳》。明其理，達其變，讀秦漢以下之史，猶入宗廟之中，循其昭穆而别其子姓，瞭如指掌矣！嘗觀後世賢者當國家之任，執大事，决大疑，定大變，學術勳業，爛然天壤。然尋其端緒，求其規模，《左氏傳》所載已先具之。蓋世之變也，至春秋已極。一時名卿士夫，身當其變者，莫不有堅苦之志，深沈之略，應猝之才，發而不可禦之勇，久而不可回之力，以謹操其事之始終而成確然之效。此姑勿論。夷考其時，列國並立，會盟討伐，不異於今日。而民之生其間者，無不内其國而外諸夏，竭智盡能以效忠於其國家，如鄭商人之儔，難可一二指。國家思想之發達，遠非吾儕今日視國家休戚如秦越人之肥瘠者比也。抑博重有感者：吾國自嬴秦混一六王以迄於今，國民習於數千年之閉關，不復知國際爲何事。其始遇外人也，壹以戎虜待之。虚驕之心理，訑訑拒人之聲音笑貌，可以怒敵而召釁者，亦既無在無之；一經敗衄，則又嗒焉若喪，卑怯之習日以長，以爲中國事事不如人，甘心居人後，自侮而人亦侮之，於是國際上之地位，遂以一落千丈强。顧衡之春秋諸國如何者，不論晉、楚、齊、秦，泱泱大國之風，必不以疆埸勝負之一彼一此，自損其榮譽。即以小事大之蕞爾鄭，亦能壹遵當日國際之慣例，不亢不卑，保持其國際上之地位。豈有俯仰隨人，習於媚外而可以立國者哉！烏乎！國家之積弱，國民之志氣不振實爲之。儻非教育者之責歟？《語》曰："前事不忘，後事之師。"古典教育，正亦何可厚非！兹編纂録春秋大事，而以邦交爲主者以此也。

傳《春秋》者，左氏叙事見本末，公羊、穀梁辭辨而義精，三家并稱，而好左氏者尤夥甚。顧孟子則稱曰："晉之《乘》，楚之《檮杌》，魯之《春秋》，一也。其事則齊桓晉文，其文則史。"孔子曰："其義則丘竊取之矣。"蓋以明《春秋》之所重者，在義而不在事與文也。推孟子之意，無亦曰僅論其事，則不過桓文之陳迹而已。若僅論其文，則不過一史官之職而已。是二者乃晉《乘》楚《檮杌》之所同也。孔子未修之《春秋》，亦猶是也。及孔子修之，而其中皆有義焉。若夫事也者，則不過假之以明義。義之既明，兼識其事可也。義之既明而其事皆作筌蹄之棄，亦無不可也。若徇其事而昧其義，則大不可也。自《公》、《穀》之大義不明，而治《春秋》者一以《左氏》爲據，亦所謂"事則齊桓晉文，文則史"而已，《春秋》之義不見也。然事之本末不具，亦無以見義之所在。兹編每纂録一事，必以經標目揭其綱。傳則以《左氏》爲主，而《公》、《穀》次其後。名曰《春秋約纂》，將令學者原始要終，尋其文字，究其指歸，優而遊之，使自求之，饜而飫之，使自趨之，若江海之浸，膏澤之潤，涣然冰釋，怡然理順，然後爲得也。若論文章，《左氏》豔而富，其失也誣；《公羊》辨而裁，其失也俗；《穀梁》清而婉，其失也短。前人言之詳矣，兹不具論。

民國七年三月十七日，無錫錢基博叙於江蘇省立第三師範學校。

（江蘇省立第三師範學校，1919 年 3 月出版）

《國文研究法》序目

第一章　文
第一節　原文
第二節　正義
第三節　審美
第二章　國文與外國文
第一節　匡謬
第二節　文字
第三節　文章
第三章　國文研究法
第一節　治古
第一項　讀
第二項　看
第二節　自作
第三節　改文
第四節　講授

右《國文研究法》三章，計得三萬二千言，乃戊午暑假期間，本校校長顧述之先生屬與舊畢業諸君商量文字而纂録者。博魯不學，何敢譚文！然側聞先生長者之緒論矣，乃述舊聞以相告諾，蘇東坡所謂“藥進醫手，方傳古人；若已經效世間，不必皆從己出”者也。孔子毅然以斯文自任，而其言不過曰“述而不作，信而好古”已耳。博何人斯？請事斯語以與諸君周旋爲進藥之醫手矣！惟孔子歿而道喪文敝，百家各以其説鳴。此一是非，彼一是非。亦既無所折衷，譬之芳草油油，彌望而是，疇爲不死之藥。博左捋右擷，不憚旁搜遠採；然非身試無毒者，曾不敢以諸君不貲之軀，爲嘗試也。曰若稽古帝神農，嘗百藥，察其酸苦之味，告人知避就。博其爲神農矣乎？雖一日遇七十毒，匪所恤已。區區之愚，惟諸君裁幸。無錫錢基博識於江蘇省立第三師範學校之精忠柏石室。

（原刊於《戊午暑期國文講義彙刊》，中華書局，1918 年 11 月出版）

《國民外交常識》序文

歐戰以前，中國之生命繫於均勢，而均勢之局，全寄於德、法、俄、英、美、日六强之下者也。自中日戰争以迄日俄戰争之間，對於中國而懷政治侵略與土地膨脹主義者，曰俄，曰法，曰德，由是俄人鯨吞滿蒙，法人蠶食滇西，德人亦假枉殺教士之名而圖我山東。瓜分之説，遂旦夕浮諸白人之口矣！然而中國未爲分割者，徒以英人倡領土保全主義，美人倡門户開放主義以相抗耳。自一千九百年，美政府宣言開放中國門户而後，中國局勢爲之漸定。日俄之戰，俄人野心，既挫於日本；而法之於德相猜日甚，遂與英人日謀接近之機，英法協約成立，兩國幾近於同盟，其極東之行動，常與英國爲同一之步調。由是政治侵略派之勢稍孤，而領土保全派之勢遂以日盛。此歐戰發生以前，中國均勢之不破，不得謂非英美維持之力也。歐戰發生而後，日人處心積慮忍爲均勢主義之敵，而列强有事於歐，未遑東略，固祇能聽其咆哮而不之較。然歐洲戰役，非永久不休者也。吾人最爲繫懷者，迺在歐戰解決以後，列强對於中國均勢之局是否主張維持耳。今英法承認日本山東問題，美亦無能爲役，則是不維持中國之均勢也。近日平民政治之説日盛，而列强外交政策，遂不得不視人民輿論爲轉移。故國際之親善，與其期諸政府，不如期諸人民。而國家危急存亡之秋，倘無武力以爲外禦之資，則所恃以折衝樽俎者，不在外交當局之人，而在立乎外交當局者以後之輿論。故博以爲“無權力無公理無武力無外交”之説，非所論於今日。然武力孱弱、輿論消沈之國，則決無外交可言。今之中國是也！然吾人能否轉移世界輿論，能否轉移列强外交政策，首視吾國自身有無輿論盾乎外交之後而已。然吾國非無輿論也，其所謂輿論者大率張脈僨興、不切情實之放言高論也。徒以貽人口實，致釁召寇，而陷己國於進退維谷之地耳。此博之所爲不能已於言也夫。無錫錢基博。

（商務印書館，1919 年 12 月出版）

《論語孟子約纂》敘例

《易》曰:“上古結繩而治。後世聖人易之以書契，百官以治，萬民以察。”夫爲治爲察，所以宣幽隱而達形名，布政教而齊法度也。未有以文字爲一家私言者也。《易》曰:“雲雷屯，君子以經論①。”經論之言，綱紀世宙之謂也。鄭氏注謂:“論撰《書》、《禮》、《樂》施政事，經之命名昉於此。”蓋猶“經緯”、“經紀”云爾，未嘗明指《詩》、《書》六藝爲“經”也。三代之衰，治教既分。孔子生於東周，有德無位。懼先聖王法積道備，至於成周，無以續且繼者，而至於淪失也。於是取周公之典章，所以體大人之撰而成治化之迹者，獨與其徒相與申而明之。此六藝之所以雖失官守，而猶賴有師教也。然孔子之時，猶不名“經”也。逮孔子既殁，微言絶而大義將乖。於是弟子門人各以所見所聞所傳聞者，或取簡畢，或授口耳，録其文而起義。《左氏春秋》、《子夏喪服》諸篇，皆名爲“傳”。而前代逸文不出於六藝者，稱述皆謂之“傳”。如孟子對文王之囿，湯武放伐，皆稱“於傳有之”，是也。則因“傳”而有“經”之名，猶之因子而立父之號矣。至於官師既分，處士横

---

① 論，《周易》通行本作“綸”。“論”通“綸”。

議，諸子紛紛著書立説，而文字始有私家之言，不盡出於典章政教也。儒家者流，乃尊六藝而奉以爲“經”。則又不獨對“傳”爲名也。荀子曰：“文學始於誦經，終於習禮。”莊子曰：“孔子言治《詩》、《書》、《禮》、《樂》、《易》、《春秋》六經。”又曰：“繙十二經，以見老子。”荀、莊皆出子夏門人，而所言如是。六經之名，起於孔門弟子亦明矣。然所指專言六經，則以先王政教典章綱維天下。故《經解》疏別六經，以爲入國可知其教也。《論語》述夫子之言行；《爾雅》爲群經之訓詁；《孝經》則又再傳門人之所述，與《緇衣》、《坊》、《表》諸記相爲出入者爾。劉向、班固之徒，序類有九，而稱藝爲六。則固以三者爲傳而拊之於經，所謂離經之傳，不與拊經之傳相次也。當時諸子著書，往往自分經傳。如撰輯《管子》者之分別《經》、《言》，《墨子》亦有《經》篇，《韓非》則有《儲説》經傳。蓋亦因時立義，自以其説相經緯爾。非有所擬而僭其名也。經固尊稱，其義亦取綜要，非如後世之嚴也。聖如夫子，而不必爲經。諸子有經以貫其傳，其義各有攸當也。後世著録之家，因文字之繁多，不盡關於綱紀，於是取先聖之微言，與群經之羽翼，皆稱爲經。如《論語》、《孟子》、《孝經》與夫《大小戴記》之别《禮》，《左氏》、《公》、《穀》之别於《春秋》，皆題爲“經”，乃有“九經”、“十三經”諸名以爲專部，蓋尊經而并及經之支裔也。然則今之所謂經，其强半皆古人之所謂傳也。古之所謂經，乃三代盛時典章法度見於政教行事之實，而非聖人有意作爲文字以傳後世也。孔子述《六經》，皆取先王典章，未嘗離事而著理。後世以聖師言行爲世法則，亦命其書爲經，此事理之當然也。此其説見於會稽章學誠《文史通義》者，於經之源流頗審。今之學者，勢不能不旁涉各種科學，斷無暇如昔人治經，窮年矻矻，視爲專門。然必詆訶一切，曰經固可廢，經固無用，則博竊亦有説。

中國於古非無所謂教育也，豈有立國數千年而無教育者？特古代教育皆注重於精神生活，故賢哲之士，其所以招告吾人者，務在守其己之所信，行其心之所安，而置死生窮達於度外。而今之教育，乃埋没於物質生活之中。所謂實用主義者，即其教育之目的，在實際應用於生活之謂，非是不得謂之教育。夫學校之中，授人以知識技能，使其得應用此知識技能以自營生活，誠爲教育中所應有之事。但吾人既獲得生活，則決非於生活以外别無意義者。吾人生而爲人，固不能不謀衣食以圖飽暖。然飽食暖衣不過藉以維持生活。

試問：吾人具此生活而又維持之者固何爲？若謂人之爲人，僅在求得飽食暖衣而止，是無異謂生活之意義在生活也。故以實用爲育之主義，猶之以生活爲主義，亦爲無主義之主義而已。近日本雜誌所謂東亞之光者，言有中國人胡氏，在德以德文刊行論著，其一曰《中國對於歐洲思想之辯護》，爲開戰前所刊；其一曰《中國國民之精神與争戰之血路》，爲開戰後所刊。大致勸告歐人當棄其謬誤之世界觀，而採用中國之世界觀。其言有曰："善者爲我中國人之所發見。諸君歐人，於精神上之問題，即惟一之重大問題。非學與我中國人不可，否則諸君之文化，不合於用。蓋諸君之文化，基於物質主義及恐怖與貪慾者也。至醇至聖之孔子，當有支配全世界之時，彼示人以達於高潔、深玄、禮讓、幸福之惟一可能之道。故諸君當棄其英國風之崇尚民衆、德國風之崇拜英雄之病，而奉孔子之教。此諸君之惟一救濟法也。"德人聞其説而大譁，表贊成反對之意見者頗多。胡氏之言又曰："歐人之學校，一則曰知識，再則曰知識；而中國學校中所學者爲君子之道。"嗚呼！吾儕今日兒童學校所學者，豈復有君子之道？乃乞食之道而已。胡氏大言炎炎若此，能無爲之汗顔乎？德人台里烏司氏，其稱歎胡氏爲知言，而語其國人曰："中國三歲之兒童，學中國大思想家之思想，洞徹其精神。而德人在學校中，於己國高等之文化，絶不得聞。德國之大思想家雖有甚深微妙之論，而如群鶴之高翔於天際，地上之人，不得聞其羽搏之微音。"嗚呼！詎知中國之鶴，亦已斃於物質之彈丸下耶！雖然，吾尤有懼焉。夫吾國無宗教，國中人民無同一之信仰，而教育感化之力又不能遍及。智者角立漢宋學之門户，與愚者之崇奉多神；其患一也。幸數千年來談學術者，無不知宗孔孟，猶孔子之祖述堯舜，孟子言必稱堯舜。在孔孟之時，人人所信仰者惟堯舜。戰國時，於湯武已有訾議之者，觀孟子問答語可證。孔子亦謂武未盡善。孔孟之徒，亦不能不舉以爲標幟，所以齊天下之不齊也。然則處今日之中國，既不若歐美之有宗教，而欲於人民數千年風習得人人可以信仰者，以齊天下之不齊，非孔孟其誰？此非强儕孔孟於宗教之列也。謂吾國數千年來教育政治所視爲折衷者，靡不以孔孟爲依據。而其言論尤最平實隱括。探六經之奥，得乎人心所同，然此經之所以不可不治。而於群經中，尤以《論語》、《孟子》爲必要也。曩嘗謂人有知覺運動，其作用全繫於魂。魂不拊魄，則魄者，頽然一軀殼而已。國家者，軀殼也。所以行使此國家之作用，則必有一魂在，且必有共同之魂在。各國之宗教，即其魂也。吾國無宗教，而又去其固有之魂。且值歐風東漸，彼邦方以宗教上之手段而施其侵略政策。吾國人茫無憑依，呼牛呼馬，惟人所命，國之無魂，則魄將安依？孔孟之教之浹洽於人心，即中國之國魂也。故治《論》、《孟》而兼及群經固佳，即治《論》、《孟》而不及群經，於道德政治，固已有所援據以爲剖斷。不至任人牽鼻，全處於盲動地位。但治之亦自有道。

（一）經須讀。朱子云："書只貴讀，讀便是學。"夫子説："學而不思則罔，思而不學則殆。"學便是讀。讀了又思，思了又讀。子路謂"何必讀書，然後爲學"，而夫子惡之。尤爲學必讀書之證。夫子讀《易》，韋編三絶，曰："假我數年，若是我於《易》則炳炳矣。"蓋書先須熟讀，使其言皆若出於吾之口；繼以精思，使其言皆若出於吾之心，然後可以有得爾。

（二）經須分類讀。蘇東坡謂："讀書須數過以盡其意，每次作一意求。"即是教人分類讀之意。曾文正公云："一種學問，即有一種分類之法。"近儒武進沈友卿先生亦曰："讀《論》、《孟》須分類講解，觀其異同。如'問孝'爲一類，而答各不同。更引他處言孝者此類參觀之。知其所以異，即知其所以同。如'身體髮膚，受之父母，不敢毀傷'，此孝之常經也。然曾子又曰：戰陣無勇，非孝也。則豈毀傷之爲慮？故曾子之'啓手啓足'，曰'吾知免'，與仲由之不得其死，均無害其爲賢。所謂易地則皆然也。"

（三）讀經須明界説。孔子教人，隨時指示，本甚明瞭。如曰："是聞也，非達也。"及君子小人、泰驕、比周、和同之類。又論楚子文之忠，陳文子之清，臧文仲之知，皆絲毫不少假借。有一界綫存乎其間。故讀經之必有界説，猶治井田者之經界不可不正也。孟子更處處有界説，指不勝屈，舉一反三，思過半矣。

（四）讀經須切己體察。朱子教人讀《四書》，最重"切己體察"四字。陸清獻公稱讀書作人不是兩事，不將所讀之書句句體貼到自己身上理會，則讀書不能親切有味。旨哉斯言！

斯四者讀經之要道也。孔孟之教，即我國人民數千年淪肌浹髓之精神教育也。凡我同學諸君，可不於此加之意乎？

民國七年九月一日，無錫錢基博序於江蘇省立第三師範學校。

（無錫輔仁中學，1919 年出版）

《酬世文範》序

曹子桓論文章經國大業，不朽盛事；而博之所謂酬世文者，不過一時人事酬酢之作耳。湘鄉曾國藩《經史百家雜鈔》，綜古今文章爲著述、告語、記載三門；而博是書之輯，分爲四門：曰慶賀，曰通啓，曰尺牘，用於民人者也；曰祝祭，用於鬼神者也。究其實，不過曾氏告語一門耳。漢文帝語張釋之曰："卑之無甚高論！"先儒論八比之文，有典、顯、淺三字訣，而博則謂酬世之文能盡此三字之妙，則善矣！蓋典者，言皆有物之謂。顯者，詞達理舉之謂。淺者，盡人能解之謂。然而天下博學多聞之士而下筆不能顯豁者，往往有焉。是則酬世之文，非典之難，典而能淺顯之難也。夫淺顯似與典字有背，然以博所見，自古能文之士，固有力破萬卷，博極群書，而下筆之時，乃不見有一字。此乃融化痕迹，而納之於神味之中，爲文家上乘。昔之論詩者，以羗無故實爲貴，白香山詩務令老嫗都解，而細按之，皆雅飭而不失之率易，所謂典、淺、顯者，庶無愧焉！知此者而後可以讀吾書。

中華民國九年元日，無錫錢基博。

（油印本，成稿於 1920 年元旦）

《語體文範》例言

我認語體文也是文章的一種，所以輯這部書，和現在一般熱心做語體文的人，商量商量。第一，要使得現在一般歡喜做語體文的人，曉得做語體文，也得要有識見，有條理，纔動人看；不是提起筆來，胡亂寫幾句，就可算數。所以要選幾篇很有識見，有條理的語體文，來做範式。第二，要使得現在一般提倡語體文的人，曉得語體文，也有缺點，和不便推行的所在，須得要改良；不是純靠着空言提倡，可以推行得。所以每選一篇文字，必得要發表我的愚見，下一番批評工夫。這是我輯這部書的意思。不過這部書開宗明義第一個標題"語體文範例言"六個字，便不是語體，這是我心裏覺得語體文最不便的地方。爲什麽緣故呢？因爲無論什麽文言改做語體，總得添上許多字纔興，多費了紙和墨不算，寫時，還得賠上許多時候。儻使用經濟學"最小勞費最大效果"的原則來説，真正是不上算。就像這語體文範例言標題的六個字，如果道道地地用語體文來做，便要説"白話體裁的文章的範式體例説明"，頓時加上許多字，不但念在嘴裏，嚕囌麻煩，而且意義不大顯明，倒不如"語體文範例言"這句文言，來得直截了當。要是碰着一個不通文識字的人呢，就使改做白話，不過從他眼睛裏看去，添上花花緑緑幾個字，到底莫名其妙。儻使是個通文識字的人呢，就用“語體文範例言”這句文言，也還容易明白。所以不設法推行義務教育，但想靠着文言改做語體，便説“教育容易普及”；這句話是没把柄的。然而世間也有一等老師宿儒，説“白話文行了，文章從此掃地”，這句話也是拘墟之見。讀者諸君，須曉得文章好醜，在意境上分别，不在形式。意境好，就是語體文，也儘有爽心豁目動人看的地方；意境不好，越是文言，越覺得烏陣漲氣討人厭。這是可斷言的。况且語體文與文言不一樣的地方，不過是句式。如果講到作文的層次，不能不分個先後，詞氣不能不有個抑揚頓挫，這是根於語言姿態自然的需要。語體文與文言一樣的。所以我認語體文也是文章的一種，既然不是老師宿儒深閉固拒的態度，也就不像現在一般自命新文學家的空想武斷。讀者諸君，要徹底明白我的意思，請看我這部書的批評意見罷。我批評語體文，確是帶着非難的色彩。然而我的非難，却不就是現在一派古文家林琴南、姚叔節許多人的非難。爲什麽緣故呢？因爲林琴南、姚叔節諸人的非難，是根據他桐城派古文家的義法；而今我非難語體文，却是根據着我日常做語體文的經驗；這一點，請讀者諸君注意。

我因爲輯這部書，我就想到湘鄉曾國藩輯《經史百家雜鈔》，拿古今文章來分做三大門：第一門叫做“著作門”，第二門叫做“告語門”，第三門叫做“記載門”。這個分類法，似乎包括無遺。所以我輯這部書，只得照曾氏的樣，分做“著作”、“告語”、“記載”三門，每門再分類：第一門“著作”，分做“議論”、“序跋”兩類。第二門“告語”，分做“告示”、“演説”、“寫信”三類。第三門“記載”，分做“記事”、“寫景”兩類。這是我輯這部書的門類。

我以爲語體文的句子很長，必得有格外清晰的句讀符號；讀去，方覺眉目爽朗。現在一般新文學家，提倡語體文；併且也提倡中西合璧，更完備的句讀符號，這是相因而至的。所以我輯這部《語體文範》，句讀符號，也就不嫌繁瑣。（1）“。”，表一句的收束。（2）“，”，表一頓或一讀。（3）“；”，表含有幾個小讀的長讀。（4）“：”，表冒下文或總結上文。（5）“？”，表疑問。（6）“！”，表驚歎。這六種是表句讀的符號：（7）“”、‘’，表引書的起結；有時也表特别提出的名詞或句語。（8）“……”，表引書删節的處所。這兩種是表引書的符號。（9）字右旁的直綫——，表一切人名或地名等。（10）字右旁的曲綫～～～～，表書名及篇名。這兩種是表專名的符號。（11）字右旁的連套圈

◎◎◎◎，表一篇文章中間，特別注意的所在。（12）字左旁的連圓○○○○，表一篇精彩的所在。（13）字左的旁連點、、、，表一篇頓挫轉折的所在。這三種是表文法的符號。中華民國九年四月二十九日，無錫錢基博序於江蘇省立第三師範學校。

（無錫縣公署三科，1920 年 7 月出版）

《江蘇省立第三師範學區紀念人物志》自序

今歲十月十日，爲我校十周紀念之日。同學諸子，焕乎有文，以質於余。余正告之曰："學校不能自紀念也。誰則紀念之者，人也。"然學校紀念而限於學校之人，其紀念不足恃也。惟非學校之人而盡流連咏歎，矢以長毋相忘焉。斯其紀念爲真可紀念矣。是故學校之可紀念，不以同學諸子之紀念不紀念爲斷，而當程其學子之效能於社會者，何如？雖然，樹人，百年之大計，而兹之所謂十周者，纔百年之十一耳。是故吾校之可紀念，要視今日同學諸子之努力，而俟諸異日。而學區之可紀念，則就中國之學術史以觀，信未有逾於我省立第三師範學區者也。

諺曰："卑之無甚高論。"請言其近者，五六百年來，論藝術，則無錫倪瓚闢寫意畫之别徑，武進惲格開寫生畫之生面。而地理，有江陰徐霞客，窮河沙，上崑崙，辨江源之非岷山，以正中國山河兩戒之説；有無錫顧祖禹，據正史考訂地理，著《方輿紀要》百二十卷，貫串諸史，出以所獨見，寧都魏禧所謂"數千百年絶無僅有之書"也。理學則有無錫顧憲成、高攀龍之開東林學派焉。文學則有武進惲敬、張惠言之闢"陽湖派"焉。下暨晚清，則有無錫徐壽之制器尚象，華蘅芳之數學，皆能獨開風氣，尊聞行知，爲於舉世不爲之日。聲教所被，洋溢乎中國，炳焉蔚焉。我江蘇省立九師範學區人文之盛，罔有如我省立第三師範學區者也。夫以學術進化而論，則日新月盛，後來當益居上。古人之成迹，原不足道，然試一返己自省，吾黨造詣不必勝古人，而憑藉則萬萬過之。黌舍雖不華好，而以視顧憲成語高攀龍“吾曹無講習之所”者何如？膳食縱其粗糲，而以視張惠言“暮無夕饗，遲明，餓不起”者何如？儀器即不完備，而以視徐壽、華蘅芳試驗分光 x 色，求三棱鏡不得者何如？是古人之憑藉不如我今日明也。然而古人之造詣何，如吾黨今日之造詣又何如？伯爾同學，盍一思之！伯爾同學，非不讀書也，有好學深思如顧憲成讀《論》、《孟》者乎？非不講史地、理化各科也，有事必實證，不爲鑿空，如徐霞客、顧祖禹、徐壽、華蘅芳諸人者乎？非不習繪事也，有抗心不作第二丁，如惲格其人者乎？伯爾同學，盍一思之！思之思之，必有自奮於古人之後者，而吾校之永永紀念繫人思者在是矣。述學區紀念人物志。

（原作於 1921 年，油印本，今藏無錫市圖書館）

《北堂永感録（附兄弟孔懷録）》序

吾母孫宜人之歿十年，歲在辛酉，世壽七十矣。伏念孔子論孝，曰：“事之以禮。”陰壽，非禮也。然人子不匱之孝，罔極之思，得已而不已，所以致其情於無如何者。基博、基厚燕居論此，未嘗不哀其志而矜其遇。其斯之謂亡於禮者之禮耶！然使基博、基厚枉己徇俗，非禮以事吾母，則尤萬萬不敢。曹子桓云：“年壽有時盡，未若文章之無窮。”謹詮次吾母誄德之文，由親而推之疏，顔曰《北堂永感録》，傳之千秋萬載。梅伯言云：“壽莫壽於使後世知我爲古人也。”基博、基厚之所以壽吾母者亦云。男錢基博、基厚謹志。

（原刊於《北堂永感録（附兄弟孔懷録）》，1921 年出版）

《高子水居精華録》序目

卷一：記十三首

卷二：詩一百五十四首

卷三：楹聯二十一則

水居者，吾邑大儒高子藏修讀書之所也。遜清光緒間，鄉老許静山、裘葆良兩前輩嘗修復焉。比燬於火，高丈菊人欲重建，而以資力不給，已屬博爲緣起以諗於邦人君子矣。又以楊氏《水居志》及某氏補志相屬，曰："無徵不信。吾將以付梓，而卷帙多，子其爲我約之。"博觀二志，以多文爲富而不知體要，既名曰水居志矣，則詩文故實之無與於水居者，可勿志也。顧占原卷帙三之一焉。揆之循名核實之義無當，則爲削之。其詩文編次錯亂甚至，明人之詩文闌入清代，如記之王永積，詩之張夏、吴應箕、陳卿茂。清初之人降列清季，如鄒升恒，康熙進士，而詩次於施晉之後、孫慧良之前矣，諸城竇光鼐以乾隆初年進士而楹聯則次之於石藴玉之前是。一人之詩而前後分置，如錢士升、鄒期楨、楊鳴盛之屬。一題之詩而次第顛倒如高子水居四言古第一、二、三三首，《幽居四樂》五言古第三、四兩首者，則依據本集，旁證志乘，以考正之。其詩文以意竄易者，則據集校正之。如高子《和許静餘閉户吟》，據原集云："年來惟好静，始覺解天弢。山月閒相照，春風淡自陶。牀頭儲濁酒，鐙下有《離騷》。細算人間着，無如閉户高。"何等名雋！而《水居志》改作："年來惟好静，一榻日蕭蕭。讀《易》烹清茗，吟詩把濁醪。淵明念松菊，仲慰在蓬蒿。細算人間着，無如閉户高。"便庸俗。其名家文字之漏未收者，則據所見補之。如馬其昶一記，顧沐潤一聯。

凡得記十三首，詩一百五十四首，楹聯二十一則，而冠以高子之所自作。含英咀華，提要鉤元，不足原卷帙四之一，而水居之興革，名流之勝賞，胥備焉。因名之曰《高子水居精華録》。雖然，余重有感焉，夫高子匪以文章名世者也，後來作者記有秦瀛、鄒導源、薛福成、馬其昶，詩有杜詔、鄒升恒、秦瀛、劉嗣綰、安詩、施晉，六七君子者，皆窮老盡氣，以文字主持後進，雄長一代，而詩意之沖澹、文格之清遒，罔有卓然自立能追蹤高子者也。傳不云乎："和順積中，英華發外。""文者，氣之所形。"而窮一世以盡心力於章句之末者，尚其誦是編而知所反也哉！民國十年六宫二十八日，邑後學錢基博恭記。

（原刊於《高子水居精華録》，錢基博編選，1921年出版）

中國文學史概論

——《斯文統宗》自序

余不自揆，少習爲文章；竊歎中國以號稱右文之國，而文學無史！

自范曄《後漢書》創"文苑傳"之例，後世諸史因焉。然一代文宗，往往不厠於文苑之列，如班固、蔡邕、孔融不入《後漢書·文苑傳》；潘岳、陸機、陸雲、陳壽、孫楚、干寶、習鑿齒、王羲之不入《晉書·文苑傳》；王融、謝朓、孔稚圭不入《南齊書·文學傳》；謝靈運、顔延之、鮑昭①、王融、謝朓、江淹、任昉、王僧孺、沈約、徐陵不入《南史·文學傳》；元結、韓愈、張籍、李翺、柳宗元、劉禹錫、杜牧不入《舊唐書·文苑傳》；歐陽修、曾鞏、王安石、蘇軾、蘇轍、陳亮、葉適不入《宋史·文苑傳》；宋濂、劉基、方孝孺、楊士奇、李東陽不入《明史·文苑傳》。然則入文苑傳者，皆不過第二流以下之文學家爾！且作傳之旨，在於鋪叙履歷；其簡略者，僅以記姓名而已。於文章之興廢得失，不贊一詞焉。於戲！此所謂文苑傳，而不得謂之文學史也。蓋文學史者，文學著作之史也；所重者，在說明文學著作，

① "昭"應爲"照"。

而不在鋪叙文學家之履歷。文學家之履歷，雖或可藉爲考證著作之資。法之批評文學家泰奴（Taine）嘗言："人種、環境、時代，三者構成藝術之三要素也。欲研究一種著作，不可不先考證作者之人物、環境及時代。"質而言之，即不可不先考證文學家之履歷也。然而所以考證文學家之履歷者，其主旨在説明文學著作。舍文學著作而言文學史，幾於買櫝還珠矣！

文學著作之日多，散無統紀；於是總集作焉。一則網羅放佚；使零章殘什，並有所歸。一則删汰繁蕪；使莠稗咸除，菁華畢出。是固文章之衡鑑，著作之淵藪矣！梁昭明太子之《文選》，宋姚鉉之《唐文粹》、吕祖謙之《宋文鑑》、真德秀之《文章正宗》，元蘇天爵之《元文類》，明唐順之《文編》、黄宗羲之《明文海》，清姚鼐之《古文辭類篹》、姚椿之《國朝文録》、李兆洛之《駢體文鈔》、曾國藩之《經史百家雜鈔》、王先謙之《續古文辭類篹》，其差著者也。然有文學著作而無説明，以體裁分而不以時代斷；於文章嬗變之迹，終莫得而窺見焉。可以謂之集，而不可謂之文學史也，此衹以與諸史文苑傳，供後此編纂文學史之材料焉耳。則信乎！中國之無文學史也！乃不得已而求諸國外。

余讀日本人著《支那文學史》數種，於文章之嬗變，大率順時代叙述，而不能提綱挈領，觀其會通；所謂明而未融者也。民國六年，余任江蘇省立第三師範學校國文教員，因得論次《尚書》自載堯以來，迄於中華民國之馬其昶、林紓、章炳麟、康有爲、梁啓超、胡適諸人，得文百四十餘篇，而爲是編。凡百四十家；準諸文學變遷之大勢，并斟酌本科四學年國文授課時間之多寡，劃分爲四卷：第一卷，自唐虞以迄戰國，駢散未分，而文章孕育以漸成長之時期也。第二卷，自兩漢以迄南北朝，漸趨詞勝而詞賦昌，以次變排偶，馴至於儷體獨盛之一時期也。第三卷，自唐迄明，物窮則變，而復古聲高；於是儷體衰而古文日以熾之又一時期也。第四卷，則遜清以迄民國紀元，於是窮久變通，而詞融駢散，理通歐亞，取精用宏，文章開一新紀元之期行至矣！其編纂之法：每編選一代文章，必先提綱挈領，仿諸史文苑傳序例，叙明當代文家幾何人，以迄文章轉變，與若人有何關係。融通文學史於總集之中，自謂開總集未有之新紀元焉！然則中國文學變遷之大勢，可得而論也。經之《易》、《書》、《詩》、《春秋》；傳之《左》、《公》、《穀》；子之墨、老、莊、列、孫、吴、孟、荀，以及公孫龍、韓非之儔；集之《楚辭》，莫匪戛戛獨造，自出機杼。是戰國以前，文學主創作；而戰國以後，則主摹仿。湘鄉曾國藩《諭子書》謂："揚子雲爲漢代文宗，而其《太玄》摹《易》，《法言》摹《論語》，《方言》摹《爾雅》，《十二箴》摹《虞箴》，《長楊賦》摹《難蜀父老》，《解嘲》摹《客難》，《甘泉賦》摹《大人賦》，《劇秦美新》摹《封禪文》，《諫不許單于朝書》摹《國策・信陵君諫伐韓》；幾於無篇不摹。即韓、歐、曾、蘇諸巨公之文，亦皆有所摹擬，以成體段。"班固《漢書・地理志》，仿《禹貢》作。陸機《辨亡論》，仿賈生《過秦論》。韓愈《平淮西碑》，李商隱以爲"點竄《堯典》、《舜典》字"。而吴氏《林下偶談》則曰："歐公作滁州《醉翁亭記》，自首至尾，多用也字……蓋出於《周易・雜卦》一篇。"若《史記・律書》，亦仿《周易・序卦》之體也。如此之類，不可枚舉，故曰："戰國以後，文學主摹仿也。"以時間言之，既有古今之不同。而以空間言之，則又有南北之分。梁任公言："散文之長江大河，一瀉千里者，北人爲優。駢文之鏤雲刻月，善移我情者，南人爲優。"自體裁言：北人擅散文，南人長駢體。而以文章之内容言：則北人好議論，而南人工於言情。北人善叙事，而南人好騖玄想。大抵戰國以前，北方文學全盛，南方文學孕育之時期也。自兩漢以迄南北朝，則北方文學寖衰，而南方文學代興之時期也。至唐以後，則又北方文學重興，而南方文學伏流之一時期也。此其大略也，請得而備論焉。

戰國以前，如經之《易》、《書》、《禮》、《春秋》；傳之《左》、《公》、《穀》；子之墨翟、孟軻、荀卿……其體，則散文也；其用，則叙述也，議論也；皆北方文學也。獨子之老、莊，爲南士所作。而《詩》三百篇、《楚辭》三十餘篇，爲言情之韻文耳！湘鄉曾國藩撰《湖南文徵序》，謂"湖南之爲邦……屈原出於其間；《離騷》諸篇，爲後世言情韻者所祖"固已。然考《詩》之所自作。《吕氏春秋》載："禹行功，見塗山之女。禹未之遇，而巡省南土；塗山之女，乃令其妾候禹於塗山之陽。女乃作歌曰：'候人兮猗。'實始作爲南風。周公、召公取風焉，以爲《周南》、《召南》。"而鄭樵爲之説曰："周爲河洛，召爲岐雍。河洛之南瀕江，岐雍之南瀕漢。江漢之間，二南之地，《詩》之所起在於此。屈宋以來，騷人墨客，多生江漢。故仲尼以二南之地，爲作《詩》之始。"然則《詩》三百篇之始自南音，有明證矣。戰國以前，所謂言情之韻文，可考見者，惟此與楚騷耳，未能與散文中分天下也。

且同一散文也，而老、莊之作，亦有與北人異趣者。六經之中，《尚書》記言，《春秋》記事；而《周禮》、《儀禮》則記名物制度，罔不實事求是；其崇現實，固已。至《易》爲中國哲學家言之祖。然伏羲觀象而畫卦，文、周觀象而繫辭，不過因宇宙自然之象，以説明人事之推遷。讀《序卦傳》而可知也。一言蔽之曰："即物窮理"而已。孔子曰："我欲載之空言，不如見諸行事之深切著明也。"此其崇現實之精神爲何如者。至老、莊之散文，則騖玄想而厭人事矣！大抵老、莊之散文輕逸，而北人爲之則端重。老、莊之散文華彩，而北人爲之則質實。此其大較也。是爲北方文學全盛時代。漢興而南人如枚叔、劉安、司馬相如、王褒、揚雄之徒；寖與賈誼、鼂錯、董仲舒、劉向輩抗顔行，而争文壇之牛耳矣。此實南北文學消長之一大樞機也。

至魏晉之際，而中原士大夫罔不尚清談，憙老、莊；南方哲學之思想也。嫥藻彩，富感興；南方文學之色彩也。厥爲南方文學全盛時代。物極則反，《唐書①·韓愈傳》載："愈常以爲魏晉以還，爲文者多相偶對，而經誥之旨，不復振起。故所爲文，抒意立言，自成一家。後學之士，取爲師法。"論者謂："文起八代之衰。"實則吐棄南方文學，中興北方文學耳！顧於北方文學全盛、南方文學孕育之際，而有鎔鑄南北，以冶之一爐，集其大成者，於周，有孔子焉；於漢，有司馬遷焉。

（一）孔子。孔子，北方之學者，然而老子之徒。《史記·孔子世家》曰："孔子年十七，魯大夫孟釐子病且死；誡其嗣懿子與魯人南宫敬叔往學禮焉。……敬叔言魯君曰：'請與孔子適周。'……俱適周，問禮；蓋見老子云。辭去而老子送……子以言。……孔子自周返於魯；而弟子稍益進焉。"是孔子問禮於老子而學大成也。《老莊申韓列傳》曰："孔子適周；將問禮於老子。……孔子去，謂弟子曰：'鳥，吾知其能飛。魚，吾知其能遊。獸，吾知其能走。……至於龍，吾不知其乘風雲而上天。吾今日見老子，其猶龍耶。'"是孔子之於老子，傾倒甚至也。以故孔子之學，受老子之感化者不尠。孔子之學，可以《易》與《禮》盡之。

（1）《易》。《易》之十翼，十翼者，上彖、下彖、上象、下象、上繫、下繫、文言、序卦、説卦、雜卦也。孔子言哲理之文也。老子言强弱，孔子則言剛柔。人皆

① 此處指《舊唐書》。

謂：“老子致柔，孔子體剛。”其實非也。吾則謂老子之學，在弱志而强骨；孔子之學，在體剛而用柔。先聖後聖，其揆一也。蓋老子之術，須自家占穩方做，專氣致柔，能如嬰兒。知其雄，守其雌，爲天下谿；知其白，守其黑；知其榮，守其辱，爲天下谷。讓人在高處立；而老子衹卑以自牧，不與人争。然自己地步，却不肯不站得極穩。守雌者必知其雄；守黑者必知其白；守辱者必知其榮。否則真爲雌矣！黑矣！辱矣！天下之卑怯無恥孰有過於是乎！今之用老者，衹知有後一句；不知其命脈只在前一句也。故曰：“弱其志，强其骨。”可知老子之所謂弱者，只不與人争而已，非己之不自强也。自孔子之説《易》言之，曰：“天行健，君子以自强不息。”老子所謂“强其骨”也。曰：“柔順利貞，君子攸行……坤道其順乎！”老子所謂“弱其志”也。要之强以自立，柔以接物。老子曰：“持而盈之，不如其已。揣而税[①]之，不可長保。金玉滿堂，莫之能守；富貴而驕，自遺其咎。功成身退，天之道。”此《易》所爲致戒於亢龍之悔也。“亢之爲言也，知進而不知退，知存而不知亡，知得而不知喪。”老子所謂“持而盈之，揣而税之”者也。老子曰：“人之所惡，惟孤寡不穀；而王公以爲稱，故物或損之而益，或益之而損。”此《易》之所以稱“謙勞”之有終吉也。子曰：“勞而不伐，有功而不德，厚之至也。”《易・繫辭傳》曰：“易有太極，是生兩儀。兩儀生四象，四象生八卦。”是孔子之主一元論也。老子曰：“道生一，一生二，二生三，三生萬物。”是老子亦主一元論也。魏晋之際，士大夫談名理，兼稱老易。文王、周公之易，固非所論；若孔子之易，則明明出於老也。

(2)《禮》。《史記・孔子世家》曰：“孔子之時，周室微而禮樂廢……追迹三代之禮……編次其事。”即所謂《周禮》、《儀禮》二書也。《周禮》、《儀禮》二書，記現實之制度；而《禮記》一書，則孔子與其門人根據老子之《道德》五千言之玄想以批評現實之制度，孔穎達《疏》所謂“《禮記》之作，出自孔氏。孔子殁後，七十二子之徒，共撰所聞以爲記”者也。夫“自然”二字，爲《道德》五千言之真髓。老子曰：“人法地，地法天，天法道，道法[②]自然。”故“失道而後德，失德而後仁；……而後禮。夫禮者，忠信之

① 税，當作“鋭”，下同。

② 法，原作“發”，今改正。

薄；而亂之首”。是老子以禮爲道之失；而孔子之論禮運，亦言大道既隱，而後禮作；意相發明。然禮之爲言履也；經天緯地，本之則太一之初，原始要終；體之乃人情之欲；“達天道”；不違於自然，“順人情”；匪强所難能。《禮運》：“夫禮者，必本於太一……必本於天……達天道，順人情。”《坊記》：“禮者，因人之情而爲之節文。”《三年問》：“稱情而立文。”皆發明此旨。則是禮者，一本於人情之自然，周公制禮之所未知；而孔子則據《道德》五千言之意以相闡明者也。《中庸》之開宗明義曰：“天命之謂性，率性之謂道，修道之謂教。”斯又孔子之教育原則也。何謂性？本能是也。何謂率性？發揮本能是也。朱子注：“率，循也。道，猶路也。人物各循其性之自然，則其日用事物之間，莫不各有當行之路，是則所謂道也。”又曰：“率性之率，不是用力字，只是順其自然之意。”蓋即孔子説《易》，“先天而天勿違，後天而奉天時”之義也。性者，本能之謂；天者，自然之謂。曰“天命之謂性”，“先天而天勿違”之意。曰“率性之謂道，修道之謂教”，即“後天而奉天時”之意。“先天而天勿違”者，順乎道之自然而天莫能違也。“後天而奉天時”者，則以“天法道”，“道法自然”，而人不可不奉若也。要之人固率循自然，而天亦不能違自然。老、孔之道，一以貫之，曰：“自然而已矣。”知此者而後可以論孔子之學。

孔子之學，既如此矣。若以孔子之文論之，孔子生平著作：《論語》，弟子所記；而《詩》、《書》則刪之；《禮》、《樂》則定之；《春秋》則筆削之；皆仍襲前文，述而不作也。惟於《周易》有贊耳。儀徵阮元曰：“孔子於乾坤之言，自名曰文。……文言數百字幾於句句用韻……不但多用韻，抑且多用偶。”以余觀之，豈特《文言》如此。其《彖》、《象》、《傳》、《雜卦》五篇亦用韻。廑《繫辭》、《説卦》、《序卦》四篇不用韻。然亦間有一二，如“鼓之以雷霆，潤之以風雨，日月運行，一寒一暑；乾道成男，坤道成女；君子知微知彰，知柔知剛；萬夫之望”。嗚呼！此又老子《道德》五千言之文體也！老子文之叶韻者，如：“挫其鋭，解其紛。和其光，同其塵。”“元牝之門，是謂天地根。緜緜若存，用之不勤。”“五味，令人口爽。馳騁田獵，令人心發狂。難得之貨，令人行妨。”“視之不見名曰夷，聽之不聞名曰希，搏之不得名曰微。”“窈兮冥兮，其中有精。其精甚真，其中有信。”偶句更難僕數。而孔子則以老子用韻比偶之法贊《易》，此孔子鎔鑄南北之文體者一也。抑又聞之桐城劉大櫆曰：“上古文字初開，實字多，虚字少。典謨訓誥，何等簡奥！

……至孔子之時，虛字詳備；作者神態畢出。……文必虛字備而後神態出。”而不知文之用虛字者，南方文學之情韻也。吾嘗聽北人語，往往助詞不多，語甚簡捷。而語言助詞之多，覺無有甚於江以南者。以今日南北語法之異，而推之古人之文，可知也。夫文之虛字，即語之助詞也；周誥殷盤，佶屈聱牙；虛字不多，自是北人文體。而南人散文之最古者，莫如《老子》，其中之、乎、者、也、矣、焉、哉具備；可覆按也。至孔子贊《易》，則者、也二字特多，而其門弟子所述《論語》、《禮記》及《左氏傳》之用虛字，則尤脱口如生。此是文章一大轉變！吾嘗謂今日白話文中之多語助詞，是北語之南方化；猶之孔子當日作文之用虛字，是北方文學之南方化也。以思想言之既如彼，以文體言之又如此；故曰：“孔子者，實鎔鑄南北文學，而冶之一爐，集其大成者也。”

（二）司馬遷。司馬遷之《史記》，似與《尚書》、《春秋》同類；然而有未容相提並論者。吾嘗謂太史公之書，其文則史，其情則騷。古之作史者，以紀事，不以抒情；而史遷則以紀事爲抒情。《尚書》記言，《春秋》記事，亦如其人之言與事記之而已，不參以己意也。而史遷則意有所鬱結，發憤之所爲作。故嘗見意於《自序》曰：“太史公遭李陵之禍……身毁不用矣！退而深惟曰：‘夫詩書隱約者……大抵聖賢發憤之所爲作也。此人皆意有所鬱結……故述往事，思來者。’”此明示其述作之旨，在抒情，不在記事也。又嘗見義例於《屈賈列傳》曰：“屈原之作《離騷》，蓋自怨生也。……上稱帝嚳，下道齊桓，中述湯武，以刺世事；明道德之廣崇，治亂之條貫；其文約，其辭微。”此尤明告後世讀者。以其文則史，其情則騷也。夫史者，北方崇現實之文學也。騷者，南方富感興之文學也。而史遷則寓騷之感興於史之現實。此又史遷之鎔鑄南北文學以自成一家言也。

中國數千年文學之嬗變，略具於是矣。余治中國文學史數年，頗多發人之所未發；亦欲以通古今之變，成一家之言；卒卒未暇以爲。會是編之成而約其旨於此，世有知言君子，幸覽觀焉。十年五月十日。

（原刊於《南通報》，1921年11月7日—27日）

《無錫人物志稿》自序

民國七年，浙中閔黄山先生自京師詒書曰："聞聲久，未睹顏色爲恨。今有一言爲足下告者：吾在清史館，得薛福成、李金鏞諸公傳，皆不過一履歷紙而已。更數百年，何從證見其生平志事者？是諸公學業勳猷，等諸腐草耳。吾子能文章，又明著作之例，盍急起圖之？"博誼無所諉，因撰次聞見所及，得殖邊一人，曰李金鏞；外交一人，曰薛福成附弟福保；名將一人，曰嚴金清；文學一人，曰秦湘業附兄湘武，從孫寶璣、施建烈、范鈞；格致一人，曰徐壽附子建寅；算學一人，曰華蘅芳附弟世芳；義俠一人，曰孫元楷附子鼎烈；禁烟一人，曰許鈺；辨學一人，曰楊模附鄧濂、秦堅。都九人，附傳十人。而吾邑六七十年來之歷史人物，略盡是矣。錢基博記。

（原刊於《無錫新報·文學月刊》，1922年9月1日）

《江蘇省立第三師範學校癸亥春季修學旅行指導書》小序

今歲春，諸生請願旅行。本三、本二，杭州。本一，南京。預科，蘇州。將戒途，博召諸生，正告之曰：諸生知旅行矣！雖然，尚諦聽余言：諸生，學生也；舍學何以爲生？學生之旅行，名之曰修學旅行；此可以證尋常遊山玩水，固非所以語於學生也。舍修學何所用旅行？蓋學生者，以學爲生之謂。而博之職責，則在教諸生學。願諸生勿以汗漫遊爲旅行，而忘“修學”二字也。古之大儒爲修學旅行者，有崑山顧亭林先生焉。先生每出遊，載書以行，隨所至阨塞，即呼老兵退卒詢曲折；或與平日所聞不合，則即旅舍中發書勘，事見全謝山著《墓表》。有吾縣顧景范先生焉，自序稱：“所著《方輿紀要》一書，集百代之成言，考諸家之緒論，窮年累月，矻矻不休。至於舟車所經，亦必覽城郭，按山川，稽里道，問關津，以及商旅之子、征戍之夫，或與從容譚論，考核異同。”皆可以爲修學旅行者法，因述《杭州小志》、《金陵小志》、《蘇州小志》。若夫周咨博訪，考核異同，此諸生事也。癸亥舊寒食節前三日，錢基博。

（原刊於《無錫新報·文學月刊》，1923年5月1日）

《常州學者傳》序目

敘曰，常州學者之稱，著於經學，然經學未足以盡常州學者也。常州之初，實曰毗陵，隴山東秀，二泉流甘，章山南來，雙氿浴黛，土厚水深，通渠江湖，周孝侯所謂："三江之雄潤，五湖之腴表，神皋結爲上腴，謂之毗陵者，言其厚也。"山澤清曠，畸士生焉；志節貞剛，質有其文。春秋之世，延陵季子顯名於諸侯，太史公所謂"宏覽博物君子"也。孝侯繼起，桓桓武烈，而好學有文思，斯並間氣所鍾，卓犖爲傑，且勿論焉。言其近者，五六百年來，論繪事則無錫倪瓚，闢寫意畫之別徑；武進惲格，開寫生畫之前茅。而地理有江陰徐霞客，窮河沙，上崑崙，辨江源之非岷山，以正中國山河兩戒之説；有無錫顧祖禹據正史，考訂地理，著《讀史方輿紀要》百二十卷，貫串諸史，出以所獨見，寧都魏禧所謂"數千百年絶無僅有之書"也。理學則有無錫顧憲成、高攀龍之開東林學派焉。經學則有武進莊存與、劉逢禄之創今文派焉。文學則有武進張惠言、惲敬、李兆洛之成"陽湖派"焉。亦有無錫顧棟高者，生有左癖，類別部居，囊括春秋二百四十年之制度文物，作《春秋大事表》五十卷，倣《史記》十表例，旁行斜上，觀其大較，新會梁啓超稱之曰"歷史統計學"者是也。下暨晚清，則有無錫徐壽父子之制器尚象，華蘅芳兄弟之算學，皆能獨開風氣，尊聞行知，爲於舉世不爲之日，聲教所被，洋溢乎中國，炳焉蔚焉，莫之與京也。寧獨經學之治今文，異軍突起耶？余生無錫，舊隸常州爲下邑，而又持教三師，學區所領，武武進、錫無錫、江江陰、宜宜興，跨江有靖靖江，皆故常州屬也。將發潛德之幽光，朂繼軌於方來，述常州學者傳凡十六人：

繪事：倪瓚　惲格

理學：顧憲成　高攀龍

地理：徐霞客　顧祖禹

史學：顧棟高

經學：莊存與　劉逢禄

文學：張惠言　惲敬　李兆洛

科學：徐壽（子建寅）　華蘅芳（弟世芳）

此十六人者，史或有傳，或無傳，而吾之所以傳之者，要未嘗敢襲前史一字一句，史之所詳者，吾或略焉，而轉博學詳説於史之所未及詳者。蓋史之所傳者事功，而我之所傳者學術也。史之所欲傳者世間成功之學者，而我之所欲傳者在其人如何成學者也。子曰："我欲載之空言，不如見之行事之深切著明也。"此余所爲著書之意也。百爾君子，尚念之哉！

（原刊於《國學叢刊》第1卷第3期，1923年9月）

《上古學術文編》敘録

中國學術思想之盛始於春秋，大於戰國。而春秋以前，則比諸發蒙之世耳！然而我民族一切宗教、道德、法律、制度之根荄，胥於是乎蘖焉。約而論之，蓋有三端：一曰天道；二曰人倫；三曰天人相與之際。綜斯三事，而緯以二説：一曰修己以安人。安有勝殘去殺之意。若以西洋生存競争、優勝劣敗之説證之，則修己者，所以自存而競勝於世焉耳。同一修己也，有仁暴之分焉。竊嘗謂西洋人之自我觀：大抵以我爲主，以人爲從；而廿世紀之社會主義，其反響也。至吾國古先聖哲相傳人倫道德之自我觀，則以全人類爲主，以我爲從。仁者人也；殺身成仁之説，厥爲我先民思想之中樞焉。一曰即人以驗天。粤我先民，敬天畏天；此亦初民之常也。顧其言天也，與各國異。天者，有自然之法則以爲人事之規範，道德之基本。皋陶所謂“天叙有典，天秩有禮”，是也。各國之尊天者，常崇之於萬有之外。而中國則常體諸人生日用之間。此中國所特長也。其説之可考見者，蓋具於《尚書》一編云。録《皋陶謨》、《高宗肜日》、《洪範》、《多方》。

夷考孔子之道，直爲中國政教之原。中國之歷史，即孔子一人之歷史而已。故談歷史者，不可不知孔子之道。然欲考孔子之道，必先明孔子道之所自出。孔子者，老子之問業弟子也。孔子之道，雖或與老子殊異，然源流則出於老。故欲知孔子者，不可不知老子。老子之學，雖主無爲，而其用在無不爲；雖體至柔，而其用在馳騁至堅。儒者以克己爲務，以謙退不伐爲貴，其義即本於老子。史稱孔子問禮於老聃，奉之爲嚴師。孔學之胎於老，無可諱言。至老子之言曰："天下之寶三：一曰慈；二曰儉；三曰不爲天下先。"《道德經》五千言，可以此三者括之。其曰不爲天下先，楊朱之學所從出也。其曰慈曰儉，墨翟之學所從出也。墨翟得老之慈，故有《兼愛》之篇；得老之儉，故有《節用》、《節葬》之篇。惟慈，故不嗜殺人。老子曰："以道佐人主者，不以兵强天下。"又曰："天下有道，却走馬以糞。天下無道，戎馬生於郊。"此即墨子《非攻》之旨也。惟儉，故不尚技巧。老子曰："人多技巧，奇物滋起。"此即墨子《經説》之旨也。楊朱亦老學别子；列子書備引其説。蓋老子之學，無所不賅。知柔知剛，亦實亦虚。學之者不得其全，遂分爲數派。其得老學之消極一派者爲楊朱，得老學之積極一派者爲墨翟。而孔子則折衷於楊、墨二者之間。子曰："舜其大知也歟？執其兩端，用其中於民。其斯以爲舜乎！"吾於孔子之道亦云！録老子《道德經》，孔子《易・説卦傳》、《序卦傳》、《繫詞傳》、乾坤二卦《文言傳》，《楊朱篇》，墨子《兼愛篇》、《非攻篇》、《節葬篇》。

戰國之世，老子之徒，有列禦寇、莊周焉。孔子之徒，有子思、孟軻、荀卿焉。然思孟與莊列不同者其宗師；而同者則"道法自然"之旨；譬之同門而别户耳。蓋孟軻者，子思之徒；子思者，孔子之孫；而孔子則老子之問業弟子也。老子之明道也，究極於虚無。而孔子則以真實無妄爲歸宿。《中庸》曰："誠者天之道也，誠者物之終始；不誠無物。"老子崇道於天地萬物之外，而孔子則體諸人生日用之間。此孔子之所以别於老也！然孔子"率性爲道"之説，實本於老之"道法自然"；轍迹顯然，不容諱也！

獨荀子以從性順情爲惡，違性制情爲禮，矯自然而不法自然；言禮義與孔同，而所以言禮言義者，則與孔子異。孔子述堯舜，而荀法後王。孔子畏天命，而荀制天命。孔子道率性，而荀重師法。孔子曰："夫禮必本於天，以人情爲田。"而荀子曰："禮義者，聖人之所生也；人之所學而能，所事而成者也。"要之荀子之意，率性而順自然，則失其所以爲人。拂性而矯自然，乃即其所以爲禮。此又荀子之所以大别於孔也！嗚呼！三古已還，二帝三王之所謂“天叙有典，天秩有禮”；老子之所謂“道法自然”；孔子之所謂“率性爲道”；迨荀子起而其説摧拉無餘焉！然則荀子者，雖曰仲尼之徒哉，殆孔教之馬丁路德耳！其高第弟子韓非薄仁義，厲刑禁；李斯焚《詩》《書》，陳督責。論者或以爲慘礉少恩。自博觀之，二人者，皆篤信師説而蕲措諸行事者也。雖所施或拂人心之同，然韓退之有言："士之特立獨行，適於義而已！不顧衆人之是非，皆豪傑之士，信道篤而自知明者也！一家一國非之，力行而不惑者寡矣！"至於舉世非之，力行而不惑者；彼豈無所挾持而能之哉？殆篤信師説而不徇於流俗耳。余故特表而出之以諗治國故者焉。録列子《天瑞篇》、《黄帝篇》，莊子《逍遥遊》、《齊物論》，子思《中庸》，孟子《言性章》、《性猶湍水章》、《生之謂性章》、《人異禽獸章》、《盡心章》，荀子《勸學篇》、《榮辱篇》、《非相篇》、《儒效篇》、《君道篇》、《天論篇》、《禮論篇》、《性惡篇》，韓非《難》、《難勢》、《問辨》、《六反》、《八説》、《五蠹》、《顯學》，李斯《燒詩書議》、《陳督責書》。

（原刊於《無錫新報·思潮月刊》，1923 年 9 月 16 日）

《模範文選》敘目

記事門

側敘法　公羊傳　邲之戰　司馬遷　廉頗藺相如列傳

逆敘法　左傳　會於稷以成宋亂　韓愈　唐朝散大夫贈司勳員外郎孔君墓誌銘　蘇軾　方山子傳

帶敘法　左傳　齊侯使晏嬰請繼室于晉　陳壽　王粲傳

歷敘法　左傳　晉公子重耳之及於難　惲敬　遊翠微峰記

類敘法　鮑照　登大雷岸與妹書　韓愈　畫記　汪中　廣陵對

對敘法　左傳　城濮之戰　邲之戰　鄢陵之戰　左傳　申之會　平丘之盟

瑣敘法　歸有光　項脊軒志　魏禧　寄兄弟書

虛敘法　檀弓　季武子成寢　檀弓　陳莊子死　范曄　黃憲傳　彭績亡妻龔氏壙銘

語敘法　惲敬　紀言　劉可毅　記毘陵驛馬

言敘法　尚書　牧誓　左傳　子產寓書於子西以告宣子

議敘兼行門

夾叙夾議法　陳壽　上諸葛亮集表　曾鞏　墨池記

先叙後議法　左傳　鄭武公莊公爲平王卿士　孟子　子産聽鄭國之政　韓非子　難舜　蘇洵　族譜引

先議後叙法　蘇軾　超然臺記　孫詒讓　劉恭甫墓表

言事門

條議法　章學誠　古文十弊　錢基博　祭孔子文

並論法　劉勰　情采　劉知幾　二體

證明法　荀子　非相　劉知幾　模擬　蘇洵　諫論上

襯形法　司馬遷　秦楚之際月表序　劉大櫆　息争

比喻法　墨子　非攻　莊子　胠篋

問答法　孟子　有爲神農之言者許行　蘇伯衡　瞽説

別白法　龔自珍　六經正名　陳鐘凡　諸子流別

歸納法　老子　一章　墨子　兼愛上　章學誠　言公　龔自珍　古史鈎沈論

演繹法　老子　十六章　老子　二十八章　墨子　明鬼下　蘇軾　倡勇敢

右《模範文選》五十四篇。竊按今之所謂模範文，古之所謂文章也。蓋“成事成文曰章”《孟子》“不成章不達”注。章者，條也，理也《史記》“約法三章”注。文之綜事布意，有條不紊者，謂之文章；以其出言有章，可爲法式，謂之模範文。《説文》竹部：“範，法也。”木部：“模，法也。”段玉裁注：“以木曰模，以竹曰範，皆法也。”玆之所謂“模範文選”者，蓋選文之可爲法式者也，與普通所謂“文選”不同。梁昭明太子《文選序》曰：“衆制鋒起，源流間出，譬陶匏異器，並爲入耳之娱；黼黻不同，並爲悦目之玩。……事出於沈思，義歸乎翰藻。”蓋抒情發感，因寄所託，而以娱志爲歸；此文選之鵠也。至模範文之選，期於綜事布意，可爲法式。劉勰曰：“設情有宅，置言有位。宅情曰章，位言曰句。故章者明也；句者局也。局言者聯字以分疆；明情者總意以包體。……篇之彪炳，章無疵也；章之明靡，句無玷也。句之清英，字不妄也。……句司數字，待相接以爲用。章總一義，須意窮而成體。原始要終，體必鱗次，啓行之辭，逆萌中篇之意；絶筆之言，追媵前句之旨；

故能外文綺交，内義脈注，跗蕚相銜，首尾一體。”旨哉乎！可謂言模範文之極則也！要之普通文選，可以娱志爲歸。而模範文選，當以明法爲本。莊生自言：“以悠謬之説，荒唐之言，無端崖之辭，時恣縱而不儻；不以觭見之也，以卮言爲曼衍，以重言爲真，以寓言爲廣。其書雖瓌瑋而連犿，無傷也；其辭雖參差而諔詭可觀。”倘所謂宏文無範者耶！美則美矣；然不以繩墨自紀，可以入文選，而不可以入模範文選也。

文有記載之文，有議論之文。記載之文述事，議論之文闡理。而情者緯於事與理之間，妙萬物而爲言者也。然理麗於事，作者代興，有直叙其事，不著議論之文。而無獨抒所見，不根事實之文。子曰：“我欲載之空言，不如見之行事之深切著明也！”大哉言乎！今日學者之患，在不諦觀事實，而載空言。未知審題，先求行文；未能叙事，偏喜抒論；大言炎炎，而卒之爲武斷，爲迂闊而遠於事情！兹先之以記載之文，次議叙兼行之文，而以議論之文殿焉；蓋欲學者準此爲文，實事求是，一題到手，先諦觀事實，而後發議論也。昔《姚篹》古文，冠以論辨。《曾鈔》百家，亦先著述。以之教學，徒長空談；揆之私懷，殊不謂然！學文必先明法。明法之道，在能即異見同，籀爲公例。而公例之所能籀，始於别異，終於見同。何謂别異？旁羅博搜之既多，别白不同，而爲分類；譬諸草木，區以别矣。此之謂别異。及其既也，多學而識，而期之貫一；觀其會通，而建爲不可畔之大例。孔子曰：“博學於文，約之以禮，可以勿畔。”禮者，謂不可畔之大例也。此孔子學文之道也。昔包世臣與楊季子論文，以爲：“文類既殊，體裁各别。然惟言事與記事爲最難！言事之文，必先洞悉所事之條理源委，抉明正義；然後述現事之所以失，而條畫其補救之方。記事之文，必先表明緣起，而深究得失之故，然後述其本末；則是非明白，不惑將來。凡此二類，固非率爾所能。而古今能者，必宗此法；機勢萬變，樞括無改。”則庶乎即異見同，籀其大例者。雖然，包氏見同矣，而未能别異。蓋包氏所謂别者，惟言事與記事耳！而言事與言事之别，記事與記事之别，包氏未之逮也！竊謂記事之别有十：曰側叙法。曰逆叙法。曰帶叙法。曰歷叙法。曰類叙法。曰對叙法。曰瑣叙法。曰虚叙法。曰語叙法。曰言叙法。曰問答法。曰别白法。曰歸納法。曰演繹法。言事之别有九：曰條議法。曰並論法。曰證明法。曰襯形法。曰比喻法。曰問答法。曰别白法。曰歸納法。曰演繹法。而言事記事亦有具於一篇，不可析異者，謂之議敘兼行；茲又别之爲三：曰夾敘夾議法。曰先敘後議法。曰先議後敘法。此其大略也。會斯衆異，籀其大同。大抵言事之文，有案語、證語、難語諸法，所以反覆伸辨，以求立説之安。記事之文，有追敘、補敘並插敘諸法，所以位置層次，以謀布局之完。此又揆之衆篇而同然。俟諸百世而無惑者也。詳具本編，茲不復贅。無錫錢基博。

（商務印書館，1935 年 4 月初版）

三師《群書治要》叙目

鄭　樵《校讎略》

編次必謹類例論　編次必紀亡書論　書有名亡實不亡論　編次失書論　見名不見書論　闕書備於後世論　亡書出於後世論　亡書出於民間論　求書之道有八論　編次之訛論　崇文明於兩類論　泛釋無義論　書有不應釋論　不類書而類人論　編書不明分類論　編次有序論　編次不明論

四庫書目叙

經部　總叙　易類叙　書類叙　詩類叙　禮類叙　春秋類叙　孝經類叙　五經總義類叙　四書類叙　樂類叙　小學類叙

史部　總叙　正史類叙　編年類叙　紀事本末類叙　別史類叙　雜史類叙　詔令奏議類叙　傳記類叙　史鈔類叙　載記類叙　時令類叙　地理類叙　職官類叙　政書類叙　目録類叙　史評類叙

子部　儒家類叙　兵家類叙　法家類叙　農家類叙　醫家類叙　天文算法類叙　術數類叙　藝術類叙　譜録類叙　雜家類叙　類書類叙　小說家類叙　釋家類叙　道家類叙

集部　總叙　焚誦①類叙　別集類叙　總集類叙　詩文評類叙　詞曲類叙

章學誠《校讎通義》

原道　宗劉　互著　別裁　辨嫌名　校讎條理

補校《漢藝文志》之三、四、五、六、七、八、九七條　《漢志》六藝之三條　《漢志》諸子之四、五、十一、十二、十三、十九、二十、二十三、二十四、二十六十條　《漢志》詩賦之一、二、三、四四條　《漢志》兵書之二、三、四、五、六、七六條

曾國藩《聖哲畫像記》

曾國藩《諭子書》自《曾文正公家訓》摘録

咸豐八年七月二十一日　八月初三日　八月二十日　十月廿五日

咸豐九年四月二十一日　五月初四日　六月十四日　八月十二日

咸豐十年閏三月初四日　四月二十四日

咸豐十一年正月初四日

黎庶昌《周以來十一書應立學官議》

鄭孝胥《讀書淺言》

沈同芳《經史國文補習科答問》

問家塾既以經史爲主要中之主要如何可作世界觀願問其略　問讀經作世界觀於古有徵否　問學童知識未充驟與言讀經作世界觀未易明瞭究宜先讀何經用何種讀法　問孔子時未有經但教人以詩書易禮而後人稱之爲經願聞其略　問讀經何以必背誦於古有徵否　問讀史如何作世界觀

盎特魯博士之讀書法

胡　適《一個最低限度的國學書目》

梁任公《國學入門書要目及其讀法》

徐劍緣《評胡梁二先生所擬國學書目》

嘗聞諸生之相告語者曰："讀書，無書可讀，奈何?"余正告之曰："特汝

① "焚誦"疑爲"楚辭"之訛。

曹之不知何書可讀及書之如何讀耳！寧有無書可讀者！”遂寫此目付之。諸生欣然持去曰：“得此吾曹知所讀且知所以讀矣。”遂檢目分繕，都二十日畢事。來請序，曰：“願夫子有以進之。”因爲題册首曰“群書治要”。其中有言應讀之書者，蓋所謂“群書之要”，詒諸生知所讀也。有言讀書之法者，有言校讎之義者，則所以治此“群書之要”，而詒諸生以所以讀者也。夫所謂群書之要者，近儒胡適所謂“一個最低限度的國學書目”也。雖然，最低二字，殊亦未易論定。胡氏所云或爲大學而發，本校諸子已有仰之彌高之嘆。博在本校言本校，卑之無甚高論，就國文言國文，所志有其專鵠。蓋要之中，有其最要者焉。最低限度之下，又求低焉，於經曰《四書》，於史曰《通鑑輯覽》，於子曰《諸子文粹》，於集曰《古文辭類纂》，則庶幾要之又要，低無可低者也！雖然，諸生知所讀，尤不可不知所以讀。試論讀法。

（甲）《四書》之讀法

（一）明次第

朱子注《四書》，以《學》、《庸》、《論》、《孟》爲序；當有用意。然如有志治文學字；據博意，當先《大學》，次《孟子》，次《論語》，而以《中庸》殿焉。何也？《大學》是極有繩墨文字，看他頭緒儘紛繁，却如網在綱，有條不紊；讀一過，於古人謀篇成章，必有多少悟入處。然後讀《孟子》長篇大論局陣迷離，如五花八門；忽覺得另換一付眼光！須看他如何神明變化於規矩繩墨而不離規矩繩墨，所謂用法能得法外意也。次取《論語》讀之，却三言兩語，以少許勝《孟子》多許；絢爛極而歸平淡，又是一番境界。而終之以《中庸》者，固無論其説理之精，敻莫與京！即文字亦程子所謂“其書始言一理，中散爲萬物事，末復合爲一理，放之則彌六合，卷之則退藏於密，其味無窮”。天下之至文也！善讀者玩索而有得焉，于文章之道，思過半矣！此統合《四書》而論看之先後之次序也。如以看一書言之，平湖陸隴其曰：“作文須以看書爲急，每日應將《四書》一二章潛心味玩，不可一字放過。先將白文自理會一番，次看本注，次看大全，次看蒙引，次看存疑，次看殘説。如此做工夫，《四書》既明，讀他書便勢如破竹矣！”

（二）通大義

《四書》每一書中皆有大義百數十條，宜研究詳明，會通貫串，方爲有益。新會梁啓超有《讀孟子界說》，載《清議報》；新城王樹枏有《中庸大義》，載《中國學報》，皆甚佳。若僅隨文訓解，一無心得，仍不得爲通也。

（三）明界説

讀《四書》既通大義，然後分類體玩，以觀其異同處。如《論語》問孝爲類，而答各不同；知其所以異，即知其所以同。此外，問政、問仁、問知及一切言行，均當如是觀。孔子教人隨時指示，本甚明瞭。如曰"是聞也，非達也"，及君子、小人、泰驕、和同、比周之類；又論楚子文之忠，陳文子之清，臧文仲之知，皆絲毫不少假借，有一界綫存乎其間。故讀經之必有界説，猶治井田之經界，不可不正也。《孟子》更處處有界説，指不勝屈。舉一反三，要不能無望于善讀者！

（乙）《通鑑輯覽》之讀法

（一）就事論事

（1）切己體察。寧都魏禧稱："伊川先生每讀文到一半，便掩卷思其成敗，然後再看；有不合處，又更思之。其間有幸而成，不幸而敗者，不得徇其已然之迹與衆人之論。"南豐謝文洊曰："學明理于經，而習事于史。史于學居十之六，而閲歷煅煉又居其四；事變無窮，莫可究詰；然能舉古人之成案，精思而力辯之，置身當日，如親受其任而激撓衝突于其間；如是者久之，則閲歷煅煉已兼具于讀史之中矣。"

（2）參考地圖。太倉陸世儀曰："人欲知利地，須是熟看《通鑑》，將古今來許多戰争攻守去處，一一按圖細閲。天下雖大，其大形勢所在，亦不過數項。如秦蜀爲首，中原爲脊，東南爲尾。又如守秦蜀者，必以潼關、劍閣、夔門爲險；守東南者，必以長江上流荆襄爲險。此等處俱有古人説過做過，只要用心理會。其或因事遠遊，經過山川險易，則又留心審視，以證吾平日書傳中之所得。久之貫通，胸中自然有個成局。"

（二）得其會通

（1）貫穿讀法。中國斷代爲史，不能得其會通；然非無一二公例可籀也。

即如春秋之時，所號爲中國者，王畿以外，不過齊、晉、魯、宋、衛、鄭、蔡、陳、許中原數千里之地。山戎長狄，類皆錯處中土。又其時，荆蔡、吴越諸邦，其受封之始，雖皆神明之胄，然以僻處邊陲，後通中國，亦皆擯諸蠻服之列。然春秋之義，諸夏用夷禮則夷狄之，夷狄進於中國則中國之。是當日修史者，具有世界觀，而不存排外之成見。嗣後，吾國歷經五胡、六代、五季及女真、蒙古、滿洲相繼狎主；然其始以武力屈服我，而卒亡不漸漬我禮教，以期自進於中國，受我同化者，則春秋之教然也。即此一端，自黄帝戰敗蚩尤以迄今日，凡關於種族戰争之歷史，均應通五千年作貫穿讀法；方知我國民性愛和平、能以一視同仁之世界觀，稟春秋夷狄進中國則中國之之教，一旦爲異族武力所屈服，亦能以禮教之同化勝之，不自今日始，亦不自今日止也。舉此爲例，其餘治亂興亡之陳迹，無不當以貫穿之法讀之矣。

（2）比較讀法。非比較不能貫穿。司馬温公《資治通鑑》，朱子《通鑑綱目》，皆號稱能觀其會通，然以司馬公、朱子生兩宋之時，其眼光亦祇能作當日之現世觀，而借鑑於歷代得失，爲之比較。帝魏帝蜀之紛紛，亦以兩人之身世不同也。王船山在明季，其《讀通鑑論》，與温公時有牴牾，亦其所處之時有不同也。故博所謂比較讀法者，亦應切於今日之情形而以前者爲比較。猶之三代以前，河北勢力極盛；堯都平陽，舜都蒲阪，禹都安邑。其後寖移河南。湯都亳，周公營洛邑。春秋時，晉楚争伯，必有事於鄭。秦漢之際，劉項逐秦鹿，日喋血滎陽、成臯。又後移於江北，則三國之争荆襄，是也。自是以後，江南亦駸駸有事焉。三國之吴，以及東晉、宋、齊、梁、陳，皆都南京；而京口號稱北府，兵尤爲天下雄。而自漢迄今，全史之大部分皆演于黄河、長江間之原野。彼龍拏虎擲，甲興乙仆，殆未有出山東、安徽、江蘇、河南、湖北數省之外者也。自唐以前，湖南、浙江、兩廣、雲南諸省曾未嘗爲輕重于大局；自宋以後，而大事日出於此間矣。宋之南渡在浙，其亡也在廣東。明之亡也，始而江，繼而浙，而閩，而粤，而桂。此亦地運由南而北，由黄河、長江而漸趨于西江之明證也。湘中古之南楚，號稱大國；而二千年間用之者，惟一蕭銑隋末；乃清咸同以來，曾胡驟起，湘軍之聲譽，東至東海，南踰嶺南，西闢回部，西南震苗疆，至今尚赫赫在人耳目！近日南北争峙，且以是爲劉項之滎陽、成臯，三國之荆襄，日事喋血焉。湖南之有大影響于全國，不過五六十年以來也。兩廣亦然。疇昔，唯有尉佗秦漢之際、劉隱五代等之羈縻。及洪楊發難，乃裹五嶺之民，凌勵蹴踏半天下。而民國以來陸榮廷、孫文用之以抗衡北政府，儼分天下半壁。故兩廣之有大影響于全國，亦不過五六十年以來也。雲南亦然。自古爲蠻瘴之鄉，去中原絶遠，無與于利害之數。乃袁世凱僭帝自娱，方以東南巨鎮大蕃，皆門生故舊，莫余毒也！不意蔡鍔用偏隅之滇發難，袁氏遂震仆不起。嗣後，唐繼堯襲其餘威，爲東南連帥。夫滇固西江之上流，而兩廣具中流也。故我國自周以前，以黄河流域爲歷史之代表。自漢以後，以黄河、長江兩流域爲歷史之代表。近五六十年以來，乃以黄河、長江、西江三流域爲歷史之代表。此皆以現世之情事比較而知其變遷者也。舉此爲例，其他治亂興亡之成迹，更無不當。以比較之法讀之，而求其貫穿矣。

（3）籀明公例。世運遞變，有其必然之大例。而天下之群衆矣，夷考進化之階級莫不始於圖騰，繼以宗法，而成於國家。方其爲圖騰也，其民漁獵；至於宗法，其民耕稼；而二者之間，其相嬗而轉變者以遊牧。最後由宗法以進於國家，而二者之間其相受而蜕化者以封建。此其爲序之信，若天之四時，若人身之童少壯老，期有遲速而不可或少紊者也。徵之西史然，推之吾國歷史亦然。吾弱冠以前，反復讀《綱鑑易知録》七週，《資治通鑑》五過，事變紛紜，苦不得其要領！至十九歲，讀嚴復譯《社會通詮》，乃知世運遞變，有其必然之大例。然後嚮之所謂“二十四史，不知從何説起”者，至是如土委地，如冰得解，涣然釋然。迄今思之，猶醰醰有餘味！蓋嚴氏之書，實一籀明歷史公例之書也。故讀《通鑑》之後，匪讀《社會通詮》一書，不足以融貫數千年紛紜之事變而得其會通。

（丙）《諸子文粹》之讀法

（一）擇善本

諸子選本，古罕流傳。唐初魏徵奉勑撰《群書治要》，經史並録。其先後則有庾仲容《子鈔》，馬總《意林》，高似孫《子略》，斯爲最著。或其書已亡；或篇帙寥寥，割裂什九；致足惜也！近人武進李寶洤輯録是經，專主鴻篇巨著。而零珪碎壁，亦不輕棄，雖取之本書僅十之三四，然精言奥旨，雖有遺焉者寡矣！

（二）求訓詁

諸子道術不同，體制各别；然讀之亦有法。首在先求訓詁，務使確實可解，切不可空論其文，臆度其理。即如《莊子》寓言，謂其事多烏有耳；至其文字名物，仍是鑿鑿可解，文從字順。豈有著書傳後，故令其語在可曉不可曉之間者乎？以經學家實事求是之法讀子，其益無限，大抵天地間人情物理，下至猥瑣纖末之事，經史所不能盡者，子部無不有之，其趣妙處，較之經史，尤易引人入勝。故不讀子，不知瓦礫糠粃，無非至道；不讀子，不知文章之面目變化百出，莫可端倪也。此其益人又有在於表裏經史之外者矣！

（三）明流别

治諸子應知流别，而先儒論諸子流别者，莫詳於《莊子·天下篇》、太史公談《論六家要旨》、《淮南子要略》、《漢書·藝文志》諸篇略，諸書具在，可覆按也。然諸子學不純師，流别既明，當求其相互之關係。近人江瑔著《讀子卮言》，論諸子之所以異流，又進而論諸子之何以同源。詳證博引，條分縷悉，厥爲治諸子流别者不可不讀之書焉。

（丁）《古文辭類篹》之讀法

（一）分類看

學文之道，首在辨體。桐城姚氏是篹，分文體爲十三類：曰論辨，曰序跋，曰奏議，曰書説，曰贈序，曰詔令，曰傳狀，曰碑誌，曰雜記，曰箴銘，曰頌贊，曰辭賦，曰哀祭。長沙王氏因之，而其行文之得失，不可不依體爲斷。每體各有一定格律，凜然不可侵犯。寧都魏禧《論蘇明允上田樞密書》，開口便云："天之所以予我者，豈偶然哉！"竟是作論，古來書札中不見有此。書雖文，要與面談相似。此實不易之論，雖老泉復起，不能爲之辭也。姚氏亦稱韓愈《伯夷頌》似太史公論讚，非頌體。而曾國藩論文章之美分陽剛與陰柔，曰："陽剛者氣勢浩瀚，陰柔者韻味深美。浩瀚者噴薄而出之，深美者吞吐而出之。論詞賦、奏議、哀祭、傳誌、叙記宜噴薄，叙跋、詔令、書牘、典志、雜記宜吞吐。其一類中微有區别者：如哀祭雖宜噴薄，而祭郊社、祖宗則宜吞吐。詔令雖宜吞吐，而檄文則宜噴薄。書牘雖宜吞吐，而論事則宜噴薄。"亦各有所宜也。此外如曾氏評韓愈《殿中少監馬君墓誌銘》云："誌墓之文，懼千百年後谷遷陵改，見者不知誰氏之墓，故刻石以文告之。語氣須是對不知誰何之人説話，此文少乖。”須于此等處細意著眼，乃知一體有一體之格。

（二）分代分人看

文章一代有一代之風尚，一人有一人之面目。孟子論誦詩讀書，必推及于知人論世。然不分代分人看，亦無以知人論世也。讀姚、王二氏書，既分類看，以明文之因體而殊，尤不可不分代看，以知文之代殊；而一代之中，風尚攸同；然作者性情不能無異，尤必分人看以體認各家面目。曾國藩所謂“初學揣摩古人文，惟當先認其貌，後觀其神，久之自能分别蹊徑”是也。

（三）注意圈點

宜興吴德旋曰：“《古文辭類篹》，其啓發後人處，全在圈點。有連圈多而題下衹一圈兩圈者，有全無連圈而題下乃三圈者，正須從此領其妙處。末學不解此旨，好貪連圈，而不知文品之高乃在通篇之古淡，而不必有可圈之句。知此則於文思過半矣。”此看古人圈點也。然安邱王筠教學子看古人文，皆使圈之抹之，以爲總須自己拿出眼光去别擇古人好醜，方是切實工夫。工夫有進，即不妨圈其所抹，抹其所圈，曰：“不是圈古人抹古人，乃是圈我抹我也。”其用意尤精。

吾之所以誥諸生者止此矣！雖然，漢儒不云乎：“爲政不在多言，顧力行何如耳。”然則讀書寧在多言哉？蓋熟讀而强探，知人而論世，在諸生之自勉之耳。余欲無言！

民國十二年十一月二十八日，錢基博寫於三師

（原刊於《無錫新報·思潮月刊》，1923年12月16日）

《國學必讀》序言

余讀《孟子》書，至《萬章篇》："頌其詩，讀其書。"《周禮·春官·大師》注："頌之言誦也。""頌其詩"，即"誦其詩"；於詩曰誦，於書曰讀，而知誦與讀之有别。段玉裁《説文解字注》云："諷，誦也。誦，諷也。讀，籒書也。"《大司樂》："以樂語教國子興道諷誦言語。"注："倍文曰諷。以聲節之曰誦。"倍同背，謂不開讀也。誦則非直背文，又爲吟咏以聲節之。《周禮》經注析言之，諷誦是二。許統言之，諷誦是一。《竹部》："籒，讀書也。"《庸風傳》曰："讀，抽也。"《方言》曰："抽，讀也。"蓋籒抽古通用。《史記》"紬史記石室金匱之書"，字亦作抽。抽繹其義藴，至於無窮；是之謂讀。故卜筮之辭曰籒，謂抽繹易義而爲之也。太史公作《史記》，曰："余讀高祖侯功臣"；曰："太史公讀列侯至便侯"；曰："太史公讀秦楚之際"；曰："余讀諜記"；曰："太史公讀《春秋譜牒》"；曰："太史公讀《秦記》"；皆謂紬繹其事以作表也。然則孟子之爲學也，蓋讀與誦異品，詩以誦，書以讀。《荀子·勸學篇》："學惡乎始？惡乎終？"曰："其數則始乎誦經；終乎讀禮。"楊倞注："經，謂詩書。禮，謂典禮。"詩書可誦。典禮則讀而不誦。誦者玩其文辭之美。讀者索其義藴之奥。《樂記》曰："廣其節奏，省其文采，以繩德厚。”誦之法也。《孟子》曰：“博學而詳説之，將以反説約”；讀之法也。古人之所謂誦，今人曰讀。古人之所謂讀，今人曰看。曾滌生《諭兒子紀澤書》云：“看者，如爾去年看《史記》、《漢書》、韓文、《近思録》；今年看《周易折中》之類；是也。讀者如《四書》、《詩》、《書》、《易》、《左傳》諸經；《昭明文選》，李、杜、韓、蘇之詩，韓、歐、曾、王之文，非高聲朗誦，則不能得其雄偉之概；非密咏恬吟，則不能得其深遠之韻；二者不可偏廢。”是曾氏之教其子，亦看與讀並重。而今日之譚國文教學者，衹言讀本而無看本；譬如兩輪之廢其隻，雙足之刖其一。則甚矣其爲跛形不具之國文教學也！竊以爲讀之文宜主情，看之文宜主理；讀之文宜有序，看之文宜有物；讀之文宜短，而看者不宜過短；讀之文宜美，而看者不必盡美。鼓之舞之之謂作，情文相生者，讀之文也。長篇大論，善啓發人悟，而條達疏暢者，看之文也。余承乏此校，諸子劬學者多，乞正於余。余因最録五十四家文八十篇，雜記七十八則，言非一端，寫成此編，而析爲二部：曰文學通論，凡自魏文帝以下三十七家文四十四篇，雜記七十五則，讀之而古今文章之利病，可以析焉。曰國故概論，凡自唐陸德明以下二十家文三十六篇，雜記三則，讀之而古今學術之源流於是備焉。先之以文學通論者；曾滌生有言：“古聖觀天地之文，獸迒鳥跡而作書契，於是乎有文。文與文相生而爲字，字與字相續而成句，句與句相續而成篇。……古聖之精神語笑，胥寓於此。差若毫釐，謬以千里。詞氣之緩急，韻味之厚薄，屬文者一不慎，則規模立變！讀書者一不慎，則鹵莽無知！”故知舍文學，無以爲通國學之郵矣。題之曰國學必讀，而不曰國文者，蓋國文不過國學之一；而國學可以晐國文言之也。曰必讀者，謂非籀讀此編觀其會通未足與語於國學也。雖然，我則既言矣：“古人曰讀，今人曰看。”胡爲生今反古，不題曰必看而曰必讀？曰：按之《説文》：“看，晞也。晞，望也。”《孟子》“望望然去”。《釋名》：“望，茫也。遠視茫茫也。”則是看之爲言望也，有遠視茫茫不求甚解之意焉！未若讀之爲好學深思，籀繹其義藴至於無窮也！而弁之以作者録，以時代先後爲次；可以知人論世，覘學風之嬗變焉。其不知者，蓋闕如也。余文質無底，然自計六歲授書，迄今三十年，所讀鉅細字本，亡慮三千册；四書五經之外，其中多有四五過者；少亦一再過；提要鉤元，厪乃得此！然則此一編也，即以爲我中國數千年國學作品之統計簿也可！曾滌生曰：“書籍之浩浩，著述者之衆若江海；然非一人之腹所能飲也；要在慎擇焉而已。”余則慎擇之矣！太史公曰：“非好學深思，心知其意；固難爲淺見寡聞道！”杜元凱曰：“學者原始要終，尋其枝葉，究其所窮，優柔自求，饜飫自趨，若江海之浸，膏澤之潤，涣然冰釋，怡然理順；然後爲得。”古之讀書者蓋如是也！噫！微斯人，吾誰與歸！

民國十二年二月十八日，無錫錢基博序於江蘇省立第三師範學校。

（中華書局，1924 年 7 月再版）

《讀〈莊子·天下篇〉疏記》叙目

總論

墨翟　禽滑釐　宋鈃　尹文

彭蒙　田駢　慎到　關尹　老聃

莊周　惠施　公孫龍

附：太史公談《論六家要指》考論

右《讀〈莊子·天下篇〉疏記》四篇，都三萬言，而末附以考論太史公談《論六家要指》者；蓋榷論儒道，兼覈刑名，將匡莊生所未逮，而極鄙意之欲言也。謹次述作之指而系之於篇曰：所以嚴造疏之規者四：一曰“以子解子”，一曰“稽流《史》、《漢》”，一曰“古訓是式”，一曰“多聞闕疑”。

凡微言大義之寄：墨之言解以《墨子》書，老之言解以《老子》書，莊之言解以《莊子》書，公孫龍之言解以《公孫龍子》書。其書之後世無傳焉者，則解以所自出之宗：如宋鈃之明以墨，田駢、慎到之明以老、莊，惠施之明以老、莊；猶不足，則旁采諸子書之言有關者，如宋鈃之明以荀、孟。此之謂“以子解子”。

凡辨章流别之事，立乎千載之後，而武斷千載以前，無徵不信，寧可鑿空！必稽之《太史公書》、《漢書·藝文志》以求其信。此之謂“稽流《史》、《漢》”。

凡名物訓詁之細，陸氏《釋文》有置之不解，解不可通者，必稽訓於古經、古子、古史以求義之所安。如解“以參爲驗，以稽爲決”，則據《韓非》書“無參驗而必之者愚也”。旁證《春秋穀梁傳》疏、《國策·秦策》注、《漢書·律曆志》注以明“參”之訓“交互”，而正《釋文》訓“參，宜也”之非。解“内聖外王”，則據莊子《天道》、《天運》、《天地》諸篇，旁證《韓詩外傳》、《白虎通》、《説文》以明“聖”之古訓“通”，“王”之古訓“往”。解“椎拍輐斷”，則據《老子》書旁證《史記集解》、《廣雅·釋詁》以明“椎拍輐斷”，即老子“挫其鋭，解其紛”之義。此之謂“古訓是式”。

其有不可知者，謹體莊生《齊物》“知止其所不知”之指，斆聖人之“存而不論”，而不敢彊不知以爲知焉，蓋闕如也。此之謂“多聞闕疑”。

凡右所陳，私立規約，以爲有必不可畔者，而後其法嚴而銓始真。此造疏之規也。

時賢好爲疑古，不思“多聞闕疑”之義；而務碎義逃難，便辭巧説，隨時抑揚，苟以譁衆取寵，輒云“《太史公書》違戾”；又以諸子出於王官，亦劉歆之不根。此則《漢書·藝文志》譏稱“安其所習，毀所不見，終以自蔽”，而致患於“辟儒”者也！

余讀五經、諸子、史家之書，於説之有相關者，罔不參證以校其異同，互勘以明其得失，所謂“以參爲驗，以稽爲決”者也。囊括群言，約之是篇，將以徵古説之不刊，袪時論之妄惑。其間可得而論定者，本事三，附及二。

一、《史記·老莊申韓列傳》稱“莊子之學，無所不闚，然其要本歸於老子之言”；《漢書·藝文志》稱“某家者流，蓋出於某官”；皆按莊生之此篇，斯徵無誣於來者。

二、“内聖外王之道”，莊子所以自名其學；而奥旨所寄，盡於《逍遥遊》、《齊物論》兩篇：蓋《逍遥遊》，所以喻衆生之大自在；而《齊物論》，則以闡衆論之無不齊。則是《逍遥遊》者，所以適己性，内聖之道也；《齊物論》者，所以與物化，外王之道也。若乃權度百家，見義於篇：則有能明“内聖外王之道”而發之者，道家之關尹、老聃、莊周是也。有闇不明“内聖外王之道”而鬱不發者，其它諸家是也。然其中亦有辯：有内而不“聖”，外而不“王”者，墨者之墨翟、禽滑釐，辯者惠施、桓團、公孫龍之徒是也。有力求“外王”而未能“内聖”者，道者之支與流裔彭蒙、田駢、慎到是也。有欲爲“内聖外王”而未底其境者，墨者之支與流裔宋鈃、尹文是也。有已底“内聖外王”而未造其極者，莊周之自叙是也。獨許關尹、老聃爲“博大真人”。惟“博大”斯“王”；惟“真人”乃“聖”；“内聖外王之道”，庶幾在是耳！

三、惠施“歷物之意”，“特與天下之辯者爲怪”，多本莊子，爲道家之旁門：故以次莊周之後，猶之宋鈃、尹文爲墨者之支流，故以次於墨翟之後也。然而桓團、公孫龍辯者之徒，有不與惠施同者。蓋惠施發其意以成假設；而辯者歷於物以相證實；故不同也。大抵道者體“道”以得“德”，内證之神明。而惠施“歷物”以遍説，外證之物理。夫惟道者“抱一”、“守静”，乃能知化而窮神。至於惠施“外神”、“勞精”，不免“用知”之“自累”。此惠施之所以不如“道者”也。然惠施“歷物之意”，而不具體；猶爲“秉要執本”。至辯者具體“歷物”，而不詳其意；益流詭辯飾説。此又每況愈下，辯者之所爲不如“惠施”者也；然其要本歸於老子之言。而尋聲逐響者，方謂惠施、公孫龍爲别墨，而祖述墨辯，以正别名顯於世。於戲！太史公不云乎：“非好學深思，心知其意，固未易爲淺見寡聞者道也。”此本事三也。

附及二者：一據荀子《正名篇》，以闡《漢書・藝文志》“古者名位不同，禮亦異數”之指；則因闡“以名爲表”之説而附及焉者也。一據莊子《在宥》、《天道》兩篇，以徵《漢書・藝文志》“道家者流秉要執本”之爲“君人南面之術”；則因發“百官以事爲常”之指；而附及焉者也。如此之類，不更僕數！匪徒一家之疏記，將發九流之筦鑰。

然有一義，漏未銓叙：莊生著篇以論衡天下之治方術者：曰墨翟、禽滑釐；曰宋鈃、尹文；曰彭蒙、田駢、慎到；曰關尹、老聃；曰莊周；曰惠施、公孫龍。五者皆許爲出“古之道術”。而不私“道”爲一家之所有；且歷舉其人，明其殊異，而不别之曰某家某家。有《漢書・藝文志》著録其書，隸之一家，而此明其殊異者：如田駢之别出於關尹、老聃，而關尹、老聃之後，又别出莊周；《漢志》則并隸其書入道家。尹文亦别出於惠施；而《漢志》則并隸其書入名家是也。有《漢書・藝文志》著録其書，析隸兩家，而此舉以並論者：如《漢志·宋子》十八篇，著小説家，《尹文子》一篇著名家，而此以尹文與宋鈃並論；《漢志》《田子》二十五篇著道家，《慎子》四十二篇著法家，而此以慎到與田駢並論是也。蓋諸子之別某家也，始著於史談之《論六家要指》，論定於劉向父子之校《諸子略》，徒以便稱舉明概念耳。非其本真如此，按之莊生此篇而可知也。

余論莊生此篇以授及門，壬戌以來，四年六度矣，今年第七度也。鄙懷所陳，儻有違於時賢；然余讀《漢書·儒林傳》，至轅固之詔公孫弘曰："公孫子務正學以言，毋曲學以阿世！"輒悚仄起敬，爲慕其人也。我則知免矣，寧獨以誦説莊生哉！君子道貴自立，時有利鈍，非所逆計也。

無錫錢基博自叙於京師西郊清華園之古月堂。時則中華民國之十五年四月十八日。徒以彊藩稱兵，民政解綱，國且不國，何有於民？流離死亡者，百萬不盡數。赤地千里，城門晝不開者三日。戎馬生郊，天下洶洶，未知何時可已。而僕家居江南，蚤毁其室；方躋彊仕之年，重閔有生之酷；即此足以刳心去智，齊得喪，一成毁，放乎自得之天，而不以梏我神明；寧必以梁元帝圍城講《老子》爲大厲哉！斯固聖者之遂命，而爲莊生之所許已。

（商務印書館，1933 年 4 月出版）

《鬼谷子校讀記》叙録

世傳《鬼谷子》三卷，鬼谷先生撰。鬼谷先生，六國時縱横家，應劭《風俗通義》。潁川陽城有鬼谷，蓋是其人所居，因爲號。裴駰《史記集解》。蘇秦者，東周雒陽人也；張儀者，魏人也；東事師於齊，而習之於鬼谷先生。《史記·蘇秦張儀列傳》。蘇秦著書，昭明師説，因題以《鬼谷子》。司馬貞《史記索隱》：樂壹注《鬼谷子》書云："蘇秦欲神祕其道，故假名鬼谷。"凡稱子書，多非自著，不獨《鬼谷子》。

夫一闔一闔，易之神也；一翕一張，老氏之幾也。鬼谷之術，往往有得於闔闢翕張之外，神而明之，高似孫《子略》。轉丸騁其巧辭，飛鉗伏其積術。劉勰《文心雕龍·論説篇》。其術先揣摩然後捭闔，既動然後用鉤鉗，王應麟《困學紀聞》原注引《程子》。環轉因化。原書《内揵》第三。鬼，幽而顯者也；谷，扣而應者也。藏幽顯用，有扣斯應。王應麟《漢書藝文志考證》引劉涇説。此其所以名鬼谷歟！然而鬼谷之趣，有甚不同於老氏者：老氏著書，"絶聖棄智"，欲驅一代以入於混茫玄同，不識不知；而鬼谷先生崇尚計謀，祖述聖智，雖捭闔爲用，陰祖老氏之翕張，而機智是尚，顯異老氏之"棄智"。道術攸同，歸趣不一。原書《胠亂》陶宏景注。反覆變幻，蘇秦得其緒餘，即掉舌爲縱約長真，縱横家之祖也。

縱横家者，蓋名家之支流，而同出於煩文以相假，飾辭以相惇，巧譬以相移。裴駰《史記集解》。劉向《别録》曰："齊使鄒衍過趙，平原君見公孫龍及其徒綦母子之屬，論白馬非馬之辯，以問鄒子。鄒子曰：'不可。彼天下之辯有五勝三至，而辭正爲下。辯者别殊類使不相害，序異端使不相亂，抒意通指，明其所謂，使人與知焉，不務相迷也。故勝者不失其所守，不勝者得其所求。若是，故辯可爲也。及至煩文以相假，飾辭以相惇，巧譬以相移，引人聲使不得及其意，如此害大道。夫繳紛爭言而競後息，不能無害君子。'坐皆稱善。"以此而闡之爲學説，則爲惠施、公孫龍；以此而施之於國際，則爲蘇秦、張儀；故惠施、公孫龍，莊生稱之辯者，《莊子·天下篇》。而范雎、蔡澤，亦世所謂一切辯士。《史記·蔡澤傳贊》。大抵名家之出而用世也，出之以謹嚴，而措諸政事，則爲申韓之刑名；流入於詭誕，而施之國際，則爲蘇張之縱横。縱者，合衆弱以攻一强也；而横者，事一强以攻衆弱也。《韓非子·五蠹篇》。

縱横家者，班《志》以爲出於行人之官。而中國農業之國也，《詩》曰："蓺麻如之何，横縱其畝，東西耕曰横，南北耕曰縱。"於是轉被其耕稼之詞於行人之官，以喻爲東西南北之人。此縱横家之所由名也！大抵東合齊、楚、燕、趙、韓、魏以償背秦曰縱，西用秦以破六國之縱曰横。蘇秦爲縱，張儀爲横；劉向《戰國策序》。而皆出於鬼谷。

《鬼谷書》以前清乾隆五十四年江都秦恩復校刻者爲佳。恩復校刻，稱出陽湖孫星衍所録道藏本。而據所注記，有曰一本云云者，有曰别本云云者，是恩復所見藏本，并孫星衍所録已有三本；而據以校上海涵芬樓影印正統道藏本，正文、注文、字句咸有不同，則是道藏有四本矣！至清末造，湖北崇文官書局刻《百子全書》，中《鬼谷子》不知何本，最稱疏舛。然取以校恩復刻，亦有一二處勝者。百子本去注不刻。而注《鬼谷》者，舊有樂壹、皇甫謐、陶宏景、尹知章四家。今藏本不著注者名氏，孫星衍據注中有"元亮曰"云云，元亮爲陶潛字，宏景引其言，故去姓稱氏，斷爲陶注。陶注至《中興書目》始見。樂注，《文選注》中一引之。《太平御覽·遊説部》所引注，皆與陶注不同。恩復意之曰："亦樂氏注也。"

比困氣痛，不能接對，更字啞泉以志捫舌，醫戒静攝，遂用杜門。長夏如年，何以遣永日？乃發《道藏》得《鬼谷子》，取恩復刻百子本以相讎對，最其指要，先箋解題。讎其字句，則有校勘。自國曆六月二十五日至七月十九日，亘二十五日，中間伏末不能起握管者十一日，實得十三日，雠讀一過，簒成《鬼谷子校讀記》一册，署爲“啞泉捫舌録之一”。

於戲！臣精銷亡，徒用口舌爲累，方以金人三緘之口，服膺老氏不言之教，而鬼谷縱横，誦説其書。張儀有知，得勿地下笑人，嗤吾舌之徒存而斅小人鳴鼓之攻，傲然斥曰：“非吾徒也乎！”

中華人民造國之十八年七月十九日，無錫錢基博。

（選自《潛廬集》，作於1929年7月）

《〈四書〉解題及其讀法》序

余以十四年講學北平，遇梁任公，貽以《要籍解題》一册；中《論語》、《孟子》，意有異同，别纂爲篇，任公不之忤也！十六年在上海，成《〈中庸〉解題》；今秋病不能事，養疴杜門，發篋得嚮時肄誦《大學》本，籀繹其指，條次成文，而後《四書》之篇第備。伏念《明史·藝文志·經部》始立《四書》一門，前史無是例也！《論語》、《孟子》舊各爲書；而《大學》、《中庸》則《禮記》中之二篇，自司馬光始表章之，二程兄弟詳爲論説；而編爲《四書》，則自朱子始：原本首《大學》，次《論語》，次《孟子》，次《中庸》。其教人也，以《大學》、《語》、《孟》、《中庸》爲入道之序而後及諸經，以爲：不先乎《大學》，則無以提綱絜領，而盡《語》、《孟》之精微；不參之《語》、《孟》，則無以融會貫通，而極《中庸》之指趣。然不會其極於《中庸》，則又何以建立大本，經綸大經，而讀天下之書，論天下之事哉！學者先讀《大學》以立其規模，次及《語》、《孟》以盡其藴奥，而後會其歸於《中庸》；蓋以爲學之程序，而第其書之先後也。書肆刊本，以《大學》、《中庸》篇頁無多，併爲一册，遂移《中庸》於《論語》之前；江都汪中好爲詆訶，譔《大學平義》一篇，迺居爲奇貨，謂："曾子受業於孔門，而子思則其孫也。今以次於

《論語》之前，無乃傎乎。”而不知朱子之舊不如此！今第《四書》，壹復其舊，《中庸》殿四書之末，而《大學》列《論語》之前。《漢書·藝文志》：“《論語》，弟子各有所記，門人相與輯而論篹。”而汪氏則謂“《大學》者，七十子後學者所記”，則亦門人相與輯而論篹之書也，何不可以次《論語》之前乎！至《中庸》以次《孟子》之後者，所以立民彝之極則，明至德之會歸；朱子蓋嘗見義於《書臨漳所刊四子後》曰：“《中庸》雖七篇之所自出，然讀者不先於《孟子》而遽及之，則亦非所以爲入道之漸！”別識心裁，不同常解；未可繩以一孔之論也！朱子爲宋學大宗，而其解經則壹依漢儒家法。嘗謂：“某尋常解經，只要依訓詁説字。”《語類》卷七十二。“漢儒善説經者，不過只説訓詁。”答張敬甫書。“如教人亦祇言某字訓某字，自尋義理而已！”《語類》卷一百三十七。“程先生經解，理在解語內；某集注《論語》，只是發明其辭，使人玩味經文，理皆在經文內。”《語類》卷十九。一生精力，殫於《四書》。《大學》古本爲一篇，朱子則分別經傳，顛倒其舊次，補綴其闕文，《中庸》亦不從《禮記鄭玄注》分節，用漢儒《書歐陽大小夏侯章句》、《春秋公羊穀梁章句》之例，謂之《章句》；而《論語》、《孟子》則融會諸家之説，謂之《集注》，猶何晏注《論語》，裒八家之説，稱《集解》也。詁訓取之漢魏，義理宗於二程，先之《精義》以薈萃衆家，繼爲《或問》以辨證得失；《四書》之學，朱子實以名家！而後來紹明其學者，皈依攸同，蹊徑各別；覈而爲論，不出二派：其一采朱子《文集》、《語録》，下逮門人所記以發明《章句》、《集注》，則有宋真德秀、劉承撰《四書集編》二十六卷，趙順孫撰《四書纂疏》二十六卷，元盧孝孫撰《四書集義》一百卷，劉因删其繁蕪，成《四書集義精要》二十卷佚二卷，胡炳文撰《四書通》二十六卷，倪士毅《重訂四書輯釋》二十卷，史伯璿撰《四書管窺》八卷，凡六家盧孝孫、劉因爲一家一百三十六卷，以朱詁朱，是爲正宗。其二旁采衆家，參證同異，以折衷於《章句》、《集注》，其中又分二派：有主發明義理者，則有宋蔡模撰《孟子集疏》十四卷，蔡節撰《論語集説》十三卷，金履祥撰《大學疏義》一卷，明吕留良撰《四書講義》四十三卷；有重訓詁考證者，則有宋金履祥撰《論語集注考證》十卷、《孟子集注考證》七卷，元張存中撰《四書通證》六卷，詹道傳撰《四書纂箋》二十卷，清程大中撰《四書逸箋》六卷，凡八家一百二十卷：或旁采博蒐，以朱子爲折衷；或拾遺補闕，匡朱子所未逮；而要之言必有宗，義取旁證，此爲旁裔。其他諸家，有無心與朱子立異而頗不合於朱子者，亦分數派：則有宋鄭汝諧撰《論語意原》二卷，張栻撰《癸巳論語解》十卷，此與朱子同時而不相爲謀者也。宋黎立武撰《中庸指歸》一卷、《中庸分章》一卷、《大學本旨》一卷，此與朱子同門異户，而傳郭忠孝、郭雍之學，於程門别樹一幟者也。宋袁甫撰《中庸講義》四卷，闡陸象山之旨；而明周宗建撰《論語商》四卷，劉宗周撰《論語學案》十卷，鹿善繼撰《四書説約》三十三卷，黄宗羲撰《孟子師説》二卷，承王陽明之緒。此與朱子道不同，故不爲謀者也。孫奇逢撰《四書近旨》二十卷，則又折衷朱陸之間者也。凡九家八十七卷，皆無心與朱子立異而頗不合於朱子者也。亦有立意與朱子爲難而别標眉目者；則有元陳天祥撰《四書辨疑》十五卷，明高拱撰《問辨録》十卷，清毛奇齡撰《論語稽求篇》七卷、《四書賸言》四卷、《大學證文》四卷、《四書改錯》二十二卷，凡三家六十四卷。具條覩記如右，庶幾讀者窮原至委，竟其流别，足以闡明朱子《四書》一家之學矣！清儒解經，喜稱漢學，以自别於朱子；而門户蹊徑，又自不同：有蒐采異義以匡古注之闕違者；胡渭撰《大學翼真》四卷，焦循撰《論語補疏》二卷，宋翔鳳撰《孟子趙注補正》六卷、《大學古義説》二卷、《四書纂言》四十卷，劉台拱撰《論語駢枝》一卷，沈濤撰《論語孔注辨僞》二卷，黄式三撰《論語後案》二十卷，潘維城撰《論語古注集箋》二十卷，俞樾撰《續論語駢枝》一卷，凡八家九十八卷。有紹明絶學以葺一家之佚説者；宋翔鳳輯《論語鄭注》十卷，俞樾撰《論語鄭義》一卷，凡二家十一卷，此發明鄭義者也。宋翔鳳又以劉熙之學，出於鄭氏，其注《孟子》，如“南河”、“牛山”諸注，考其地形，並勝趙岐，輯《孟子劉注》一卷，此宣揚劉熙者也。劉逢禄撰《論語述何》二卷，宋翔鳳撰《論語説義》十卷，劉恭冕撰《何休注訓論語述》一卷，戴望撰《語論注》二十卷，康有爲撰《論語注》二十卷，凡五家五十三卷，此紹述何休者也。但就考訂而論，亦復各有所明。有考訂名物人地者，凡七家二十六卷：閻若璩撰《四書釋地》一卷、《續》一卷、《又續》二卷、《三續》二卷、《餘論》一卷、《孟子生卒年月考》一卷，孔廣牧撰《先聖生卒年月日考》二卷，宋翔鳳撰《四書釋地辨證》二卷，此考訂地理人物者也。江永撰《鄉黨圖考》十卷，金鶚撰《鄉党正義》一卷，此疏證名物典制者也。其他若王夫之《四書稗疏》二卷，方觀旭《論語偶記》二卷，則名物典制、人名地理，有所得，輒記之，亦屬此類。有考訂文句音義者，翟灝撰《四書考異》七十二卷，徐養原撰《論語魯讀考》一卷，蔣仁榮撰《孟子音義考證》二卷，凡三家七十五卷。至周廣業撰《孟子四考》：曰《孟子逸文考》第一，《孟子異本考》第二，《孟子古注考》第三，《孟子出處時地考》第四，則又博極群書，而於時地人物，文句故訓，兼考備采，以自名一家言者也。若乃彌綸群言，折衷至當，則有劉寶楠、恭冕父子撰《論語正義》二十四卷，焦循《孟子正義》三十卷，擷衆家之菁英，集清學之大成焉！特是《論》、《孟》多專家，而《學》、《庸》罕兼及；此乃漢學門户，所爲與朱子不同者也。惟朱子特標《四書》以約《五經》之指歸；而漢學則揭《孝經》以見六藝之總會。《漢書·藝文志·六藝略》既立《孝經》一類，以統《五經》雜議；而鄭玄《六藝論》則謂："孔子以六藝題目不同，指意殊别，恐道離散，後世莫知根源，故作《孝經》以總會之。"《隋書·經籍志》亦引其語而卒之曰："明其枝流雖分，本萌於孝者也。"然則《孝經》者，六藝之總會，大道之本萌也；故以附於篇，匪惟徵漢、宋之異學，抑以明至德之由茁。朱子精闡之以天人性命之奥，漢儒體驗之於人倫日用之常，一則發微以闡顯，一則言近而指遠。以立言論，朱子入微，而漢儒爲粗；就體用言，朱子蹈空，而漢學平實。辭趣不同，而要歸之於修身以立命，盡己以淑群，則無乎不同！髫歲服習，初不經意；而今四十歲，飽更世患，民治革政，共而不和，争民施奪之既久，寖尋以至今日，又見有專無制，哀哉耗已！末法披昌，人將相食！窮則反本，緟温故書；然後知聖人憂世之情深，仁民之道大也！繕寫既定，而爲考鏡原流，發明指意，於文章典籍之中，得其辨名正物之意，庶幾尼山正名之義云爾！

中華人民造國之十八年十二月，無錫錢基博自序

（商務印書館，1934 年 1 月初版）

《光華大學五周紀念書》叙目

卷一　載記

毋忘録第一

肇造記第二

編年志第三

卷二　組織

學校組織第一

學生組織第二

卷三　文徵

約翰大學暨附屬中學離校學生第一次宣言

約翰大學暨附屬中學離校學生第二次宣言

一九二五年約翰大學高級生拒受文憑者宣言

離校教職員宣言

離校教職員致約翰同學會書

離校教職員與約翰學校當局往來之函件

畏壘　如何救濟約大退學之青年

王豐鎬　與約翰全體離校學生書
錢基博　《約翰離校同學録》序
張壽鏞　《六三血淚録》序
潘序祖　《六三血淚録》序
六三約翰離校同志會爲約翰大學五十周紀念告全國學界
錢基博　六三堂壁畫銘
錢基博　六三紀念礎文
錢基博　王省三先生昭德之碑文
陶志謙　大西路邊

十年以來，邦域之中，鴻博接席，大學如林；而罔見一校能有簡潔翔雅之校史成章以達，足以資考鏡，監得失；即此，足徵文章之墜地，教學之寡效已！我光華大學，於今五紀；凡我同仁，將製五周紀念書以式告四方，屬二三子爲論篹，而以基博總其成。於是聚二三子而詔之曰：我光華大學燦爛之校史，將託是以爲大輅椎輪焉！兹不有紀，後將何觀！而見時賢好籀史例史意以説鄭夾漈之志，章實齋之書，茹古涵今，極深研幾。二三子亦既津津樂道之已！然而唐言者寡實，無徵則不信。我假是册以爲史例之示範焉！二三子其諦聽！

余櫽括《章氏書》以論作史之法，必立三家之學，而始可以通古人之遺意也。仿紀傳正史之體而作傳記，仿律令典禮之體而作書志，仿文選、文苑之體而作文徵，三書相輔而行，闕一不可；合而爲一尤不可也！而要其原本於《六經》。《六經》皆史也；後世襲用而莫之廢者，惟《春秋》、《詩》、《禮》三家之流别耳！紀傳正史，《春秋》之流别也。掌故書志，《官》、《禮》之流别也。文徵諸選，《風詩》之流别也。鎔經裁史，言而可爲天下法。竊取其意，以成三書：曰師《春秋》紀傳之體而作《載記》。師《官》、《禮》書志之篇而爲《組織》。師《風詩》、《文選》之意而輯《文徵》。詳略互見，誼不孤行。立言有本，豈曰徒然！

特是左圖右史，古人成規。圖不明而詳之於史；史亡徵而實之以圖；互著之義也！馬班以還，有史亡圖；夾漈既以致慨，實齋賡有陳論。於是攝景以著事，繪地以製圖，而冠於簡編；然後文省而事咸備，形著而言有徵；其亦猶行古之道也夫！

衆謀僉同，而程其功。攝景以屬諸戚生潤卿。繪圖以屬諸唐君書第。《組織》以屬諸朱君時雋、趙生英達。《文徵》以屬諸潘君序祖。而《載記》則基博之所自任焉。若乃繕校所萃以爲服勞，則陳君學儒也。例併得書。

中華人民造國之十九年四月二十四日，無錫錢基博謹叙。

（光華大學，1930 年出版）

《版本通義》叙目

原始第一

歷史第二

讀本第三

餘記第四

余讀官私藏書之録，而籀其所以論版本者，觀於會通，發凡起例，得篇如右。繕寫定，因爲其序論曰：

於戲！版本之學，所從來舊矣！蓋遠起自西漢，大用在讎校。劉向《別録》："讎校，一人讀書，校其上下，得繆誤，爲校。一人持本，一人讀書，若怨家相對，故曰讎也。"《文選·魏都賦》"讎校篆籀"李善注引《風俗通》曰。及其讎校中秘，有所謂中書，有所謂外書，有所謂太常書，有所謂太史書，有所謂臣向書，臣某書，廣蒐衆本，讎正一書；然則讎校所資，必資衆本。於時，書有寫本而無版本也①。至宋岳珂刊《九經三傳》，稱以家塾所藏唐石刻本，

① 初版本無"於时，書有寫本而無版本也"。

晉天福銅版本，京師大字舊本，紹興初監本，監中見行本，蜀大字舊本，蜀學重刊大字本，中字本，又中字有句讀附音本，潭州舊本，撫州舊本，建大字本，俞韶卿家本，又中字凡四本，婺州舊本，併興國于氏，建余仁仲，凡二十本。又以越中舊本注疏，建本有音釋注疏，蜀注疏，合二十三本，專屬本經名士反覆參訂。而於是事讎校者言版本！方是時，吾錫尤袤延之著録所藏，爲《遂初堂書目》，特開一書兼載數本之例，而於是治目録者言版本！既以附庸，蔚爲大國，寖昌寖熾，逮於清代，版本之學，迺以名家；而吾蘇爲獨盛！先是明神宗間，吾宗牧齋尚書收書特重宋版；於烟煤膩蠹中，闢此徑塗。而一脈相延，沾沾侫宋：則同里毛晉子晉、錢曾遵王繩其修武①；有蘇州黄丕烈蕘圃、顧廣圻千里緟爲纘緒。其後錢唐之丁丙松生，歸安之陸心源存齋，獨山之莫友芝子偲；又其後長洲之葉昌熾鞠裳，江陰之繆荃孫筱珊，長沙之葉德輝焕彬；版崇宋元，學擅讎校，炳炳琅琅，咸有述造，亡慮皆衍黄丕烈之緒者也！毛、錢所記，豈無罕異！而徑塗粗闢，闡揚未弘！恢張絶業，莫如黄氏！而顧廣圻實爲丞弼；古鈔舊槧，賞奇析疑，默識神解，不同尋常；沾溉後生，以詡奇秘。其尤甚者，乃至如陸心源之爲《儀顧堂題跋》，蓋掩黄丕烈之《讀未見書齋讀書録》以爲己有；見錢唐汪康年穰卿《雅言集》。公然盜襲，曾不恥愧！而博籀誦諸家，刪次其要，參互鈎稽，積久成帙，董而理之，以箸爲篇。惟是神識尤資目驗，一見逾於百聞。千元皕宋，其有可徵，則以北京、南京兩圖書館所藏爲據；而古籍景繙，則多取材於涵芬樓。按圖索驥，求之可得；景響之談，忽爲迷罔。修辭立誠，庶幾君子。世有覽者，幸垂鑑焉。

一九三〇年五月二日無錫錢基博初稿，一九五五年五月重校。

（古籍出版社，1957年1月出版）

---

① 自“先是明神宗間”至“則同里毛晉子晉、錢曾遵王繩其修武”，初版本作“自常熟毛晉子晉、錢曾遵王開其前茅”。

《國學文選類纂》總叙

《國學文選類纂》之輯録既畢，意有未申，於是濡毫吮墨以發其指曰：

《記》曰："作者之謂聖，述者之謂明。"仲尼曰："述而不作，信而好古。"博文質無底，奚所能爲役！獨念博學通人，希聖有作，亦有辨章學術，條析流派，以示塗轍，牖方來。謹以誦覽所及，寫著其文，以當明述，輯爲六類：曰小學之部，曰經學之部，曰子學之部，曰史學之部，曰文學之部，曰校讎目録之部，而題其耑曰《國學文選類纂》。將以宏闡國學，考鏡源流，統斯文之條貫，詔學者以知方；庶幾國學之筦樞，文章之林囿也！儻有睹記旁逮，足備考論，見仁見知，義各有當，附之於篇，爲後學治國聞者覽觀焉。然而鄙懷之所欲陳，則固別有在。儻挾册而以爲窺國學之宏秘焉？博願有以進之也。誠竊以爲必先知"學"之涵義，而後可與國學。試條析而竟其義：

一、何謂"學"？按"學"之爲言"覺"也；《説文·教部》："斅，覺悟也。从教，从冂。冂，尚矇也。臼聲。學，篆文，斅省。"《白虎通·辟雍篇》："學之爲言覺也。""所以疏神達思，怡情理性，聖人之上務也。民之初載，其矇未知；譬如寶在乎玄室，有所求而不見；白日昭焉，群物斯辯矣；學者，心之白日也。今心必有明焉，必有悟焉，如火得風而炎熾，如水赴下而流速，斯大聖之學乎神明而發乎物類也。”采徐幹《中論·治學篇》。“君子博學而日参省乎己，則知明而行無過矣。”見《荀子·勸學篇》。惟“覺”斯徵“學”，惟“學”乃臻“覺”。是故言“學”者不可不知“義”與“數”之辯，知之者覺，昧之者愚也！何以言其然？《荀子·勸學篇》曰：“學惡乎始？惡乎終？曰：其數則始乎誦經，終乎讀禮；其義則始乎爲士，終乎爲聖人，古人言學以聖爲歸。聖者，大覺至通之稱。《莊子·天運篇》曰：“聖也者，達於情而遂於命也。”《説文·耳部》：“聖，通也。”《白虎通·聖人篇》：“聖者，通也。”真積力久則入，學至乎没而後止也！故學數有終，若其義則不可須臾舍也！爲之，人也！舍之，禽獸也！”此知“義”與“數”之辯者也。《漢書·藝文志》曰：“古之學者耕且養，三年而通一藝，存其大體，玩經文而已；是故用日少而畜德多，三十而五經立也。後世經傳既已乖離，博學者又不思多聞闕疑之義，而務碎義逃難，便辭巧説，破壞形體，説五字之文至於二三萬言，後進彌以馳逐。故幼童而守一藝，白首而後能言，安其所習，毁所不見，終以自蔽。此學者之大患！”此不知“義”與“數”之辯者也。於戲！讓清乾嘉已還，學者方承惠棟、戴震諸老之遺風，襲爲一種考據瑣碎之學，辯物析名，梳文櫛字，刺經典一二字，解説或至數千萬言，繁稱雜引，號曰漢學；群流和附，堅不可易；於是專求古人名物、制度、訓詁、書數，以博爲量，以窺隙攻難爲功；若舍是不足與於“學”者！庸詎知漢學之所謂名物、制度、訓詁、書數者，徒荀子之所謂“學數有終”，而無當於“不可須臾舍”之“義”也乎？古人爲學以畜德，貫其義也。後儒講學以馳説，逐於數也。雖然，荀子不云乎：“君子之學也，入乎耳，箸乎心，布乎四體，形乎動静，端而言，蝡而動，一可以爲法則。小人之學也，入乎耳，出乎口，口耳之間則四寸耳！曷足以美七尺之軀哉！”見《荀子·勸學篇》。此“覺”與“不覺”之别，“君子”、“小人”之分也！不可不深察！不可不熟慮！

二、何謂國學？國學之一名詞，質言其義曰“國性之自覺”云爾！國於天地，必有與立。而人心風俗之所繫，尤必先立乎其大，深造而自有得，相以維持於不敝。其取之它國者，譬之雨露之溉，土肥之壅，苟匪發榮滋長之自有具，安見不求自得而外鑠我者之必以致隆治，揚國華也耶！是故國學之所爲待振於今日，爲能發國性之自覺，而俾吾人以毋自暴也！

吾生四十年，遭逢時會，學術亦幾變矣！方予小弱，士大夫好談古誼，足已自封；其梯航重譯通者，胥以夷狄遇之；而詡然自居爲中國，以用夷變夏爲大戒，於外事壹不屑措意，此一時也。“風氣漸通，士知弇陋爲恥；西學之事，問涂日多。然亦有一二巨子，訑然謂彼之所精，不外象數形下之末，彼之所務，不越功利之間；逞臆爲譚，不咨其是。討論國聞，審敵自鏡之道，又斷斷乎不如是也！”采嚴復《天演論序》。此又一時也。既，世變日亟，國人曉然於積弱，則又以爲中國事事不如人，舊學寖以放廢！於是“家肄右行之書，人詡專門之選，新詞怪誼，柴口耳而濫簡編；向所謂聖經賢傳，純粹精深，與夫通人碩德，窮精敝神，所僅得而幸有者，蓋束閣而爲鼠蠹之久居矣！”采嚴復《涵芬樓古今文鈔序》。然而行之二十年，厥效可指：衡政，則民治以爲揭幟，而議士弄法不軌，武人爲於大君；論教，則歐化襲其貌似，而上庠馳説不根，問學徒恣横議！放僻邪侈，紀綱無存！欲求片詞隻義，足以維繫一國之人心者而渺不可得！國且不國，何有於治！於戲！古諺有之曰：“橘逾淮化爲枳也。”況於謀人之國，敷政播教；將謂樹一國之人文，而可以移植收其全功者乎！此必不可得之數也！其效則既可睹矣！此又一時也！大抵自予之稚以逮今日，睹記所及，其民情可得而言：其始足己而自多！後乃蔑己以徇人！然見異思遷者，徒見人之有可法，而不知國性之有不可蔑！而足己自多者，又昧人之有可法，而不知國性之有不盡適！二者之爲蔽不同，而失之國性之不自覺則均！是故言“國性之自覺”者，必涵二諦而義乃全：一曰“必自覺國性之有不可蔑”。昔羅馬大哲嘗作詩歌以大誥於國曰：“前車非遠，希臘所程猗！希臘之花，昔何榮猗！彼昏不知，狎侮老成猗！黷其明神，薄其典型猗！萬目異色，群耳無正聲猗！綱絶紐解，人私自營猗！累世之業，黤其沈冥猗！嗟我國人，能勿懲猗！”采梁啓超譯。見《庸言》報第一卷第一號《國性篇》。嗟乎！吾每誦此，而感不絶於予心也！儻一國之人，自上下下，不復自知我國歷史久長之難能，文化發揚之可貴；本實已撥，人奮其知，自圖私便；則國與民之所恃以摶繫於不壞散者，僅法律權力之有强制，生命財産之受保障耳！於精神意志之契合何有！一旦敵國外患之强有力者臨之，但使法律權力足以相制，生命財産足以相保；而蚩蚩者氓，只如馴羊叩狗，群帖焉趨伏於敵人之足下已耳！古今之亡國者，未或不由是也！儻有國之人焉，胚胎於前光，歌誦其歷史，涵濡其文化，浹肌淪髓，深入人人。人心不同，而同於愛國；如物理學之攝力，摶捖一國之人，而不致有分崩離析之事也！如化學之化合力，熔冶國人，使自爲一體，而示異於其它也！然後退之足以自固壁壘，一乃心，齊乃力，外禦其侮；而進焉則發揮光大之以被於全人類而爲邦家之光！此國性自覺之第一義也。一曰“必自覺國性之有不盡適”。吾國立國於大[①]地者五千年，其與我並建之國代謝以盡者幾何！而我乃如魯靈光巍然獨存！雖中間或被夷虜，爲國大厲；而漸仆漸起，不旋踵而匡復故物，還我河山，歌斯哭斯以聚骨族於斯；其國性之養之久而積之厚也！其入人之深也！此不待言而自解也！然樹藝積久而必萎。國性積久而有窳。時移勢遷，有不適者。故曰：“文久而息，節族久而絶，守法數之有司極禮而褫。”見《荀子·非相篇》。又曰：“禮時爲大。”見《禮記·禮器》。因時制宜，寧容墨守；非有所矯，不能圖存；固也。如人性然，變化氣質，增美釋回；君子道在修身，莫不然。然而不可不知者：國性可助長而不可創造也，可改良而不可蔑棄也。儻如“戕賊杞柳以爲桮棬”，桮棬未成而杞柳先戕，庸杞柳之所利爲之乎！然則斲喪國性以致富强，富强未致而國性先墜，庸國人之所利爲之乎！即中知，固知其不利矣！於戲！晚近以還，歐化東漸，國人相競以詔；而淺嘗之士，於所學曾未深求，輒捃摭所聞西事以自矜詡，遂欲有所施行；其仁義道德傳自往昔，爲人生所必繇，古今中外莫能易，操之則存，舍之則亡者；則或以其中國老生常談，放言高論，務摧滅之以爲快！其尤甚者，乃至以弱肉强食爲公理，以裸體相向爲美術，以貪冒淫侈爲文明！問其所以？曰：“歐儒云爾，我亦云爾也！”人心日即於浮囂；國事日徵其蜩螗！生心害政，以若所爲，而曰“强國救群之道在是”；譬於飲酖而救渴！吾見渴之未救而大命已傾！國之未强而人心先壞！安其危而利其菑，所謂“强國救群之道”，果如是乎！然則國學之所爲待振於今日者，爲能發國性之自覺，而俾吾人以毋自暴也！倘欲發國性之自覺，其必自言學者知“義”與“數”之辯始。見《孟子·告子上》。

昔荀子勸學，兼綜“數”“義”；以爲：“其數則始乎誦經，終乎讀禮。其義則始乎爲士，終乎爲聖人。”見《荀子·勸學篇》。“全之盡之，然後學者也！君子知夫不全不粹之不足以爲美也，故誦數以貫之，思索以通之，爲其人以處之。”見《荀子·勸學篇》。則是荀子勸學，貫“義”與“數”而一之；徹始徹終，非二物也。後儒則離“義”與“數”而二之；譬如耳目口鼻，皆有所明，

---

① “大”應爲“天”之訛字。

不能相通。有陳其“數”而疏於“義”者，有明其“義”而遺乎“數”者。將以便舉稱，明殊指，爲之題目，昭其涵容：一曰“人文主義”，一曰“古典主義”。

“人文主義”者，以爲國學之大用，在究明“人之所以爲人之道”；而以名物考據爲瑣碎。此明其“義”而遺乎“數”者也。

“古典主義”者，以爲國學之指趣，在考徵“古之所以爲古之典章文物”；而以仁義道德爲空譚。此陳其“數”而疏於“義”者也。

於戲！國之有學，非一日矣！暨盡往古，亘極來今，蓋亦有其變遷遞嬗之迹可舉者焉。莊生有言曰：“孰主張是？孰維綱是？孰居無事推而行是？”見《莊子·天運篇》。事實之所詔我，實以两主義相摩相盪，迭爲興仆，運轉而不能自止者也。大抵漢學尚考據，明訓詁；荀子所謂“其數則始乎誦經，終乎讀禮”；“古典主義”之可徵者也。宋儒道性善，明義理；荀子所謂“其義則始乎爲士，終乎爲聖人”；“人文主義”之可徵者也。雖然，猶有辯：

漢學有今古文之分：今文經世以致用，微言大義是尚；此漢學之近於“人文主義”者也。古文稽古以釋經，名物訓詁是謹；此漢學之偏於“古典主義”者也。然而今文極盛於西京，古學代興於東漢，古學既盛而今文遽絶焉！《後漢書·鄭玄傳》曰：“初，中興之後，范升、陳元、李育、賈逵之徒争論古今學，後馬融答北地太守劉瓌及玄答何休，義據通深，由是古學遂明。”則是“古典主義”擅漢學後起之勝也。

宋儒有朱陸之争：朱子道問學，讀書不害窮理；《宋元學案·晦翁學案》載：陳北溪答李貫之曰：“先生教人尊德性，道問學，固不偏廢，而下力處却多在道問學上。”此宋儒之不廢“古典主義”者也。陸象山尊德性，明心乃以見性；《宋元學案·象山學案》曰：“宗羲案：先生之學以尊德性爲宗，紫陽之學則以道問學爲主。先生與兄復齋會紫陽於鵝湖，復齋倡詩有‘留情傳注翻榛塞，著意精微轉陸沈’。先生和詩亦云：‘易簡工夫終久大，支離事業竟陸沈。’紫陽以爲譏己，不懌。”此宋儒之尤重“人文主義”者也。然朱學極盛於宋、元；陽明崛起於明代，陸學重光，而朱學少衰矣！則是“人文主義”擅宋學後起之勝也。

然當宋儒未起，漢學將變之際；老、莊於魏、晉；佛於隋、唐；士大夫譚名理，崇高致，以清言爲尚，以章句爲塵垢；亦由風氣窮而思變，學術蕲於自覺；厭考據之煩瑣，無補人生；樂名理之簡雋，欲以自慰；此實古今學術升降一大轉機也！徒以玄譚自放，君子不貴；佛説外道，吾儒所鄙；國學一綫，端繫六經！然而魏、晉經學，衍之東漢，統緒分明；詳見《隋書·經籍志》。而有不同於東漢者。蓋同者其傳説，而不同者其精神；東漢言訓詁，或流繁瑣；而魏晉好名理，亦出簡雋也。“漢初諸儒，專治訓詁，如教人亦只言某字訓某字，自尋義理而已。”采《朱子語類》。“自晉以來，改變不同；王弼、郭象輩是也。漢儒解經，依經演説；晉人則不然，依經而自作文。”采《朱子語類》。則是“古典主義”也，而“人文主義”寓焉矣！後來宋儒之師心説經，其經義大抵汲魏晉之流風者也。然魏晉諸儒，尚解經而爲經注；如王弼、韓康伯之注《易》，杜預、范寧之集解《春秋左氏》、《穀梁》，皆經注也。至南北朝則守一家之注而詮解之，且旁引諸説而證明之，所謂義疏者也。則是義疏者，蓋注注而非注經。是故漢迄魏晉，經學也；南北朝，注學也。皇侃，熊安生，沈文阿，劉焯、炫之倫，著録繁夥。至唐孔穎達修訂《五經正義》，賈公彦、元行沖、徐彦、楊士勛賡續有作，遂遍諸經；百川洄注，瀦爲淵海，信經學之極軌也！然則唐學者，殆集南北朝注學之大成，而爲東漢古學尾閭之宣洩焉！

宋儒五子，周敦頤、程顥、程頤、張載、朱熹遊心六藝，旁參禪乘，周敦頤從僧壽崖學闡太極無極之旨。程顥資性過人，泛濫諸家，出入老釋，返求諸六經，而充養有得。張載勇於造道，已求諸釋老，乃返求之六經。朱子亦闡禪理，陽儒陰釋。宋儒無不如此。明德新民，壹主於率性修道。國學之人文主義，所以昭明於有宋，如日中天者；實以天竺明心見性，般若大覺之佛説西照；而吾儒率性修道，明德親民之經藴内宣。男女同姓，其生不蕃。果藝異樹，接種乃佳。生物然，學術亦有然也！惟五子不廢問學，猶於吾儒爲近；而陸王偏尊德性，彌於禪宗有會耳！

然自明中葉，王陽明以致良知，昌明陸學，風靡一世，號曰“姚江學派”，理想繽綸，度越前古！及其敝也，士不悦學，徒長虚憍！談空説有，相矜以口，益見迂闊而遠於事情！横流恣肆，非直無益於國，而且蔑以自淑！逮晚明劉宗周證人一派，已幾於王學之革命矣！及明之既亡，而學風亦因以革變！天下稍稍惡虚趨實。陸世儀、陸隴其等生清之初，始專守朱子，辯僞得真！高愈、張履祥堅苦自持，不愧寅踐。風氣所鼓，一時景從。此由陸王之“尊德性”而反之於朱子之“道問學”者也。至顧炎武、閻若璩等卓然不惑，以爲“經學即理學”，全謝山《鮚埼亭文集·顧先生炎武神道表》曰：“晚益竺志六經，謂‘古今安得别有所謂理學者?’經學即理學也。自有舍經學以言理學者，而邪説以起。

不知舍經學，則其所謂理學者，禪學也。故其本朱子之説，参之以慈溪《黄東發日抄》。所以歸咎於上蔡、横浦、象山者甚峻。”求是辯誣，開一代之風氣，導厥先路。乾隆以還，惠棟、戴震等精發古義，詁釋聖言，天下所宗。自是學者務於經籍傳注，考訂發揮。“諸經新疏，更迭而出。或更張舊釋，補闕匡違；若邵晉涵、郝懿行之《爾雅》，焦循之《孟子》，胡培翬之《儀禮》，陳奂之《毛詩》，劉寶楠之《論語》，陳立之《公羊》，孫詒讓之《周禮》，是也。或甄撰佚詁，宣究微學；若孫星衍之《尚書》，張惠言之《周易》，劉文淇之《左傳》，是也。或最括古誼，疏注兼修；若惠棟之《周易》，江聲之《尚書》，是也。諸家之書，例精而誼博，往往出皇、孔、賈、元諸舊疏之上！蓋貞觀修書，多沿南學，牽於時制，別擇未精。《易》則宗輔嗣而祧鄭、虞。《左氏》則尊征南而擯賈、服。《尚書》則崇信梅、姚，使伏、孔今古文之學並亡，厥咎郅鉅！加以義尚墨守，例不破注，遇有舛互，曲爲彌縫；孔穎達之正義《五經》，各尊其注，兩不相謀，遂成違伐；若斯之類，尤未允愜！而清儒新疏，則抉①微捃佚，必以漢詁爲宗；且誼證宏通，注有回穴，輒爲理董；斯皆非六朝、唐人所能及！然則言經學者莫盛於義疏，而爲義疏者尤莫善於清乾嘉諸儒！”采孫詒讓《籀廎述林·劉恭甫墓表》。此由朱子之“道問學”，反本修古而爲東漢之古學者也。則是“人文主義”之積窳於明季，而“古典主義”於以重光焉！雖然，人苦不自覺，而不安於不自覺，於是乎言學！徜言學者，數典不足以經世，具數無所陳其義；譬如五官百骸，形體徒存，而神明不屬，生氣何託！不以訓詁名物自安，必欲進而求微言大義；人之情也！學之道也！清儒既遍治古經，戴震弟子孔廣森始著《公羊通義》，厥爲清儒言今文學者之權輿！南北朝以降，經説學派只争鄭玄、王肅，今古文之争遂熄。唐陸德明著《釋文》，孔穎達著《正義》，皆雜宗鄭、王。今所傳《十三經注疏》者，《易》用王弼，《書》用僞孔安國傳，《詩》用毛公傳、鄭玄箋，《周禮》、《儀禮》、《禮記》皆用鄭玄注，《春秋左氏傳》用杜預注，其餘諸經皆汲東漢古文家之流。西漢所謂今文十四博士者，其學説皆亡，僅存者惟《春秋公羊傳》之何休注而已。今文學之中心在《公羊》，而公羊家言則真所謂“其中多非常異義可怪之論”。然不明家法，治今文學者不宗之！嘉道以還，莊存與、劉逢禄祖孫相嬗，劉逢禄爲莊存與之外孫，弱不好弄。母氏誨之，學必舉所聞於外王父以糾俗師謬説。年十一，初謁外王父，叩以所業，應對如響。曰：“此外孫必能傳吾學。”詳見李兆洛《養　齋文集·禮部

① 抉，原作“扶”，今改正。

劉君傳》、戴望《謫麟堂文集・故禮部儀制司劉先生行狀》。世以《公羊》名家，刊落訓詁名物之末，專求其所謂"微言大義"者；凡公羊家言所謂"非常異義可怪之論"，如"張三世"、"通三統"、"絀周王魯"、"受命改制"諸義，次第發明；言今文者宗之！龔自珍説經好莊、劉，尤擅要眇之思；往往引《公羊》義，譏切時政，詆排專制，益爲言學者所熹！南海康有爲能敷説《公羊》改制以言變法，禪其弟子；新會梁啓超，益推而大之，至於無垠；聲生勢張，而言今文學者盈天下矣！此由東漢之古學，又溯而上以反諸西漢之今文者也。則是"古典主義"之漸厭於晚清，而"人文主義"相與代興焉！

方輓清今文大昌之日，獨德清俞樾治古學，號東南大師，爲魯靈光！章炳麟《太炎文録・俞先生傳贊》曰："浙江樸學晚至，則四明、金華之術茀之，昌自先生；賓附者有黄以周、孫詒讓。是時先漢師説已陵夷矣，浙猶彀張，不弛愈缮。不逮一世，新學蟥生，滅我聖文，絜而不蟬，非一隅之憂也。"其弟子章炳麟恢張其緒，尤擅聲音訓詁；好稱引《左氏》，而無害於言革命；謂"賈逵言'《左氏》義深君父'，此與《公羊》反對之辭！若夫'稱國弑君'，'明其無道'；則不得以'義深君父'爲解！杜預於此最爲宏通；而近世焦循、沈彤輩多謂預借此以助司馬昭之弑高貴鄉公，則所謂'焦明已翔乎寥廓，弋者猶視乎藪澤'也！"見章炳麟《太炎文録・再與劉光漢書》。儒林之言革命者，咸以章炳麟爲巨擘矣！於是治今文者言保皇變法，學古文者倡排滿革命，昭昭然如涇渭分而鴻溝畫也！清廷既覆，革命功成，言今文者既以保皇變法無所容其喙，勢稍稍衰息矣。而章氏之學，乃以大白於天下。一時北京大學之國學教授，最著者劉師培、黄侃、錢玄同輩，亡慮皆章氏之徒也。於是古學乃大盛！其時胡適新遊學美國歸，方以譽髦後起講學負盛名，以爲"清儒之所謂漢學者，一名樸學，對於宋儒之理學而言，不外文字、訓詁、校勘、考訂之學。而其治學之法，不外两事：曰'大膽的假説'，曰'小心的求證'。假設不大膽，不能有新發明。證據不充足，不能使人信仰。此歐儒之所以治科學，而吾國惟治樸學者爲得其意焉！"見《胡適文存・清代學者的治學方法》。於是言古學者，益得皮傅科學，託外援以自張壁壘，號曰"新漢學"，異軍突起！而其所爲不同於東漢古學者，蓋以《周禮》爲僞託，目《尚書》非信史，又謂六籍皆儒家託古，胥同今文學説也。惟今文家意在經世，而新漢學主於考古，議論雖同而歸趣不一。此新漢學之所以異今文，而與東漢古學同其歸者也！然東漢古學，欲以信古者考古；而新漢學，則以疑古者考古。此又新漢學之所爲不同於東漢古學，而要其歸，在欲考見“古之所以爲古之典章文物”，則又無乎不同者耳！萬流所仰，亦名曰“北大派”，横絶一時，莫與京也！獨丹徒柳詒徵，不徇衆好，以爲古人古書，不可輕疑；又得美國留學生胡先驌、梅光迪、吴宓輩以自輔，刊《學衡》雜誌，盛言人文教育，以排難胡適過重知識論之弊。一時之反北大派者歸望焉，號曰“學衡派”。世以其人皆東南大學教授，或亦稱之曰“東大派”。然而議論失據，往往有之！又以東大内畔，其人散而之四方，卒亦無以大相勝！然“古典主義”者，國學之歧途；而“人文主義”，則國學之正軌；未可以一時之盛衰得失爲衡也！誠竊以爲言國學者當以人文主義爲宜。何以言其然？

其故有二：

一就國學二字顧名思義言之。按“學”之爲言“覺”，“國學”之爲言“國性自覺”，吾則既言之矣！然惟“人文主義”之國學，斯足以發國性之自覺，而納人生於正軌；理之自然，必至之符也。“人文主義”之一名詞，在歐土與“物質主義”爲對，在吾儒與“古典主義”爲對。“古典主義”，昔人之所輕。“物質主義”，今世之所患。何以言其然？“人文主義”之所寓，昔人謂之“義”。“古典主義”之所陳，昔人謂之“數”。《禮記·禮運》曰：“禮也者，義之實也；協諸義而協，則禮雖先王未之有，可以義起也。”此持“人文主義”者也。荀子《榮辱篇》曰：“循法則、度量、刑辟、圖籍，不知其義，謹守其數，慎不敢損益也，父子相傳以持王公；是故三代雖亡，治法猶存；是官人百吏之所以取禄秩。”此守“古典主義”者也。然“數”有可陳，而其“義”難知；“數”有可革，而其“義”不變。《禮記·郊特牲》曰：“禮之所尊，尊其義也。失其義，陳其數，祝史之事也。故其數可陳也，其義難知也。知其義而謹守之，天子之所以治天下也。”則是“數”有可陳，而其“義”難知也。《禮記·大傳》曰：“立權度量，考文章，改正朔，易服色，殊徽號，異器械，别衣服，此其所得與民變革者也。其不可得變革者則有矣！親親也，尊尊也，長長也，男女有别，此其不可得與民變革者也。”則是“數”有可革，而其“義”不變也。皮之不存，毛將焉附！“義”之未協，“數”徒具文！則是“義”尊而“數”卑，“義”先而“數”後也。故曰“古典主義，昔人之所輕”也。抑吾聞之也：美國哈佛大學教授白璧德氏（Irving Babbit）者，嘗倡人文教育以申儆一世。其大指以爲：“西洋近世物質之學大昌，而人生之道遂昧！科學工商日益盛，而人之所以爲人之道愈失！於是熙熙攘攘，惟利是崇！而又激於感情，中於詭辯，群情激擾，人奮其私；是非善惡，無所準繩！而國與國、人與人之間，則常以互相殘殺爲事！科學發達，人心益以不静，而爲神明之桎梏！哀哉！此其受病之根，在人之昧於所以爲人之道。蓋物質與人生，截然两途，各有其律。科學家發明物質之律，非不精能也！然以物質之律施之人生，則心爲形役，玩物喪志，私欲横流，人將相食，蓋人生自有其律。今當研究人生之律以治人生。人文教育者，即教人所以爲人之道。”見《學衡》第三期胡先驌譯白璧德《中西人文教育談》。有慨乎其言之也！嗚呼！《記》不云乎：“人生而静，天之性也。感於物而動，性之欲也。物至知知，然後好惡形焉！好惡無迹於内，知誘於外，不能反躬，天理滅矣！夫物之感人無窮，而人之好惡無迹；則是物至而人化物也！人化物也者，滅天理而窮人欲者也！於是有悖逆詐僞之心，有淫佚作亂之事，是故强者脅弱，衆者暴寡，知者詐愚，勇者苦怯，疾病不養，老幼孤獨不得其所。此大亂之道也！”見《禮記・樂記》。而今適其會也！數十年來，海内士夫，貌襲於歐化；利用厚生，制馭物質之一切科學教學，未能逮歐人百一；而日縱亡等之欲，物質享樂，駸駸逮歐土而肩隨之！物屈於欲！欲窮乎物！生人道苦，亂日方長！故曰：“物質主義，今日之所患”也。然則驗之當今，惟“人文主義”，足以救“物質主義”之窮！稽之於古，惟“人文主義”足以制“古典主義”之宜。國學者，“人文主義”之教學也；舍“人文主義”之教學，更何所謂“國學”者！蓋惟“人文主義”，爲足以發吾人之自覺；亦惟“國學”，爲能備“人文主義”之至德要道。舍“人文主義”而言國學，則是遺其精華而拾其糟粕，袪其神明而襲其貌焉也！國性之不自覺，神明不屬，譬之則行尸走肉耳！其何以國於大地！南山可動，吾言不易矣！

二就國學之所由起言之。國學之所由起，所以説明一國之“人文”。“古典”者，“人文”之遺蜕也。春秋以前，我國有政無學，有君、卿、大夫、士而無師儒。周轍既東，官墜其職；於是百官之守，一變而爲百家之學。《漢書・藝文志》曰：“某家者流，蓋出於某官”是也。“百家之學”，所爲異於“百官之守”者：“百官之守”者，謹守其“數”；“百家之學”者，宣究其“義”。此國學之所爲起也。余讀《漢書・藝文志》，著録十家；其中農家者流，特明術而不爲學，蓋術者致於用，而學者究其義也。小説家者流，又稗説而不爲學，蓋説者聽諸途，而學者得於心也。此固卑之無甚高論。即雜家者流，"兼儒墨，合名法"，家而曰雜，則非專門名家矣！其間可得而名家者，曰儒，曰道，曰陰陽，曰法，曰名，曰墨，曰縱横，七者而已。獨儒、道二者，囊括群流，爲一切學術之所自出。其間陰陽、名、墨三者，各守禮官之一事；《漢書·藝文志》明言："名家者流，蓋出於禮官。"至云："陰陽家者流，蓋出於羲和之官。"疑即《周禮·大宗伯》禮官之屬所稱"占夢：掌其歲時，觀天地之會，辨陰陽之氣。以日月星辰占六夢之吉凶"；"眡祲：掌十輝之法，以觀妖祥，辨吉凶"者也。"墨家者流，蓋出於清廟之守。"疑即《周禮·大宗伯》禮官之屬所稱"大祝"、"小祝"者是也。而縱横一家，則出詩教之三百；見章學誠《文史通義·詩教上》。則是陰陽、名、墨者，儒家之支與流裔也。"申子卑卑，施之名實；韓子引繩墨，切事情，明是非；其極慘礉少恩，皆原於道德之意。"見《史記·老莊申韓列傳》。則是法家者，道家之支與流裔也。然則七家之中，獨儒、道二者囊括群流，爲一切學術之所自出；而管學術之樞者，舍儒、道二者，其奚屬焉！然儒與道不同學，而同歸於人文主義。"儒家者流，蓋出於司徒之官，助人君，明教化，遊文於六經之中，留意於仁義之際"，其爲"人文主義"，固不待言。至"道家者流，蓋出史官，歷記成敗、存亡、禍福、古今之道，然後知秉要執本，清虛以自守，卑弱以自持，此君人南面之術也；合於堯之克攘，《易》之嗛嗛，一謙而四益"；則是以"古典主義"爲途徑，而亦以"人文主義"爲歸宿者也。獨是道家法自然；於社會一切人爲之仁義道德文爲制度，胥以爲有違於自然，無補於人文，而放絶之，擯棄之；故曰："大道廢，有仁義。慧知出，有大僞。六親不和，有孝慈。國家昏亂，有忠臣。""絶仁棄義，民復孝慈！絶聖棄知，民利百倍！絶巧棄利，盜賊亡有！此三者以爲文，不足；故令有所屬，見素抱朴，少私寡欲。"引老子書。又曰："禮者，忠信之薄，而亂之首。"引老子書。又曰："法令滋章，盜賊多有！"引老子書。至儒者重人爲；凡社會一切相承之文爲制度，苟有當於助長人文，罔不因勢利導之，牖之軌物，而資以爲經世之用；於是文王演《易》，周公制禮作樂，孔子删《詩》、《書》，訂禮樂，欲董理一切相承之社會文爲制度，以存其適者，汰其不適者，俾後世有所監觀，如《六經》所載，亦必有所承，匪盡憑虛臆測，託古改制，如今文家云爾也！此其異也。然儒與道不同學，而同歸於"人文主義"。"古典主義"者，特國學歧出之途，而迫於時勢之不容已耳！漢儒之言"古典主義"也，特以秦皇一炬，《詩》、《書》百家語燒，非蒐遺考訂，不能重光於劫餘，賡亘古垂絶之人文教育也；時勢則然也。清儒之重賡"古典主義"也，特以清廷禁罔密，而言陸王者多明遺老，士大夫懼世禍，又苦聰明材力無所用，故恣意於名物考訂以自娱嬉，而免時網也；時勢則然也。夫豈得已哉！論者乃以國學之正統目之，傎矣！

乃若兹編之所輯録者，特國學之涉於“古典主義”者耳！清儒重賡之漢學耳！數也，非義也。儻以自溺而不反焉！是則所謂“不知‘義’與‘數’之别”者也！太史公不云乎：“儒者斷其義。馳説者騁其辭，不務綜其終始。”見《史記·十二諸侯年表序》。班固有言曰：“惑者既失精微，而辟者又隨時抑揚，違離道本，苟以嘩衆取寵。後進循之，是以五經乖析，儒學寖衰！此辟儒之患！”見《漢書·藝文志·諸子略》。寧獨見譏於漢世哉！於是董理厥指以弁於編。大雅君子，尚鑑吾意！

中華人民造國之十五年十二月一日無錫錢基博

（商務印書館，1931 年 5 月出版）

《古籍舉要》序

長夏無事，課從子鍾漢讀番禺陳澧蘭甫《東塾讀書記》，時有申論，隨記成册。其中有相發者，有相難者，每卷得如干事，盡四十五日之力訖事。陳氏以東塾名其廬；而僕課子弟讀書之室，會在宅之東偏，遂以後東塾名吾室；而董理所記，都十七卷，署曰《後東塾讀書記》。而古籍之精要者粗舉，以與《陳記》，合之則互爲經緯，而分之則各成篇章，庶幾並行不廢云。

陳氏何爲而作《東塾讀書記》也？曰以救敝也。曷言以救敝也？清儒喜言東漢許、鄭之學，至嘉道之世，極熾而敝。於是專求古人名物制度訓詁書數，以博爲量，以闕隙攻難爲功；其甚者欲盡舍程朱而宗漢之士，枝之獵而去其根，細之蒐而遺其鉅。物極必反，窮而思通，於是有西漢今文之學興。自武進莊存與方耕始治《公羊》，作《春秋正辭》，漸及群經；其爲學務明微言大義，不專章句訓詁之末。一門並承其緒，其外孫劉逢禄申受及長洲宋翔鳳于庭復從而張之，海内風動，號爲常州學派。一衍而爲湖南之王闓運壬秋、四川之廖平季平，以《公羊》言禮制。又一衍而爲廣東之康有爲長素、梁啓超任公，以《春秋》言經世也。此一派也。其又一派，則兼綜漢宋，不爲墨守，以爲清學出朱子之道問學以上闕許、鄭；又謂漢儒亦明義理，力祛漢宋門户之見。於是南海朱次琦子襄及陳澧開宗於粤。義烏朱一新鼎甫、定海黄以周玄同桴應於浙，前唱後喁，蔚成學風。二者之爲學不同，而要歸於救漢學之碎則一。陳澧晚年著《東塾讀書記》二十五卷，其中卷十三《西漢》，卷十四《東漢》，卷十七《晉》，卷十八《南北朝隋》，卷十九《唐五代》，卷二十《宋》，卷二十二《遼金元》，卷二十三《明》，卷二十四《國朝》，卷二十五《通論》，凡十卷，則蒐采漢晉以後諸儒粹言至論，有目無書。獨卷十三《西漢》補刊别行。而世所流傳者，通行本十五卷，乃尋求群經大義及其源流正變得失所在。遵鄭康成《六藝論》，以《孝經》爲道之根原，六藝之總會，而冠於編；學《易》不信虞翻之説；學《禮》必求禮意。次考周秦諸子流派，抉其疵而取其醇。其次則表章《鄭學》、《朱子》，駢稱並贊，以明溝通漢宋之旨；蓋隱比顧亭林之《日知録》。然而有不同者。亭林之纂《日知録》，旨在經世。而澧之爲《讀書記》，塼崇講學。亭林言經學即理學，將以實事求是，救王學之空。而澧明漢學通宋學，欲以疏通致遠砭清儒之碎。前有自述一篇，中稱“讀鄭氏諸經注，以爲鄭學有宗主，復有不同，中正無弊，勝於許氏《異義》，何氏墨守之學。讀《後漢書》，以爲學漢儒之學，尤當學漢儒之行。讀朱子書，以爲國朝考據之學，源出朱子，不可反詆朱子。尤好讀《孟子》，以爲孟子所謂性善者，人性皆有善，荀、楊輩皆未知也。又著《漢儒通義》七卷，謂漢儒善言義理，無異於宋儒。宋儒輕蔑漢儒者非也。近儒尊漢儒而不講義理，亦非也”。可以覘生平宗尚之所在焉。

《無邪堂答問》五卷，義烏朱一新鼎甫撰。一新，光緒丙子恩科曹鴻勛榜下進士，累官陜西道監察御史，以疏劾内侍李蓮英，懿旨詰責，降官主事。兩廣總督張之洞延爲肇慶府端溪書院山長，尋入廣州，爲廣雅書院山長，爲定院規，先讀書而後考藝，重實行而屏華士。仿古顓家之學，分經、史、理、文四者，延四分校主之。諸生人賦以日記册，質疑問難，以次答焉；成就甚衆；因輯録講論之詞，成《無邪堂答問》五卷。嘗謂進德莫先於居敬，修業莫先於窮理，窮理必兼學問思辨。學問者，格致之事；思辨者，由致知以幾於誠正之博而反約；則居敬尤要。故院中生徒有聰穎尚新奇者，必導而返諸正大篤實。其論學術，謂：“近世漢與宋分，文與學分，道與藝分。豈知聖門設教，但有本末先後之殊，初無文行與學術、治術之别。”又以道咸以來，士大夫好講西漢公羊之學，流弊至於蔑古荒經，因反覆論難以正其失，至論西學、耶教、新疆、鐵路、吉林邊防數十條，亦復洞中竅會。傍晚納涼庭中，與諸兒論次及之，以爲《答問》可配陳澧《東塾讀書記》。儻學者先讀《陳記》以端其嚮，繼之《答問》以博其趣，庶於學問有從入之塗，不爲拘虚門户之見。兒子鍾書因言："《答問》與《陳記》同一兼綜漢宋；若論識議閎通，文筆犀利，則《陳記》遠不如《答問》!"余告之曰："不然，陳君經生，樸實説理，學以淑身。朱生烈士，慷慨陳議，志在匡國。《答問》文筆議論，遠勝陳君，信如所論。然《答問》之體，適會多塗，皆朱生當日應機作教，事無常準，《詩》、《書》互錯綜，《經》、《史》相紛紜，義既不定於一方，學故難求其條貫；又其言皆有爲而發，非於晚清學風史實，爛熟心胸，未易曉其端緒；不如陳君《讀書記》之部居別白，牖啓塗轍，論議儘欠雄駿，開示彌徵平實。又賢聖應世，事迹多端，隨感而起，故爲教不一。陳君宿學，但見戴學末流之嵬瑣，故欲救之以通；而於《公羊》有發揮，亡貶絶。朱生晚出，及見康氏今文之狂詭，更欲諷之於正，而於《公羊》多駁難，少讚揚。此其較也。"鍾書因言："見朱生佩弦齋文，中有與康長素《論學》、《論書》諸書，皆極鋭發。"又謂："朱生自詡'人稱其經學，而不知吾史學遠勝於經'。"大抵朱生持宋學以正漢學，蓋陳君之所同趣；而治經學以得史意，則陳君之所未到。又其較也。閉户講學而有子弟能相送難，此亦吾生一樂。唯連日身體又劇不適，殊爲美中不足耳。

時在中華人民造國之十九年八月，無錫錢基博記。

（世界書局，1936 年 12 月出版）

《駢文通義》敘目

原文第一
駢散第二
流變第三
典型第四
漫話第五

論駢文者，睹記所及，宋人有王銍《四六話》，謝伋《四六談麈》；清人有彭元瑞《宋四六話》，孫梅《四六叢話》；皆以四六爲主；不過駢文之枝子，而未見古人之大體。近人孫德謙撰《六朝麗指》，截斷衆流，獨以駢體立論，而探源於六朝；又惜辭繁而情隱；鯫生末學，未易測其指要。博於駢文非專家；顧自少小耽誦《蕭選》；而三十歲以後，於李兆洛《駢體文鈔》，王先謙《駢文類纂》，彭元瑞《宋四六選》，曾燠《駢體正宗》，屠寄《常州駢體文録》五家言，循繹數過；而汎濫及於嚴可均《全上古三代漢魏南北朝文》、《全唐文》。靡所不畢究；因以闚見源流正變所在，而李之《駢鈔》，恢張漢魏以植散行之骨；王之《類纂》，極論才氣以閎駢文之規；尤能觀駢散之會通，而足樹楷模於斯文者也！發凡起例，撰爲是册；乃知儷體之宗《文言》，遠出劉勰《文心雕龍》；而不始於阮元《文言説》。潛氣之欲内轉，始見朱一新《無邪堂答問》；而不創於孫德謙《六朝麗指》，後賢矜其創獲，昔人之所唾餘薈萃衆家，蘄於通方；而帙無貪多，言欲鈎玄。心知其意，所望好學。無錫錢基博序於上海光華大學之東院；時在中華人民造國之二十二年三月十五日。

（大華書局，1934 年 10 月初版）

《明代文學》自序

自來論文章者，多侈談漢、魏、唐、宋，而罕及明代。獨會稽李慈銘極言明人詩文，超絶宋元恒蹊，而未有勘發。自我觀之：中國文學之有明，其如歐洲中世紀之有文藝復興乎？明太祖開基江淮，以逐胡元，還我河山；用夏變夷，右文稽古，士大夫爭自濯磨。而文則奥博排奡，力追秦漢，以矯歐、蘇、曾、王之平熟；而宋濂、劉基驊騮開道，以著何、李、王、李之先鞭。詩則雄邁高亮，出入漢、魏、盛唐，以救宋詩之粗硬，革元風之纖濃；而高啓、李東陽後先繼軌，以爲何、李、王、李開山。曲則明太祖導揚高則誠《琵琶》一記，盡洗胡元古魯兀剌之風，而易之以南詞之纏綿頓挫。至八股文，則利禄之途，俗稱時文者也。然唐順之、歸有光縱横軼蕩，則以古文爲時文，力求返虚入渾，積健爲雄；雖與詩古文體氣不同，而反本修古一也。然則明文學者，實宋元文學之極王而厭，而漢魏盛唐之拔戟復振；彈古調以洗俗響，厭庸膚而求奥衍，體制儘别，歸趣無殊。此則僕師心自得，而《明史》序《文苑傳》者之所未及知也。顧論文者，則狃桐城家言之緒論，而極稱歸氏，妄庸七子。不知明有何李之復古，以矯唐宋八家之平熟；猶唐有韓柳之復古，以救漢、魏、六朝之縟靡；有往必復，亦氣運之自然。明有唐順之、歸有光輩，振八家之墜緒以與七子相撐拄；不過如唐之有裴度、段文昌等，與韓柳爲異，以揚六朝之頹波耳。而一代文章之正宗，固別有在也。

又論者以錢謙益文章爲穢爲雜，此亦拾桐城家之唾餘，而不免求全之毀。錢氏以明代文章鉅公，而冠清貳臣傳之首，人品自是可議。至於極推歐陽修，以爲真得太史公血脈，而下開歸氏；又翹歸氏以追配唐宋大家，因校刻《震川集》而序之以發其指；然後知桐城家言之治古文，由歸氏以踵歐陽而窺太史公；姚鼐遂以歸氏上繼唐宋八家，而爲《古文辭類纂》一書；胥出錢氏之緒論，有以啓其塗轍也。特其爲文章，盛氣縟語，錯綜奇偶，七子之習湔洗不盡；自與桐城之清真雅澹而得歸氏之潔適者異趣。然以視湘鄉曾國藩之爲文，從姚鼐入手，而益探源揚馬，複字單誼，雜厠其間，務爲厚集其氣，使聲采炳煥，而戛焉有聲者，何必不與錢氏後先同符？錢氏從王李入，而不從王李出；湘鄉從姚氏入，而不從姚氏出；自出變化，以不姝暖於一先生之言，亦何必此之爲是，而彼之爲非？然世論不敢薄湘鄉，而務集謗於錢氏，多見其不知類也，此與以耳食者何以異。

至於談詩者，則多爲朱彝尊《明詩綜》所囿，而以錢氏《列朝詩集》爲口實。不知朱氏以《明詩綜》而詆《列朝詩集》，譬如蠹生於木，還食其木。何者？《列朝詩集》，《明詩綜》之底本也；何焯嘗惡而揭發之。不過文人矜誕，好謗前輩耳。詩至晚明，鍾譚異軍別張，錢氏、朱氏皆所不喜，竟陵遂爲謗府。而夷考其實，鍾譚之詩，蹊徑別開，蕲以幽冷救七子之絢爛，而爲秀峭以矯公安之容易；詩道窮而必變，亦如肥魚大肉，饜飫之過，而不得不思菜羹也。其詩出入中晚唐郊、島、皮、陸之間，么絃側調，亦有淵源，避熟就生，人自少見多怪耳。要之盛唐李杜，摹擬勢盡，厭故喜新，人情皆然。王士禎《唐賢三昧集》不取李杜一首，何嘗不與鍾譚所選《唐詩歸》同指？而士禎詩爲秀麗疏朗，鍾譚出以幽深孤峭，皆欲以偏師制勝。或詆鍾譚格局未完，雕鑱愈工，不知真氣彌傷；然士禎縹渺取神，風華富有，亦病性情不真。而一尸亡國之大詬，一爲盛世之元音，豈非所遭之時有幸不幸耶？

僕懷此久，未有以發。商務印書館主人屬爲撰論。用布所蓄，以俟論定。而讀《四庫提要》著録明人詩文集，覩記所及，每有尋聲逐響之談，并爲隨事舉正以著於篇。中華民國二十二年六月三日，無錫錢基博。

（商務印書館，1934 年 1 月初版）

《現代中國文學史》序

余讀班、范兩《漢書·儒林傳》分經叙次，一經之中，又叙其流别；如《易》之分施、孟、梁丘，《書》之分歐陽、大小夏侯，其徒從各以類次，昭明師法；窮原竟委，足稱良史。是編以網羅現代文學家，嘗顯聞民國紀元以後者，略仿《儒林》分經叙次之意，分爲二派：曰古文學，曰新文學。每派之中，又昭其流别；如古文學之分文、詩、詞、曲，新文學之分新民體、邏輯文、白話文。而古文學之中，文有魏晉文與駢文散文之别；詩有魏晉、中晚唐與宋詩之别，各著一大師以明顯學；而其弟子朋從之有聞者，附著於篇。至詩之魏晉，其淵源實出王闓運、章炳麟，而闓運、炳麟已前見文篇，則詳次其論詩於文篇，以明宗旨；而互著其姓名於詩篇，以昭流别；亦史家詳略互見之法應爾也。特是學者猥衆，難以悉載。今但録其卓然自名家者，著於篇。

又按《漢書·儒林》每叙一經，必著前聞以明原委；如《班書》叙《易》之追溯魯商瞿子木受《易》孔子，《范書》之必稱《前書》是也。是編亦仿其意，先叙歷代文學以冠編首；而一派之中，必叙來歷，庶幾展卷瞭如；要之以漢爲法。特是規模粗具，而才謝古人。《漢傳》經師，人繫短篇，簡而得要。僕纂文士，傳累十紙，詳而蘄盡。聞之前人：粵在明季，南潯莊氏爲《明書》，中王陽明一傳，有上下卷，共三百餘頁；其冗長無體裁可知已！陳寅清《榴龕隨筆》。傳者以爲笑。《書》曰："辭尚體要。"言史之論纂，貴簡不貴煩也。然史筆貴能簡要，而長編不厭求詳。昔在鄞縣萬斯同季野草《明史》，每爲一傳，必就故家長老求遺書，考問往事，旁及郡志邑乘，雜家志傳之文，靡不網羅；參伍而爲長編，纚纚數十紙，傳寫者爲腕脱；每語人曰："昔人於《宋史》已病其繁蕪，而吾所述將倍焉，非不知簡之爲貴也。史之難言久矣。非事信而言文，其傳不顯。李翱、曾鞏所譏魏晉以後賢奸事迹，暗昧而不明，由無遷、固之文是也。而在今則事之信爲尤難。蓋俗之偷久矣。好惡因心而毁譽隨之，一家之事，言者三人，而其傳各異矣。言語可曲附而成，事迹可鑿空而構。其傳而播之者，未必皆直道之行也；其聞而書之者，未必有裁别之識也。吾恐後之人務博而不知所裁，故先爲之極，使知吾所取者有可損，而所不取者必非其事與言之真而不可益也。"錢大昕《潛研堂文集·萬先生傳》。可謂有慨乎其言之！然則詳者簡之所自出也。會稽章學誠實齋亦言："古人一事，必具數家之學；著述與比類兩家，其大要也。班氏撰《漢書》爲一家著述矣；劉歆、賈護之《漢記》，其比類也。司馬光撰《通鑑》，爲一家著述矣；二劉、范氏之《長編》，其比類也。古人云：'言之不文，行而不遠。''文不雅馴，薦紳先生難言之。'爲職故事、案牘、圖牒之難以萃合而行遠也，於是有比次之法！"章學誠《文史通義·外篇·報黄大俞先生》①。僕少耽研誦，粗有覩記；信余言之不文，幸比次以有法。徵文，則揚、馬侈陳詞賦，《漢書》之成規也。叙事，則王、謝詳徵軼聞，《晉書》之前例也。知人論世，詳次著述，約其歸趣，迹其生平，抑揚咏歎，義不拘虚，在人即爲傳記；在書即爲叙録，吾極其詳，而以俟後來者之要删焉。署曰長編，非好爲多多益善也。吾爲劉歆、賈護，而聽人之爲班孟堅焉；吾爲二劉、范氏，而蘄人之爲司馬君實焉。不亦可乎？

抑史家有激射隱顯之法。其義昉於太史公，如叙漢高祖得天下之有天幸，而見意於《項羽本紀》，借項羽之口以吐之曰："非戰之罪也，天也。"叙平原君之好客，而見意於《魏公子列傳》，藉公子之言以刺之曰："平原君之遊，

① "古人云"以下出自章學誠《文史通義·内篇五·答客問中》。

徒豪舉耳!”事隱於此而義著於彼，激射映發，以見微恉。是編敘戊戌政變本末，詳見《康有爲梁啓超篇》；而戊戌黨人之不饜人意，則見義於《章炳麟篇》，藉章氏之論以暢發之，如此之類，未可更僕數；庶幾史家激射隱顯之義爾。至若林紓之文談，陳衍之詩話，況周頤之詞話，以及吴梅之曲話，其抉發文心，討摘物情，足以觀文章升降得失之故，並删其要，著於篇。亦《班書·賈誼傳》裁《政事諸疏》,《董仲舒傳》録《天人三策》之例也。要之敘事貴可考信，立言蘄於有本。聊疏纂例，以當發凡。

中華民國十九年十一月十日無錫錢基博敘於光華大學。

（上海世界書局，1933年9月初版，1936年9月修訂版）

《韓愈文讀》叙

昔吾撰《韓愈志》，以付商務印書館；何嘗不殫見洽聞，欲以探韓文之源而盡其流變。特是旁搜遠紹以博涉《韓集》之外；而未好學深思以鋭入《韓集》之内，緟寫是編，彌縫其闕；而題之曰《韓愈文讀》；讀之爲言籀也，取籀繹其文，而心知其意云爾。宋景文公祈云："柳柳州爲文，或取前人陳語用之；不及韓吏部卓然不丐於古，而一出諸己。"然黄山谷庭堅《與王觀復書》，則云："老杜作詩，退之作文，無一字無來處。蓋後人讀書少，故謂韓杜自作此語耳。"此二公者一以爲戛戛獨造，一以爲學古有獲，用意不同，而言各有合。自來善道韓文者，莫如姚姬傳鼐。其爲《古文辭類篹序》云："文士之效法古人，莫善於退之，盡變古人之形貌，雖有摹擬，不可得而尋其迹也。其他雖工於學古而迹不能忘，揚子雲、柳子厚於斯蓋尤甚焉；以其形貌之過似古人也！"又《與管異之同書》云："近世人習聞錢受之謙益偏論，輕譏明人摹仿，文不經摹仿，亦安能脱化！觀古人之學前古，摹仿而渾妙者自可法；摹仿鈍滯者自可棄；雖揚子雲亦當以此義裁之，豈但明賢哉！"又《題懷寧江七峰爾維詩卷》云："學古人，在得其神理，不可襲其面貌，李杜詩不得其神理，殊成粗率。今亦無他法，但熟讀之，必求得其解而已；又須觀後賢所以學前聖之法，如學杜者，莫善於昌黎，昌黎豈遂偷杜一字一句乎！”博蓋深有體乎姚氏之言；而知愈之茹古者深，自出變化。功深者泯其痕迹，《下編》所録，是也。功淺者滯於形模，《上編》所録，是也。若其學古以臻渾化者，疏而有折；遒而得雄；運之以太史公之逸氣浩致，以上闚周秦諸子之閎肆；綴之以揚子雲之奇字瑰句，以下概班范二書之雅健。門弟子不能徧觀而盡識也，學焉而皆得其性之所近；李翺得其氣之疏；皇甫湜、孫樵學其筆之遒；《附編》所録，是也。顧三子窮老盡氣以具體一愈。而愈則含英咀華以遠祧歷古。自云：“上規姚姒，渾渾無涯。《周誥》、《殷盤》，佶屈聱牙。《春秋》謹嚴，《左氏》浮夸。《易》奇而法；《詩》正而葩。下逮《莊》、《騷》，《太史》所録，子雲、相如，同工異曲。”然則愈之閎中肆外，曷嘗以摹仿爲嫌乎！姚姬傳《與伯昂從姪孫元之書》云：“學詩文不摹擬，何由得入！須專摹擬一家，已得似後，再擬一家；如是數番之後，自能鎔鑄古人，自成一體。”觀於《上編》所録，自《詩》、《書》、《禮》、《春秋》、《左》、《國》以迄漢、魏、晉、宋，愈無所不擬，而亦無所不似。昔董文敏公其昌論書法云：“其始必與古人合。其後必與古人離。”詩文書畫，蓋同一理。《上編》所録，其始必與古人合也。《下編》所録，其後必與古人離也。而《附編》所録，則未能擬議以成變化者也。周永年書昌論：“文章有所法而後能，有所變而後大。”蓋由化而變，乃成家數。終於法，是曲學之拘虚也！驟於變，是莽夫之滅裂也！而愈豈其然！皇甫湜爲之銘曰：“茹古涵今，無有端涯。”於戲！此其所以卓不可及歟！李翺《韓公行狀》，皇甫湜《韓文公墓銘》，并著入録；匪惟以覘兩家學韓蹊逕之不同，亦以備讀韓文者知人論世之資云。

中華人民造國之二十三年二月二十日，無錫錢基博叙於上海光華大學之南舍。

（商務印書館，1934年12月出版）

《〈老子道德經〉解題及其讀法》叙

班固曰："道家者流，其原出於史官。"其傳書莫著於《老子》。孔子當周衰，以聖德不得位，序《詩》、《書》、《禮》、《樂》爲儒宗；而見規於老子，其事見《莊子》、《太史公書》者具可徵信。老子生竝孔子，孔子所嚴事；而其爲書簡易條暢，利以排偶，閒以語已，不爲鉤棘，文章迺與《論語》類。至云："玄同以爲體，因循以爲用，无成勢，无常形。"則勝民久國之道，雖孔子莫之尚也！

然當孔子之時，其道未大顯。至戰國，世益陵夷狙詐，争戰之風日熾；賢者自放不得志，痛其時諸侯王，亡慮皆爲民害；而世儒又貌襲多僞，乃發憤取老子之説，務推本言之以捄其失，則莊周之徒興焉！其詞洸洋放恣以適已，其意則重可悲矣！

秦得天下，益尚詐力，燒《詩》、《書》。民萌凋瘵，天下滋欲休息，慕黄、老之無爲，載其清静，民以寧一。質文異尚，時各宜也。上自文、景之君，蕭、曹之相國，儒者司馬氏父子、賈誼之論大道，皆右黄、老。黄、老之學，於是爲極盛！而諸儒老師，區區守《詩》、《書》燬棄之餘，蒐殘討遺，用力至勤苦，《六經》始萌芽向明。然道之稱，卒專於黄、老。

正始以來，士大夫尚清談，崇高致；人人言老莊，卒放棄禮法，天下大亂！老、莊氏之教，外形骸生死，寧静自勝；王衍、何晏之倫，溺心勢物，殆不啻與之背馳絶遠；而老、莊不幸蒙其名！

是故其學盛於漢，而貌襲於魏、晉；既以爲世詬病，高明邁俗之士，知名物訓詁之學，弱於德，强於物，未足彌道之量；而假説於浮屠，藉以明心見性焉！烏虖！道家微而釋氏興，其道有相因也。

士不幸生末世，波譎雲詭，情僞萬狀。老子之學，澹泊無爲，即不善國，亦以自寧。因撰是篇，以詔學者。

（大華書局，1934年10月出版）

#《韩愈志》叙

昌黎韓愈崛起中唐，世稱文宗，伯代所仰。然余讀蘇軾《潮州韓文公廟碑》，謂："東漢以來，道喪文敝，異端並起。歷唐貞觀、開元之盛，輔以房、杜、姚、宋而不能救。獨韓文公起布衣，談笑而麾之，天下靡然從公，復歸於正，蓋三百年於此矣！文起八代之衰，而道濟天下之溺。忠犯人主之怒，而勇奪三軍之帥。"方髫年肄誦及此，何嘗不愾慕愈爲人，邸徊往復，偉其議論文章！既而齒差長，聞見稍廣。讀唐、宋人雜記，其中有涉愈者，微言諷刺，不少概見；而知言行之覈，相符實難；而愈之過不彰。又讀陳子昂、元結、獨孤及、蕭穎士、李華諸家文，上承齊、梁浮靡之習，始湔除繁濫，矯以疏樸。而《舊唐書·愈傳》亦言："大曆、貞元之間，文字多尚古學，效揚雄、董仲舒之述作；而獨孤及、梁肅最稱淵奧，儒林推重。愈從其徒遊，鋭意鑽仰，欲自振於一代。"蓋獨孤諸公之於愈，如陳涉、項羽之啓漢高焉；而知文章之變，其漸有自。而愈之名獨盛，誠竊歎知人論世之難！孟子有言："誦其詩，讀其書，不知其人，可乎？是以論其世。"蓋慎之也。因就覩記所及，自《新舊唐書》旁逮唐、宋、元、明、清諸家文集及稗官野記之屬，其有片言隻字及於愈者，靡所不畢采，互勘本集以驗其信；旁涉詭聞以博其趣，成爲是志，凡六篇：曰《古文淵源篇》第一，《韓愈行實録》第二，《韓愈佚事狀》第三，《韓友四子傳》第四，《韓門弟子記》第五，而殿以《韓集籀讀録》第六。獨抒心裁，尤自得意。庶幾盡古文之流變，明韓氏之功罪。然韓氏不云乎："唯古於詞必己出，降而不能乃剽襲。"而吾是志，所自得意者，誠非己出之難，而鎔裁之難。會稽章實齋言："文士撰文，惟恐不自己出；史家之文，惟恐出之於己；其大本已不同矣。史體述而不造，史文而出於己，是爲言之無徵；無徵，且不信於後也。"此明文史之所以異。而吾志，則史之流也。嘗讀《太史公書》點竄《内外傳》、《戰國策》諸書，遂如己出。班氏襲用《史記》，微有增損，而截然爲兩家。斯如製藥冶金，隨其鎔範，形依手變，性與物從，神明變化，何嫌剽襲。涇縣包慎伯自詡所作《谷阿西傳》，採録其奏議三篇，以文筆蕪靡不及其意；而一加潤色，又恐與國史互異，致啓後人之疑；故止爲之删削移動；較量篇幅，十不存五；而未曾改易一字，醇茂痛快，頓可誦讀；既與原文殊觀，又不亂以己意。未嘗不有味乎其言。僕駑劣不文，無能爲役，而鎔裁成書，别出機杼，文詞儘非己出，神明依然故吾。昔賢可作，儻不以剽襲爲譏乎！

自宋有吕大防《文公集年譜》一卷，程俱《韓文公歷官紀》一卷，洪興祖《韓子年譜》五卷；金堂樊汝霖因之成《韓集譜注》四十五卷，又集其碑誌、祭文、序譜之屬爲一編，曰《韓文公志》五卷。莆田方崧卿增考洪興祖《譜》，且撰《舉正》以考其同異，凡十卷。諸家之書具在。獨佚樊汝霖《志》及《年譜注》。而留耕王氏伯大倅劍南時，取樊氏《志》及《年譜注》，與洪氏興祖《年譜》辨證參附正集本文之下，輒亦得窺崖略。斯以考韓愈之行實者備矣。而緟有待於吾之一志者，誠以諸家之於韓愈，如孔穎達之疏《五經》，義尚墨守，例不破注，遇有舛違，曲相彌縫；《春秋》爲賢者諱之義也。而吾之志愈，美惡不掩，直道而行，其文則史；此所以别出諸家而自成一書。顧或者謂："神之與怪，尼父不語。而吾子載筆，乃云：東阿夢託，仲卿序其文；金甲降神，愈願從之討；弄玉不死，緟嫁於下賢；神君遷都，屬記有長吉；凡此之類，事出不經，儒者所羞道，而言之無怍，徒長巫風，無裨監戒。"是誠不然。竊謂鬼神德盛，著稱《中庸》；《明鬼》有篇，亦見《墨子》。一切心造，何幻不真。在我儘斥曰迷信，古人自徵其實有。儻必執我之所不悦，而武斷古人之所遇，擯絶之而不書，寧所以昭實録！所以《左氏春秋》，不廢神鬼；亦以典籍攸徵，未可以意廢削。《語》曰："與其過而廢之也，寧過而存之。"仍其舊録，按而不斷，其信其否，付之讀者；匪云神道設教之義，庶幾史家傳疑之旨。曰信其有，匪我思存也。或又謂："房喬《晉書》，侈陳瑣聞，比於小説，鄙俗所憙；君子譏之，謂未識大也。吾子旁摭稗官，好爲詭誕，寧曰文人之好奇，無乃詒譏於不賢歟？"則又不然。伊古人物，臧否何常：大節攸關，庸存矯飾。性情所繫，或驗細端。學書學劍，已覘項王之雄。負我負人，足徵阿瞞之悖。昔在"顧虎頭"圖寫特妙；而爲裴楷像頰上加三毛；觀者覺神明殊勝，迺曰："傳神寫照，正在阿堵中耳。"繪事如此，文亦有然。於戲！此稗官識小所以不廢，而君子觀人必於其微也！然而援引所及。必明據依。採摭攸存，不廢僞託。子厚《龍城》之録，劉斧《青瑣》之議，雖論者斥其駕名，而宋賢已見援據，亦徵傳説之有自，而采葑菲所不棄焉。

昔孔子論史記舊聞而次《春秋》，約其辭文，魯君子左丘明懼學者人人異端，各安其意，失其真；故因孔子史記，具著二百四十年本末，成《左氏春秋傳》。又稽其逸文，纂其别説，别爲《春秋外傳國語》，合爲二十一篇，其文以方《内傳》，或重出而小異。信聖人之羽翮；而述者之冠冕也。僕纂《韓愈志》既卒篇，緟采唐、宋、元、明、清人文集劄記之論文及於韓愈者，成《附録》；曰序之屬，跋之屬，考論之屬，書之屬，雜記之屬，别寫爲目，部居類次，以資參考。其中讐訂板本，參證行事，取與吾志之言相爲經緯，以拾遺補闕，明一家之學；如左氏《春秋》之有外傳焉。於戲！會稽章實齋氏不云乎："古人最重家學。叙列一家之書，凡有涉此一家之學者，無不窮源至委，竟其流别；所謂著作之標準，群言之折衷也。"余故備集睹記，不憚煩瑣，利鈍畢著，義藴究宣矣。

昔裴丞相《與皇甫湜書》，論唐中葉以前文家，而於韓愈獨致貶詞。又《寄李翱書》曰："文人之異，在氣格之高下，思致之淺深，不在其磔裂章句，隳廢聲韻也。昌黎韓愈，恃其捷足，往往奔放，不以文立制，而以文爲戲，可矣乎！"而愈之名作，莫如淮西一碑，然柳宗元駁之曰："韓十八《平淮西碑》云'左餐右粥'，何如我《平淮西雅》云'仰父俯子'。《韓碑》兼有冒子；使我爲之，便説用兵討叛矣。"又以碑文歸美裴相，時論不平。憲宗磨之以命段文昌。而與愈並世，文章有名者，則有裴相、段文昌、權德輿、元稹、劉禹錫之流，上承燕、許，力摹漢京，奇偶錯綜，而偶多於奇，單字複詛，雜廁相間，其勢不如愈雄。而好整以暇，別饒風致。故知愈在當日，未能俯視群流也。徒從日盛，遂稱宗師。而明之何大復，乃曰："古文之法亡於韓。"譽者不免溢量，訶者亦未爲允。平情而論，近推餘杭章炳麟氏。其言曰："北朝更喪亂久，文章衰息，浸已絀於江左，魏收、邢子才刻意尚文，以任、沈爲大師，終不近。會江左文體亦變。徐陵通聘，而王褒、庾信北陷，北人承其蜚色，其質素醜，外自文以妖冶，貌益不衷。陵夷至於唐世，常文蒙雜，而短書媟慢，中間亦數改化，稍稍復古以有韓、柳，自任雖夸，顧其意豈誠薄齊、梁耶！有所欲於徐、庾，而深悼北人之效法者，失其軼麗，而衹黨莽不就報章，欲因素功以爲絢乎？自知雖規陸機，摹傅亮，終已不能得其什一；故便旋以趨彼耳！"《與人論文書》則是韓愈善用北人之所長也。炳麟又曰："北方流勢本臃腫也，削而礱之，大分不出後漢。碑誄尤近。"《與人論文書》"退之石刻轉益瑰怒。而宋世效韓氏爲文章者，宋子京得其辭，歐陽永叔得其勢。"《天放樓文言序》則是韓愈不廢東京之造辭也。獨抒偉議，抉發利病，信足以破門户之拘墟，而闡韓文之閫奥。徒以造論有主，不爲韓發，採摭所及，遂從蓋闕。掇其緒論，以當拾遺云爾。一九二九年二月十四日無錫錢基博序記。

（商務印書館，1935年1月出版）

《韩愈志》重版自序

余年四十三歲，寫《韓愈志》，迄今七十一，忽忽二十八年，覆勘一過，隨篇增訂。末篇《韓集籀讀録》第六，從前衹論韓文，題《韓文籀討集》；其實韓詩亦别出李、杜以開宗而自創格；遂别署題而與韓文併論之。從前論韓文，就韓論韓，而未能旁推交通，本之三代、兩漢以窮究韓文之原委；緟寫成篇，幸宿學同文有以正之！

一九五七年七月　基博記

（商務印書館，1958 年 3 月出版）

《江蘇學風》代序

霽光先生左右：承

三月二十五日發快信，屬主編《江蘇學風》，適博病假回里，至稽裁答，歉歉！遵草上徐壽、華衡芳傳，奉登！下次，或草張惠言、惲敬、李兆洛三人傳。此後，將以同類人物，彙作一期發表，庶幾學者知治學之有流別，有逕塗。又擬注重清代，不唯見聞近而觀感切，亦以所見諸人傳記，或出以聲氣之標榜，或出於好惡之私，博則生平研誦諸人之書，知其昧於是非之公，頗欲就所聞見，一新觀聽，高明以爲何如？周廳長已另有復。即頌

撰綏！

錢基博謹白

四月七日

（原刊於《江蘇教育》，1935 年第 4 卷第 5—6 期合刊）

《讀清人集别録》小序

近人侈言文學史，而於名家集，作深刻之探討者卒鮮！余讀古今人詩文集最夥，何啻數千家；而寫有提要者，且不下五百家。唐以前略盡。嚴可均《全上古三代秦漢三國六朝文》、邑人丁福保《全漢三國晉南北朝詩》及清修《全唐詩》、《全唐文》，通讀一過，人有論評；而於其人之刻有專集者，必取以校勘篇章，著録異同。兒子鍾書能承余學，尤喜蒐羅明清兩朝人集。以章氏文史之義，抉前賢著述之隱。發凡起例，得未曾有。每歎世有知言，異日得余父子日記，取其中之有繫集部者，董理爲篇，乃知余父子集部之學，當繼嘉定錢氏之史學以後先炤映；非夸語也！近代姚鼐、曾國藩、張裕釗、吴汝綸，咸能文章，而罕知流别，又乏深沉之思。即如桐城爲一代文宗，而桐城三家於古人文得失離合之故，及三家之何以自爲不同；即四人集中，亦未能辨白言之。又如吾常州人好張陽湖，而陽湖惲張之何以不同於桐城三家，究亦莫明所以也！同學有以爲問，遂剌取所記，寫付校刊，以昭流别而備考論云。中華民國二十四年二月二十一日，錢基博自記於光華大學。

（原刊於《光華大學半月刊》第4卷第6期，1936年3月30日）

《經學通志》自序

余曩讀唐陸元朗德明《經典釋文》，叙經學源流，文少波瀾，未足以發人意；又恨其記載疏舛，於魏、晉以下不詳。後清儒江藩鄭堂紹述其意，作《經師經義目録》，則又膠於門户，特以清儒承漢學，而擯唐、宋於不論不議；學術流變之迹，因以不明！爰輯舊聞，纂爲是志。無錫錢基博。

（中華書局，1936 年 4 月出版）

《孫子章句訓義》序

《孫子》世傳十家注，陽湖孫星衍平津館校刊，頗稱審核；然亦以臆改爲病！余取正統道藏本及吾邑明談十山嘉靖刊本參校，往往有原本不譌，而孫氏據《御覽》、《通典》諸書所引，校改以致譌者！談刻異同尤多；有談刻所有而孫氏無之者。湖北崇文官書局百子本，無注；世不謂佳；然有一二處劇勝者！於是參驗四本，擇善而從，句分節解，寫爲章句，以藏篋中，舊矣！其十家注，始魏武帝，云"撰爲略解"，謙言解其觕略，語多引而未發；而自梁孟氏以下九家，宣闡其義；亦有自抒所見，與魏武異者；其中以唐杜牧、宋何延錫爲詳博；而張預獨辨以析；梅堯臣則明白了當，以少許勝人多許。然據《新唐書·藝文志》著録魏武注《孫子》三卷，孟氏解《孫子》二卷，李筌注《孫子》二卷，杜牧注《孫子》三卷，陳皡注《孫子》一卷，賈林注《孫子》一卷。晁公武《郡齋讀書志·兵家類》載魏武注《孫子》一卷，李筌注，杜牧注，陳皡注，梅聖俞注，王晳注，何氏注，各三卷。鄭樵《通志·兵略》載《孫子兵法》三卷，吴將孫武撰，魏武注；又二卷《孟氏解詁》；又一卷唐李筌注；又一卷唐杜牧撰；又一卷唐陳皡注；又一卷唐賈林注；又一卷何延錫注；又一卷張預注；又三卷王晳注；又一卷梅堯臣撰。則知十家注舊本各自爲書；而今薈刊爲一，始於宋吉天保；採入《道藏》者是也。《道藏》中又有鄭友賢《孫子遺説》一卷，《通志》亦著其目，據自序稱："十家之注出，而愈見十三篇之法，如五聲、五色之變，惟詳其耳目之所聞見，而不能悉其所以爲變之妙；是則武之意，不得謂盡於十家之注也。頃因餘暇，撫武之微旨，而出於十家之不解者，略有數十事；託或者之問而具其應答之義，曰《十注遺説》。"然亦有自以意説而不盡當於武者焉；要足以匡十家之遺而彌縫其闕也！最近海寧蔣方震氏百里嘗學兵法於德意志，習其老將，往往頌美《孫子》書不容口；因撰《孫子新釋》，民國初元，先成《計篇》；梁任公所採以入《庸言》者也。僕誦之驚歎，而訪其全書讀之，殊亦惝略未稱，如魏武注也；其釋《計篇》，亦不如《庸言》所載之詳。然宏宣奥義，或取歐故，不爲拘虚，多十家所未發；而以知新器新理，雖日出不窮，而大道無攸易；《孫子》一書，推諸四海而準，百世以俟聖哲而不惑；其言亦以名家！獨惜其書成在一九一四年歐洲大戰以前，未能備物；亦猶魏武注引而未發之不能無待於梁孟氏以下九家也。

僕聞德國克老山維茲氏一七八〇——一八三一年者，彼都談兵之祖，而老毛奇將軍之師也；其著書以爲："理根於事，事貴有驗，無徵不信，兵法亦然。而欲知兵，必多讀史。史者，古人經驗之記載也。兵法乃屬於經驗之學科；惟經驗可以確定理論；而一事一理之意義，不用史例，無以闡發。惟能用史例者，而後談兵不患其鑿空，理論毋涉於誣妄；而以近代史爲尤宜；何者？以其近己而俗變相類也。"蓋世以近而可驗。理無徵而不信。《孫子》書李筌、杜牧、何延錫三家注，亦多引史事以相曉譬；而戰争之尤繁鉅以媲於現代史者，蓋莫如一九一四年歐洲大戰。儻有人焉，依據《孫子》而援歐戰事爲説，以擴三家注之所未備；古書新證，必有發前人之所未發者！僕懷此意久而未有以發也！徒以抗日軍興，家山唱破，違難奔走，不廢教學；而烽火驚心，客子危涕。自顧老矣，而志未衰，未能荷戈，且爲談兵；以爲："勝負何常，禍福相倚。儻讀孫武十三篇書而籀繹其旨，知日本之勝不貴久，斯可以知我國之勢不終敗！"遂發篋中所寫章句，爲之誦説；而以十家之注，後多因前，辭或重複，徒亂人意；於是削其繁剩，筆其精粹，取意相發而不相複，以成訓義。訓者，順也；義者，宜也；順文爲説，義取其宜，融裁衆注，不爲墨守；而旁摭克氏之學，歐戰之史，推而大之，至於無垠；然後十三篇之書，支分節解，脈絡貫通；而凡此後軍事之利鈍，戰局之勝敗，亦得以曲暢旁通而極其趣。談者既爲抵掌，聽者亦以破涕也。

僕誦説孫子之書，以觀此後軍事之利鈍，戰局之勝負，而可知者有三端焉：一曰：日人之勝不貴久，不免於力屈貨殫之患。二曰：我軍之强而知避，可以收彼竭我盈之效。斯二者，日本戰略之必失敗也。三曰：日本之威加於敵，必以成衆叛親離之禍。抑又日本政略之必失敗也。請得而備論之：何以知日本之勝不貴久，不免於力屈貨殫之患也？孫子不云乎！“其用戰也，勝久，則鈍兵挫鋭；攻城，則力屈；久暴師，則國用不足。夫鈍兵挫鋭，屈力殫貨，則諸侯乘其弊而起；雖有智者，不能善其後矣！故兵聞拙速，未覩巧之久也！故兵貴勝不貴久。”夫兵，非勝之難，勝而不久之難！

歐洲大戰，德之所以不保其勝，法之所以不終於敗，則以德之勝而久也！其國人克氏著書論兵法，每謂：“戰争之道，尤貴迅速決勝。”何嘗不慮勝久之無以善其後！然而勝，德之所能爲也；不久，非德之所能爲也！方吾國之參戰也，目論者僉謂德人必不敗。而嚴又陵獨不謂然，與其友熊純如書切論之，以爲“德皇竭力繕武二十餘年，用拿破崙與乃祖威廉第一之故智，欲以雷霆萬鈞，迅霆不及掩耳，用破法擒俄而後徐及於英國，故其大命懸於速戰而大捷。顧計所不及者，英人之助比、法也，列日起致死爲抗也，德國極强，然孟賁、烏獲，力有所底，飇發雷震，所虀粉者比國耳；浸淫而及於法之北疆；顧咫尺巴黎，經百日而不能破，東不能入俄境，南不能庇奥鄰，至馬蘭之挫衂，而無成之局兆矣！及踰二年，則正蹈曹劌再衰三竭之説；而英人則節節爲持久之畫，疏通後路，維持海權，聯合三國，不許單獨媾和；曹劌以一鼓當齊之三，所謂彼竭我盈；英人之術，正復如是！大抵德人之病，在能實力而不能虚心！故德、英皆驕國也；德人之驕，益以剽悍；英人之驕，濟以沈鷙；然則勝負之數，不待蓍蔡矣！亦既曠日持久，而德不得志；則今日之事，其決勝不在交綏之中，而必以財政兵衆之數爲最後。德雖至强，而兵力固亦有限。方戰之初，德人自言有勝兵八百萬，乃今此衆已全出矣，而死傷達三百萬。英法之海軍未熸，而財力猶足以相持，軍興費重，日七八兆鎊，久之，德必不支。要而言之，德之霸權，終當屈於財權之下！”然而“勝久則鈍兵挫鋭；攻堅則力屈；久暴師則國用不足”。夫鈍兵挫鋭，屈力殫貨，豈德之所願欲耶？無亦法巧爲久以相持；故德欲拙速而不能也！夫兵戰之事，必計成功，不貴鋒銳；而主客不同，情勢攸異，固亦有“貴久不貴勝”者！歐洲大戰勃發之初，以德人久蓄不用之威，而乘英、法積弛之民治，何嘗不可以速勝！惟善用兵者，不輕與之戰，而故控吾力，用堅以挫其鋭，持久以承其弊；雖以威廉之摧堅破强，鋭不可當，而卒無救於最後之“鈍兵挫鋭，屈力殫貨”。然則“貴勝不貴久”者，爲攻者、强者之客言之；而“貴久不貴勝”者，則又守者、弱者之主所不可不知也！然而德國兵學祖師克氏其知之矣；嘗論：“戰之爲道，必亟摧毁敵國之戰鬭力，使之不能復戰；而欲摧毁敵國之戰鬭力，則必挑敵與戰。如敵不以戰而以守，則我之力有時而窮！何者？近代戰術，利守不利攻；而兵力之弱者，常以守而延長戰事，曠日持久；而攻者困於士兵死喪之過多，財用支給之日匱，情見勢絀，則不戰而自屈！昔在一七五六年至一七六三年，普魯士菲烈德立大王之七年戰争時，其兵力不如奧之衆且强；而奥無以制其命者，徒以守而不與戰也。雖然，所謂守者，非坐困之謂也；特静以觀變，相機而動，以待反攻之機會耳！如有反攻之機，則必迅速以赴敵。苟攻守不相爲用，守者每不知敵之所爲攻，何得不分兵四防；而攻則可集中兵力以專注一處；以四散之分守，而當集中之猛攻，夫如是，其孰能禦之!”迄於歐洲大戰之起，英、法、美三國聯軍總司令福煦將軍，嘗在巴黎軍官大學演説，謂：“自來名將，無不先取守勢，俟敵軍疲怠，然後反攻；以我之奮，乘彼之衰，未有不勝!”其説蓋本之克氏，而用以搏西戰場最後之勝利。

吾國廣昌揭暄著有《兵法百言》一書，歷觀古今兵事利鈍之故而籀其會通；其中有“延”與“速”之兩言，相次以明爲用。以爲“勢有不可即戰者，在能用延。敵鋒甚鋭，少俟其怠；敵來甚衆，少俟其解；徵調未至，必待其集；新附未協，必待其孚；計謀未定，必待其決；時未可戰，姑勿戰。蓋拙者貴於守；延者，勢在必戰而特遲之也，勢已成，機已至，人已集，而又遷延遲緩者，此墮軍也。士將怠，時將不利，國將困，擁兵境上而不決戰者，此迷軍也。有智而遲，人將先計。見而不決，人將先發。發而不敏，人將先收。難得者時，易失者機，迅而行之，速哉！用兵能速，則智不及謀，勇不及斷，己舒而人促，己裕而人窘”。蓋始之以“延”，勝之於“速”，其論亦與克氏之指相發。歐洲大戰，法國福煦將軍之所以挫德者以此；而我今日之所以圖抗日者，亦無出於此！觀法之能勝德，知我之必勝日矣！特是日人知其士之將怠，時之將不利，國之將困，不甘爲揭氏之所謂“迷軍”，而欲快心於一決。此誠揭氏所謂“敵鋒甚鋭，少俟其怠；敵來甚衆，少俟其解”；在我則用“延”而尚未臻用“速”之日。所謂“知日之勝不貴久，斯可以知我之勢不終敗”者此也！

或曰：“日之勝不貴久，法之巧以爲久，則既聞命矣。然法之巧以爲久者，守也；豈如我之孤不羞走以爲避耶?”則應之曰：

避者，兵家之一術。孫子不云乎！“强而避之。”“故用兵之法，十則圍之，五則攻之，倍則分之，敵則能戰之，少則能逃之，不若則能避之。故小敵之堅，大敵之擒也。”“善用兵者，避其鋭氣，擊其惰歸，此治氣者也。”然則用兵之法，豈惟戰之爲功，抑亦避以治氣。往者，項羽百戰百勝，而卒蹶於漢高；以漢高知項羽之“强而避之”也。

在紀元前二一八年，迦太基之攻羅馬也，其大將漢尼鮑氏，年二十八歲，血氣方剛，乃以步卒五萬人，騎九千人，推鋒直入，而裹脅羅馬屬藩之兵，又得六萬人，乘勝而去國遠鬭。於是羅馬大將法屏克雪梅氏，知漢氏之不可以力競也；不與旂鼓相當，而以遊擊爲功。敵進，則我退以避其鋭；敵退，則我擾以乘其惰；務使敵不得用其鋭，而養吾全鋒以徐制其後。不意朝議以爲怯也，别使人代將，一戰而喪師七萬人；乃用法氏之戰略以與周旋。漢氏欲及鋒而試，以制羅馬於一時；而羅馬卒不輕犯其鋒，使之失其所求，逡巡求去而又不得去；而漢氏頓兵挫鋭，固已無能爲役矣！如是者二十年，迦太基以漢氏之卒無成功也，於是不繼餉，不濟師；而羅馬卒制全勝以待其弊，亦不知漢氏之“强而避之”也。歐洲大戰，興登堡與麥耿生摧堅攻鋭，皆德名將；而用攻用圍，韜略不同。興氏取勝多用圍，而張兩翼以困敵人於垓心者也。麥氏則以精兵猛將，厚集其力，佈若長蛇，而用雷霆萬鈞之力，摧其中堅，横截敵軍爲兩段，使首尾不相顧。凡研精軍事學者，咸謂麥之韜略，奇變在興登堡之上焉！其他虎底哀、魯登道夫，亦皆鷙悍而善於攻，稱德名將。然而法人何如？則其大將霞飛、福煦不願爲“小敵之堅，大敵之擒”，而曲盡“少則能逃”、“不若則能避”之“能”。方德之奮兵以人比也，比明知己之“少”與“不若”，而勢處於無可“逃”無可“避”；則不得不爲“小敵之堅，大敵之擒”。及至德人推鋒長驅，法大將霞飛則緩退以持之，而密集大軍於後方，深溝高壘以俟；迨時機既至，一鼓作氣，突然反攻，以我之盈，乘彼之竭；以我之逸，待敵之勞；所以有瑪因河之捷也。其後福煦上將亦步亦趨以傳授心法。方德軍之傾全力以掠取陣地也，法軍惟取“能逃”、“能避”之“能”，決不耗其主力以求原陣線之維持；而故控其力，取攻勢於敵人既得陣地以後，以我之力有餘裕，乘德之攻堅力屈；此則孫子治氣之原理，而運用之以最新戰術者也。我國抗日軍興，不願爲“小敵之堅，大敵之擒”，而欲盡“能逃”、“能避”之“能”，何必不與法同。所望故控其力，以承日人之弊而制其全勝，有以善圖其後爾！故曰：“我軍之强而知避，可以收彼竭我盈之效”也。

或且色然喜曰：“信若子言，則是我之避，將以避鋭擊惰；而日之勝，未能保大定功也！”僕應之曰：

又不僅是，天下固有可勝而不可戰者！孫子不云乎：“霸王之兵，伐大國，則其衆不得聚；威加於敵，則其交不得合；是故不爭天下之交，不養天下之權，信己之私，威加於敵，故其城可拔，其國可墮。”張預爲之説曰：“不爭交援，則勢孤而助寡。不養權力，則人離而國弱。伸一己之私忿，暴兵威於敵國，則終取敗亡也。”世之論兵者，至戰必勝，止矣；而《孫子》書乃至言可勝而不可戰，知其意念深矣。夫“霸王之兵，伐大國，則其衆不得聚；威加於敵，則其交不得合”；此可勝之勢也，然而不可戰；戰則城拔國墮者！蓋“威加於敵”，覩敵之“交不得合”，遂以爲莫之與京，而“不爭天下之交”，則外交陷於孤立；古之人有行之者，吴王夫差是也。“伐大國”，覩大國之“衆不得聚”，於是乎罷民以逞，而“不養天下之權”，則民怨起而革命；古之人有行之者，秦始皇是也。世近而事變相類，乃有歐戰之德皇，“信己之私，威加於敵”，合吴夫差、秦始皇而並之一身，漢亨索倫皇朝忽焉！然而非一勝之爲烈也。

昔蔣方震論其敗戰之諸因曰：“兵之爲物，有極端性；未有不求戰而其兵可强者，亦未有兵既强而不求戰者。夫以軍事之優勢而立國，一旦迄於彼我之間，强弱相當，則後此之危可知。而自兵略言，一千九百十四年，則德戰之時機也。爲奥戰，則同盟固；一也。英、法疲於内政，而俄、法之軍政改革未竣；二也。自此以後，將或並此徼倖之一勝而不可得！雖然，此可勝之機，而非可戰之機；而所謂不可戰者，何也？則政略上包圍之形勢已成；而法之復仇，俄之南下，英之海外政策，三者匯於一流以與德齮齕也。包圍之形勢孰致之？德人實自致之！而十九世紀日耳曼之統一運動，本有二派：其一派欲依國民之意志而成。其一派欲藉普國之武力而成。自佛蘭格福村國民大會之失敗而俾斯麥相普，遂戰奥敗法，而德帝國以成；成則成矣，而内外形勢，皆日處於不自然！法人建國，不利東鄰之有强國，而亞、洛二州之割，幾等於文身之恥，每飯不忘；而德不能不防其報復；一也。個人自由之伏流，來源已遠；而以軍事建國，勢必趨於武斷，不發於此，則伸於彼，而社會黨承産業發達之結果，其勃興較他國爲甚；二也。逆其勢而鎮之，厥惟軍備；然國民皆兵之祕鑰，已公開於世界，子能之，人亦能之，互競極其度，必有一日能發不能收者；而於是不自然之形勢，乃隨國家之强盛以繼長增高！其在外，則德、法之世仇，而重以德、英之衝突，而三國協商日進於成。其在内，則政治之不自由，而加以貧富之階級，而社會主義日趨於盛。擴充軍備，一之爲甚，至於再，至於三，凡以求戰，非戰不足以自保也。夫一國而至於求戰以自保，此可暫不可久之勢，必有一日至於敗者也。威廉二世之失敗，特速其時耳；以包圍啓敗戰之端，以革命結敗戰之局。”嗚呼！“不争天下之交”，斯孤立以無援，而外交上包圍之勢成！“不養天下之權”，斯剬斷以自恣，而内治上革命之釁兆！徒以“信己之私，威加於敵”，而邦分崩離析，無以善其後也。德人如此！而我東鄰之日本，亦將如此！

甲午以還，日人之於我，幾乎無役不勝；自以爲兼弱攻昧，武之善經，而領土之野心，方興未艾，遼東之鯨吞，河北之蠶食，吾人困於積弱，俄國怵其餘威，不旬月而囊括三省，意未有饜；小國不敢非，大國不敢誅；豈非所謂“伐大國，則其衆不得聚；威加於敵，則其交不得合”者耶！及蘆溝橋之戰起，吾國以日人之實逼處此，義無反顧，乃奮起而爲抗戰，迄今二十月矣，雖兵敗地蹙，再接再厲。而日人勞師以襲遠，攻堅則力屈，久暴師則國用不足，頓兵挫鋭，屈力殫貨，民不堪命，内難將作。而英、法怵於遠東利益之不保，日焰咄咄逼人，方東交美，西搆俄，以援我而孤日，日人縱克南京，陷徐州，取武漢，苟我軍“能逃”、“能避”以不墮其主力者，則我必有一日以承日人之敝；而此“能逃”、“能避”以不墮其主力之權，則操之我，不操諸日；百勝不足以取威，挫敗或且以亡國；强弩之末，其力幾何！土崩之期，當不在遠！始也不奪不饜，今且欲罷不能；然後知孫子“不争天下之交”、“不養天下之權”，所以深致誡於“霸王之兵”、“伐大國”、“威加於敵”

者之爲老謀深算；而非張脈僨興，淺見寡識者所能會也！

或曰："有是哉，子之言也！然則必勝之勢，固在我矣！"曰："唯唯！否否！在我何能必勝，而日不能無敗。方其未底於敗，而我衹有静待。"或且詫曰："明恥教戰，求殺敵也；天下固有待敵之敗而可以制全勝者哉！"則應之曰："固也！昔鄭莊公之於太叔段曰：'多行不義，必自斃，子姑待之'；待也。孫子之論善戰也，曰：'爲不可勝以待敵之可勝'；亦待也。就此日之國際而論戰略，大抵德、日、意争'先'，而英、法、美用'待'。《兵志》曰：'先人有奪人之心。'孫子曰：'兵之情主速，乘人之不及，由不虞之道，攻其所不戒。'此'先'之用也。往者俾斯麥、毛奇之戰奥敗法也，德以'先'制勝；而甲午之役，日俄之戰，日以'先'制勝；意阿之戰，意以'先'制勝；則一以德爲師資；皆衍克氏之一脈者也。然百年以來，英之用兵，自始不敢爲天下'先'。而歐洲大戰，法大將霞飛、福煦，則爲不可勝以'待'德之可勝；而德之'先'無所用焉！及德與英、法相持之既久，角力俱困，而美徐起以承其弊，而制世界之全勝；則亦'待'之效也。我無力以勝日，而天未嘗不予我餘暇以'待'日之可勝。日盡力以争我'先'著，而無法以制我不'逃'不'避'；日亟'攻'，我姑'避'；日貴'勝'，我爲'久'；日未敗，我且'待'；'待'也者，古人以弱制强之妙算，而兵家之所不廢也。僕在湖南言湖南，而知六七十年前，湘軍之强，國内稱雄焉！太平軍洪秀全、楊秀清之暴興也，乘勝遠鬭，其鋒不可當；而湘鄉曾文正公、益陽胡文忠公，皆以'待'而制全勝者也！吾讀《胡文忠公集》所以申儆而誥諸將者曰：'戰，勇氣也，當以節宣蓄養提振爲先；又陰事也，當以固塞堅忍蟄伏爲本；貴乎審機以待戰，尤貴蓄鋭以待時。而兵事有須先一著者，如險要之地，以兵踞之；先發制人，必勝之道也。有須後一著者，愈持久，愈神妙；愈老到，愈堅定；待賊變計，乃起而乘之，亦必勝之道也。有先一著伐賊謀而勝者，有後一著待賊動而勝者，兵事不在性急於一時，惟在審察乎全局。全局得勢，譬之破竹，數節之後，迎刃而解。軍事到緊要之時，静者勝，躁者敗，動者必躁，静者有所待，有所謀，不可測也！譬之南塘矛法，須先讓對手打一下，然後應之，此理至微妙！堅持以待其弊，伺其瑕而蹈之，有不戰，戰必勝矣！'蓋一編之中，三致意焉！至曾文正公更爲俚歌以曉卒徒云：'起手要陰後要陽，出隊要弱收隊强；初交手時如老鼠，愈打愈狠如老虎。'而爲之説其意曰：‘賊始至猛撲，一鼓作氣，宜少遼縫之以鈍其鋒而銷磨其氣；所謂避其鋭氣，擊其惰歸也。兵者不得已而用之，常存一不敢爲天下先之心，須人打第二下，我打第一下；毋乘以躁氣，毋摇以衆論，自能覷出可破之隙。若急於求效，雜以浮情客氣，則或泰山當前而不克見！’此則湘軍之戰略，而妙得孫子所謂‘强而避之’、‘以待敵之可勝’之意；‘避’者，不輕耗吾之力以犯其鋒；‘待’者，所以伺敵之瑕而承其敝。蓋湘軍之所以戰無不勝者以此；而法國名將霞飛、福煦之所以摧强德者亦無不以此！人自不察耳！”遂援之以終於篇。時在中華民國之二十八年五月九日，無錫錢基博叙於國立師範學院之李園。

（商務印書館，1947 年 11 月出版）

《歐洲兵學演變史論》序

余撰《歐洲兵學演變史論》，都二十一章。上編通論十三章，立法施度，以盡一事一制之演變，而明其相互。下編戰史七章，因敵制勝，以闡一時一事之情變，而審其後果。上溯西曆紀元前之羅馬戰争，下迄第二次世界大戰，探原立論，觀之上古，驗之當世，參以人事，明其所以，視其所由；而二千餘年勝負利鈍之故，大略可覩！特是世之作戰史，論兵謀者，罕能盡情事之有曲折，發勝敗之由層累；往往侈陳一策之偶中，鋪張一將之成功，似乎戰勝攻取，如探諸囊；而不知兵凶戰危，言之不可以若是其幾也！天下成功，無不疊經挫敗！普魯士菲得烈大王七年之役，屢戰屢敗，幾欲自殺；然而目論者徒詡大王之用兵如神；而莫會其困心横慮，危然後安！法皇拿破崙百戰百勝，非無敗著；然長勝之家，難與慮敵；而不知勝利之有極限，以爲俄人所乘！所以一制之立，往往懲毖前敗；一役之勝，亦或會逢其適！有勝算本不在我，而以敵之指揮不靈，成我之勝算；如老毛奇師承菲德烈之厚集兵力以趨側翼而迂迴敵後，以爲勝算在我；然成功於一八六六年普奧之役，而不無失敗於一八七零年普法之役！方法軍大敗於美次，而德軍乘勝亟追以抵色當，欲一鼓而殲之；不意拿破崙第三引兵一師以潛入比利时境，欲承法軍攻堅之弊以掩其後，幾爲所乘；而巴黎報紙洩其事；老毛奇亟反兵以制之先發，若其成功，則以法軍之指揮不靈，坐受人制也！亦有我已無救，而以敵之指揮偶乖，成我之轉敗爲勝；如一九一四年九月，德軍分路進逼巴黎以抵瑪倫河；霞飛欲以側翼攻擊，包圍德國右側之暴露翼第一路軍，挽救戰局，而爲所敗，勢已無倖；不意小毛奇遣中校參謀亨池巡視前綫，見德國第二路軍之右翼，爲法國第五路軍所抄，而二路與一路之勢中斷，將被包圍，遽命之退；而不知一路軍之已大敗法軍，推鋒而前也！然二路軍既撤退，而一路軍乃陷孤立，不得不隨撤退以調動各路；顧霞飛不遽意其如此！德軍以九月九日撤退，而法軍以十日搜索前進，疑信參半，則德軍之去遠矣！則是將錯就錯以成瑪倫河之捷，而非霞飛之有成算也！如此之類，難以僕數！苟徒據其已然，而不推其未然；則情事之曲折不盡，而勝負之錯綜不見；徒以侈前人之成功，而無當於後來之監戒；匪我思存，故不爲也！

凡新制度、新器械之產生，莫匪痛苦之經驗，失敗之懲毖！一八七零年普法之役，法皇拿破崙第三不知鐵路之用；而老毛奇則控制鐵路以加速德軍之集中與調動，所以德之行軍速，而法之行軍遲，遂爲所乘；於是法國參謀部懲於前敗，而研究鐵路運輸之法，控四方鐵路之交點，取其道路適中以設調節車站，置一司令，稟承總司令之戰略以編成軍隊輸送計劃，而霞飛因之以有瑪倫河之捷！拿破崙第三既爲德俘，而歎法之敗於德，由於礮之不如德；於是法人懲於前敗以創管退礮，全歐震驚！而德人愧勿如也，於是造野戰重礮以圖相勝；而不知野戰重礮之滯重，不如管退礮之易隨軍運也！及一九一四年九月，法國之第五路軍，爲左側之暴露翼；而德國第一、第二兩路軍從北而南，第三路軍則從東而西，如箝之合；法國第五路軍自知無倖，亟引南遁，而德軍猛追不捨；於是法國第五路軍右翼之後衛，有一旅礮兵，乘德軍野戰重礮之未至，而集中所有之管退礮，猛烈射擊，德軍之屍如山積，前鋒之一師殲焉；遂不敢逼以得脱也！一九一四年九月之德軍一擊不中，而陣地戰應運而生；雖以興登堡、魯登道夫之剽悍善戰，而不能不鈍兵挫鋭以再衰三竭，無法善後；於是德國國防總司令塞克特懲於前敗，指導所屬，承固有之參謀組織，精研速戰速決之閃電戰，厲戎講武，以有第二次世界大戰！先是魯登道夫竭智盡能，而無救德意志帝國之傾覆；痛定思痛，深究成敗得失之故，而著《大戰回憶録》，以謂："德之敗，不敗於前綫，而敗於國内！軍隊動員，而經濟未知動員，所以無持久之資源！士兵奮厲，而人民未知奮厲，所以有厭戰之情緒。”於是暢發其指以著《全民[1]戰爭》一書，而“全民戰爭”之一名詞，垂爲典範；總動員之一措施，著爲法令；斯又第二次世界大戰發生之所以大，而不同於一九一四年也！所以一制之立，往往懲毖前敗；苟徒據其已然，而不推其未然，則端委未具，而體用不顯！然一法立，則一弊生，而敵人即承其弊以圖相制；所以法無十利，戰無百勝！我得新器以驟勝，苟敵未至一蹶不振，則必旋出新器以爲禦，日出不窮，後來居上；尤貴善圖其後，乃能立於不敗！所以一制之立，一器之新，無不出於層累而漸以演變；平地不起樓臺，非可一蹴而幾！而史者，即在著其演變之迹，詳其層累之故；論者，所以審其權勢之宜，察其去就之序。夫審權勢於演變，而籀戰史以體驗，神而明之，自出新裁；歷來名將，無不如此；然而不能無辨！加爾公爵者，德國第一人之戰勝拿破崙者也；每言“戰史爲兵學之源泉”。所以德國諸名將承其流風，無不重經驗以究心戰史；而不免爲經驗之傳統思想所囿，以失時措之宜！及義大利杜黑將軍著《制空論》，獨以經驗爲庸人之談，而謂：“未來之於現在，較過去爲近！”意謂重經驗以究心戰史，縱可以瞭解過去，而無裨於未來之認識也！所以一九三六年，德國國防總司令勃闌堡元帥創爲《兵學雜誌》以闡明未來之戰爭，而予德國將校以新激發；開宗明義，詔以三事：一曰：“所有既往之研究，苟不適切於現在及未來之事實，雖勞而無用。”二曰：“全體重於局部；而細目之不可忽視，乃視其在全局中之位置如何。”三曰：“思想之紀律，包括於軍紀之中；著者與讀者同一負責。”蓋以矜奇立異，既破思想之紀律；陳陳相因，又陷思想於腐化；而欲闡未來之戰爭於傳統之經驗，以不爲經驗所囿而已！此則勃闌堡之用心，而亦區區微意也。

余觀列國戰略之成功，莫不有其傳統，原於歷史！英人之以海軍封鎖敵國，漸以消耗而承其弊，自拿破崙之戰而已然。俄人寓攻之於守，致人而不致於人，亦自拿破崙之戰已然。德國之速戰速決，控制交通以分進合擊，自一八六六年普奧之役以及一八七零年普法之役，無不然。日本之制人於先發，自甲午中日之戰已然。運用之妙，熟極生巧；蓋歷史之相沿，而因習者有素

---

① 民，原作“名”，今改正。

也。然而兵家用奇，不害違反歷史！德國自一八七零年普法之役，老毛奇始把握交通以利用鐵路，嘗手一紙歐洲鐵路圖以指揮戰事，而成其分進合擊之戰略，風發雷動，不兩月而抵巴黎；而戰略戰術於焉革新；此近代交通戰之所由昉也。及今第二次世界大戰，舉世震驚之閃電戰，不過德國參謀部，承老毛奇之交通戰，傳授心法，而摩托化以神明其用爾！顧氓之蚩蚩，不知近代戰爭之爲交通戰；一聞寇警，不竄匿山谷以側避，而佔據交通以後退；然吾國之行軍，敵機之轟炸，無不集中於交通之孔道；往往避兵而遇兵，逃生以得死！一九四零年四月，希特勒之閃擊荷蘭、比利時以進兵於法也；荷蘭人、比人、法人，難民塞途；而行軍阻礙，左次倉皇；遂爲希特勒所乘而以不國；則以荷蘭人、比人、法人，不知交通戰之自貽伊戚也！然用兵者，則又因襲交通戰而不知變；一離交通綫，則不知所措，吾讀法人蒲哈德著《德大將興登堡歐戰成敗鑑》一書，其持論所謂："一九一四年九月，興登堡東綫大戰之大敗俄軍，皆魯登道夫之力；其不同於興登堡者，興登堡好攻堅；而魯登道夫勢取攻瑕而衝其虛。於時，德人東綫創敗之餘，而東普魯士波蘭之鐵路交通，無不爲俄軍所據。而魯登道夫帷幄運籌，乘俄軍運輸應援之所不及而覆之；凡行軍之地，不惟無鐵路可通，亦無馬路足以並騎而進；以故俄軍不知其所攻；而魯登道夫之出兵，往往出俄人所備之外，而以大捷！"運用之妙，存乎一心；則固一反老毛奇交通戰之成規，而不爲傳統之經驗所囿者矣！所貴好學深思，心知其意，固難爲淺見寡聞道也！

觀於近代之交通戰，而知用兵貴把握時間空間之交點；避兵須覷準時間空間之漏洞；自謂縱觀古今而深有所會！然而有國焉，其國之政治兵謀，則專走時間空間之漏洞；觀其一九四四年反攻希特勒以進兵東普魯士，乘間抵隙，不專一地，而時轉嚮；往往猛攻一地，而伺德人抽調他地之兵以增援時，立即轉移兵力，捨所攻之地，而趨援兵所從抽調之地，推鋒直入以乘其虛；此又不可不知！今日之役，日軍張脈僨興，無法走我時間空間之漏洞，所以我得轉手；而有國焉，方冷眼覷我時間空間之漏洞以圖一逞；豈真兵氣銷□日月之光，而吾人得晏然已乎！

假如親仁善鄰，不如吾願，吾人此後之抗戰，必倍艱鉅於抗日！何者？夫我之無以抗日，在日之能勝；而日之無以勝我，在我之善敗！日國小而民附；我地大而物博；我控力之有餘，以善承日人之弊；日人財殫力竭，而勢不得不服；此日之所以驟勝而無成，我之所以善敗而不亡也！假有國焉，地大物博過於日，而同日之民附；厲戎講武過於我，而同我之善敗；日人能勝而不能敗，此虜善敗而以長勝；昔日拿破崙勝之而卒爲所勝，今日希特勒勝之而卒爲所勝，而我壤土相接，東西北環我三陲，實逼處此；我則民雖衆而未親附，地雖廣而未疆理；苟不自力，終爲人虜耳！吾人於此不可不有認識，不可不知儆惕！夫國際戰争，有一公式，無不以襲擊始，以封鎖終。

吾國無襲擊人，封鎖人之能力；而有被襲擊，被封鎖之可能！然吾國之大患，不在封鎖而在襲擊；所以寓攻於守之退却戰略，化整爲零之遊擊戰術，豈特軍人所當精研；抑亦國民宜共體認，而後進可以衛國，退亦知避兵！慮患未然，夫豈得已！

余少喜治兵家言，少自孫吴，旁及譯籍，無不購讀，讀必摘録，歲月之久，得數十册，提要鈎玄，即異見同，思入無間，而觀其通，自詡會心不遠！然而孔子不云乎："我欲載之空言，不如見之行事之深切著明也。"所苦無徵不信，而未能以身試！每閱報紙，有涉兵事，則倣紀事本末之體，分册剪帖，積三十年，充箱盈篋！不意抗日軍興，家山唱破，雖避兵轉徙，而未嘗不攜自隨；客舍小休，輒發篋考覽。而烽火驚心，客子危涕，自顧老矣，而志未衰，未能荷戈，且喜談兵；旁推互證以懸揣當前成敗，拓其心胸，告以無害；談者既爲抵掌，聽者亦以破涕也！然而余發如此種種矣，依舊客授，負篋不易；發而董理，删煩除蕪，次第其事，緯以理論，而成是書；凡列國兵情地勢，齊民訓士，布陣用器之制，戰勝攻取之方，乃至參謀之組織，間諜之運用，推本政治，旁及社會經濟，莫不互勘其得失，闡論其因果，而尤致力於歷史之演變，署曰《歐洲兵學演變史論》，得四十萬字；自三十四年七月二十二日發筆，迄三十六年十一月十八日卒事。無錫錢基博，時客武昌。

（原刊於《武漢日報·文學副刊》第48期，
1947年12月15日）

《堠山錢氏丹桂堂家譜》序目

譜系第一
世表第二
行述第三
先大父述略基博撰
先府君行述淮章撰
先仲世父述略基博撰
先府君行狀基博撰
先母孫宜人述基博撰
大哥述略基博撰
春申君里墓碣基博撰
西林二哥家傳基博撰
柟庭三哥家傳基博撰
文徵第四
似山居詩文存榕初公遺著
丹桂書屋剩稿葵孫公遺著

坎空居士集仲眉公遺著
傳叟文録祖耆公遺著

譜有族譜、支譜之分。言作譜者必推本歐蘇。《歐陽文忠公集》有《歐陽氏譜圖》，蘇明允《嘉祐集》有《蘇氏族譜》。自父以上推高曾，旁治群從，而不他及，皆一支一譜者也，不成其爲族也。其後《歸震川文集》有《夏氏世譜》、《歸氏世譜》，亦自孫以上推乃祖乃父而爲支譜焉。惟《紀文達公集》有《景城紀氏家譜序例》，名曰家譜而實統族，明其所以異於歐蘇者。曰詳譜本宗，别支則略。歐陽氏、蘇氏例皆然。然二家之譜，一支一譜者也。今之譜，一族一譜者也。一支一譜，各詳所出，即彼此可以互明；一族一譜，例無别見，義不得而偏略也。此支譜與族譜之分也。紀文達公博學通人，旁搜遠紹以觀會通，斟今酌古，而集譜例之大成，規模宏遠矣。作者可知所從事焉。獨基博斷自大父以有作，詳譜所出，一支一譜，體同歐蘇，而非一族一譜之爲文達。於是詳譜吾大父所出以成《世表第二》，而先溯吾大父所自出，以撰《譜系第一》。原原本本，用歐陽氏譜例也。太史公作《史記》，世家、列傳，以次世表、年表之後；蓋表以發其凡，傳以盡其事也。於是撰《行述第三》，以次《世表第二》。網羅放失，而得榕初公以下遺文，爲《文徵第四》，以與《行述》相發，則用會稽章學誠方志例也。知人論世，亦有資於頌詩讀書焉。發凡起例，轉益多師，不名一家，亦可謂備體矣。然而不署曰支譜者，不成其爲支也。寧獨吾譜，即歐陽氏譜、蘇氏譜，自父以上推高曾而不他及，亦不成其爲一支也。支之云者溢詞也。何以明其然？《齊書·魏收傳》載收對楊愔曰："往因中原喪亂，人士譜牒遺逸略盡，是以具書其支派。"支者族之所分，而派者又支之所析，支大而派小。由吾大父上溯六世而爲符先公，始分派黄泥橋以别子爲祖。由符先公上溯七世而爲永義公，則爲永義派祖。由永義公又溯而上四世爲易象先生，則城西開支之祖也。由此而上又三世爲尚父公，始以宋理宗寶慶元年遷無錫堠山，是爲堠山錢氏開族始祖。所以吾大父之於堠山錢氏，實爲城西支永義派，再析而爲黄泥橋派之裔。源遠而末益分，歧之中又有歧焉。斷自吾大父以下治子姓，不敢以支稱，并不敢以派稱也。《唐書·藝文志》著録《韋氏諸房略》一卷、《李氏房從略》一卷；吾斷自大父以有作，特《韋氏諸房略》、《李氏房從略》之類耳。然不曰房從略而曰家譜，據《隋書·經籍志》、《唐書·藝文志》所載也，從同也。曰家譜者，明其限於吾之一家，而非一派一支一族之推而大之以至無限也。吾先君以光緒三十三年丁未續修《堠山錢氏宗譜》，刊定，忽忽逾四十年。迄今喪亂薦臻，吾宗英賢大懼墜宗失祀以數典忘祖，而以繼志述事望基博兄弟。基博兄弟誼無所讓。而基博歸自武昌，夏日晝長，草創成編以試吾筆。昔漳浦藍鼎元斐然述作，而有《修史試筆》一書。苟不有試，何以自信？蓋其慎也。吾堠山錢氏遠祖黄帝，傳世百二十，有丁二萬餘，族大而祚長，下筆不容草草。而今試之吾家，事必稽史以求傳信，體必師古以務擇善。起季夏六月二十日，訖孟秋七月十七日，凡二十七日，得八萬餘字，付從子堯俟、殷之籌貲先刊，舉一反三，必有起予。戊子七月，基博。

（選自《堠山錢氏丹桂堂家譜》，1948年刊行）

書序下 SHUXUXIA

《競志女學雜誌》序

大江以南，龍山之陽，有一豪士曰侯子者，鴻鑑其名，其字曰保三，年十六七。興會所至，傾瓶罍，酌大斗，引口一吸，如長鯨飲江水，滔滔汩汩，竟日夜不醉；醉益酣，目空古今，兒撫一世馳名士，鄉人目曰酒狂，則豪於飲。喜吟詠，工倚聲，累長短句，往復不厭，位置在東坡、后山之間，則豪於詩。伸紙操筆，有所造作，若成誦在心，借書於手，曾不斯須，數千百言，放恣縱橫，不可以尺度拘，則豪於文。年既壯，間登講壇，辯論天下事，詡詡洋洋，鬚眉奮張，雜以滑稽諧笑，雖蘇張復生，亦舌撟而不下，則豪於談。毀家興學，歲擲數千金，不稍顧恤，得天下英才而教育之，著籍弟子數十百，徧大江南北，則豪於教。有所不可於意，面頸發赤，如骨横在喉，必吐出之以爲快，雖受者氣結不能忍，曾不肯囁嚅作兒女態，可謂豪傑之士也已。蓋其邦人君子所以稱道其人，不以爲非怪，相告語，有如此者。博聞而言曰："唯唯，否否，不然。以予觀之，蓋有道之士也。予於其辦競志女學而知之，予於其著《競志女學雜誌》而信之矣。"侯子之言曰："予於茲校，囊篋典賣一空。既竭吾力，然一息尚存，此志斷不敢稍懈，'鞠躬盡瘁，必死而後已'。武鄉斯語，予誦之稔矣。竊不自揣，不敢有忝前賢。"其志氣堅定，曾不以籌款維艱，少挫其志，有如此者。

歲出一册，則又侯子賢不自賢之盛意，歉然不自以爲足，所以自程其辨學之功，孜孜焉惟恐其濡遲不稍見其進之所爲作也。其辭曰："天下事無中立之理，不進則退，然其爲月異而歲不同，則一也。予於兹校進歟退歟，將於是册程之。"嗚呼！微知道之士，曷克臻此！或曰："伊古以來，有豪傑而不聖賢者。然不豪傑亦不聖賢，以其執德不宏，信道不篤也。若侯子者，其近之矣。"博應曰："然。"爰泚筆而爲之序。宣統二竿立秋日，金匱錢基博序於贛臬署西偏之雙桂軒。

（原刊於《競志女學雜誌》，侯鴻鑑編著，上海文明書局，1911年7月出版）

代廉南湖《吴烈士遺詩》序

往者，歐陽永叔答尹師魯書，謂五六十年來，天生斯輩，沈默畏慎，布在世間，相師成風。何今古如一轍也！烏乎！天生豪傑，秉其剛直之性，處於舉世滔滔之時，芒角森然，有懷必吐，胸無夙言，以矯庸衆人，回枉靡柔者之所爲，卒以是取禍於世，豈少也哉！雲夢吴烈士亦其一也。

烈士善將兵，初無能詩名。然嘗周歷燕晉秦遼，穹戍塞北，崎嶇關山，放懷高歌，以抒寫其胸中鬱陶，稱河山雄偉之勢，加之天性雄烈，於物無可容。其被檄隨蔭昌赴鄂也，招致燕地勇士王榮九數十輩攜侍廣座讌飲，酒數行，客如垣堵，僕如流川，千指萬目，烈士舉杯指榮九語曰："我赴鄂促，若輩縛易迺謙、馮國璋諸奴，如縛孤豚耳！"客震愕，無敢應烈士語。榮九扶烈士起，曰："公醉矣！"烈士揮榮九，令退，曰："我不醉也！"奮首低昂，意氣自豪，故其爲詩，尤雄直悍快，肖其爲人，不肯囁嚅作兒女子態。知斯者，然後可與讀烈士之詩。

憶去年春，泉與烈士作寒食京師，酒醉耳熱，烈士潑墨塗詩，録其戍邊之作，頃刻盡數十紙。壯慨豪情，一時無偶。曾幾何時而烈士殞元石家莊，其骨寒矣！今讀烈士詩，不知涕淚之何從也。悲夫！屬芝瑛校録烈士詩竟，遂泚筆而識之。

（選自《潛廬集》，作於 1912 年 1 月）

《明遺民録》序

吾讀《大雅》，至《雲漢之詩》，曰："周餘黎民，靡有孑遺。"信斯言也。是周無遺民也，説者疑焉。吾則謂水旱無盡斯民之理，而天下之亡，蓋無有不盡斯民秉彜之良亡之者。故神器不可以授非種，戎夷不可以亂諸夏。周失其御，犬戎肆虐，奔軼西京，天王殞喪，而秦襄公將兵救周，立平王，東徙洛邑，避戎難，以册襄公，曰："戎爲不道，侵奪我岐豐之地。"當是時也，鎬京舊民，雖有一二眷念故國者，然而眂息虜廷，被髮左衽以墜天常，用夏變于夷，雖曰無遺民可也。

當明末造，宸極不綱，再辱荒逆，天下嚻然，無所歸懷，雖宗姬之離犬戎，有宋之遘胡元，蔑以過之，在食土含氣者，莫不叩心巷哭，精爽飛越，或仗子房報韓之椎，或焚世傑存趙之香。然而天命靡常，既厭明德，主臣駢死，伏尸西市，蓋無有能抗明威以攝不類，杖大順而肅宇内者也。二三冠帶之倫，睹邦國之殄瘁，或乘桴浮海，存弓劍於扶桑，或伏匿老死山林間，閲世久遠，往往湮没勿彰者，何可勝道！殆張駿所謂故老凋謝，後生不識，慕戀之心不其然歟？是國亡民彜之性亦亡也。民彜之性亡，而國非其國，民非其民也。雖遠引詩人所云曰"黎民靡有遺"也，亦豈爲過誣也歟？静庵孫子惄焉，傷之。爰援《宋遺民録》之例，咨於故訓，旁稽稗乘，編次明季遺佚，得八百餘人，而爲之録。所以存民性立民極也。然而《宋遺民録》之作，昉於篁墩程氏，廑謝皐羽鄭所南十一人而已。今孫子録明遺民，殆什伯之，何其多歟！抑其搜討之勤，遠加於程氏歟？蓋程氏略著録宋遺民之有聞者，未皇多討，而孫子掇拾不遺幽隱也。

抑吾聞有王於一者，亦明末遺老之一也。私嘗怪程氏身不列於宋遺民，而又時當太平，無麥秀黍離之感，何至毛髮上指，涕泗交頤，徬徨嗚咽於殘編斷簡。豈不以夷狄入主中夏，亡國之感，人心逾久不衰，故不隨世運爲轉移也哉！吾於是益有感於孫子之所云爲也。孫子，年三十七矣。方其生也，在光緒二年，正當滿清盛日，削平洪楊，西闢玉關，士夫方謳舞昇平於以讚揚清廷盛休，大夫黍離之什，久已不道人口。於是時也，蓋明亡二百三十七年，已甚久矣。孫子生當斯世，不休明盛朝，而追録勝國遺老，其亦猶程氏之意也夫。是爲序。中華民國紀元元年正月某日，無錫錢基博序。

（原刊於《明遺民録》，孫静庵著，1912 年 8 月出版）

《綴珍集》叙

《綴珍集》者，孫子頌陀蓋集仁和龔自珍詩作也。舜曰"詩言志"，博讀《詩·國風》諸什，蓋多得於勞人思婦幽怨憔思之辭，其意氣感發，不自禁制而有作者。先民之説詩也，曰"微言相感"，以喻其志，誠古人所謂可意會不可言傳者，顧可規求於詞句迹象之間。徒自尋行數墨，而謂得與於"詩言志"之旨也耶，不亦傎哉！

孫子集龔氏句而爲詩，可謂與於尋行數墨之甚焉者也。博嘗謂人生不幸，而邈然七尺，仰戴天而下履地，四顧宇宙之内，寥乎芒乎，精神鼓動，性情所發，往往有不能自主之時，而興會所至，感慨悲憤，喜怒哀懼，愛惡欲七情之激發，甚者必欲一吐出以爲快，於是長言詠歌，極之於手舞足蹈而不自知，馳騁變化，浩然自快其意而止耳！於斯時也，雖李杜、元白駢稱於前，梅歐、蘇黄交輝於後，曾不足以當一睥一睨，而何龔氏之足云。顧肯句比字櫛，徒摭其陳言而自爲之書，傭哉！雖曰選言有序，其無當於詩人言志之旨明矣。然而博讀孫子之詩，屬辭比事，必達其志，浩浩乎俯仰自如，一氣感發，誠不自知其集句之爲集句也。豈平日慨慕龔氏者深，氣類相感動於中，而有不自覺者歟？昔者私怪王漁洋氏以彼其才而勞一世以事詩篇，已謂詩集句非大雅所尚矣。顧自喜其少時謝人送梅，集黃山谷一詩彌甚，雖篤老而不衰，猶謂如此集句，恐非李西涯所知也。何自相剌謬至此！然後知予嚮者所言精神鼓動，情不自主之説信也。今孫子之集龔氏，其果有殊於漁洋之集山谷耶？孫子其自知之矣，博何贅焉。癸丑季秋，錢基博。

（原刊於《綴珍集》，孫肇圻著，1913 年出版）

《鐵樵小説彙稿》序

《漢書·藝文志》:“小説者①流，蓋出於稗官，街談巷語，道聽塗説者之所造也。”餘杭章太炎氏衍明其義，謂《莊子·天下篇》，舉宋鈃、尹文之術列爲壹家。今尹文入名家，而宋子祇入小説。以意揣之，宋子上説下教，强聒不捨，蓋有意於社會道德者。街談巷議，所以有益於民俗也。僕獨謂太史公，天下良史也。顧自以意有所鬱結不得攄，故著書辭稱微妙難識。述封禪，則尚迂怪而羞儒生；傳司馬相如，則悦男女而倍禮教；序游俠，則進處士而退奸雄。是亦稗官之遺意也。

惲子生於衰季之世，閔流俗之慆淫，嫉貪夫之在位。故其所著書，輕禄仕，貴武俠，道男女好悦之辭，微言諷刺，不少概見，輒亦有與太史公之意相符者。豈匪太炎所謂有意於社會道德者歟？故其爲文也，甚質而不俚，有先人大雲之流風焉。顧惲子不以自多，遠道郵所著相眎。其辭有曰:“際此斯文衰歇，瓦釜雷鳴，不謂有抱殘守缺之人如吾子者，於茫茫人海中得儻遇之。此某願北面師事者也。”然僕則何足以當此。惟世之治文字者，必遠祖太史公

① 應爲“小説家者”。

而近禰望溪、海峰兩先生，惜抱姚先生繼之，治其術癒精，號桐城派。當海峰之世，吾堠山錢氏有伯埛字魯思者，於僕爲諸父行，親受業海峰之門，時時誦其師説於惲子先人大雲及張茗柯兩先生，遂盡棄其考據、駢儷之學而學焉。於是陽湖古文之學特盛，陸祁孫《七家文鈔序》言之，此足證兩家先人以文字締交之既久也。始僕年十七八時，氣癒盛，視天下事無屑措意者。既獲交桐城嚴釗，驟睹僕所爲文，咤曰："一何似吾師吴摯翁先生也。"僕初不識吴先生爲何如人，嚴以先生文見饋，僕心好之，乃肆力治吴先生之學不衰。今惲子虚懷下交，自慚學問文章不逮魯思伯一，而惲子淵源家學，必能紹其先人大雲遺緒無疑也。僕儻獲廁於友生，壹如吾家魯思之例，死不朽矣。遂爲序其大凡如此。不知惲子其何以慰我也。

（原刊於《小説月報》第5卷第2號，1914年2月）

《松牕漫筆》叙

静菴孫子，博友也。平居泊然無所營嗜，顧獨好搜剔異聞，有所得，必手録之，日輒數什伯言。博獲交君者，歲不五稔，而見其成書六矣。頃又出《松牕漫筆》六卷相眎。博戲之曰："湘鄉曾滌生謂俞曲園拼命著書，君誠其亞矣。"君則應曰："予何能然。顧予讀蘇黄門之言，謂：'人生逐日，胸次須出一好議論，若飽食暖衣，惟利慾是念，何以自別於禽獸？余歸蜀當杜門著書，不令廢日，只效温公《通鑑》樣作議論，商略古人，歲久成書，自足垂世。'未嘗不心怦怦有動於中，予自慚無黄門長江大河之才，曾不獲追逐後塵，續海外志林之作，上下千古人物事會得失成敗之數，以一抒其胸中之奇。故不得已，而思其次，暫免於黄門廢日之誚，網羅天下放失舊聞，無體例，無宗旨，上之補史之闕文，下猶得饜吾黨二三子耳食而大噱之，庶不爲君子之棄禽獸之歸歟？"博聞之，不覺悄然有思，潸乎有悲，曰："嗚呼！人之所以異於禽獸者幾希哉！抑博見世之人終日飽饜粱肉，無所用心，其與飛翔太空，蹢躅郊原，啄食而逐肉無餘事者，有以異乎？是非博所敢與知矣。"爰叙次君語如右。無錫錢基博。

（原刊於《小説月報》第5卷第6號，1914年6月）

《俠骨恩仇録》敘

《曲禮》曰："毋勦説，毋雷同。"蓋君子立言，媲烈功德爲何等大事！故不應與盜賊同科。揚雄之著《法言》曰："言爲心聲。"退之之銘紹述曰："詞必己出。"詎宜剽竊前人攘爲己説，類穿窬盜篋者之所爲。苟以自欺而眩人耳目已哉！嗚呼！世之比比然者，何其靦焉無慚也。其在《詩》曰"盜言孔甘"，是亦所謂盜言之徒已耳。頌陀孫子，僕舅子也。頃取所著《俠骨恩仇録》相眎，蒐伎擊之佚話，搜湖海之餘聞，其所引慮壹以不見於前人記載者爲斷，庶幾于力崇己出之訓，務羞雷同之戒，有異今世之所謂立言者。至其文字之懿美，事迹之瑰奇，讀者能自得之，不假僕説也。

惟僕生不才，少小自負，嶔奇湖海，十年淪落無懽，居恒誦龔定盦氏"吟到恩仇心事涌，江湖俠骨恐無多"之句，輒不覺搔首血沸，知並吾世而生，有憾於恩仇不明，慨俠骨之無多者，當不鮮定盦其人。讀君之書，當必爲之愾慕嚮往，而不能自已已也。是則僕雖欲囁嚅不言，而有忍俊不自禁者矣，遂泚筆而叙之。

（原刊於《新無錫》，1914 年 12 月 15 日）

《王冠春哀挽録》序

民國三年八月，王君鑑如有令子曰汝麟、字夢若者，且畢學鐵路專門學校矣，年若干，猝以猩紅疾卒。君悼之甚，余見而慰之。君曰："此子早失其母，劬躬於學，卑己於人，伉爽不作兒女囁嚅態，余以是倍加哀憐耳。"言之戚然，若重有憂者。余亦以爲人情愛子之常也。既遇其從兄弟，悼之如其父；遇其朋友，又悼之如其從兄弟。莫不曰君之言信，或則又曰："夢若爲人厚重，有志節，儻不死，未知其爲虎鼠也。"予因念上元梅伯言《殤男八十》，自謂："兒憨癡如凡童，又年不及中殤。"然獨以爲天下之可悲者，莫其子若也。况兹頎頎壯子凡若，所謂有異於常人兒者萬也，宜王君之有深悼矣。潛夫錢基博。

（原刊於《王冠春哀挽録》，1915 年出版）

《松陵文徵》序

余以丁巳春客吴江之同里，其里有陳子去病者，瑰瑋琦行士也。身長不滿中人，博聞彊記，年長余逾十歲，而意氣横溢，大類少年。以事攜余鼓輪泛同里湖，溯白蜆江而東，爲余指畫。水勢曲折，港汊紛歧，纖悉歷歷，如聚米沙，余爲歎絶。陳子忻然，譚益豪，詞氣坌涌，語余曰："《吴地記》云，松江一名松陵，又名笠澤。形勢卑隰，無長林大山登覽自廣。咸仲所謂'松，容也，容裔之貌'，殆或然也。顧今東城有若岡若陵者焉，頗高厰，占一縣勝，吾將言於縣大夫，植松萬株其上，以實松陵之名。其可乎?"余笑應之曰："《吴越春秋》越追吴兵入江陽松陵，舊經云：'松柏險隘，故曰松陵。'雖或不然，而縣之以松得名，非一朝夕可知也。今子懷舊攄念，而李侯曉暾國人稱賢焉，必有以慰子志矣!"陳子又曰："笠澤見《春秋左氏傳》。杜遵《鄮書》謂'笠，覆物之器，以竹爲之，無柄'，非也。吾意笠者，'蘆荻'二字之急讀。如經傳所載：不可爲叵，之乎爲諸，奈何爲那，邾婁爲鄒，鞠窮爲芎，不律爲筆。三代語如此者，不可枚舉也。然則笠澤猶邑之稱蘆墟，吴之號葑門耳。"余曰："此亦可以備異聞侈耳食。"語次，陳子又爲余言，方搜輯其縣獻文字，纂《松陵文集》，已刊定初編，自漢迄唐未置縣前人文；今刻二编，下終於明，斷自置縣之始。子盍一言弁之？余應之曰：“子即無言，吾固將言之。在昔禹平水土，益烈山澤焚之，而縣於春秋，爲松陵，爲笠澤。要之洪荒草昧，爲禹所未及平，益所未及焚烈無疑也。亦越千三百六十有三年，而我皇祖武肅王興王臨安，奄有吳越，於是析疆置縣而城於松江之涯，錫名吳江，以筦北門之鑰。奕世神武，實惟我文穆王能纘其緒。當夫平望用師，夜苦蚊蚋，左右請施帷帳，王曰：‘三軍在此，吾獨何避?’竟不許，論者以爲難。此置縣之始事也。”陳子嘗爲余述之，深慙孫子無似遺。萬方多難，上之不能如我祖之驅除危難，休綏元元；次猶不得一塞一障而乘之，以赫聲濯靈，而徒爲儒生，迂緩不濟事，萍寄此邦，以文字相娯嬉。異日誦陳子之書而憑弔於所謂東城高廠地，躑躅登臨，安得不發思古幽情，作王孫路隅之泣耶！陳子其必有以誨我也。無錫錢基博。

（選自《潛廬集》，作於 1916 年 3 月）

《無錫競志女學十週紀念録燼存》序

古人每有所作，必述其用意所在，以冠一篇之首，如《尚書》每篇之首數語，乃史臣之述其緣起，即序也。後世之著述家，或亦乞人爲之，如左太冲之倩是已。

嚮者博之序《競志女校雜誌》也，亦既許侯子爲有道之士矣，以其執德宏而信道篤也。今歲秋九月，博小住松陵，侯子輒相貽以書曰："僕之創制茲校，歲星奄忽十周，將有以大鳴其夙昔之辛勤，宏昭當世，垂視來禩。爰著十周紀念之録，凡茲觥觥大師之宏篇鉅帙，莘莘學子之片簡寸素，自僕視之，皆瓌寶也。無匪僕一念精誠所感結，有以證並世達人君子之不我棄，而信此輩小妮子之永永無貽余戾也。都爲四巨册，亦既殺青竣事，傅印手民矣。詎意閃電蜚火，倏付劫灰中也。豈天之有以相厄，而不欲大張吾道歟？僕茲掇拾灰燼，與天競勝，看是勝負如何也。"博迺拜手稽首而揚言曰："懿歟休哉！競志女校者，侯子之所寶也。自今伊始，將變動光明於緝熙而日新矣乎！何者？吾聞英有斯賓塞爾，彼都之碩儒也。以天演自然言化，著書造論，貫天、地、人三才而一之。侯官嚴先生所謂晚近之絶作者是也，而大歸以任天爲治。

赫胥黎起，而盡變故説，以爲天不可獨任，要貴以人持天。以人持天，必究極乎天賦之能事，使人治日即乎新，而後其國永存，而種族賴以不墜，是之謂‘與天競勝’。嗚呼！此其國之所爲變動日新於緝熙而光明照耀大地也。”今侯子之爲其校也。其執德之宏，信道之篤，庶幾不愧所謂究極天賦之能事者，亦猶之赫胥黎之指也。寧衹齗齗是録而後有然哉！且火之爲象也，於羲卦爲“離”。離，麗也，日月麗乎天，百穀草木麗乎土，重明以麗乎正，迺化成天下，文明之象也。柔麗乎中正，故亨。是以畜牝牛吉，陰卦也。夫子之序卦也，厥謂之中女焉。夫競志，女校也。兹録著女校而離乎火，亦庶幾女學昌明之兆也。然則侯子者，殆所謂明兩作離之大人，以繼明照於四方者乎？侯子其勉乎哉！

（原刊於《婦女雜誌》第2卷第3期，1916年3月5日）

《寒香館遺稿》序

《寒香館遺稿》者，明季遺獻辛克羽先生之所作，其賢裔柏森之所輯録者也。既繕寫竣事，屬余删校而序之。

余則謂，對丹青而思古賢，不如追家世之芳躅；汗簡筴以寫奇編，不如觀祖考之遺意；殫哀慕而通寤寐，不如覿居處笑語於文字之屬；俯几筵而薦嗜好，不如致怵惕悽愴於未竟之志。何者？以其近己而觀感之氣類彌親，懰慕之悃誠瘉切，於以遠迹舊德，聰聽而力行也，不亦可乎？此則稽古在昔，天門胡菊佳先生之所爲祖述先志，而撰《繹志》一書者也。蓋爲人子孫之音容笑貌，必有萬分一肖似其高曾祖若父者，故有不及親接遠祖之欬笑者，鑑己影可知矣。惟是高曾祖若父之精神意氣，年湮代遠，扣之莫聞，寓於無形，杳冥不可測識，顧猶有托之先志，播爲簡編，如菊佳先生序《繹志》所謂："是編之旨，先人雖未嘗授諸簡册，然遺意具在。推而廣之，以訓迪子孫是余事者，況其精爽所結，箸爲文字者乎？"故雖片簡寸楮，莫匪逝者精神意志之所式憑，而於其孫子，即拱璧兼金不啻，此尤余之所爲重體孝子慈孫之用情，惟恐幾微或失先生之意，用不敢輕爲删汰，而壹仍是稿之舊者也。惟柏森之輯是稿，則信乎上媲於菊佳先生而無愧者矣。菊佳先生名承諾，亦明之遺獻也。崇禎末舉於鄉，明亡隱居不仕，生平無講學名，而析理至精，其學問身世頗有與克羽先生相類似者，故余引其言以弁於稿首云。民國五年七月十三日，邑後學錢基博。

（原刊於《寒香館遺稿》，辛克羽著，1916 年出版）

《從政録》序

《從政録》者，余季孫卿辟椽縣教育，裒所治官中文字而作也。

余與孫卿年十四五，偕同里徐子夷吾師許儀庭夫子學爲文。徐子長余兄弟一歲，研經治子，矻矻不肯休；而余兄弟喜讀史，辨古今事當否，譏議成敗得失，譚王伯之略。雖所尚各不同，而意氣浹洽，戲以“師門三傑”互期許。而余於三子中，資實最駑下，爲文頗傷填砌故實，窘拘氣不舒。徐子之文，樸肅典奥，浸淫於古人者深；而吾孫卿文，則磊落[1]英多，洸洋恣[2]肆以適己，久瘉自喜，署印記曰天馬，以自明其不羈。余每讀二人之文，未嘗不汗流沾背，慚勿如也。無何，余長弱冠，驅役江淮，治獄參軍，所如齟齬，退然放廢於文，以自娱戲，而文日益有名。徐子讀書養親，無意文字，曰：“且讓潛夫出一頭地。”潛夫余字，余戲爲語曰：“惟君能之而不爲，乃天下之至勇也。”徐子則笑不應。

惟吾孫卿慷慨敢任事，頗不欲僅以文字見，排難解紛，居鄉有所盡力，

---

① 落，原作“録”，今改正。

② 恣，原作“姿”，今改正。

鄉人士亦雅重之。既辟椽縣教育，能分決不爲依違，主者倚畀絶隆，不僅僅教育行政而已。四五年來，再更國變，凡地方大利害，主者有所設施，不知於地方人士意如何，必曰：“且以咨錢某。”地方人士於主者有所建白，亦必曰：“且以語錢某。”綰官民交通之樞，宣主者意，而導地方人士之隱，實惟吾孫卿是賴。孫卿暇頗研討文字，顧獨自喜所草公牘文，以爲雖鄉先輩薛庸庵先生莫己過。儕輩推許以爲知言，雖主者亦信之。於上官有所建請，必屬孫卿削稿，而於他文字制作，邦人朋從必又期之余，以爲孫卿不如也；即徐子亦云然。顧吾獨念兄弟擅文章者，於古莫如蘇子瞻、子由，人人以爲子瞻文雄放，子由不如；而子瞻則稱曰：“子由之文實勝僕，而世俗不知，乃以爲不如。其爲人深，不願人知其文字，如其爲人，故汪洋澹泊，有一唱三歎之聲，而其秀傑之氣，終不可没。作《黄樓賦》，稍自振厲，若欲警發憒憒者，而或者便謂僕代作，此尤可笑!”是則文章得失，權衡寸衷，雖徐子烏足以測吾兄弟之淺深耶？吾孫卿固非能如子由匿情自掩蔽，然吾文少不逮孫卿，比以孫卿不自振勵，制作他文字，世人遂以爲不若余能，儻一爲焉，尤烏知不妄意僕代爲，如子瞻所云可笑者耶？他姑勿論，即孫卿治官中文字，實亦能剖析利害，如曉事人語，洞澈中邊。使余爲之，便不免姚桐城所譏，有傷雅不能簡當之病，此尤余甚愧勿如孫卿，而他人亦與吾勿如者也。孫卿每日晨起入公署，勤厥職，晚炊歸，定省老父一二語，即退入婦室，據案攤左邱明、太史公書，發聲誦。老父哂，呵之曰“書癡”。余假歸，所居室與孫卿連，往往中夜睡醒，而孫卿琅琅聲猶未輟也。此其意味，尤豈世俗尋常在官者所能解也耶？余故特爲發之如右。

（原刊於《孫庵年譜》，錢基厚著，鉛印本，1943 年出版）

《漫遊紀程》序

自智紀遊之作，説者多入輿地一門。以其身所經歷，足以補方輿所未備也。日者老友張杏邨先生以所謂《漫遊紀程》由蘇托郵見示，大抵皆其生平足迹所經，凡一度抵漢川，兩次遊西安，一赴保定，一往榆林，一至柳州，爲程計三萬餘里。夫山水莫雄於西南，莫奇於西北，而先生足迹皆至焉。是亦足以極天下之壯觀矣！昔太史公行天下，周覽四海名山大川，故其文疏宕頗有奇氣。吾知先生是編亦時必有奇氣繞其筆端，世有識者，必能辨之。

（原刊於《新無錫》，1917年5月4日）

《三國志捃華》序

余讀史，於文字喜司馬遷、班固、陳壽三家，以爲異曲同工。或乃以范蔚宗書廁之，非其倫也。范蔚宗嘗忼慨憤發，自言恥爲文士文，然其史筆於六朝文士纖綺之習，往往振刷不盡，而風骨之所由隤，不逮三家也。吾嘗以爲子長之氣直，而孟堅之骨重；子長之韻逸，而孟堅之體閎；奇情壯彩，踵起齊美。桐城方靈皋先生盛推馬遷，而謂韓愈以下諸家論文，皆不列班固，見爲不足取法，是猶不免拘墟也。然博以爲二氏者不同工而同病，子長病激宕，孟堅病豐褥，要皆刻意求工，有以致之。然未若承祚閑閑抒寫，無一字一句著力，而實無一字一句率意，於容與閑易寓陡峻之□，爲風神絶世也。然余讀《晉書》承祚傳載："元康中，范頵等上表，謂陳壽文豔不及相如，而質直過之。"質直則然矣，而病其文之不豔，猶未爲知言也。夫相如之浮夸爲豔，乃是詞賦家本色，非所語於史筆也。史筆之華贍者，無過班范。然班范書之華贍，華贍在字句，其華贍易見，而承祚之華贍在意境，不在字句。驟觀之，字字若平易近人，而旨乃彌雋，味闇然長，光油然幽，以視班范之英華發外，固有間矣，更何相如之足云。顧皮相者乃以不豔少之，此太史公所爲致慨於好學深思，心知其意者之寡其儔歟?

博懷此意久，未有以發。而武進莊君叔遷乃有《三國志捃華》之輯，纂元鉤要，含其英，咀其華，其庶乎知承祚之華而不爲皮相者。歷下孟生嘗以記事文請益，博則告之曰："子之文學史公傷矜，盍讀承祚書?"生曰："如夫子言，將太史公書爲不足稱。"應之曰："固也。史公有心好奇，不如承祚之無意爲工。"質之莊君，儻亦以爲然乎? 微君無以發吾之狂言。民國七年三宮二日，無錫錢基博序於精忠柏石室之南牖。

魏叔子論文章之妙，只是説而不説，説而又説，是以極吞吐往復離合參差之致。此文自謂得之。博記。

附録：復惲鐵樵書

拜教。寵奬溢量，非所過當。莊君《三國志捃華》甚有條理，博不文，何足以序之。惟博平日持論，於四史中，最推服《三國志》，以爲子長振奇而承祚平實，孟堅豐贍而承祚簡盡。序文即本此旨，尊意如何? 乞有以誨我。草草不畢意，即頌

撰祉!

（原刊於《新無錫》，1918年3月13日）

《吴下英才集》序

民國肇造，國是之不定。處士横議，至訐發人隱私以快其讒□，嚣嚣亡有甚于壬癸之際者也。然余讀《獨立週報》，見其中有署松岑者，論議持平，雅不作一語詆諆人，心儀焉。久之，乃知爲松陵金先生也。

歲乙卯之秋，先生鄉人任君味知延余任麗則女學講席，先生以時與任君書論所事。竟，且曰："錢君爲吾蘇文豪，邦之良也。僕即未謀面，而其精神意氣，讀其文，若或遇之矣。至爲君得人賀。"任君以書眎，頗竊自喜，以爲我知先生，先生何乃亦知我？然以人事之卒卒，未獲納交也。越歲再稔而丁巳春，余歸里，省老父，既竟，抵吴閶買輪赴校，途中乘客紛咻，相與語里巷瑣碎，剌剌不休；乃有頎碩丈夫焉，獨倚窗持書觀，摶氣凝神，目不旁瞬，心知爲異人矣。亡何，有客傍余坐，詢姓氏，余應之曰："錢姓。"未及畢所語，而丈夫翹首注目視，曰："君得無無錫錢子泉先生乎?"余驚猝不曉所由知。徐曰："我金松岑也。蓋神交爲已久矣。"

談次，先生乃爲余太息國民之不材，實教育不得人之所由致。而吾則以爲世之所稱教育家者，視土木形骸無幾耳，有耳目而無心知。故其爲人也，能視聽而不能極深研幾，唯一二妄庸鉅子之言是聽，一二妄庸鉅子倡之曰如何如何，彼即如何如何耳！其説之是非得失，推行之不盡有利無敝，非所辨也。博，國文教師也，竊嘗以爲文之大用，可以兩言盡之：曰輸入知識，曰輸出知識。然人群知識隨人事之日演而進於繁，而文字愈演進愈簡，唯執簡乃能御繁。《易》曰：“吉人之辭寡。”《書》言：“辭尚體要。”用是道也。今一二妄庸鉅子齗齗言應用文，問：“若何是應用文?”曰：“應用文與美術文離而爲二者也。”吾乃進而問二者之别，曰：“美術之文，如詞章古文皆是；應用文，達意而已，適用而已，非詞章古文之謂也。”吾以爲文不達意將奚以爲，而詞賦、駢體文之不適於今之學者，吾亦云然。何也？非不能達意也，辭費而不適用也。然詩、古文固不可廢。詩可以陶淑人之性靈，然爲不急之需，猶之可廢也。而古文則不可不治。夫所謂古文云者，其名起於昌黎，承南北朝文勝之極而挽之周秦之質，實則散文焉耳！正所以便達意，所以適用。論理能如《論語》、《老子》，記事如《檀弓》，辭簡以盡，旨約而深，而以當吾世思潮之雲涌，人事之演而日進於繁，所謂能執簡御繁者，誠以爲莫此之尚。

而先生蟄居天放樓，優遊養望，固以治古文辭，詔後進者也。乃亟許余言曰：“然。”而裒録天放樓箸籍弟子文，得若干卷，顔曰《吴下英才集》，而殿以女子六人，仿畢氏《吴會英才》收王采薇例也。録竟，乃命余序之。戊午春中，無錫錢基博。

（原刊於《新無錫》，1918年3月28日、29日）

《蓉江散人遺文》序

江陰周君海屏持先公《蓉江散人遺文》造謁，屬論定。先是余兄婦於毛，得其季，長爲散人子婦而海屏嫂也。是散人於姻好故尊屬，誼不敢以辭，則問海屏之所欲言者。而海屏流涕泫然，有間，曰："先君子著書有《蝸寄廬古文》十卷、詩詞四卷、《廣書譜》一卷、《墾牧璅言》兩卷、《醫案》六卷、《地理抉微》三卷、《青郵訓士語》一卷，皆手自删定，而尤以古文詩詞爲生平精力所萃。古文十卷，中有奏議、論辨、序跋、書劄、傳誌、雜記、箴銘、哀辭諸目，體無不備。詩詞則自咸豐壬子迄光緒己亥，分集凡五，曰春暉，曰劫餘，曰淞濱，曰青郵，曰歸田。先是天津觀察使者佘公昌宇，篤念先人舊好，贈朱提三百，屬崇敬哀而刊之。崇敬未及繕校，竟以事攜赴鄂，而道武穴，舟中遇盜，正副稿本悉被胠篋去，亟懸金購緝，獲盜訊，已投棄於江，泯焉盡矣。此則父書之不能保，即百死莫贖崇敬之辜者也。重辱諸朋好爲搜鈔乃得此，敢以請?"余聞其言而悲之。爲整次，得文三十五首，然以爲散人之所重者不在文也。

散人先遘太平軍難，以諸生團里少年爲兵。然一出，揚兵江上，而破太平軍壘數十，拯拔難民何翅十萬計。一時名卿宿將如劉壯肅公銘傳、吴勤惠公棠、喬勤慤公松年之儔，罔不咋舌歎。聞諸朝，天子嘉之，擢知縣，其才故已殊異人人矣。

顧其爲人也，儀幹修偉，目炯炯視有英氣，而風裁峻厲，不屑隨人爲方圓；然事親亡忤，尤能爲孺子容。父唐士公嘗病鬲膈，醫罔效，散人一夕夢一老者，拊背語曰：“而父疾，非得人肝作湯飲不治。”醒乃手刃劇胸剜肝爲湯和藥以進，而病良已。此其事雖若儒者所不許，然仁人孝子罔極亡已之情，寧以世論譽毀而增損耶！後之君子，哀其用心而體孝思之不匱可也。

散人既以殺賊功得官知縣，而才望著於當世，爲賢公卿士夫所重，人以爲指顧貴仕矣。顧散人語於人曰：“古之官也，長民；今之官也，朘民。長民，吾不能；朘民，吾不敢也。祇學官差可爲，無力朘民，顧有權淑士，吾且得爲之矣。”乃以知縣乞改學官，選奉賢訓導。至則修舉廢墜，如葺學宮，濬判池，置禮器、鐘鼓、尊彝之屬，靡所不備。具春秋釋奠，集士子習禮歌詩。已畢，益爲講先儒義理之學，竟日忘倦，縣人欣得師焉。請主講肇文、文遊兩書院，力祛諸生敝，精制舉文之習，而授以經書實學。砥鏃學業，諄諄如家人父子相告語，批答往復，書積盈尺，即所著《青邨訓士語》是也。然遇劣行生，懲戒亦不貸，褫衿者至以十數計，終以是召怨賈禍去。

烏虖！所貴乎賢人君子者，爲能拂世匡俗。顧人情安於姑息，容悦者賢，不亦甚可慨哉！此散人之所爲不可及而文抑末也。孔子曰：“文莫吾猶人也。躬行君子，則吾未之有得。”烏虖！當吾世而工爲文章，擅聲譽，藉藉爲人稱道如散人者，何可一二指數！然能躬親勞怨，事父母孝，奉職瘁，不懈以奮者，吾見有幾人哉！散人於是爲難能矣。散人名慰曾，字拙生，小唐其號，世稱之曰小唐先生者也，晚署三十三山樵，亦曰蓉江散人云。

（原刊於《新無錫》，1918 年 5 月 18 日、19 日）

《讀莊窮年録》叙

錫谷秦君效魯以政見不諧當國者得辜，以癸丑秋九月九日繫入獄，以丙辰秋九月十六日得釋出，閲歲四，得日一千一百奇有一日。人生上壽不過七十，得二萬五千五百五十日，厥稱之曰古稀之齡，蓋難之也。今效魯桎梏，其身蟄居圜土之日，亡慮損上壽之二十五一矣。主者心嫉效魯才，出且爲患，故持之也急。時則效魯之不罹於誅戮者廑耳，人不堪其憂；然而效魯之釋於繫也，貌之視昔也加腴，神之視昔也加充，則其能不以人之憂憂而致有以樂其樂可知也。見之者異焉，曰："何爲然而然？"效魯則應曰："無爲然而然。"曰："羑里幽居，子必有所事。"效魯則應曰："讀莊生書耳。"且爲述生自叙箸書之恉，曰"曼衍窮年"，吾則窮生之所窮，以窮此圜土索居之千一百有一日無俚之歲月。其粹言奥意卒未易解者，輒窮日夜以思之，及其豁然有得，則軒眉而喜，放聲而誦，不自知其手之舞之，足之蹈之，鋃鐺之聲琅然，與余吟誦聲相響答也。蓋其窮年劬讀之致有以樂其樂有如此也。其窮之之法曰：世之譚莊者，或曰宗老，或曰尊孔，其寔仁仁知知云云，衆生之所以命莊而匪莊之所以自命也。莊者，匪老匪孔，而自成其爲莊也。故以孔老詁莊之鑿空，不如以莊詁莊之爲融洽分明也。其畏友錢基博聞而造其廬焉，曰："君之言然哉！博謂七國力政，諸子百家以學相競，仰觀俯察，研精覃慮，以期自成其學術，識大識小，雖判淺深。然推顯闡幽，析理之精，於古莫尚焉，而莫精於莊生者。何也？蓋諸子百家之曼衍窮年以窮理者，莫匪窮人之説以伸己説，而生之曼衍窮年以窮理者，雖己之説若恐其不窮，務如剥繭抽絲，層層撇去，窮己説至無可説乃已；而人之説之在所必窮，又所勿論。此生之析理所爲不同伯氏，而匪可强率坿會於他家之説以詁之也，於老孔何有哉！”效魯聞，色喜曰：“子可以讀吾書矣！”隨出疏記所得，署曰《讀莊窮年録》相眎。基博受讀竟，輒又曰：“莊生文章之雄，而無意於爲文焉者也！然匪能文者不足以窮其書之趣。君，能文人也，惟能文人爲知能文人。東坡，宋之能文人也，朱元晦稱其《書解》曰：‘却好他衹看得文勢好。’然儻匪東坡能文，則亦不足以繼之。此東坡《書解》之用以卓絶成家，而亦吾效魯詁莊之所爲，自成其效魯之詁莊，而别出蹊徑者也。吾於君茲録何間然，惟君明夷蒙大難而不攖，其生處圜土，如處清廟明堂，貌加腴，神加充，此則莊生之放言大觀所爲，齊彭殤，壹堯桀，等周公於猨狙，比大舜於豕虱者也。君子有以知君之心契道妙，冥是非而沂然順乎物之有由矣。是則吳閶之獄比之羑里之幽，讀莊之録方於演易之繫，即以是爲君之希聖希賢，無不可也。吾於君益何間然！”遂寫次以弁君之書。

（選自《潛廬集》，作於1918年5月）

《張南湖詩詞存》序

大江之濆，君山之陽，博曾大父觀濤公退老之園在焉。園實踞平野，中有阜，隆然而起，高二三丈，廣不盈畝許，一部婁耳！然古木十數章，參差怒生，大者抱，細者拱，蔥蘢夾道蜿蜒；循登巔北望，長江如帶，而黃歇諸山，雲氣朝暮俯仰可接。曾大父嘗客遊，得其地而樂之，購營園，築室三楹阜上，搜秘笈，册逾萬，實之，顏曰“似山居”，以來四方賢士大夫。一時如武進李養一大令兆洛、吴縣馮敬亭宮允桂芬、鄉老秦澹如都轉緗業、張南湖孝廉蘭階之屬，道出江上，類推曾大父，許作江山主人。一切圖書器玩之娱，牲牢酒醴供張之盛，所費殆不貲，絶無分毫顧惜，雖古諸侯所稱“賓至如歸”者弗是過，南湖《似山居夜話圖詩》所謂“主人張燈開錦筵，高朋六七差比肩”者也。忽忽七十年，而南湖外孫女夫張杏邨先生手《南湖詩詞存》一册見眎，曰：“邑志稱南湖擅才藻，工詩歌，駢體文詞，一時有聲，而今所存廑此。吾將爲刊之，子其不可以無言！”博受而讀，我曾大父之名字赫然在焉，宜杏邨之有以相屬也。以吾觀南湖所著，清雄雋拔，不作囁嚅語，大率類其爲人，傳者説南湖貌如好女子，而意氣極盛，客河南守某所，不相中即拂衣抵几，作絶交書遺之，傳誦京洛，而其邁往不屑之概可想。今讀其詩，猶彷佛於眉睫間遇之也。而南湖乃以義烈不屈彊暴死，亦其素所蓄積然哉！遂以復於杏邨，而爲序之如右。同縣後生錢基博載拜。

（原刊於《新無錫》，1918 年 6 月 15 日）

重刊《張端甫先生遺稿》序

吾友吴君日永，既刻其外大父侯子勤前輩詩文之兩年又十月，輒又走相詔曰："與吾外大父同里居而生同時，得古文義法於上元梅郎中伯言者，曰張端甫茂才、秦澹如都轉。三人者，相善也。獨澹如都轉老壽，仕宦顯名當世，而端甫先生年不中壽，侘傺死絶早。吾外大父慟之甚，所爲援柳子厚相比，致歎於年不盡才者也。先生遺稿經梅郎中點定，吾外大父爲刊之。忽忽六七十年，而鄉里少年亡識先生姓名者，吾將重刊焉。"此在日永，仁人君子，其錫類之孝，用情亡極，而於博私心，亦不能亡所感也。博聞端甫先生有志經世之學，嘗語於子勤前輩曰："非經濟亡裨於世，文雖工，未善也。"是固不欲廑以文士自見者。顧天奪之年，不竟所志，而歲月遷改，即欲藉廑工之文字以傳姓名，卒亦不可必得。嗟夫！士固樂有所爲，而年不盡其才，遇不副其志，如端甫先生比者，豈少也哉！是可慨也。君子疾没世之名不稱，而發潛德之幽光，前賢之所爲重望於後賢也。噫！微日永，吾誰與歸哉！

（原刊於《新無錫》，1918年10月26日）

《次晳次齋遺文》序

右次晳次齋主人遺文一卷。謹案主人生平，經經緯史，於學罔所不窺，而身後著述可檢拾者，自此外，曰《庚申遇難記》，曰《庚甲編》，皆記洪楊事也；曰《一得録》，曰《壞室翦辭》，皆讀書心得語也；曰《涵碧齋隨筆》，則晚年見聞隨筆也。要不過以見知聞知，傳信之筆，自廁於稗官小説之流爾。昔賢論紀文達公，謂世人所見狹。偶有一得，輒自矜創獲，而不知皆古人所已言，或爲其所已闢。公胸有千秋，故不輕著書，而惟以覺世之心，自託於小説稗官之列，所著《閲微草堂筆記》七種，中多見道之言，傳者誦爲美談。今主人肥遯樂道，仕隱之迹若殊，然其胸有千秋，不輕著書，正何必讓紀公獨擅佳話也耶！讀主人之書者，當勿以鄙言爲剌謬爾。予小子既敬謹點定加跋尾，而爲之識於簡端如左。己未孟冬，甥錢基博。

（原刊於《次晳次齋遺文》，孫振烈著，1919 年出版）

《次皙次齋主人年譜》序

《次皙次齋主人年譜》者，博四舅所自訂也。四舅，無錫孟里孫氏，諱振烈，字季芳。諸舅取甲乙科，仕宦有聲，而四舅孤標特立，容與其間。如清風澄露，滌濯軒冕。而其英絶抗往之意，則有如孤松百尺，干霄直上，而人間世一切不足當睥睨焉。蓋四舅早歲爽亮，精熟於當世之故，拂藺和墨，負甲挽强，一人之身而兼資文武之器，類陳同甫，顧狷介有潔癖。性尤喜蓄古書畫，則尤類米顛倪迂，所居室額曰次皙次齋。昔梁曰緝侍御顔其齋曰皙次，或問其意，曰："願居曾皙之次。"蓋以古狷者自命也。而四舅則抗心希古，引以額其室焉。環室雜植樹石，蔚然深秀，而嘯傲其中。幽迴絶塵，藏書數千卷，皆手自校定，古鼎法書，陳列左右，或相造謁，客去必拂拭几案，足迹不履官府，其不屑不潔，有可想見者。憶博少小買舟侍母謁諸舅，母必於舟中戒曰："若去，愼無造四舅書室。"心怪，莫喻其故。比長，稍稍知曉。而聞戚黨談者，迺或咤怪以爲不近人情也。烏虖！世之人，聞米顛倪迂之風者，莫不以當吾世得一見其人爲幸。顧於今遘一四舅其人焉，輒又竊竊咤怪，人情之貴古而薄今固如是哉！今四舅逝矣。吾讀年譜，其生平行事，則又甚平易近人。烏虖！四舅自平易近人，而末俗塵垢，少所見而多所怪耳！然吾又烏知數十百年後，不又有聞吾言而傾慕以不見四舅爲恨也哉！爰識簡端以質來者，己未孟冬，甥錢基博。

（原刊於《次皙次齋主人年譜》，孫振烈著，1919 年出版）

《錫秀》序

錫秀者，蓋吾錫負笈上海南洋公學諸子，抒所心得，而藉手以慰吾鄙父老作育之恉，意甚盛也。書來，屬博一言。博既辭不獲命，則姑抒所欲言者以相質證。夫無錫者，江蘇六十縣之一，而地方不過百里。其境内無高山大野，地薄，寡於積聚，非甚壯縣也。然地四平，鐵道縱貫而川流縈帶，遞相灌注，物而多賈，四方並至而會，委輸輻輳，人民益便巧習事。昔蘇秦説齊，宣王曰："臨淄之途，車轂擊，人肩摩，連衽成帷，舉袂成幕，揮汗成雨，家殷人足，志高氣揚。"言之若有餘慕者，於吾無錫今庶見之，不亦江蘇六十縣中之尤秀出者耶？雖然，錫何自秀？則以工商實業之殷賑之爲之也。然則實業者，錫之所自秀也。今諸子就學上海南洋公學。南洋公學者，中國之高等實業學校也。意者諸子以吾錫今日之秀爲未足，故不憚去父母，背鄉井，負笈以遊，培植新知以蘄致吾錫異日之尤秀也耶？然則諸子勉乎哉！博因之有進矣。夫二十世紀之實業，科學實業也。科學實業之意義有二：一曰科學之用器；一曰科學之經理。語曰："工欲善其事，必先利其器。"中國人固知科學用器之爲先務之亟矣！然器不徒設。科學之用器，尤必資科學之經理而後能推行盡利，斯理之不易者也。夷考科學經理名字之所由起，蓋昉自美國之泰樂氏，賓雪爾佛尼亞邦鋼廠之工程師也。其藉以驗工人治所業之遲速者，惟立止表、木尺、皮尺各一而已。氏嘗就工人與材料二者所佔之地位，而量其遠近，測其距離，而邈乎其有思焉。所思維何？曰："工得無耗諸無益之時乎？料得無糜諸無用之地乎？糜耗日多，而營業之贏利日奪矣！"於是力謀更張，而程效綦鉅。氏乃語於人曰："所不可不節用者，乃時間也，財力也，物料也①。"於是以三者爲根據，而成一科學工廠經理之法，卒以一千九百三年六月，宣讀於美國工程師大會，厥爲科學工廠經理之權輿焉。當是時，有發明科學經理之法以施諸商業者，則美國簿籍公司是已。蓋公司取其貿易之法，析其條例，分門别類，而成一家之言。厥書二卷，書中於公司産品，揭綱舉目而爲之解釋。其尤加意者，在蒐列商業成語而致諸用。商業成語者，蓋商人發賣時之口號，簡而能賅，淺而易曉，在吾無可抵之隙，而能歆買者之心。歲月經驗之所得，而知其有明效大驗者也。此第一卷也。至第二卷所載，殆不啻商夥實習之言語科焉。凡買客指斥貨品之辭，以及商夥之周旋應對，若何而能得當？其辯護辭之斐然成理，蔚然可采者，靡不羅載，備商夥因時制宜之用，而"科學經理"四字，遂揭幟於商業界矣。夫科學經理之條件有五：（一）曰宜選舉夥友之明察饒智計者。若而人，集思廣益，以發蹤指示，則泰樂氏所謂籌畫部者是也，譬若軍隊之有參謀部焉。（二）曰宜立治事之標準也。（三）曰治事之法，若何而可？宜依據學理定之也。（四）曰宜激動夥友而增進其治事之才力，以蘄達乎標準也。（五）曰工作之道，何者爲善？必宜令夥友慎思明辨，心知其意，而後可期其擇善固執也。此公司之中所以不可不設夥友學堂也。五者之中，標準尤重。蓋籌畫部者，所以定此標準者也。而夥友者，則依此標準而課其才力之及與不及焉者也。惟才力本係渺無定準之物，而其考定之之法，則莫亟於制分數。蓋分者，工作發賣之單位，而一分即係值價二十五元之貨物焉。斯則科學經理之大凡也。今吾錫號稱中國工商業先進之邑，而博揭"科學經理"四字以語於人，罔有能知所以者也。然則先知先覺，微諸子，其誰與望焉。夫所貴乎先知先覺者，爲能知斯民之所未知，覺斯民之所未覺也。今工商業之不能無資乎科學用器，邑人已知已覺者也。至科學用器之必資乎科學經理，此邑人之所未知未覺者也。儻能迻譯

---

① "也"字原脱。

歐美工商家言之論科學經理者，示我邑人以周行，則所以無負吾鄉父老作育之初心，而蘄致異日吾錫之秀而又加秀焉者，將於是乎在矣！然則諸子其勉乎哉！博承諸子弁言之命，而不敢爲世俗虛美之辭，獨爲論科學經理之有繫於工商業者綦重，與所以相勗無已之忱，遂援筆而爲之序焉。民國八年十二宫一日，同縣錢基博。

（原刊於《錫秀》第 4 卷第 1 號，1919 年 12 月）

《無錫縣立圖書館鄉賢部書目》序

右無錫鄉賢書目一卷，凡七十姓，若干家，書九百餘種，蓋本縣圖書館主任劉君書勛著録本館鄉賢書目而作者也。其汲古之功可謂勤矣！

顧君則悄乎其容，欿焉若有不足，以詔於小子博曰："世之人方唾棄國故，事以不師古爲高，孔孟且擯斥爲快，何有於鄉賢？而《詩》、《書》覆瓿，《論語》當薪。孔孟之書垂數千禩，所謂俟諸百世不惑[1]者，今且不能保崇朝之不泯廢，更何有於鄉賢之著述也哉！茲余抱殘守缺，放廢是懼，得毋爲時賢所鄙薄耶？子幸爲一言以重吾書。"博應之曰："不然。稽古與求新非二事也。所謂維新者，非蔑古之謂也。蔑古者，新亦不能求。博文質無底，言論不足爲天下重，其何以重吾子？則博且爲子誦美人巴爾文之社會進化論。蓋達爾文進化論發明以後，自生物學之進化論一變而爲心理學。於進化論開一新紀元者，自巴氏始，巴氏著《兒童及民族之心理進化》一論，以兒童與民族之發達爲比較，與生物學中以個體發生爲系統發生之縮圖互相對照。是其學説，未嘗非從生物學悟入。其言可深長思也。謹按巴氏之言曰：生物進化之作用有二：其一，生物兩性

① 惑，原作"感"，今改正。

交生之新個體，具父母中和之性，其父母之優性雖遺傳於子孫，然必視父母爲遜者。何也？則以兩性中和之爲之也，是爲減退作用。然就生物學之變種言，往往有父母所不具之性而突現於其子若孫者，是爲變異作用，其具優性之變異則因自然淘汰之法而保存焉。由是觀之，則減退作用者所以期個性之中和而達於均一，謂之普遍化之作用，至變異作用，則凡一個體超群軼倫之性，其群亦必有所觀感，斯之謂特殊化之作用，而人類社會之進化亦以是爲衡。思想家生新思想，以變更社會之信仰、風俗制度，如奴隸之解放也，女子之參政也，人民自由之擴張也，皆由一二人之反感以致人群全體之改革。法律政治無不皆然。故社會之所資以進化者不得不賴一二人之力，是即特殊化之社會力也。然而特殊化之社會力，未有不植基於普遍化者，故一二人之發明必先於其社會所既有之智識，有所悟入。蓋特殊化者非創造之謂，特其人以自己之心力而受社會普遍化之陶冶，或同化，或排除。及其既也，乃本自己慎思明辨之所心得，擇善而固執之，以行特殊化，久之風動社會，社會乃以一二人所特殊化者爲普遍化。第一普遍化之作用方斁事，而第二之特殊化又起。及其既也，乃又起第二之普遍化，既普遍化以後，遂成爲永久確保之性。社會之進化，不可以一二人之特殊化爲衡，而當衡諸社會之普遍化者也。”

嗚呼！今日之新文化，日長炎炎，固所以策吾人之日進文明而爲特殊化之社會力矣。然而先聖昔賢之所闡明者，在時賢或土苴視之，其在當日，何必不爲特殊之新文化也。自巴氏“特殊化植基於普遍化”之説論之，則舊知必非與新知枘鑿，而汲古不深者，新知亦無自濬發。時賢如蔡元培、胡適之倫皆卓卓負時望，慨然引新文化爲己任，何莫非學古有獲者也。蓋新文化云者，非唾棄國故之謂，而刷新國故之謂。吾子其奚病焉？

吾無錫句吴舊壤，季札實生迹，其宏覽博物，風流滋啓，然而諸夏賓之，比於戎翟。漢唐之世，儒林、文苑之傳殆闃無人焉。北宋以降，人多大雅之才，家擅著述之手，彬乎蔚乎！自楊文靖講學而開道南一派，蓋東林之所自昉也。迨顧高諸君子出，海内翕然宗之，流風餘韻，亘清初不衰，士務經明行修，服古之儒，炳炳盛矣！時則有若顧景范之史地，顧復初、秦蕙田之經學，楊蓉裳、顧立方、秦小峴諸人之文章，其尤著者。下暨晚清，則有徐氏父子之制器尚象徐壽、徐建寅，華氏兄弟之數學華蘅芳、華世芳，以及楊範甫氏之興學，皆能獨闢蹊徑，尊聞行知，爲於舉世不爲之日，聲教所被，洋溢乎中國。其所以轉移風氣而爲特殊化之社會力者何限！尤豈僅一鄉一邑之所得，私以爲已有者耶。嗚呼！維桑與梓，必恭敬止。而況乎人文之所繫焉者乎！邑人君子讀劉君之書者，其亦可以興矣。於是乎書。民國九年五月二十五日，小友錢基博。

（原刊於《無錫縣立圖書館鄉賢部書目》，劉書勛編著，1920 年 6 月出版）

《無錫乙種實業學校十週紀念録》序言

吾友秦君長無錫乙種實業學校之二年，會逢茲校十週紀念祝典，遂以紀念册授余小子讀而序之，曰："我世儒，不事工商，子所知也，而邑之人不以余不材，俾長工商之校。子其何以規我？" 按秦君爲人，踐履篤實而訥語言，執事敬，尤勤厥職，與人然諾不欺，雖俾闤之才或非所長，自世俗觀之，宜若不適於工商者，然而世之事工商者，匪是不足以得衆人之信用。西報之論中國商德者，盧亡不曰："勤、儉、信三者，中國僑工僑商之所以不事國家保護，而克自植立於南洋者也。中國人有諺曰'通商惠工'，吾歐洲列國間之商與工，藉國家之力而通焉惠焉者也。至中國人之事工商業於外國者，則無事國家之通與惠，而有以自通焉，自惠焉者也。中國人自通自惠之道有三：曰勤，曰儉，曰信。"見《大陸報》。以吾觀君生平，於勤、儉、信三字，實無慚德，持是以往，已足以儀刑多士而樹之範，工商教育之大本立矣。小子不敏，其何以益於君哉！遂以復於君而書之端。民國九年五月十八日，友生錢基博敬序。

（原刊於《無錫乙種實業學校十週紀念録》，1920 年 6 月出版）

《平龕遺稿》序

平龕遺稿者，博府主會稽陶公之所作也。公之歿也，公子年方少，未能讀父書。遺著零落殆盡，而今碩果之存者，曰《台對筆記》一卷，則公自記奏對之辭也；曰《劫餘委遊草》一卷，則公隨使日本時與彼都人士唱和之什也；曰《平龕公牘》一卷，則公任奉天交涉使時之函電也。此三卷公歿後博於字紙簏檢得，什襲藏之，以珍公手澤。至《平龕文存》一卷，則又公按察江西時之作，博隨節南昌而録存焉者也。於戲！公之歿，忽忽十稔矣！今公子念新在東三省巡閱使署，主幹外交事，爲張巡閱使所倚重。日人有違言，輒受委往解譬，而日人以公故，於公子禮意極隆。蓋公早歲隨使日本久，又官奉天交涉使，與日本士大夫往來稔，而日本貴要類公故舊者多也。於是公子得承公之蔭，聲譽隆隆起，巉然見頭角，以有聞於外交，而日本人士亡不諛公子曰："陶公有子！"顧博猶不能無言者。博之受公知也深，而知公亦深。窺公之恉要，在親仁善鄰、尊國體、固疆圉，匪僅以交驩日人，沾沾自得意。而其所以期公子之繼志述事者，當在彼而不在此也。夷考公生平，早肄業同文館，歷官二十餘年，未離外交。其自外務部左丞左遷江西按察使也，實以東三省交涉故。先是今大總統徐世昌任東三省總督，而公寔爲奉天交涉使。

都中開議東三省中日交涉懸案，公奉徐公命入都與議。日使夙稔公，知公來，謁諸私邸，餂以言，公持不爲動，曰："此事與公忤，匪所願。然東督體邊氓意以委於僕，何敢以私交廢國事！若不得當，何以反命！"日使知公不可動，且以公曉邊事，未易欺，乃陽以好言餌公，而陰與外務部尚書梁敦彥有成，言尚書以會議時，公以身官奉天交涉使，所以體徐公之意，而爲邊圉計者甚，至持議不肯下。乃擢公權外務部左丞，責以部事，而東三省交涉則尚書自任之。公微聞尚書受紿，心則大憤，謁日使，詰曰："吾與公開誠相見，而公乃忍賣友！"日使則揶揄之曰："不以私交廢國事，公則詒我矣！且賣友匪賣國比。"公面發赤，不能對，歸則白尚書曰："某官奉天久，於日人情僞知之熟，乃公議東三省懸案，何不使某與知也。且公亦知此爲我朝祖宗發祥地乎！某稟承總督，持之年餘，而公諾之，一旦壞封疆、啓戎心，公實尸之！若以責某奉令承教，匪所敢聞命。"辭致憤慨，尚書心大不慊，則以愬於宰相，宰相知公無罪，顧重違尚書意，遂改官補外。公自以失職，居恒鞅鞅，發病卒。

於戲！如公所爲，豈以交驩日本，沾沾自得意者哉！惟念新之孤也早，生平志事或不備知，而博則知之，其可不爲念新言之。願念新之奉以周旋，勿墮先志也。公嘗詔於博曰："君視我爲何如人？"又曰："政府無宗旨，上遊不主持交涉，棘手亡逾中國，而奉天實爲各省冠。國無海陸軍，而欲以口舌爭勝，即俾士麥亡幸。吾意中國積弱之勢，而折衝壇玷，剛克不如柔克，故嚮以棉裹針爲法，而人或目我疲軟。解人真難索也！顧今乃以抗議日本左次，不亦異聞也耶！"聲情激越，博亦爲之喟然。今歲夏，念新索刊稿而告以所聞，聊當趨庭之訓。於戲！念新其念之哉！公諱大均，字杏南，累官江西按察使，旋政提法使。以讓清宣統二年七月卒於官，年五十二。民國九年錢基博序。

（選自《潛廬集》，作於1920年8月）

《南洋旅行紀》序

於戲！吾觀病驥，垂垂老矣，而志氣益壯。往騁其駿足，北遊秦豫，南窮閩嶠，間關千里，涉嵩華之高，觀黃河、南海之大且深。心以爲未足，而汎舟太平洋，馳域外之觀，遍歷爪哇、蘇門答剌、菲律賓諸島。數年來，厄於讒口不死，厄於疾疫不死，厄於兵火寇盜又不死，幾幾乎楚汗明所云“驥之齒至矣，服鹽車而上太行。蹄申膝折，尾湛胕潰”，亦既皮骨僅存，而志不以少阻，更窺足流火灼石之鄉，徜徉酣恣而不自已，山海之阻深，曾不足以沮軼塵之足。壯哉驥也，不幾如天馬之行空，鵬之徙於南冥，水擊三千里，搏扶搖而上者九萬里耶！顧病驥歉然不以自多，曰：“吾固病驥也。幾幾乎自居於蹇足焉。於戲！驥足一逝，駿奔千里。而此之謂病，其殆世之駑足者之病夫驥耶？抑亦驥憂讒畏譏之甚，而自病也耶？”吾聞之夫子曰：“驥不稱其力，稱其德也！”今歲八月，病驥以《南洋旅行紀》乞序於余，余小子文質無所底，何足以稱驥之德哉！固辭不獲命，遂書以爲序。小友錢基博。

（原刊於《南洋旅行紀》，侯鴻鑑著，1920年出版）

《大公圖書館藏書目録》序

大公圖書館者，邑人榮君德生之所創辟。而弁之曰大公者，無我之旨也，不私所有之意也。往者余撰《無錫圖書館碑記》，嘗謂，書公諸人人，賢於私之一己。然而世之藏書家罔克其私而不以公諸人者，比比是也。余年十二，讀蘇長公《李氏藏書山房記》，稱李公擇藏書九千卷，既已涉流探源，將以遺來者，供其無窮之求，而各足其才分之所能至，是以不藏於家。此仁者之心也。嘗慨慕其人，以爲不可得者，今於榮君庶幾遇之耶。

吾友嚴君肖蘭爲編藏書目録已卒事，則以書索序于余，又介顧述之先生以相督教。博不敢以固辭，按其目最爲五部，曰經曰史曰子曰集曰叢書，都十一萬七千一百餘卷，而瀛海大通已還，哲科理科文法諸科之書不與焉，然則所以遺來者，供其無窮之求，而各足其才分之所能至。以視李氏藏書九千卷者，奚啻什佰過之耶。獨念吾邑賢士大夫數千年來以藏書冠絶一代者，莫如宋尤文簡公最著，然嘗見意於語李燾曰："飢讀之以當肉，寒讀之以當裘，孤寂讀之以當友朋，幽憂讀之以當金石琴瑟。"是則文簡公藏書之私以自娱，亦猶夫人也。至宋以前私家書目之可考見者，實自文簡《遂初堂書目》始，其一書兼載數本，尤開近人目録兼載各本一派，後世之言目録學者宗焉。然讓清獻縣紀文達公撰《四庫簡明目録》，於《遂初堂書目》頗致微詞，謂諸書但有書名不作解題，蓋從鄭樵之説，然並卷數及撰人名氏删之，未免太略，倘以視肖蘭此目，於卷數及撰人名氏之外兼詳籍貫者，不尤令前賢畏後賢耶！唐韓文公每歎古今人不相及，以吾觀榮君藏書富於李，不私其書，賢於尤文簡，而肖蘭之編書目，則尤足以矯《遂初堂書目》之闕遺，然則所謂古今人不相及者，將今人之不及古人耶？抑古人之不及今人耶？余故爲之序以諗讀者。民國十年八月十八日，同邑錢基博。

（原刊於《大公圖書館藏書目録》，嚴肖蘭編，1921年10月出版）

《江蘇省立第三師範學校圖畫研究刊》序

此册畫十二頁，蓋宜興陳生越暨、余族孫松岩輯同學所繪，而弁以吾邑吴觀老、胡汀鷺、王雲軒兩①先生之作加以説明。其大旨重寫意而無失形相之真，尤盛稱近今西洋畫之表現主義。表現主義者，薄自然主義之形似而求神似者也。數百年來，西洋畫之持自然主義者，大抵以取象天然、描繪逼真爲能事；而表現主義之所重者，則在寫意不在寫真。寫真者造其極不過如一幅照相而已，畫何有焉？中國畫有院畫、有士②夫畫，院畫工求真而士大夫則尚寫意。鄉先輩秦澹如都轉序其族子逸芬《桐陰論畫》一書，進士大夫而薄畫工。又謂宋牧仲、朱竹垞、姜西溟諸公之畫皆文人餘事，反非專門名家可及，毋亦以神似故耶。余觀中國名家之畫，粗枝大葉，雖不盡形似而神致躍然，有在筆墨蹊徑之外者。近人康南海遊意大利畫院，甚贊基多膩、拉飛爾二人之畫，謂二人與文徵明、董其昌同時，皆爲變畫大家，但基多膩、拉

① “兩”當爲“三”。
② “士”下疑脱一“大”字。

飛爾則變爲工好之油畫，而文董則變爲寫意，以清微淡遠勝，而宋元寫真之畫反失。彼則求真，我求不真；以此相反，而我遂退化。斯其言固有見云然，然持近今西洋畫之表現主義以論文董，正未可深非，而南海先生之言得無一言以爲不知耶。於戲！天下豈有畫而求不真者！特我求神似之真，不如彼之求形似耳！余故不能畫，而嘉二子之用心，有合於時之宜，無悖於古之道，故特爲推論之如右。十年十宫三日，無錫錢基博。

（選自《潛廬集》，作於1921年10月）

《太炎文録拾遺》序目

謝一首

　　謝本師

書十一首

　　致譚半厂書

　　致劉申叔書

　　復劉申叔書

　　答某君論編書書

　　與某君書四通

　　答祐民

　　復張嗇翁書

　　復張伽厂書

序記三首

　　《秋瑾集》序

　　讀《周易圖》題記

　　《誠意伯集》序

論説九首

諸子學略説

儒道

學蠱

議學

明獨弭兵難

原教上

論承用維新二字之荒謬

古今音

損益説

右文二十四首，餘杭章炳麟著。余治文字所從入，與章氏違異。然頗愛好其文，有見則録，久之成册矣！丙辰，章氏出叢書，董理平生雜文爲三書：曰《國故論衡》，曰《檢論》，曰《文録》。比度余平日所録，有擯不收者。在章氏或别有用心，然遺文墜簡，有可資考證者。章氏少受學於德清俞樾，治小學極謹嚴。中年以後，究心佛典，治俱舍、惟識有所入。既，亡命日本，涉獵西籍，以新知附益舊學，日益閎肆矣。然好盛氣攻辨，放言高論，用剽剥今古。雖老師宿學，不能自解免。亦通人之蔽也！戊午冬日，無錫錢基博記。

（原刊於《無錫新報·文學月刊》，1922年9月1日）

《衛生月刊》序

天下罔不有生，罔不愛其生，當罔不知衛其生。衛生者，勿害其生而已。天下人匪喪心病狂，罔有自害其生者也。然而卒不能無害生者，不知衛生之道也。中國衛生會諸君戚焉憂之，爰屬王生世偉輯爲是刊。生嘗學文於余，而北京協和醫學高材生也，於所以衛生之道講之詳矣。嗚呼！生者，我所自有也。我有生，我不知所以衛生，則我之所以有其生者屢矣。且有生世，乃有我。我有生而不能衛生，抑喪其所以爲我矣。是故衛生者，存我之道也。我存而後有名譽，有事功，有財産；喪我則何有焉？世之欲存我者，尚其手是編而身體力行之也哉！

（原刊於《無錫新報·藝府》，1922 年 11 月 28 日）

《南通費生遺稿》序目

說三首

　　著說

　　惟仁者能好人能惡人說

　　夏日說

釋一首

　　釋校訓

序一首

　　《梁輔清閱書筆記》序

贈序一首

　　贈南通師範甲組講習科同學序

書二首

　　上錢子潛先生

　　與友人書

記十三首

　　記柳子厚軼事

記雲臺山
記賣志橋
記丐婦
記靈源禪師
記校中銀杏
記紫籐
記浪橋
記宏千公軼事
記怡怡堂
記庭樹
記枸杞
記扶乩

右文二十一首，南通費生遺稿也。生之歿，余既爲之傳，又點定是稿。其記事之文特多，而亦特佳；議論稍冗蔓，不如記事之挺整。然而不删者，君子處事過於義也，寧過於仁。以爲未盡善而删之者，義也；悲生之文僅是而有不忍者，仁也。昔梅伯言叙弟子舒伯魯之遺集曰：“伯魯之作，未至於古人敻絶之境，若假之年，即非古人敻絶之境，無以處伯魯。”伯魯之文，博未之概見，未識視費生何如？然余讀生之文，窺生之志意，頗亦卓然有以自立，然而無所效於世者，天不假以年也。烏虖！天與之才，與之志，而不與之年，可傷也夫！感而書此，子夜一時許矣。無錫錢基博。

（原刊於《南通費生遺稿》，費士惟著，1922年出版）

《中國歷史問題研究集》序

夷考《周官》有大史、小史、内史、外史、御史，皆屬春官。而春官大宗伯之職，則掌建邦之天神、人鬼，地示之禮者也。謹求之《春秋傳》曰："陳公子完生，周史筮之曰：'此其代陳有國乎？不在此，其在異國。''有神降於莘。'惠王問諸内史過，對曰：'以其物享焉。'""狄人伐衛，囚史華龍滑與禮孔。二人曰：'我，太史也；實掌其祭。'""隕石於宋，五六鷁退飛，過宋都。周内史叔興聘於宋，宋襄公問焉；曰：'是何祥也?'對曰：'魯多大喪，明年，齊有亂。'"此皆以史而兼卜祝之職者也；謂之"祝史"。隨季梁所"祝史矯舉以祭"是也。司馬遷曰："文史星曆，近乎卜祝之間。"故史家所記，民神雜糅；如蚩尤作霧，后羿射日，媧皇補天，誕誣不經！此不足以欺，今日五尺之童者！而儼然命之曰史！此固祝史之常；以神道記事，非以人道記事也。自孔子作《春秋》，以儒者宗，不語怪力亂神；盡削舊史荒唐謬悠之談，民神不雜；史始離祝而獨立，然以王法正是非，以天道正王道。此孟子所稱："《春秋》，天子之事也。"

竊嘗謂中國歷史自《春秋》以前，記神而非記人，爲"祝史時代"；故以史官隸宗伯。自孔子作《春秋》以迄於今，記君而不記民，名之曰"君史時代”，故以君號爲記年。雖然，民國紀元今十二禩；意者史之所職記，將在民乎？昔日史家之所争論者：《春秋》家之春王正月也，《通鑑綱目》之帝魏、帝蜀也，宋之濮議也，明之遜國也，奪門也，皆君史問題也。自今以往，將爲民史。民史之問題，有不同於君史者，梁任公《中國歷史研究法》第一章，網羅中國史之問題，最其重要項目，凡二十一，如：

中華民族是否中國之原住民？抑移住民？

中華民族由幾許民族混合而成？其混合醇化之迹何如？

中華民族最初之活動，以中國何部分之地爲本據？何時代發展至某部分？何時代又發展至某部分？最近是否仍行發展？抑已停頓？

外來蠻族——例如匈奴、突厥等，其與我共争此土者有幾？其來歷何如？其紛争結果影響於我文化者何如？我文化之影響於彼者又何如？

世界他部分之文化民族——例如印度、歐洲等，其與我接觸交通之迹何如？其影響於我文化者何如？我文化之影響於彼者又何如？

此民史問題之有涉於民族者也。

中華民族之政治組織——分治合治交迭推移之迹何如？統治異民族及被統治於異民族，其成敗之迹何如？階級制度——貴族、平民、奴隸之别，何時發生？何時消滅？其影響於政治者何如？

國内各種團體——例如家族團體、地方團體、宗教團體、職業[①]團體等，其盛衰興廢何如？影響於政治者何如？

民族主義基礎之有無？其久不發育之故安在？

法律因革損益之迹何如？其效力之及於社會者何如？

此民史問題之涉於政治法律者也。

經濟基件——衣、食、住等之狀況，自初民時代以迄今日，其進化

---

① 此處原脱一“業”字，今補。

之大勢何如？農工商業更迭代嬗以占經濟之主位，其推移之迹何如？

經濟制度——例如貨幣之使用，所有權之保護，救濟政策之施行等等，其變遷何如？其影響於經濟狀況者何如？

人口增殖移轉之狀況何如？影響於經濟者何如？與外國交通後所生經濟之變動何如？

此民史問題之涉於經濟者也。

中國語言文字之特質何在？其變遷何如？其影響於文化者何如？

民族之根本思想何在？其各時代思潮蛻變之迹何如？

宗教信仰之情狀及其變遷何如？

文化之繼承及傳播，其所用教育方式何如？其變遷及得失何如？

哲學、文學、美術、音樂、工藝、科學等，各時代進展之迹何如？其價值何如？

各時代所受外國文化之影響何如？我文化之曾貢獻或將貢獻於世界者何如？

此民史問題之涉於文化者也。凡此之類，要皆人民賡續活動之所形成，儻此等問題不解決，則民史之所以爲民史者，雖欲載筆而末由！顧梁氏之書，有問題無答案。吾校史地講師向君賓諷既瘁於所治，昕夕不遑。又以博粗好鑽研故紙，以中國歷史選科相委。博竊以爲選科與正課，相輔而行，而不可相侵者也。史實之講演，既隸於正課，而選科似以討論問題爲宜，不自揣才力之不逮，姑就梁氏之所云者；因耳目所睹記，攄千慮之一得，聊以供諸生鑽研之資云爾！若云："尋墜緒之茫茫，獨旁搜而遠紹。"則吾豈敢！十二年四月一日，無錫錢基博序於江蘇省立第三師範學校。

（原刊於《無錫新報·思潮月刊》，1923年8月16日）

《復堂文餘》序目

上編　駢文
序一首
《泊鷗圖》序
啓一首
羅烈婦徵詩啓
壽序十三首
盧督部七十壽序
薛教授六十壽序
楊封君七十壽序
蕭廉訪六十壽序
沈母王大夫人七十晉二壽序
薛母郭太淑人九十壽序
高母鍾太夫人九十壽序
張母周太宜人六十壽序
李母　太夫人七十壽序

胡母李太夫人七十壽序
喜塔臘母康太夫人六十壽序
郭母曹太夫人八十壽序
王母劉太淑人八十壽序
讚一首
蔡孝子畫像讚
誄祭三首
陳母誄
孟公祠祭文
祭熊朝議文
右文十九首
下編　散文
論一首
建官惟伯論
序跋十一首
《樂經補亡》序
《廣六書通》序
《疊書龕遺詩》序
《許比部八韻詩》序
《懷寧江家鎮興仁局徵信録》序
《重刻抱玉堂集》序代
《城南小識》序代
《范月槎觀察詩》序代
跋《包大令卷子》
《愚園三十六咏》跋
《書讀碑圖》後代
書一首
上楊中丞箋
贈序三十二首
送胡履平方伯北上序

張方伯五十壽序
王馨山丈八旬雙壽序
左侯相七十晉一壽序代
其二代
李督部六十壽序代
郭軍門五十壽序
陳給諫七十壽序代
應方伯五十壽序代
李督部七十壽序
舒光禄九十壽序
高五丈八十壽序
李觀察七十壽序
胡觀察五十壽序代
其二代
陸觀察七十壽序代
鍾觀察七十壽序代
林太守壽序代
劉榮禄七十壽序代
郭母程太恭人八十壽序
羊母許太安人七十壽序
趙母李太夫人六十壽序
馬佳太君章太夫人八十壽序
吕母黄太夫人六十壽序
周母盧太宜人八十壽序
汪母印太宜人八十壽序
薩爾圖母宗室太夫人八十壽序代
程母王太淑人七十壽序代
丁母章太淑人七十壽序代
楊母王太夫人七十壽序代
劉母黄太恭人八十壽序代

李母柏太恭人七十壽序代
傳兩首
楊府君家傳
貞孝金女傳
碑誌兩首
魏大夫墓表
節孝何恭人墓誌銘
雜記六首
重建杭州府署記
重建錢唐縣學記代
重建醉翁亭記代
重建豐樂亭記代
皖岸督銷局廳壁記代
安徽省城浙江會館記代
右文五十五首

右《復堂文餘》，仁和譚半庵先生獻著，都七十四首，析爲上下二編。上編駢文，下編散文。曰文餘者，仍先生之自題也。先生文字已自校刻復堂文暨文續若干卷，此册非所愜心者，故以文餘名之。友人夷吾姊字先生仲子，爲妻兄弟，乃獲得稿本相眎，屬爲審次，且述世儒。或詑先生作散文，字裏行間致有六朝氣息，而以桐城義法相繩，曰："古文不可入魏晉六朝人藻麗俳語、漢賦中板重字法，此方苞不刊之論，固垂爲文則者。"博則應之曰："何傷？凡我常州人士文字之所以特殊于桐城而蔚樹一幟者，以此也。"蓋南朝人以有韻者爲文，無韻者爲筆，而博生平燕居坐論，謂"廣谷大川異制，民生其間者異俗，剛柔、輕重、遲速異齊，于政制然，于文字亦然。是故讓清初盛文字，常州以文勝，孫洪之倫，其魁傑也；桐城以筆勝，方、姚之儔，其雋選也。莫匪驰聲上京，揚爲國華，譬如晉楚中原争霸，莫能相上，此一時也。既桐城宗派流衍逾廣，常州人士頗亦舍其所學而學焉，于是張皋聞、惲子居之徒得聞海峰緒論于吾家魯思先生，遂相與棄其駢儷之學，而專志于桐城方、姚之所爲。于是常州有桐城之學，此則著于陽湖陸祁孫《七家文鈔》

序者可考見也。然在桐城士夫，方欲螟蛉我常州人，而詔之曰“似我似我”。詎知州濱具區而處，山水明麗，士流習于綺體，風會所成，雖有大力者，莫之能回。士之學爲文字者，莫不取徑六朝，晚乃從事于唐宋八家，其能者實能屬辭瑰偉，聲情健茂。以視曾湘鄉氏所謂“望溪修辭雖雅潔，然其行文不敢用一華麗非常字”者，頗亦足救聲味稀淡之病。學者稍稍好之，于是附庸蔚爲大國，而有陽湖派之目。迨李養一先生起，則又盛揚其波，纂録《駢體文鈔》，以當桐城姚氏之《古文辭類篹》，崇漢魏六朝爲不祧之祖，至謂學古人文舍是末由。涇縣包安吴作先生傳，所謂“時論方崇歸、方，薄駢體而揚散行，而先生則謂‘唐宋傳作，無不導源漢魏之駢體，即唐宋散行之祖’，與余論合轍者也”。然上元梅曾亮好爲駢體文，其友人管異之謂之曰：“人有哀樂者，面也。今以玉冠之，雖美，失其面矣。此駢體之失也。”又曰：“子之文病雜，一篇之中，數體互見。武其冠，儒其衣，非全人也。”夫管、梅固服習桐城姚氏之説者，然一篇之中，數體互見，如近世所謂駢散兼行，此則譬之鄉人不辨章服之宜，綸巾羽扇而衣鐵甲，披堅執鋭而冠章甫，人知其不類矣。顧必菲薄六朝，宏奬八家，則尤未爲摯論。何者？蓋六朝雖嬗崇藻采，誠亦失之靡麗，然其風裁峻整，筆力騫舉，廻互激映之處，尤與八家殊途同歸，則亦胡可非也。博魯不學，于駢體文致力尤淺，然少小佔誦昭明書頗歷時日，要之匪沈浸醲郁于漢魏六朝用力深且久者，其字句必不茂美，聲情必不卓越可知也。至門户宗派之間，私心素所不喜，惟包安吴撰次《揚州府志・藝文》，謂：“氣盛者至平流而多姿，勢盛者履險危而不躓；氣以柔厚而盛，勢以壯密而健。”雖泛論無所指語，而博則謂“氣以柔厚而盛，氣盛者至平流而多姿”，桐城之文也；“勢以壯密而健，勢健者履險危而不躓”，陽湖之文也。要亦互有偏至，未容輕爲軒輊。半庵先生生長浙水，雖自異軍别張，然其爲文，探源漢魏六朝，要與常州爲沆瀣者不可誣也。博籍無錫，亦常州人也。茲審次先生文，先駢後散，而略著己意，以質世之讀先生文者焉。中華人民造國之四年十二月，無錫後學錢基博叙於吴江之同里麗則女學。

（原刊於《南通報・文藝附刊》，作於 1915 年 12 月）

《辛廬拾存》叙

丙寅首春，月之既望，老友張杏邨先生自里中來書云："集所箸都爲二册，上册詩文、公牘，下册軼事、紀程而以聯語殿焉。題曰《辛廬拾存》，蓋散佚者多也。"索爲序之。於戲！士不幸生今日，兵氣匝大地，人民流離死亡，水火刀兵震乎外，憂患恐怖鑠其内，而能從容豫暇，勿攖其天以肆志於文章如先生者，並吾世見幾人哉！於傳有之："其天守全，其神無郤，物奚自入焉！"此吾所爲重低徊，感慕於先生而不能自已也。

先生長余不啻十餘歲，而論文章則禮下余已甚。回憶七八年前，余論學吾蘇之第三師範學校，而先生實貳吴江薛君公俠莞學監。方是時，國體再更，而市井無改，吾黨二三子猶得安于絃誦，薛君故善文章，能作分隸大字，濡毫淋漓，雜以諧恢，然議論好激宕不爲回枉。余年方壯犅，更時虞而意氣未平，每相抵掌上下，論古人文章得失利鈍，譁辨聲滿一室，而先生則掀髭默坐，間出一言中奥會，紛拏輒解，如是以爲常。曾幾何時，而薛君歸隱江之濱，僕散而之四方，飽經憂患，自顧鬢毛非昔，星星白矣。獨先生棲神家衖，仍以文史自怡。然世變日亟，讀先生書，追溯昨歡，亦有渺焉難再之歎，而況于羈旅者乎？此僕所爲重低徊，致慕于先生而益不能已也。先生年二十餘，匹馬短後衣，以秀才仗劍從征回軍，馳走數千里，渡黄出函谷關。其爲人厚重少文，如秦涼間士夫，及見之文章，則致樸無華而部勒有法，又如程不識治軍，刁斗森嚴，部伍秩然，而議論馳騁非所長。於戲！此可以覘先生之爲人矣。雖然，虞卿有言："人固不易知，知人亦未易也。"①

僕於文章無能爲役，然亦不欲以文章名而朋從之。阿好者漫相詡曰："此桐城家法也！"獨武進周君拙肫不謂然，以爲僕文雅潔不如桐城，而雄警則有過焉。僕固撝謝未遑也。比來京師，過某君，座有客盛相譽，謂僕足當陽湖派之後勁也。僕詰之曰："桐城方、姚諸老面目差似，派焉可也。至陽湖之惲敬、張惠言、李兆洛，各自名家，體不相襲，則奚派焉？故曰桐城有派，陽湖則有家而無派。此語昔賢所不道，而僕則自謂知之深，辨之明。僕固文質無底，不識僕於陽湖諸賢當何家者？"客懼然無以應也。獨念交先生垂二十年，相知無如先生深者，倘得先生一言論定之，寫綴篇末，以當左券。時則中華人民建國之十五年三月一日，小友錢基博序於京師西郊清華園之古月堂。

（原刊於《辛廬拾存》，張鑑著，1926 年 5 月出版）

① 見《史記·范雎蔡澤列傳》。

《無錫指南》序

無錫爲泰伯端委之區，帶姑蘇而襟南徐，引太湖而扼申江，表裏湖山，文物冠于江南，吴越用兵必先有事。吾友薛君明劍撰《無錫指南》一書，以詔四方之來觀化者，索弁簡耑，予遲未之應也。歲月荏苒，書已十版，又責前諾，予不敢以固辭。

竊念古無地理指南之書，而有地理指南之官。《周官》大司徒之屬，有土訓、誦訓，蓋地理指南之官也。其在書曰："土訓掌道地圖以詔地事，道地慝，以辨地物而原其生，以詔地求。王巡狩，則夾王車。"注云："道，說也。說地圖、九州、形勢、山川所宜，告王以施其事也。地慝，若障蠱然也。辨其物者，別其所有所無。原其生，生有時也。""誦訓掌道方志以詔觀事，掌道方慝以詔辟忌，以知地俗。王巡狩，則夾王車。"注云："説四方所識久遠之事以告王，觀博古所識，若魯有大庭氏之庫、崤之二陵。方慝，四方言語所惡也。不辟其忌，則其方以爲苟于言語。知地俗，博事也。"疑當時所以詔地事、詔地求、詔觀事、詔辟忌者，亦必著有專書，而惜乎書缺有間，不可得而考已。此地理指南之設有專官，著於《周官》者也，所以然者。予誦之《記》曰："廣谷大川異制，民生其間者異俗，剛柔、輕重、遲速異齊，五味異和，器械異制，衣服異宜。修其教，不易其俗；齊其政，不易其宜。”嗚呼，此土訓、誦訓之所以列王官，而布政、宣教之所必有事也。夾王車而詔地求，寧止如輔車之指南，僅以記道里，詔所向哉！

今觀薛君所志，其中有地圖風景，有沿革形勢，則土訓所謂“道地圖以詔地事”，注云“説地圖、九州、形勢、山川所宜，告王以施其事”者也；有名勝，有古蹟，則誦訓所謂“道方訓以詔觀事”，注云“説四方所識久遠之事以告王，觀博古所識，若魯有大庭氏之庫、崤之二陵”者也。至曰食宿遊覽，曰實業，曰著名物産，則又土訓所謂“辨地物而原其生，以詔地求”者也。今古異施，難悉傅會。然余觀薛君之書，必出于《周官》之土訓、誦訓，斷斷乎無疑也。漢劉向著群籍以爲《七略》，班固因之。藝文有志某家者言，必云出某官之守，使逝者可作而睹。薛君所志，著入藝文，必援“儒家者流出于司徒之官，道家者流出于史官”之例。特表而出之曰：“薛君者流，蓋出于土訓、誦訓矣。”予墳典粗通，竊有班生著録之志，而文獻不足，苦無子政流别之書。心知其意而不敢以遽應也，不然敢宿諾而不踐哉！遂寫以復于薛君。民國十六年七月，同縣錢基博。

（原刊於《無錫指南》第10增訂版，1927年2月）

《王氏家乘》序

六朝盛門第，尤重氏族。官有簿狀，家有譜系，顧其書多放失。而宋有蘇洵，清有紀昀，發凡起例，權量今古，卓然一家之言，遂爲後世譚譜學者所宗。而其指有不同，蘇洵之言曰："《譜》爲蘇氏作，而獨吾之所自出，得詳與尊，何也？《譜》，吾作也。"而紀昀則不以爲然，曰："譜者，一族之公，非一人之私也。"故不從蘇氏。雖然，蘇氏之詳與尊者，特吾之所自出而已，未及吾也。獨未見有作譜者詳與尊吾所自出之，不已而自詳尊焉。圖象繫之頌贊，行實詳於傳略，如王子同樓之所爲者也。或者以爲疑焉，曰："何昉也？"僕曉之曰："何疑乎？爾家之有譜，猶國之有史也。吾觀馬遷、班固弁冕史家，然而史公自叙，不廢揚己，《漢書》叙傳，亦述當躬，此則同樓之所昉也。"夫史者，所以昭天下之大公，寧祇一族作者詳與尊吾所自出之不已，而自詳尊焉。如史公之叙談以及遷，班生之傳彪而逮固是也。讀者不以爲疑焉，何有於家譜？何疑乎同樓？至所作體例之衡當，同樓行誼之純美，庶幾讀其譜者自得焉。予獨爲徵先民之自作，著同樓之有，仍以明史例，詔讀者。中華人民造國之十六年八月，無錫錢基博叙於精忠柏石之室，而命兒子鍾書寫之耑。

（原刊於《王氏家乘》，王念祖纂修，1927 年出版）

《延旭軒儷語》序

余嘗謂儷語之製，貴能樹骨立幹，匪偶對工麗之難，而風骨遒上之難。近世作者，往往憙用詩語、詞賦語，描頭畫角，比諸采死翟之毛，抉焚象之齒，生意盡矣。求其儷體製詞無傷逸氣者，獨南通張嗇老能自製偉辭，硬語盤空，如孫可之所稱："拔天倚地，句句欲活，讀之如赤手捕長蛇，不施控騎生馬，急不得暇，莫可捉搦。"然儷語小道也，嗇老英聲茂實，世莫與京，而儷語之雄偉，足與德業相稱，殆如獅子搏兔，亦用全力者耶！其鄉人費君範九嘗學詩文於嗇老，近出《延旭軒儷語》相示，駈氣遣辭，規度宏壯，信足以起衰振敝，無愧師門者焉。吾聞讓清咸同之交，湘鄉曾文正公實以湘軍起討賊，摧鋒半天下，赫然爲中興元老；又能文章，憙講學，士流歸仰，固一世之雄也。顧所沾沾自多者，乃在所製楹帖。於其歿也，吴南屏挽聯有云："廿年力戰成功，委運歸天，不共汾陽論事業；一卷挽聯行世，戲言銘墓，肯於海内占文章。"蓋紀實也。

費君異日名德未知，視前人何如？即此《延旭軒儷語》一卷，風軌未遥，猶存古逸，已足以繼躅昔賢，俯視一代矣。遂書以歸之，無錫錢基博。

（原刊於《延旭軒儷語》，費範九著，1927年10月出版）

《茹經堂外集》叙[1]

原本《荀子·勸學》之篇，假定國學論衡文準。厥協六家，明義數之辨；裁於一是，詔躬修之塗。首冬午夜，借題寫懷；朔風蕭瑟，如助哀吟。弁之短言，聊當要删。大雅君子，尚鑑吾意。

邑老唐蔚芝先生將裒刊平生所著雜文，都爲乙集，曰《茹經堂外集》；屬余序端以發其指。於戲！余讀《荀子·勸學》之篇，謂："學惡乎始？惡乎終？曰：其數則始乎誦經，終乎讀禮。其義則始乎爲士，終乎爲聖人。真積力久則入，學至乎没而後止也。故學數有終，若其義則不可須臾舍也。爲之，人也；舍之，禽獸也。""故誦數以貫之"，稽於數也。"思索以通之"，昭其義也。"爲其人以處之"，"始於爲士，終乎爲聖人也"。"君子之學也，入乎耳，著乎心，布乎四體，形乎動静，端而言，蝡而動，一可以爲法則。小人之學也，入乎耳，出乎口；口耳之間，則四寸耳。曷足以美七尺之軀哉！""君子之學也，以美其身；小人之學也，以爲禽犢。"竊嘗有味乎其言，而持之以盱

① 又名"《茹經堂文集二編》序"。

衡當世學者。蓋“稽於數”者有人矣，“昭其義”者有人矣，獨未見有“爲其人以處之”如唐先生者也。

於戲！吾生四十年矣，並世方聞雅儒，頌其詩，讀其書，睹記所逮者何限。試謹最其尤者：古訓是式，洞見本原，以六書小學爲門户；以《官》、《禮》、《左氏春秋》、周秦諸子爲崖郭；而旁參釋乘以究悟慈氏世親書爲精神命脈；庶幾乎所謂“誦數以貫，思索以通”；厥見乃與漢唐諸儒箋疏瑣碎殊者，有人矣，餘杭章炳麟也。蓋恢張高郵王氏父子念孫、引之之學，推而大之，以至無垠者也。至於爬羅金石，證經補史，以殷墟龜甲、流沙墜簡爲根柢；以六經、諸史、許慎書爲徑途；竺古之情深，而疑古之牖亦辟；糾許書之有違，徵古史之闕記；而疏通證明；不僅名物度數之間者，有人矣，上虞羅振玉、海寧王國維也。蓋繼晚清潘祖蔭、吴大澂諸人之緒，而睹前人所不記，遂以後來益居上者也。然而穿地不足以匡史，龜甲未能以考文；羅、王二君之所順澤，抑亦章炳麟氏之所厚非，斯可以覘流别者也。其有以疑古者稽古，不爲章炳麟氏之信而好古；以王充《論衡》爲骨幹；而以姚際恒《古今僞書考》、崔述《考信録》暨康有爲《新學僞經考》諸書張羽翼；排擯一切，旁援歐儒，益爲曼衍；謂賢聖爲芻狗之已陳，無當於世教；謂經子悉後出所托僞，奚裨於徵文；喜爲異説而不讓，敢爲高論而不顧；若而人者，績溪胡適實倡之，隨時抑揚，而後進彌以馳逐；漢學揚徽，遂以署新者也。於戲！竺古同，而所以竺古之具則異，羅振玉、王國維之於章炳麟是也；稽古同，而所以稽古之情則異，胡適輩之於章炳麟是也。斯又可以覘流别也。然而是必求以實事，論切忌於鑿空。斯則三家者之所不同而同者也，所謂“稽於數”者也。

然而具數或未以竟義，稽古徒矜於博聞，或者亦病之。而蘄多識之貫一，貴通經以致用。疏於論證，敢於昌言，以《春秋》經世爲揭幟；以《公羊》改制爲眉目，刊落訓詁名物之末，專求其所謂微言大義；旁采耶佛，時恣縱而不儻；張三世以演進化，通三統以徵變法者，有人矣，南海康有爲、新會梁啓超也。蓋襲清代劉逢禄、龔自珍之餘論，而蘄措見之政事者也。若乃辨章學術，考鏡源流，以《漢書·藝文志》爲閫奥，以清代章學誠《文史通義》乙編爲首途，考信蘄徵乎古，覈實必衷諸名，部次群言，推闡大義者，有人矣，錢唐張爾田、元和孫德謙也。蓋恢史統以紹孔統，上承章學誠氏，而匡違補闕，相與以有成者也。特是張爾田、孫德謙專意述學，紹明史統；而康有爲、梁啓超好爲政論，原本六經；志事不同，而要歸於揚西漢之微言，薄東京之古學，則無乎不同，可爲特筆者也。又抱朴潛修，歸於自得，以佛氏書爲悟機，以孔子爲依歸；而明心見性，不同時賢之外鑠者，有人矣，宛平梁漱溟也。蓋有志紹正宋五子之學，而一新壁壘，用靖人心，補風教者也。凡若此者，皆所謂"昭其義"者也。

大抵稽於數者，必謹名物器數之證論，而昭其義者，喜爲微言大義之籀討，而要之真積力久乃有入則一，其大較然也。特是學問不外記誦，著述以爲禽犢。國學者，聲氣之資；博文者，溺志之由；徒長矜伐，奚裨身心？庸詎知不要其歸於爲人，而所爲"誦數以貫，思索以通"者，徒荀子之所謂學數有終，而無當於不可須臾舍之義也乎！獨宛平梁君有志躬修，近益暗然，學以美身，庶幾君子。惜乎，吾頌其語矣，未見其人也。

最晚近乃得見唐先生。於戲！吾之知名唐先生也最早，又同鄉里，而晤對容顔乃於晚近世者。一則素性簡静，不喜交遊，而以先生巨人長德，名輩不接；莫爲之介，亦未敢漫修士相見禮。一則矜氣未化，自問記誦詞章不後於人。而讀先生之文，若無以遠相過者。此則博文溺志之見，質實言之，不足當先生一噱者也。先生實都講吾邑之國學專門學院。比以戎車阻道，大師虚席，俾博暫承乏其事。乃得時時親接其言論，然後知先生躬行君子，不徒沾沾詞章記誦之末。其學以孔子《六經》爲奥窔，以宋五子書爲入德之門。孝友齊於家庭，温恭溢於辭色。世態幻變，而制行有常。窮不失義，達不失道。威儀翼翼，雖未識視古聖賢何如，倘所謂"君子之學，入耳著心，布四體，形動静，端言蠕動，一可以爲法則"者，而今殆見其人歟！而今殆見其人歟！

所著《菇經堂外集》若干卷，而博得見者僅四卷。其中《魯詩有傳無傳考》稱："《漢書·藝文志》載《魯詩故》二十五卷，《魯詩説》二十八卷，而無詩傳。然據《史記·申公傳》、《楚元王傳》，可以補《班傳》之脱字，徵《魯詩》之有傳。《漢書·申公本傳》云：'獨以《詩經》爲訓故以教，亡傳，疑者則闕弗傳。'師古注：'口説其指，不爲解説之傳。'《史記·申公傳》作'以教無傳疑，疑者則闕不傳'，乃知班傳用《史記》脱一'疑'字。《漢書①·楚元王傳》云：'申公始爲《詩傳》，號

---

① 漢書，原誤作"史記"。

《魯詩》。'《詩經》唯《毛詩》合故訓於傳。若三家《詩》，則傳並在故訓之外。劉向、應劭治《魯詩》；而《説苑》引《詩傳》，又引《魯訓》，是《魯詩經》別出於《魯故》。'故者，依古作訓'，是'故'則訓也。《風俗通》引《詩傳》，又引《詩説》，是《魯詩傳》別出於《魯説》。"而卒斷言之曰："《漢志》著《魯詩故》、《魯詩説》，而遺《魯詩傳》不録者，乃班氏之疏漏也。"又如《漢書·藝文志》，《爾雅》屬《孝經》類説，謂："漢儒釋經之書，或稱故'訓'，或稱'傳'。《毛詩》合而爲一，則曰《故訓傳》。"若三家《詩》，則於故訓之外，皆别有傳。《爾雅》以觀於古，足以辨言，蓋訓故之體。而《孝經》陳示要道，於章末每繫以《詩》語，此傳體也。一則辨釋五經之訓故，一則數陳五經之要道，而要之啓設户牖，鈐鍵六藝，故以並屬一類。凡若此者，咸足以發《七略》之類例，拾六藝之所闕。然則誦經讀禮，通其指意，讀先生是編，豈曰"不稽於數"者哉？信未可以一端窺先生矣。

先生原籍太倉，晚清之季，吾邑搢紳士大夫，有欽先生學行者，遂買地而授館焉。余嘗以縣誌事有所請益於先生，致書稱"前輩"而不以鄉人目之。先生裁答，意殊不喜也。茲故尊之曰"邑老"，而並著其因緣於此。

中華民國十六年十一月十四日，鄉後學錢基博。

博按：此文與拙著《今日之國學論》足相表裏，而補所未逮。蓋舊作論學校之國學，而此則詳個人之學術也。自記。

（原刊於《光華期刊》第2期，1927年10月）

《師滌軒集》叙

往者會稽章實齋氏箸《文史通義》，謂古人箸書，未嘗離事而言理，無有不用之於政教典章，而以文字爲一人之箸述者也。又譏後儒不通以文爲史之義。蓋文麗於空，史録其實，載之空言不如見之行事之深切著明也。竊嘗有味乎其言，今觀硯芳先生所爲《師滌軒文集》，都其撰録賈太傅陳政之奏，蔡中郎掌故之書，寧詡空文以自襮，足垂經國之典章。以文爲史，猶稱古意。昔曹子建常薄辭賦小道，未足揄揚大義。而欲采庶官實録，辨時俗得失，成一家言，吾聞其語矣，未見其書也，不圖輓近世乃得之於硯芳先生。獨是硯芳先生以閎通之才爲東諸侯上客，借箸籌邊，發爲文章，萃於是編，分門析隸政治、文學以爲題目。然而管窺所見，未敢苟同。誠竊以爲硯芳先生諷議從容，而未施於當躬，則是離治而陳政也；文章爾雅而無志於述學，則是有文而無學也。然則無與躬治而漫自稱治，未嘗述學而漫詡曰學，此誠儒生夸誕之常，寧當孔丘正名之旨！獨念往者太倉陳瑚，自負經世王伯之略，而籀繹全史，政事人文，别以四目，前規不遠，以治是編。其中防邊制官，辭尚體要，政之屬也；因時制宜，策匪經久，事之屬也；發潛闡幽，傳記人物，人之屬也；賦志陶情，文分駢散，文之屬也。析目四集，似爲典核，寧啻洪纖攸屬，亦且名實參同。然余讀章實齋書，喜稱流別，而謂六藝之教，通於後世有三：《春秋》流爲史學，《官》、《禮》諸記流爲諸子論議；《詩》教流爲辭章辭命。天下之文盡於是矣！今誦先生是編，傳誌諸文，《春秋》之流别也；政事兩集，《官》、《禮》之流别也；詩賦雜作，《風詩》之流别也。一編之中，而三家之流别具焉。天下文章，孰大乎是！寧袛以文爲史，足稱古意云乎哉！昔曹子桓謂文章"經國大業"，噫！微先生，吾誰與歸？先生江陰章氏，名鍾祚，中式讓清光緒某科舉人；其子仕清寔壻於余從兄西林，故索爲之序而不敢辭也。中華人民造國之十七年二月九日，無錫錢基博謹序於精忠柏石室之南牖。

（選自《潛廬集》，作於1928年2月）

《無錫縣立圖書館歷年概況》叙

縣立圖書館館長秦平甫先生將刊《圖書館歷年概況》，索余弁言簡端。余以先生之雅意勝情，得與於諮詢之末，大愧無以相益。獨念江蘇六十縣，無錫號爲壯縣，而就圖書館而論，亦以無錫爲巨擘。經始於秦君玉書、顧君倬，繼成之於侯君鴻鑑，而編集目録，表章鄉賢，文獻所繫，規橅漸定，劉君書勳之所草創，其功亦不可没。今先生恢張前緒，益宏遠矣。語曰："作始也簡，將畢也鉅。"言草創者難爲力，繼事者易有功也。又曰："靡不有初，鮮克有終。"言始謀者奮以振，而守成者墮於懈也。余誦先生是編，將以監始事之不易，圖式廓於方來，不懈以奮，宏昭前休，姑書此以爲左券云。中華人民造國之十有七歲八月十五日，邑人錢基博。

（原刊於《無錫縣立圖書館歷年概況》，秦毓鈞著，1928年8月出版）

《琴趣居詞話》序

《琴趣居詞話》者，閩侯池則文先生之所纂也。其大指在明學詞之道，貴乎能讀，由讀選進而讀集。讀選可概觀各家厓略，讀集可遍擷名家精英。由校讀進而唱讀，校讀可尋門徑以入，唱讀可巡堂奥而通。斯誠詞學之津逮，足詔後生以途轍。

惟論詞之正變，以晚唐五代之賦情婀娜爲正，以東坡之寓感蒼涼爲變，猶爲常見，未當知言。詞者，詩之餘也。温柔敦厚，詩教也。微言相感以諭其志，詩法也。然而長言永歎，極之手舞足蹈而不自知，依永和聲而言志之旨益明，則寓感蒼涼，固亦詩餘之馴而必致。詞之初載，必推太白，所傳《菩薩蠻》、《憶秦娥》兩闋，發唱驚挺，何嘗不寓感蒼涼。晚唐五代，乃趨婉麗，而南唐後主，最稱大家。馮氏陽春馮延巳有《陽春集》，足相羽翼，啓晏、歐晏殊、歐陽修之先河。其音固哀以思，而情深文明，視若流連風雅，實則百感徬徨，胥寓乎詞。晏、歐嗣響，出之閒雅，此自遭遇盛平，身世使然。至東坡逸調高迴，力能復古，而論者或以變調目之，不知變風變雅，趣異二南。詞之於詩，更自不同，詩以微言相感爲法，詞以寓感蒼涼爲宗。儻宗太白爲初祖，而推東坡稱後勁，則晚唐五代之賦情婀娜，曼響細調，不無蜂腰之譏焉。又其盛推清真、夢窗周邦彦、吴文英，以爲美成無藴不賅，隱執南宋之奧。君特則盡南宋衆妙，而時能契追北宋，沆瀣相通，此自常州周濟以迄近今王鵬運、朱祖謀，罔不云然。特自我而論，美成工於創調而會心不遠，夢窗巧於錬句而馭篇或滯，以云盡美，未盡善也。

則文治詞，讀而能唱，引商刻羽，尤覈審律。僕之所萬不逮，而自謂讀詞能會其意，質所疑滯，則文或不以唐突爲嫌。則文舊嘗薄宦京都而能淡仕進，執業其鄉人林紓，稱高第弟子，爲古文詞，簡練部勒，儼有師法，而出其餘技以事詞；又能作籀篆榜書，解衣盤薄，作龍拏虎踞之勢，每相詔曰："填詞者，我之唱歌也。作字者，吾之跳舞也。"棲神娱志於是而以不攖吾生焉。獨僕生平無他耆好，而能爲深沉之思，比嬰末疾，久而不瘉，知者謬謂媢學然也。於戲！安得如則文者時相過從，而遊藝自娱嬉，以全吾天，以不攖厥生哉！

（原刊於《新無錫》，1929年11月29日、30日）

《栩窗文集》叙

侯官池則文先生裒所著文，都爲乙輯，曰《栩窗文集》，走郵千里以相眎，曰：“僕拳拳韓愈，服膺勿失者，蓋二十年於茲，願吾子論定之。”余誦其文，著語修潔，夷而爲奥，枯而能腴，則信乎其爲侯官之文也。侯官云者，余之所以名桐城之别子，論其鉅子，則林紓也。以言宗祖，則韓愈也。而以桐城爲法乳，以八家爲門户，出桐城而能自爲變化。桐城以永叔之逸斅韓之神；侯官用柳州之潔，得韓之峻；桐城之神暇，而侯官之體整；桐城之味長，而侯官之幅狹。及其蔽也，桐城好爲暇而失之弱，侯官又潔而未盡適。然而文章之道，唯適爲難。桐城之文，如魏武對虜，意思安閒，有不欲戰之形；而侯官之文，譬之程不識治軍，正部曲行伍營陳，嚴刁斗，亦自森然不可犯。

就余並世所記誦，林紓然，吴曾祺然，推而之其他侯官文章諸老宿，譬諸草木，區以别矣。然而精神意氣，固自有其不同而同。於戲！天下之患，莫大於異其實而冒其名，而世之目論者，遂并徇其名而没其實。於戲！此正名實、辨同異之所爲不可以已，而余則何能無秪徊深嘅於侯官也耶！侯官之文，既以别異於桐城，昭彰如所云，而侯官之人不自言也，并不自知也。必欲强附桐城，以冒寵利居成功，不憚輕其家丘，甘爲牛後，而不圖目論之世，即執異於桐城者以爲繩糾，斥其非類，是亦不可以已乎！嗚呼！此林紓之蔽也。然而林紓之才，亦未易幾。上元梅曾亮蓋親傳業於桐城姚鼐，而爲文亦不盡用師法，工於造語而嗇於神，尤善狀物，而不喜爲摇曳其聲。其體氣彷彿柳州，而於桐城爲轉手，於侯官爲前茅。然昔日之梅氏，固未能異軍突起以别出於桐城；而侯官之在今日，則已拔幟易幟，暗成風會，此則林紓之能也。則文於林紓，爲鄉里晚輩；而誦其文章，抑之欲奥，紆餘委備，又自有異人者。蓋斷乎其爲侯官之文，非桐城之文也。余誦則文之集，而樂爲論定如此，未曉則文以爲然否也。

方余識則文於北平也，稠人廣坐之中，夏屋細旃之上，人争出一言以自矜重，而則文温克如不欲出，神高而語默，貌癯而氣清，身長玉立，動中邊幅，以余瞻則文之爲人也，如其文，如其文。中華人民造國之十八年九月一日，無錫錢基博序於精忠柏石室之南牖。

（原刊於《新無錫》，1929年12月1日、2日）

《仁安堂文集》序

余年十五六，學文章於同縣許彝定夫子，粗有知解，以逮成學。亦既於夫子五十初度之日，著其事，爲介壽之文，而以詔告邑人君子矣。歲之孟冬，夫子寫纂所著《仁安堂文集》十卷，命基博爲之序。基博伏誦夫子之文，詁經證史，不矜奥博，而出以疏朗。晚爲書記翩翩，尤優辭命，遣言措意，切近的當，庶幾曹子建所云："采庶官之實録，辯時俗之得失者，豈徒以翰墨爲勳績，詞賦爲君子哉!"蓋承鄉先生薛庸菴之遺緒，而別出機杼，俯仰揖讓，以自名一家言者也。

獨念吾邑爲文章者，宋以前無聞。江左偏安，獨稱尤袤，其文散佚，厪存詩稿。倪瓚揚聲元末，畫居逸品，而無意爲文，適然寄興而已。明則理學樹幟，別開風氣，而文章未掩，邵寶守其師李東陽之傳，稱有典則。然而《容春》一集，揆之師門，欲爲疏而失之膚，欲爲簡而滯於機，規模差似，氣象不如也。然自昔之講學者，都不工於筆語，獨邵寶紹述洛閩，質有其文。至高攀龍迺彬彬矣。其學以格物爲宗，折衷朱子、王陽明之間。而爲文章，亦特清遒，足相追配。自來講學之能文者，屈指三人而已。特朱子斆曾南豐而出之以平實，陽明近蘇子瞻而疏之以駿快，攀龍則清遒逼王介甫，而神思散朗，不爲介甫之矜情飾貌，故當過之，以與朱子、王陽明驂駕而三。河山潤色，賴此一手耳。

明社既屋，遜清御世，鴻博兩舉，亦有人文。顧貞觀工於詞，杜詔能爲詩，獨嚴繩孫、陸楣兼稱能文。然繩孫故爲安雅而不免率易，陸氏嚴有部勒而嗇於神明，粗存矩矱，未云大雅。乾隆一代，運當極熾。吾邑楊芳燦，文宗徐、庾，以沈博絶麗之學，震鑠海内。同縣顧敏恒與其弟揆相爲羽翼，後生傚之，類多夸目奢志，以藻麗相競。然而芳燦之文，詄氣駛運，出以警挺，匪徒整麗；無其運氣，而學其組篇，句積字堆，徒爲捃摭，神明不屬，生意索矣。獨秦瀛生與同時，而文成簡澹，稱述桐城姚郎中之學，一掃骫骳綺靡之習。桐城之文，遂衍吾邑。其子緗業，與同縣張岳駿、侯禎，事上元梅曾亮，學爲文。而岳駿斂之爲峻峭，侯氏挺之欲勁騖，至緗業則嫿家學而益爲雋永，簡質遜乃父，而韻致過之，庶幾得姚郎中之似焉。特是古文名家，或疏用世，而薛福成庸菴攘臂其間，獨以古文爲牘奏。其學出湘鄉曾文正公，而相從獨久，先後入幕府者八年。善議論，辭筆醇雅，有法度，不規規於桐城論文，而氣息與子固穎濱爲近，無東坡縱横之習；徒以于役四方，不遑寧處，而鄉里汲其流者尠。其後鄧濂能爲儷體，得楊芳燦之嗣響。而秦寶璣、敦世兄弟暨裘廷梁，皆以散文擅聲，而境詣不同。寶璣舒之欲其暢，敦世抑之欲其奥，至廷梁則不事雕刻，晚益老成。昔蘇長公評柳子厚詩，所稱“發纖濃於簡古，寄至味於淡泊”者，吾于廷梁文髣髴遇之。而論其初，則皆出緗業，獨未有紹述薛氏之文者。

吾夫子迺冥心默契，獨振墜緒，異其醇茂，同此矜慎。雖遭際不如，而歸趣一也。早歲講學里門，弟子傳其業者，予季基厚得其疏朗而出之以深刻；徐君彦寬敦其密栗而發之以高華；基博生性獨魯，有志典雅而益爲古遒。皆得夫子之一體。其中徐君樸學高行，天資絶出，而不自表襮，知之者希。予季服勞鄉邦，又未遑文事。獨基博竊夫子之緒，以播教四方，文史娱嬉，於四部書罔不涉覽，論交當世賢豪長者。自以集部之學，海内罕對，子部鉤稽，亦多匡發。然而世之論者，稱其文章，弟子著録亦且千人，而論文章能斆所爲者，亦亡什一焉。湘鄉曾廣鈞嘗相詔曰：“吾子上説下教，雖强聒而不舍，然而僕覩子之學必不大。何者？鎔史鑄子，裁以昌黎，從前唯孫淵如有此萌芽，錢竹汀略創輪椎。吾子益運以灝氣，扛以健筆；四十歲後，篇題日富，必能開一文派；特惜言皆有物，較空言格律及虚神摇曳者有難易之分；造詣雖宏，徒侶必不能廣耳！”而烏知其衍吾夫子之一體，推而大之以臻此也。兹承命序夫子之集，徒以弟子無諛師之文，用特推論吾邑文章嬗變之凡，以徵夫子文章之所自出，而爲成學治邑聞者考覽焉。

（原刊於《新無錫》，1929年12月3日、4日、5日）

箴士

——序薛明劍《民衆工藝》

天與人以血氣心知之性，使之思以慮；天與人以股肱手足之役，使之藝以事事者，所以程其材也。思者，所以善其事也。故曰："士者，事也。"《白虎通·爵篇》："士者，事也，任事之稱也。"士而不事，則不與其爲士，而擯之曰罷民；國有常刑，以此坊民，猶有覥焉。不事事而偷爲士者，後世之讀書人曰士是也。呻其佔畢，儼然而好説，聚人徒，立師學，成文曲；然而偷儒憚事，亡廉恥而耆飲食，必曰君子固不用力，是士之賤也！《荀子·非十二子篇》曰："偷儒憚事，無廉恥而耆飲食，必曰君子固不用力，是子游氏之賤儒也。"生斯世也，爲斯人也，有身廁爲士，而知士之不可以不事者，曰婺源江謙，撰一書曰《兩漢學風》，最《兩漢書》所載學士之職農工商役以自藝者三十七人。其事曰稼穡，曰賃畊，曰牧豕，曰視畜，曰庸作，曰爲都養給烹飪，曰刈薪執苦，曰漆工，曰屠沽，曰郵置，曰將重車，曰賃舂，曰灌園蔬，曰採藥賣醫，曰採桑，曰種藍，曰儈牛，曰縣役，曰門士，曰街卒，曰獄吏。而其人則太學生，博士弟子，經師，公卿子弟，服官歸田者，隱不仕者。若光武者，則帝室之胄，通經學古，而躬稼賣穀，事田業。此皆求之後之史傳，所不概見；而曾不以是爲怪。然後知世之所謂士者，勤其口舌，惛其心志，惰其手足；其實遊民無賴而稱學士；不能農工商役不恥，而恥爲農工商役者；若天命之，若聖賢所傳教，若國家期望欽拜在是矣；烏覩漢之所以爲士乎！寧啻於漢！曰“多能鄙事”，我孔子大聖之所以亡愧爲士也！按《説文》：“士，事也。數始於一，終於十，从一十。孔子曰：‘推十合一爲士。’”一者何也？曰：“唯初太極，道立於‘一’，造分天地，化成萬物，天下殊途而同歸，百慮而一致。莊子引《記》曰：‘通於一而萬事畢。’一者，理之通也。”然而从“十”者何也？曰：“十者，事之具也。一爲東西，丨爲南北，則天地四方具矣。故男子生，桑弧蓬矢六，以射天地四方。天地四方者，男子之所有事也。”故必先有志於其所有事，然後敢用穀也，飯食之謂也。《禮記·射義》。不先有志於其所事，不敢用穀也；此聖人制禮之微意也。然而世之所謂士，則不事而飯食矣。自以爲養士之極隆也，而不知禮之所不許矣，是士之賤也。然而時異勢易，事業不必同。今之有志於其所有事，奚能尚同漢，而勿論皇古生乎！

今之世，由今之道，有執藝於工，而知生今之世之所宜有事者，曰吾友無錫薛君明劍，撰一書，曰《民衆工藝》。溯其原於古聖，條其事爲百工，自紡紗繅絲以暨冶金陶土，百執事，罔所不該備。持所著以詔於僕曰：“治生之事，至纖至悉，其事盡人所能；其效盡人可程也。道貴有以自致，事在有以自力，是故偷儒而罔，瞿瞿然，盱盱然；酒食聲色之中，則𥈭𥈭然，瞑瞑然；禮節之中，則疾疾然，訾訾然；勞苦事業之中，則儢儢然，離離然；雖欲學吾術，終不告之矣。”自吾黨言治生推明劍。明劍其有所試矣，能試有所長，非苟而已也。讀江氏之書，而知士之不事者可恥。讀明劍之書，而知今之所事者奚宜。是故挹江氏之風者，頑夫廉；而聽明劍之論者，懦夫有立志矣。吾觀明劍爲人，能薄飲食，忍耆欲，以殫瘁勤厥事；而好文史自娱戲，誦説詩書，亦以此爲時所稱。而以僕所論，傳曰：“目不兩視而明，耳不兩聽而聰。”則誦説詩書，即士之所由偷儒以憚事；而殫瘁厥職，事之用藉程能以趨功。偷儒而憚事，後之士所以日賤；程能以趨功，古之士所以任事。以明劍之精能勤任事，有士道焉。奚所假於誦説詩書也哉！僕行年四十，自慚詩書誤我，迄不免爲憚事之偷儒，尸士之名而亡士之實。因爲揚搉古誼，張明劍之書以自勵，而并以砭吾黨之不事事而自命士者焉。

（原刊於《民衆工藝》，薛明劍編，1929 年出版）

《約翰離校同學録》序

茲録之作，明國恥，勖毋忘也！冠之以《全體學生離校攝影》者，所以昭衆志之壹，義無反顧也。次之以《光華新校圖樣》者，謀更新，策群力也。又次以《教員學生通訊處》者，人事聚散無常，此日同離校者，後不必能共學；而意志訢合，永永無間，以此爲介也。終之以《離校後大事記》者，昭實録，垂鑒戒也。蒐輯成帙者，約翰大學暨附屬中學離校學生善後委員會也。余文質無底，忝一日之長，而無策以善諸君離校之後；此吾所甚慚於諸君者也！雖然，詎不可無以進諸君！

諸君此日之離約翰，國人教學自覺之徵也！中國賢聖之言教學者？曰：學之爲言覺也。《白虎通·辟雍》。覺之爲言明明德也。《禮記·大學》。自誠明謂之教。誠者，自成也；而道自道也。《禮記·中庸》。此教學二字之古訓也。然則中國之言教學，蓋自成自覺之足貴，曾匪它力是藉。持此義也以往，推諸四海而皆準，百世以俟聖人而不惑者也！《傳》曰：“國於天地，必有與立！”寧有其國之人，不能自教學子弟，而亡國敗家不隨屬者！寧有委其國之子弟之教學於外國人，以外國語言文字爲所教所學，而得蘄臻於自成自覺之域者！然而此日中國之教學則何如？壹國之所謂父兄者，既不能自力於學；寖且不能教子弟學，而委成外國人，日以外國語言文字爲教爲學，如恐不得當！噫！甚矣悖！何致螟蛉子於外國而有不恤也！《詩》曰：“螟蛉有子，蜾蠃負之！”我期有它山之攻，而彼自居蜾蠃之負，教而學，學而成，蜾蠃之子，匪螟蛉之有矣！耗矣哀哉！悉壹國之子弟，而螟蛉於外國之蜾蠃焉！國之喪敗，何所事於快砲利艦矣！吾見國人子弟之隸籍外國教會學校，輒蹙然有餘戚焉！雖然，君子行有不得，則返求之己！而觀國人子弟之不隸籍外國教會學校者又何如？自成自覺之或未能，而叫囂跳踉，執塗之人而相聒曰：“我將覺汝！”虛憍日甚，不憚舍己芸人，而自暴棄以馴致於不學者也！二者之爲蔽不同，而違於自成自覺則均！

吾觀諸君之離約翰而造光華，或者國人教學自覺之曙光乎！雖然，未可知也！夫不安於外國人之教學我，而別闢一涂以自教自學；國人教學自覺之徵，而仁人志士之所致其嘉慰者也！倘或以此而長虛憍，若曰“自成自覺，即此已足”；日責人之無所成，無所覺，訑訑焉舍己芸人，而自暴棄以馴致於不學焉！則是此日之以自成自覺而離校者，異日奚必以自成自覺而竟所學！語曰：“行百里者半九十。”終於無所成無所覺而已矣！斯則鄙人之私憂過計，而知諸君之必不然者也！願持其志，毋暴其氣；勿汲汲言它覺覺人，召鬧取怒於一國，而植基自動自覺以爲國人教學自覺前路之導；異日久道而化自成，博固與有榮焉！中華人民建國之十四年七月二十五日，無錫錢基博。

（原刊於《光華大學五周紀念書》，1930 年出版）

《一年來的無錫縣二》序

嚴生少陵既長吾無錫縣立第二小學校之一年，據所睹記，撰次《一年來的無錫縣二》一册，索爲之序。《易傳》有之："書不盡言，言不盡意。"余詢所以爲書者，於是少陵蹴踖面對曰："册之所可考見者迹也，册之所不能悉者意也。方今之世，學僮恣睢，任情而動，校紀無聞。及其出而與世摩蕩，接物者以夸詐爲尚，而賤節信，行身者以放濁爲通，而狹節檢，反道敗德，習爲故常，不恥淫佚之過，不恤亂賊之禍。而推厥所以，要自小學教育階之厲，故弟子之治學，崇管理而限自由，所以摩切同仁者在此，所以以自敦勖者亦在此，庶幾微抱之所存，而册之所不悉者也。"

大哉言乎！國有賴矣。國於天地，蘄於能治，何道而治？必限自由。自由者，原人始而能具者也。治者，人道進而後有者也。西諺"自由以不侵人之自由爲界"，此限自由之説也。自由有限，斯進於治。而進於治則崇管理，斯誠自然之符，相因之理也。顧三十年來，吾國所謂鉅人長者，不憚皮傅歐化，曲學阿世，借自由之説以容悦於後生，後生亦以自便其恣縱不儻，虛譽隆洽，遂掌邦教。久乃知其不可。稍施檢格，習非成是，洶洶反脣，博士倚席不講，諸生釋簡以嬉，詭法壞紀，少小夭成，禍種於校庠，毒逋及社會，争民施奪，唯亂是聞。馴至今日，國且不國，若積大水而失其壅堤矣。少陵乃以相詔曰“崇管理而限自由”，斯誠撥亂之警鐘，如晦之雞鳴也。吾聞普之勝法，日之摧俄，其國論者胥歸高於小學教師，人貴有以自致爾。勉矣，少陵毋自菲薄也。特發其意以告讀者。小兄錢基博。

（原刊於《一年來的無錫縣二》，嚴少陵編著，
1930 年 7 月出版）

《思沖齋文別鈔》序

遜清之季，吾邑楊味雲先生方以郎官仕京朝，究心經世大業；又足迹遍大瀛海外歐羅巴、美利堅諸邦，旁逮南洋各島，習知四國之爲。故其爲文博通今古，紆徐委備，而條析事理，期可見諸施行，有鄉先輩薛叔耘氏之風；顧意有所鬱，不得竟施用，數爲貴人草奏言事。其尤犖犖大者，莫如籲立憲以宣民氣，釐官制以清政本，辦預算以制國用；它言天下事甚衆，匪關大計，故不著集中。諸草具在，可覆按也。

嗚呼！清之衰也，魁儒志士不忍夫淪胥之痌，所爲發策陳書，彊聒而不捨者，豈欲託諸空言以著述相矜尚哉？夫亦謂時會之窮而必變，將求得當以一試也。然而，或舉世傳誦而不得用，或偶用而不得竟其緒，卒以階亡，則寧獨先生之言爲不用也。先生新與余交，手是編見眎，曰："此顧子涵若爲余所訂也。凡奏稿一卷，公牘一卷，余在官，本末粗見焉。然余本不欲以文自見，凡所爲文隨手棄，罔自董理，一厄於庚子之兵，再燼於庚申之火，雖有存焉者寡矣。"博應之曰："何傷？昔班孟堅志漢藝文，諸家著録者，或百數十篇，或數十篇，或僅一二篇。及觀晉《中經簿》，百數十篇與數十篇者以不盡傳，而一二篇者或至今猶傳。"然則文之傳與不傳，不在多寡也。苟有裨於當世之務者，雖少必傳，如孟堅《漢書》録賈誼《陳政事疏》、董仲舒《賢良對》，而范蔚宗《續漢書》亦録仲統《昌言》、蔡邕《條陳所宜行者七事》；蓋漢之所由興廢，將以垂後世昭法戒也。今觀先生所言，其有裨於天下興廢得失之故者，寧後世有良史如班、范者，必録先生之文以徵見清之所由廢。先生之文，儻以少而珍罕乎？雖然，博重有感焉。清社屋而民國興，先生敭歷京外，固已聲績彪炳。然而憲法未制，則國是靡定；官制未釐，則仕途日雜；預算不立，則財用痛匱。政之有以愈於衰清者幾何？而先生之言所得施用者又幾何？其在書曰："殷鑑不遠，在夏后之世。"然則民國之鑑，又豈遠乎哉？此先生所爲惓惓不能已也，於是乎序以歸之。民國十二年一月十一日，同縣後生錢基博。

（原刊於《思冲齋文別鈔》，楊樹枏著，1930年刻本）

《國學概論》序

賓四此書，屬稿三數年前，每一章就，輒以油印本相寄，要余先覩之。予病懶，不自收拾，書缺有間，惟九章《清代考證學》、十章《最近期之學術思想》，以郵致最後得存。餘八章，余皆亡之矣。雖然，其自出手眼，於古人貌異心同之故，用思直到聖處，則讀九、十兩章，而全書固可以三隅反者也。

第十章所論，皆並世學人，有鉗我市朝之懼，未敢置喙。第九章竟體精審，然稱說黃梨洲、顧亭林、王船山、顔習齋，而不及毛奇齡，是叙清學之始，未爲周匝也。殿以黃元同、俞蔭甫、孫仲容而不及陳澧，是述清學之終，未爲具盡也。西河生産浙中，姚江之學，故爲鄉獻，其全書屢推良知爲入聖階梯，所作折客辨學文，以爲知行合一，亦發於朱子《中庸注》，特朱子不能踐而王踐之，幾乎晚年定論之説，則其與朱子相水火，寧挾私好勝而已哉？無亦曰素所蓄積然也。然毛氏雖奉著意精微之學，雅不欲拾前人餘唾，以支離榛塞斥朱子，乃務爲弘覽博物，針朱膏肓，起朱廢疾，以見即朱子之於傳注，亦非真能留心，此則承數百年朱陸異同之辨，而入徽國之室，操矛以伐徽國者也。學問鏃鏃，與古爲新，豈得舉亭林、梨洲諸君子而概以掩之乎？焦理堂作《西河集序》，僅以開始之功歸之，《揅經室集・西河全集序》實雕菰手筆，見"鄦齋叢書”《理堂先生佚文》中。固云皮相，即洪良品駁正全謝山《論西河》諸文，見洪《致袁忠節書》，在《于湖題襟集》中，洪文惜未之見。恐亦考訂名物而已。於毛氏精神命脈所在，未之或見也。毛氏既以朱子之學反害朱子，遞嬗三百年，考證之言滿天下，學者窮而思變，通經學古如焦理堂，亦謂時人折宋申漢，其弊足賊人心而害經學，見《與阮芸台論易書》，録《且朴齋題跋》中，亦雕菰軼文，而“鄦齋叢書”所未及收者。重以遭時多難，世奮於武，言經世者失學而遁於朱子，其恣肆如孫芝房、姚石甫之流，皆以漢學爲詬厲，高心空腹，朱子固且以斥陳同甫者斥之耳。然世人遂知宋學於講章語録而外，别有挾策横議之學。後來永嘉之由晦而顯，蓋濫觴於是矣。東塾駿作粤中，不以時人託朱子以自重者尊朱子，而以西河之所以斥朱子者歸功於朱子，以爲凡考證之譏朱子，皆數典而忘其祖者也。援漢入宋，猶夫亭林“經學即理學”之意，而識力勝於方氏之作商兑矣。豈以二人者尚不足賓四所耶？乃無一字及之，不已略乎！

賓四論學與余合者固多，而大端違異。其勇於獻疑發難，耳後生風，鼻頭出火，直是伯才，豈敢援憨山信不信以爲説，要歸於不相非薄不相師而已。今則譬之無米而炊，不得不就此一章毛舉細故，賓四將笑吾爲窘耶！又此章於梁氏《概論》稱引頗繁，其非“經學即理學”一語，亦自梁書來。然梁氏忍俊不禁，流爲臆斷，李詳所駁，雖其細已甚，足徵梁書於名物之末，疎漏亦彌復可驚。賓四佳人，乃亦耽此耶？略憶此書前八章亦專言經子，不及文史，控名責實，豈屏之不得與於國學，抑張皇補苴，而有所未備耶？顧此所云云，特初稿如是，今定本當已有所增改耶。賓四日進無疆，而余執不全之本，未是之稿，以定賓四之所新得，於是乎不足以盡賓四矣。雖然，苟徵之鄙説而不期以合，則予與賓四冥契於無言之表，方且誦杜陵“吾宗老孫子”之語，而相視以笑，莫逆於心也。宗人基博謹序。十九年七月。

（原刊於《國學概論》，錢穆著，商務印書館，1931 年出版）

《簫心劍氣樓詩存》序

僕孫氏之所自出。外兄弟二十二人，獨頌陀與余論文相契，自余成童，以逮今日，逾二十年無間。頌陀好爲詩，每有作，必以示，顧余不能詩，無以酬也。頌陀于余五年以長，將五十矣。頃寫定所爲詩，凡若干篇，曰《簫心劍氣樓詩存》。意若有不歉然，曰："君視余之詩則何如？顧得一言以爲論定。"竊見近世之稱詩者，多誦西江，其不然者，高譚盛唐。然而誦西江者，以生澀爲奥峭，而不知弓燥固貴手柔；言盛唐者，以庸膚爲高亮，而不知大含尤蘄細入。斯誠詩道之窮，莫若捄以清新。清則不澀，新則不膚，而君之詩渾脱瀏亮，壹若有意于是，異軍突起，不逐時賢，拔幟易幟，必先登矣。然而清新之過，其敝爲滑易，袁枚是也。誠以爲宋賢黄山谷、陳后山之前，先以宛陵梅聖俞、荆公王安石，由淒惋出清新，斯不涉於傾瀉。唐賢李杜而外，饒以右丞王維、孟氏浩然，由清新得深遠，乃不失之寒儉，工而入微，迹象渾然，斯固異日君詩境之所必至，而期之於深造而自有得者也。以僕今日，寧足以闚君之所至；獨僕不能詩，而欲以論定君之詩，世必有以爲口實者。昔蘇明允譏孫武著書論兵，而用兵乃不能必克，然而十三篇之書，奇權密機，世稱論兵之雄焉。則尤何譏于僕之不能工爲詩而以序君之詩也。愚表弟錢基博。

（原刊於《簫心劍氣樓詩存》，1931 年 1 月 26 日、27 日）

《續刻復堂日記》序

仁和譚獻《復堂日記》，舊刻八卷，入《半厂叢書》。而薇生姊氏適譚，因蒐家藏，得所未刊，汰蕪存英，爲輯《補録》一卷，《續録》一卷。補録者，讓清光緒十七年辛卯以前之所刊餘也。續録者，辛卯以後之所嗣筆也。始事在民國五歲，寫定於今歲之春，孜兀十年，菁華已竭，而薇生疾以革矣。嘗索爲序其端，以最復堂學術文章之凡，卒卒未暇以報也。尋而薇生長逝，化爲異物，音徽未沬，其人已亡，以此思哀，哀可知已。宿諾久不償，人將謂我死友也。故叙其梗概，追酬其旨。

以吾觀於復堂，就學術論，經義治事，蘄嚮在西京，揚常州莊氏莊存與、述祖、綬甲，祖孫父子之學；類族辨物，究心於流别，承會稽章氏學誠之緒。惟《通義》徵信，多取《周官》古文，而譚氏宗尚，獨在《公羊》今學。蹊術攸同，意趣各寄。近人錢唐張爾田孟蘧箸爲《史微》一書，以公羊家言而宏宣章義，實與譚氏氣脈相通。譚氏論文章，以有用爲體，有餘爲詣，有我爲歸，不尚桐城方、姚之論，而主張胡承諾、章學誠之書，輔以容甫汪中、定厂龔自珍，於綺麗豐縟之中，存簡質清剛之制，取華落實，弗落唐以後窠臼，而先以不分駢散爲粗迹，爲回瀾。五十年來，遂成風氣，而餘杭章炳麟太炎應運起，以有大名。故其論文以澹雅爲宗，皈依晉宋，章炳麟文之所自出也。論詩以比興爲體，不喜黄山谷、陳后山，王闓運論之所略同也。至於誦説《公羊》，大言經世，則同闓運而不同炳麟。惟闓運以《公羊》言禮制，近接凌曉樓曙之波，而譚氏以《春秋》衍陰陽，遠承董仲舒之學。斯則學術文章之大較，可徵見於《日記》者也。若使墨翟之言有徵，宣室之談無爽，巫陽可招，魂兮來歸，莫逆一笑，期於夢寐遇之。時在中華人民造國之十又九年十月十六日，是則吾薇生既逝之七十有五日也。無錫錢基博。

（原刊於《南通報附刊》第十三號，1931年3月23日）

《無錫國學專修學校校友會集刊第一輯》序

我無錫國學專修學校校友何君芸孫寫次《校友會集刊》既定，其類簒，有述學以商量舊學，有文苑以陶寫性情，有雜綴以蒐拾瑣聞，有特載以罔羅校故，宏纖畢舉，有倫有脊。而其簒人則有先生、有弟子，弟子有肄業而在校者，有畢業而出校者，聲應氣求，萃諸一編。屬基博爲導揚其意曰：於戲！輓近士夫相矜以華侈相尚，以著述内之不足而外是鶩，論學以爲標榜之具，譚道以供干澤之資，而卒之無裨於問學，有害於士習。庠序之中，叢刊蜂出，其上者博文祇以溺志，其下者鈔書媲於胥史，取非其有，律同盜賊，猶復工於掩著，自詡己出。有識私歎以爲大厲，其幾動於好名之私，其害中於心術之微。《詩》云："予懷明德，不大聲以色。"子曰："聲色之於以化民，末也。"世之君子，大聲以色，著書等身，而中心藪慝。其書愈多，其名愈盛，其壞風俗敗國家愈甚。而舉世崇爲士宗，後生胥以風靡，獵瑣文而忘大誼，矜多聞而遺躬行，問學盡於記誦，讀書以爲譁炫。昔子思作《中庸》，引《詩》"衣錦尚絅"，惡其文之著也，而以爲："君子之道，闇然而日章；小人之道，的然而日亡。"於戲！吾見今之爲學者，德不足以潤身，學不能以化性，明德非歆，高名唯歆，孰則謹“闇然”、“的然”之辨，懔“日章”、“日亡”之幾，而歌詩人“尚絅”之什，以致誠於文之著者乎？古之君子，唯文之著是惡；世之君子，以文之著自矜。則甚矣異乎吾所聞！異乎吾所聞，我校長唐蔚老敻識高行，獨不蔽於俗，宏宣國學，壹以宋儒程朱爲宗，豈非疾世之譁囂多以文學炫寵而欲救枉以返諸正耶？伯爾同學，受躬行之教，文莫猶人，當以自警，豈徒訓詁詞章！置身著作之林，而詡然以爲無忝師訓，將以徵見於是編也哉！吾知唐先生矯一世之枉，敦樸化澆，以劘切諸生者蓋有在。進於此者也，敢推本其意以爲詔告焉！

中華人民造國之二十年五月二十八日，無錫錢基博。

（原刊於《無錫國學專修學校校友會集刊》第1輯，1931年6月出版）

《上海倪王家乘》叙記

上海王寶崙既秉宗老澍增、錫增之命，以托家乘於無錫錢基博，而基博則以知待之厚也，不敢辭，輒爲整比譜牒，撰次故事，凡五門，曰：世系表第一，世譜第二，傳誌第三，文獻第四，族約第五。寶崙訖讀作曰：吾家自明以前不可得而考，於明晚季有倪公愛泉者始由無錫僑上海焉，是爲别子之祖。而其仲子雲美公實承父志，以啓後於上海，繼别之宗也。夫倪公愛泉不忍於其子，以托其友；而雲美公不貪爲人後，以祀其父。愛泉之慈子也周，雲美之承父也孝。志事不同，敦仁一也。傳世數十，三百餘年，其間得廁君筆者，男謹孝友，女極貞順。世竺其行，罔有敗德，勤生劭業，服賈力穡，非其有不取，非其力不食，不見利而悖親，不惰公以自恤，雖無聞人顯德焜耀簡編，而信庸言、謹庸行，信足模楷人倫，垂範方來者矣。嗚戲！自古聲施及四海而不檢於内行，功名蓋一世而致玷於倫紀，君子譏本實之先撥，它何稱焉？此吾王氏所爲不以彼易此也。余少爲商人，顓愚不學，儻毋墮前徽以遺羞我前人，雖萬鍾何加焉！此寶崙所爲以自勖，并以勖子姓者也。自寶崙之幼少，即沈毅不爲物誘，能薄飲食、忍耆欲、節衣服，寫楹語曰“布衣菜飯，天理人情”，以自刻勉。傭於錢店，劭作業而不廢學問。商學會者，蓋寶崘會同志之所創起，以振商學而濬商智者也。第一、第二兩義務小學堂者，蓋寶崘受同志之所委辦，以教窮乏而正養蒙者也。

嘗與籌辦商團而作則於厥躬，晨四五時即起，起則取冷水盥面，擦所用火槍，緻緻有光，而扛諸肩徒步行四五里赴操所，如是以爲常。未嘗一日勞僕從坐街車也。既以勤信見任於時，益自厲以“公忠”，曰“公則無私，忠則竭力”。奮自樹立，糾資金，闢銀行，榜曰“正利”。集語爲聯，曰“正誼明道，利用厚生”，以明志也。五年之間贏利鉅萬。既睹世難未已，成功者退，止營業，歸資金而與投資者子母相權，什而贏二三焉。論者以爲難，可謂繩其祖武以無忝於前人者也。生平燕居坐論，每致憫歎世人之逐役於利，而不能自拯性命於形骸之内也。遂偕妻子皈奉天主教，而與長子述之則爲前路之導焉。曰：“今而後，吾父子身心永得皈依，不墜昏冥矣乎！”乃圖己端躬植立翹首默禱之象，蓋祈天永命、誠壹不貳有如此也！儻所謂“用志不紛，迺凝於神”者耶！顧終身慕父母，雖歿，起敬起孝，圖爲父母中坐而己與長子述之長跪左右，若有提命之狀。顔其額曰：善繼所以教孝也。將遣述之以赴學英倫，手書一紙曰：常念祖國，保重身體。持其一端而命述之持又一端，撮影以詔毋忘。曰常念祖國，斯見異而不遷其思；善葆厥躬，斯謹疾而無戚於余行矣。勖哉！毋父母詒罹，既間月則致以書，長者不下萬言，短亦數千言，語重心長，諄復而不已。其大指謂，吾人必自捄而後可以捄國，自捄者竺志於學，行己有耻是也。今日中國之大患，在一國之庸愚者，盡人不能自捄而待捄於人，尤在一國之材賢者盡人不圖自捄而拯捄於人。然天下寧有不圖自捄之人而捄人能有濟者，亦寧有盡人奮圖自捄之國而國猶不捄者。誠竊以爲生今之世，由今之道，自捄爲上，捄國次之。蓋國之學者，方人人捄國自任，發揚蹈厲，而或駑不進於學，故有慨乎其言之也。其次子曰序之者，稚年就傅，未足語大道，而所爲勖厲，以自捄捄國之指者大率稱是焉。嘗誥群從子弟曰：吾所欲昭祖訓以佑啓我後人者，曰孝友於家、勤勞於外、必敬所事、毋貪非有，如是而已。吾祖德之懿在此，吾所以垂昭世世子孫者亦在此。雖然，寶崘猶有進焉。寶崘之言曰：“人不可一日不食，即不可一日不事，事天職之攸在則然也。曹子建云：‘禽視鳥息，終於白首，此徒圈牢之養物。’”署所居廳事曰“天職”以自警也。又曰：“教子者，天職之最不可曠者也。然吾所爲致謹於教子者，匪徒私其子之爲孝子順孫也。抑知吾子者，國家之一民，吾之所不得私而不可不教之以效能於國家焉爾。儻子而材也，徒以吾之不教而處材不材之間焉，其甚者，或爲國家之僇民焉，則是以吾之墮職於爲父而戕國民之秀傑者也。吾罪大矣！是故侈費以自奉所不敢出也，豐財以教子，則亦不敢已也。”又曰：“中國人好以多子爲祝，然多子而不材也，則所以致損於國家者何算？中國之久不振，寧曰人民之寡，抑亦繁庶姓而婾不事事者之多也。與其多子而失教也，何如節育以寡子也。願吾世世子孫之知合男女爲好會者，寧徒曰縱慾娛戲而可不致謹也。吾且重言以申之曰：凡育子者，不可不知父之天職。苟育子則必知教，不知教則寧不育。”又曰：“多子則教有不周，庶妾則育有難節。納妾者，國人之所不禁，吾之所大戒也。吾見妻之賢者什五，而妾之賢者百一。人之嬖妾也甚於妻，而妾之驕縱也什伯於妻，予取予求，猶若不當意，而日長其侈心，或孕禍於胎教焉。於戲！妾出之子，罔克其家理也，亦勢也。夫好納妾之家，繼世興者吾見亦罕矣。”又曰：“好狎妓則歡幸不可好之色，以滋淫疾，禍種姓；好博進則妄希不當得之財，以長倖心、喪所守；好飲酒則沈湎無不醉之藥，以恣誕狂、迷厥性。三者有一於此，罔不凶於而家、害於而身。凡所欲云，皆吾更歷世艱之所必欲一吐，而詔子孫於世世，補祖訓之莫逮者也。自愧不能文，惟吾子有以達其意，世世子孫感且不朽。”基博於是聽其言而察其行，謹爲之潤厥辭，詔後來云。

（選自《上海倪王家乘》，作於1925年8月）

《常熟狄氏家譜》序録

狄氏之先，出於黄帝，爲姬姓。羅泌《路史》後紀、疏仡紀、黄帝紀上。至周文王封少子於狄城，遂以國爲氏焉。或言成王封母弟孝伯於狄城。林寶《元和姓纂》、鄭樵《通志・氏族略》。其地在今山西吉縣也。《通志・氏族略》曰："狄城其地在今慈州。"按：宋慈州隸河東路，領吉鄉縣，於前清爲吉州，入民國改縣也。其後有魯大夫狄虒彌。《元和姓纂》、《通志・氏族略》。而衛人有狄黑字哲者，《孔子家語》云："狄黑字哲之，一作子晳。"依仁遊藝，受業孔子，而以與於七十子之末，名見太史公《仲尼弟子列傳》。

漢武帝大興兵伐匈奴，百姓不安其生，騷動，而博士狄山以直節顯。於是張湯爲御史大夫，承上指，深文言利，自公卿以下，至於庶人，咸指湯，湯益尊任，湯嘗病，天子至自視病，其隆貴如此。匈奴來請和親，群臣議上前，博士狄山曰："和親便。"上問其便，山曰："兵者凶器，未易數動。高帝欲伐匈奴，大困平城，乃遂結和親。孝惠、高后時，天下安樂。及孝文帝欲事匈奴，北邊蕭然苦兵矣。孝景時，吴、楚七國反，景帝往來兩宫間，寒心者數月。吴、楚已破，竟景帝不言兵，天下富實。今自陛下舉兵擊匈奴，中國以空虚，邊民大困貧。由此觀之，不如和親。"上問湯，湯曰："此愚儒，無知。”狄山曰：“臣固愚忠，若御史大夫湯乃詐忠。若湯之治淮南、江都，以深文痛詆諸侯，别疏骨肉，使蕃臣不自安。臣固知湯之爲詐忠。”於是上作色曰：“吾使生居一郡，能無使虜入盜乎?”曰：“不能。”曰：“居一縣?”對曰：“不能。”復曰：“居一障間?”山自度辯窮且下吏。曰：“能。”於是上遣山乘鄣。至月餘，匈奴斬山頭而去。自是以後，群臣震慴，無敢忤湯者。湯爲御史大夫七歲敗，而山則身死而名顯。山爲狄黑裔孫，世居天水。

其後有後秦樂平侯伯支者，有孫曰恭，居太原，是爲太原狄氏之始祖也。恭生湛，東魏帳内正都督，封臨邑子。迄唐之初，有狄孝緒者，爲湛之孫也。貞觀中尚書左丞，封臨潁男。有丈夫子三人：知儉，江陰令；知本，誉州司馬；知遜，越州刺史，累轉夔州大都督府長史。奕世仕宦以有内史贈文昌右相，謚文惠，追封梁國公名仁傑字懷英者，是則知遜之子也。親兄弟五人，而仁傑爲長，弟仁貞、仁節、仁恪、仁矩，皆不仕，獨仁傑顯，知人善任，使出將入相。值武則天稱制之日，中宗、睿宗相繼廢，改國號曰周，能以微言相感動，匡復中宗，有功唐社稷，其事迹具《唐書》本傳，其家世見《宰相世系表》。子三人，光嗣、光遠、光昭。光嗣聖曆初爲司府丞，則天令宰相各舉尚書郎一人，仁傑乃薦光嗣，拜地官員外郎，蒞事稱職，則天喜曰：“祁奚内舉，果得其人。”歷淄、許、貝三州刺史，母喪，奪爲太府少卿，固讓。睿宗嘉其誠，許之。累轉揚州大都督府長史，以罪貶歙州别駕。孫博通，曾孫玄範，皆微不仕。光遠亦名景暉，官魏州司功參軍，貪暴爲虐，初仁傑爲魏州刺史，人吏爲立生祠，至是怒景暉之政，因共毁其父祠，家聲隕替。既而有兼謨字汝諧者，於仁傑爲族曾孫，而祖郊、父邁，仕官皆微。兼謨，元和末，及進士第，解褐襄陽府推官，剛正有仁傑風，使府知名，憲宗召爲左拾遺；文宗朝，累遷御史中丞。謝日，文宗顧謂之曰：“御史台朝廷綱紀，畏忌顧望，則綱紀廢矣。卿梁公後，自有家法。”兼謨謝曰：“朝法或未得中，臣固悉心彈奏。”歷兵部侍郎、檢校工部尚書、太原尹，充河東節度使，還爲尚書左丞，位兼將相，《唐書》有傳，蓋與梁公稱濟美云。自是狄氏崇名德以稱宗祖，必曰出梁公。獨宋樞密使青不然。

青，字漢臣，汾州西河人。仁宗朝，以善騎射起家騎御馬直，征夏元昊，爲三班差使殿侍延州指使。每出，常爲軍鋒；臨敵，被髮帶銅面具，出入賊中，皆披靡，莫敢當。范仲淹爲經略使，一見奇之，而授以《左氏春秋》，曰：“將不知古今，匹夫勇爾。”青折節讀書，悉通秦漢以來將帥兵法。由是益知名，累官樞密使、同中書門下平章事，卒贈中書令，謚武襄，爲宋名將。西威元昊，南滅儂智高。在樞密四年，每出，士卒輒指目以相矜誇。而爲人慎密寡言，其計事必審中機會而後發。行師，先正部伍，明賞罰，與士卒同飢寒勞苦，雖敵猝犯，無一士敢後先者。子咨、詠，並爲閤門使，詠有戰功。熙寧元年，神宗考次近世將帥，以青起行伍而名動夷夏，深沈有智略，能以畏慎保全終始，慨然思之，諂上父遺書《平蠻記》及《戰陣圖》，乃命取青畫象入禁中，御制祭文，遣使賫中牢祠其家。青奮行伍十餘年而貴，人有以爲梁公後者，則謝曰：“某武人不知自出，偶遭時會，以竊高位，安敢忝大賢以爲宗祖!”然而梁公之相業，及青之將略，媲美於兩代，狄氏之望莫隆焉。

先是，有狄棐字輔之者，潭州長沙人，真宗朝舉進士甲科，累官樞密直學士。有狄國賓者，梁公之後，分梁公告身與棐，棐奏録國賓一官，而自稱梁公十四世孫。其用心蓋與青不侔矣。然而廉直有節概，爲名臣，與青並《宋史》有傳。棐子遵度、遵禮。遵度，字元規，少穎悟，篤志於學，每讀書，意有所得，即仰屋瞪視，人呼之，弗聞也。少舉進士，一斥於有司，恥不復爲；以父任爲襄縣主簿，居數月，棄去。好爲古文，著《春秋雜説》，多所發明。嘗患時學靡敝，作《擬皇太子册文》、《除侍御史制》、《裴晉公傳》，人多稱之。尤嗜杜甫詩，嘗讃其集。一夕夢見甫，爲誦世所未見詩，及覺，纔記十餘字，遵度足成之，爲《佳城篇》。後數月卒，有集十二卷。遵禮，字子安，試秘書省，歷知通州，所至有能聲，七遷爲尚書駕部郎，改朝議大夫。致仕，政事文學，兄弟競爽，迭用短長，亦無懵焉。狄栗者，字孟章，棐之弟也。亦以廉直有聲，知穀城，民多豪猾，一切繩以法。歲飢米貴，發常平倉以賑，未及報可，有司劾其擅，仁宗特旨原焉。歷官大理寺丞，歐陽修蓋稱之曰廉吏，而於棐爲難弟云。

稍後有狄燠者，字子炎，自名梁公十五世孫，而好吟詩，寄居南嶽，以林泉自適，蓋高士也。元朝以異族入主諸夏，而狄氏無仕宦有聞者。江南狄氏，溧陽爲大，云出梁公後。入明有行誼，焯焯著見者，就所睹記，得三人焉。曰狄沖，循吏；曰狄斯彬，直臣；曰狄呈祥，孝子。沖、斯彬，皆嘉靖進士。沖字仲虛，官獨山知州，時阿得獅子仇殺温酋，酋奴告變，詔命撫臣治，下獨山，將窮誅。沖命人往覘，無叛意，因單騎往撫，衆皆羅拜。事定，擢南工部郎中；卒官，檢其稿，惟半月俸錢，有《春溪詩集》。斯彬，官御史，劾中官杜泰，得罪，謫邊方雜職。呈祥，字際泰，年輩視沖、斯彬爲後，而性至孝。父病，思食鴨，及進鴨，病甚不能食，因終身不忍食鴨。交遊徧海内，焦竑、湯賓尹、鍾惺等爲最著。明三百年有天下，狄氏未有殊尤絶特之貴位。而忠臣孝子，萃於一姓；直諒子易，差不落莫矣。

常熟狄氏，云自明亡，爲溧陽之旁出，而奉嚴爲始遷之祖；循奉嚴而上，蓋無可考者。其九世孫梁孫睹僕所爲《上海倪王家乘》，以爲通知古今，有義法，屬爲《常熟狄氏譜》。余讀《歐陽文忠集》有《歐陽氏譜圖》，其《叙録》遠推廬陵之歐陽，出漢之渤海，而《譜圖》則斷自南齊之景達。《蘇明允集》有《蘇氏族譜》，爲《後録》推眉州之蘇，遠出東漢之趙郡，而《族譜》則斷自五代之釿，爲明允高祖，闕所不知，蓋慎之也。

常熟狄氏，著其出於溧陽，而譜以始遷之奉嚴爲斷。信以傳信，疑以傳疑，蓋《春秋》之義，亦歐蘇之譜法則爾也。因篹次《世系圖》、《世表》合一卷。九世以上，女附父見，不以世次與子爲列；而九世以下，則女不附父見，亦以世次列於子後者。以女子繼承，明著律文，例不得不以義起也。昔孔子論夏殷之禮，每致嘅於文獻之不足，無徵不信，有書可據。於是别輯其人行誼之見邑志及近人文集者，爲《獻存録》一卷，至雜記、書牘之有關族故者，則輯爲《文存録》一卷。《文存録》以當書志掌故，《獻存録》以當世家列傳。庶幾詳略互見而以補《世系》、《圖表》之所不著，而《文存録》以先於《獻存録》者，亦史家先書志而後列傳之意也。然後冠之以《歷代容象圖》，以興起如在之慕；次之以《歷代塋墓圖》，以杜絶侵佔之患。蘇明允不云乎："觀吾之譜者，孝弟之心，可以油然而生已。"昔王荆公爲《許氏世譜》，歸熙甫爲《夏氏世譜》，咸叙自古帝王得姓以及分封受氏。歷代名人見於史册者，蒐録以冠於篇焉。所以明祖德，詔聿修，繼繼繩繩，敬戒不怠。於是綜叙狄氏得姓以來，著見載籍，自有名字者，都三十四人。其中見正史者二十七人，周有狄黑，漢有狄山，後秦有狄伯支、狄恭東，魏有狄湛，唐有狄孝緒、狄知儉、狄知本、狄知遜、狄仁傑、狄仁貞、狄仁節、狄仁愒、狄仁矩、狄光嗣、狄光遠、狄光昭、狄博通、狄玄範、狄郊、狄邁、狄兼謨，宋有狄棐、狄遵度、狄青、狄諮、狄詠，其爲人則自[1]德行文學，有名將相，有直臣，有循吏，有孝子，有高士，百行悉備，著於篇，以詔其子姓，世世萬子孫毋忘，毋或數典而忘其祖，以詒厥前人羞。中華人民造國之二十年五月十七日，無錫錢基博叙。

（原刊於《南通報·文藝附刊》第43號、44號，
1931年8月16日、21日）

① 疑“自”爲“有”之譌。

《無錫國專作文會考程文》叙目

叙目一

審勢　俞振楣

其二　張逸仙

審敵　許　實

昔蘇老泉撰《幾策》二篇，曰“審勢”，曰“審敵”。用“審”同，而所以用“審”則異。勢者，可據之在我者也；敵者，情僞之在彼者也。夫可據之在我者審，斯善敗救敝不予人以可，而情僞之在彼者審，則蹈瑕掎吭能伺人之可乘。孫子曰：“知彼知己，百戰不殆。不知彼而知己，一勝一負。不知彼，不知己，每戰必敗。”審者所以知也。寇深矣，而少年跳踉，老成遲回；抗日無力，諉託於鎮静；愛國無心，益長其虚憍；客氣用事，再衰三竭；其幾徵於不審，其根在於不誠。吾聞之：無報人之志而令人疑之，拙也；有報人之意使人知之，殆也；事未發而先聞，危也。三者，舉事之大患。三患，子貢告越王句踐語，見《仲尼弟子列傳》。而重之以不審，盲人瞎馬，夜半深池，心所謂危。拈此二題，然而知所審者鮮矣！遊談不根，浮烟漲墨，擇其差近似者，以布同學。戒之戒之！慎三患，謹二審，毋侈爾口而密汝心。中華人民造國之二十年十月，無錫錢基博記。

（原刊於《南通報·文藝附刊》，1931年11月1日）

敘目二

章學誠於清學之關係論	孫伯寅
其二	郭則瀜
其三	繆文逵
其四	郭則清
其五	吴毓麟
記事者必提要纂言者必鉤其玄近代作者孰能得其樞要論	向長庚

於戲！文章之利鈍，其大端可得而言也。昔桐城方植之先生嘗最朱子之論文所忌者，曰意凡思緩，曰軟弱，曰没緊要，曰辭一直無餘，曰絮，說理要精細，却不要絮。曰晦昧，曰輕，曰冗，曰薄。語見《昭昧詹言》，而博則以文之體格有四：曰起，曰直，曰落，曰轉。而籀其所宜，曰：起，貴勇猛；直宜明快；落須遲重；轉欲屈折。起勇猛，則無意凡思緩之病。直明快，則無絮冗晦昧之病。落遲重，則無輕與薄之病。轉屈折，則無軟弱與没緊要之病；而加之以有頓挫，有洄瀾。未轉接之前，有往必收，無垂不縮，則無辭意一直之病。文章至極之境，非可驟喻。而可得言者，如是而已。譬之病焉，朱子斷其診候，而吾則薦以方藥也。觀於諸生之作，孰則不絮不冗，不輕薄，不晦昧，不凡緩與軟弱，不一直無餘者乎？謹選其差近似者以爲程文焉。近己而俗變相類，庶乎其有會也，何必上古！中華人民造國之二十年四月，無錫錢基博記。

（原刊於《南通報·文藝附刊》，1931年11月7日）

《念劬廬叢刻》序

《念劬廬叢刻》者，吾亡友徐君薇生舊所鈔輯清賢秘帙佳著，曰：亳梁聞山先生瓛《評書帖》一卷，黎平朱焕文總兵洪章撰《從戎紀略》一卷，濟寧孫萊山尚書毓汶撰《遲庵集杜詩》一卷，仁和譚仲修大令獻撰《復堂董子定本》一卷、《復堂詩續》一卷、《復堂日記補録》一卷、《復堂日記續録》一卷、《復堂喻子書》一卷，凡八種。而大令之書過半焉。君之姊氏，蓋歸大令次公曰紫鎏者，君因得盡讀大令遺書。大令舊刻《半厂叢書》，傳布人間，而君所搜鈔都未刊稿，其中零編散帙，叢殘不可以爬梳，自其家人子婦視之，胥紙簏中物爾，唯君董而理之以克有成書，則是大令將墜之緒，待君以不墜也。

余既狀君學行之大以播於世，而於君學問之所自出，則未能以箸一辭。竊觀君爲文章自然高雅，不爲雕藻，而又脱盡桐城畦封；其學則始於校讐，終於經世；又喜譚子史流別之學，而不斷斷於訓詁詞章之末。默窺其微，蓋多得之譚氏，而自出以變化者。獨君樸學闇修，不事表襮，生平持論，每引南皮相國“刊布古人書，勝於自著書、自刻集”之説，而以叢刻有志未逮爲憾。逮君之歿，吾師許彝定夫子特貽國幣伍拾枚以刊君書，而唐蔚芝前輩尤以未知君爲恨，亦貽伍拾枚以將意，其外甥秦君瑞延續以壹百伍拾枚，吴君士枚百枚，袁君曜青、張君士清各伍拾枚，予與予季孫卿亦各佐百枚，合得陸百伍拾枚，將次第布君所輯，而以叢刻爲前路之導云。蓋君之志也！時在中華民國紀元之二十年十月六日，同學弟錢基博。

（原刊於《念劬廬叢刻》，徐彦寬編，鉛印本，1931年出版）

《遼史紀事本末緒論》序

《遼史紀事本末緒論》爲南海譚叔裕先生遺著。先生，名宗浚，前清同治進士，授編修，回翔禁林。於光緒間，嘗典江蘇鄉試，吾邑唐蔚芝前輩出其門下，爲所知賞。睠師門之舊誼，把遺册以嚮往。而以基博粗治史學，屬爲論定。曰：太祖開國規模第一，太祖諸弟謀逆第二，人皇王歸唐第三，石晉立廢始末第四，世宗即位被弒第五，穆宗荒淫第六，與宋連和第七，聖宗善政第八，高麗叛服第九，蕭后專政第十，太叔重元謀逆第十一，伊遜擅政第十二，西夏叛服第十三，藩部叛服第十四，遼亡第十五，西遼始末第十六，凡十六篇，而卒以自序。歷寫諸篇，各叙其意，則仿史公《自序》、《漢書》叙傳之例，遂不揣而序於端。

昔唐劉知幾叙述史例以作《史通》，首列六家，總歸二體：一曰編年，二曰紀傳。古之史策，編年而已；司馬遷作《史記》，遂有紀傳一體。然紀傳之法，或一事而複見數篇；編年之法，又一事而隔越數卷。至宋袁樞以《通鑑》舊文，每事爲篇，各排比其次第而詳叙其始終，命曰《紀事本末》，則又於二體之外，自命一格。其後明陳邦瞻有《宋史紀事本末》、《元史紀事本末》，清谷應泰有《明史紀事本末》，屬辭比事，以續袁樞。文省於紀傳，事豁於編年，於是附庸蔚爲大國。文章之道，與時變通，夫紀事本末，所以通紀傳之窮，而紀傳昉自太史公，限以篇終，必有贊論，諸史因之，一成不變。然任氣倜儻，解散辭體，辨正然否，未有用對偶者。獨唐修《晉書》，出以儷辭爾，遂爲史家所不貴。然稽其作者，一時史官如令狐德棻等，亡慮皆唐代詞人，研精晉故，制句切響，華實相扶，而於抽黄對白之中，灝氣卷舒，有縱横之意，健筆凌雲，何減太史公論贊哉！而賤之也。袁、陳兩家爲紀事，不綴論贊，無亦據事具文，善惡自見紀傳之中，亦有《元史》，不始袁、陳，獨谷氏爲《明史紀事》，每一事訖，各附論斷。仿袁樞本末之體，而用太史贊論之法，事出沈思，義歸翰藻，駢偶行文，又依《晉書》，例不拘於尋常，詞難繩以一律，而遣詞抑揚，隸事精切，敷述昭情，善入史體，曲折詳盡，亦文章之絶足也。

迄三百年，未有繼軌，獨先生此作，融貫遼史，自抒偉論，鼓其雄辭，誇其儷事，詞氣鏗訇，極吞吐往復參差離合之致，錯綜以見意，曲折以生恣，英規勝範，信足陵谷紀而追《晉書》。

史家二體，劉知幾之所論定，以叙事言之也。而博則謂史家論贊，亦有二體，以行文言之也。大抵太史公書以散文，《晉書》贊論以儷體，散文滌暢，易以盡意；而儷體拘攣，病於不盡。然史公頓挫往復，言外見意，獨以不盡見含蓄，而《晉書》跌宕昭彰，妍裹發勁，又以能盡徵雄肆，此在能者，何所不可。而目論之士，必右史公，先生儷體行文，無傷逸氣，變化自如，獨追高躅，體大而思精，筆勢放縱，所謂天下之奇作。其中合者往往不減《過秦論》，浩浩落落，良可誦也。上元梅曾亮伯言少好爲駢體文，其友管同異之謂之曰："使有孟、荀、莊周、司馬遷之意，來如雲興，聚如車屯，則雖百徐庾之詞，不足以盡其一意。"然唐張燕公，文章大筆，獨稱庾信，以爲筆涌江山，文驕雲雨，下筆有神，控物自富，何病於雲興車屯，而意或有不慊。觀於先生爲書，詞惟閎麗，遠祧史班，獨宗徐庾，體閎而義密，事核而詞達，離合變化，其文清嚴而工篤，磊落多而感慨，然則來如雲興，聚如車屯，意之所到而筆隨焉。寧有所不足於先生之文哉！陳氏爲紀事，題曰《宋史》，而兼及遼金兩朝，不以宋爲限斷。先生撰次《遼紀》，未知視陳氏異同何如，獨論則陳氏有未逮，而讀姚姬傳《論文答徐季疋書》，謂圈點啓發人意，愈解説，因爲點定，以發其意云。時在中華人民造國之二十年十二月二十四日，無錫後學錢基博謹序。

（原刊於《南通報·文藝附刊》）

《章梅先文稿》序

並世爲古文者，吾於諸暨得兩人焉，其尤著者曰蔣觀雲先生智由，蓋其地靈之所毓也。諸暨瀕浙江而東當其勢之漩洄而未肆，厥水清激，厥山峻，其鍾於人，則爲矜氣誼、尚然諾。發而爲文章，縈紆旋折而或不免刻削，其音清以厲，其筆拗以怒，然而矜慎不肆，如睹古貞介士，吾未嘗不祇徊其人其文而誦慕焉。而吾友章君梅先之文不然，不囿於地，無競於人，其取勢平遠坦迤而不刻畫，又歷境屯厄危苦而不憔殺條達，疏暢如履康莊，若與其山川之氣不類，而後知吾梅先之所造更有地靈不足以毓之者，不尤夐乎遠哉！

梅先自少隨宦江右。父奉新君既卒官，梅先年未二十。奉新君仁民而約己，爲宰官無以長子孫。梅先孤子拄撐，幾無以奉母，卒能績學有文，以自振於久瘁。其議論不主故常，文章逸發，貴於獨抒己見，不屑屑立間架而自然合度，往復頓折，亦時有感概激發而不爲巉刻斬絶之言。其叙事神明變化，出以部勒而綜挈尤有法，其宗人一山太史梫蓋激賞之爲文章日益有名矣！

蔡君松如，吾邑之端人也。吾之獲交於梅先也，松如實介之。松如爲人，俯仰中禮，縝密寡言笑，而余則好議論臧否人，時若有不檢。瞻對松如，輒用自慙，而梅先親之若一。又以余粗解文章，索一言以爲論定。余謂梅先之文與觀雲先生蹊逕不同，而要皆卓然有以自樹立：觀雲清言遒筆，如峻峰絶壑，氣韻標舉；梅先緩節優致，如平林遠樹，襟度沖夷，雖未臻於雄奇萬變，而一清一夷，盱衡當代，未有能先之矣！時在壬申之初秋，無錫錢基博叙於精忠柏石室之北户。

（選自《潛盧集》，作於1932年8月）

《一柳艸堂文稿》序

右《一柳艸堂文稿》一卷，臧雪樓先生所著。中多碑傳雜記之文，層累曲折，所病在言之太盡，不如惜抱翁之簡雋；而又控之無力，亦遜曾太傅之雄矯。然意度安閒，不作色張之，而纖悉委備，取舍廉肉不失法，求之古人，蓋欲取逕望溪而以上闚南豐者乎？四言堅卓，彌徵功力，則又望溪之所不及者矣！世論方、姚駢稱，與之爲亡町畦。其實方學南豐，醇實而不足於神明，而姚則追永叔，簡澹而饒有遠致，一安一逸，不欲爲肆同，而所以不爲肆則異。論者絶無分曉，固若是其班乎？僕耽治文章，自謂盡其利鈍，今讀先生之文而一發之。先生臧氏，名增慶，居於銅山，門有一柳樹，因以署其艸堂云。

（選自《潛盧集》，作於 1932 年 9 月）

《蘭言居遺稿》序

余婦於王也，女兄弟四人，而余婦次弟三。其伯姊繼室於榮，實爲茂材君子珍。迨余之婚，而茂材君既早世不禄，榮夫人又以寡嫌不與接，未嘗過從於厥家也。而家大人每爲言茂材君，蓋咏叔先生之猶子云。曰："先生則何如?"曰："先生貌癯而氣清，語言溫溫，不見鋒穎，而直方内蘊。其所爲經義，探孔孟之旨，窮六義之源，彬彬乎其有質而有文也。"以光緒二年丙子中進士第，授職工部都水司主事，寖仕宦有聲矣，而意忽忽不樂，曰："有母而不得事，胡浮沈一官也?"敝屣脱焉，而歸奉其母，怡怡作孺子色，未嘗有大人長者之容。如是者三年，而遽以死，未及有所彰施。嗚呼！吾鄉人之舉甲科，聲名寂寞而弗炫耀，栩栩焉以爲榮施所親者，惟先生爲然。余小子誌之不敢忘。

歲月遷流，忽忽三十年，提命在耳，小子不天不祐，而吾父棄養，墓木則既拱矣。榮夫人亦憂傷憔悴以死。少章兄者，榮夫人之小郎而茂材君之予季也，乃以從兄子俊之命而檢拾先生遺文，屬嚴子肖蘭彰刊之。顧或者以多律體詩賦爲嫌難，子俊疑焉，幸有以解之。余應之曰："何害！唐人以詩賦取士，而讀《文苑英華》及全唐詩文，掌選者未嘗擯詩賦之律體者不著録，其甚者或盈帙焉。韓昌黎文起八代之衰，談藝者依以揚聲，而應試《明水賦》、《顔子不貳過論》諸作，未嘗以爲干祿之文，而棄不入集。蘇東坡遊戲神通，文章自喜，而省試《刑賞忠厚之至論》亦爲人所傳誦。昔人不以爲嫌，何獨於先生而疑之。”嗚呼！吾見世有賢子孫重愛先人之手澤，往往破硯以爲拱璧，栝棬珍於鼎彝，低徊把玩，若不忍釋手，所重者固不在器也。而況言爲心聲，文爲心畫，吾先人精神笑貌所式憑焉，而不廑手澤之存者乎！雖片紙隻字，欲棄焉忍乎？獨少章未嘗以先生之文見眎，意者清和恬雅，有越俗之韻，其人其文，庶幾想像得之，而謹以惓念吾父之提命，誌之以告榮氏世世萬子孫毋忘，俾知先生之不以富貴易其親，雖亡老成人，尚有典型，其文章易幾，其篤行不可及也。惟子俊爲先生之象賢，孝友於家，潛德勿耀，蓋無忝於父風云。遂以復於少章而弁諸簡端。時在中華人民造國之二十二年十月二十九日，姻世愚姪錢基博謹序。

（原刊於《蘭言居遺稿》，榮光世著，1933 年出版）

《喪禮集要》序

丁梓仁先生以所纂《喪禮集要》屬爲論定，凡三卷，上焉曰《原經》，集録經記以明大法，立大本也；中焉曰《酌古》，執古之道以御今，有蘄於通經而致之用也；而殿之以《餘論》爲下卷。則委屈纖悉，從俗從宜，以補古經所未備也。其大指不外執經之要，酌時之宜，不背古聖人著作之精義，而有以得人情之安。仁義之人，其言藹如也。

顧或者張皇其辭，以爲非天子不議禮，而有位無德亦不敢作。丁君奮筆撰論，不免僭聖之嫌。博則解之曰："議禮與制禮異，制禮作樂，非有德有位之聖人不足以立大經大法，而議禮則吾儒通經服古者之所宜以自盡。"吾讀《小戴禮·檀弓》及《曾子問》，乃知古人於禮服講之悉而辯之明，如此則又何嫌於丁君也。

昔荀子撰《禮論》，以爲三年之喪，稱情而立文，而《小戴禮·問喪》一篇，纖屑委備，而卒之曰："孝子之志，人情之實，非從天降，非從地出。"孔子答宰我問短喪，曰："汝安則爲。"然則大聖人之所以議禮而服喪者，要本人情之不容已，而爲之立中制節，義儘宏大，事關性情，心同理同，放之四海更何事！張皇其辭，而以丁君爲重難也。

嗚呼！世衰俗弊，人心益偷。昔唐李義府以《不豫凶事而廢國恤》一篇，尚不盡泯惻隱之心，今則人人爲宰我之短喪，而託于夫子之"汝安則爲"，忍心害理。予欲無言，而讀丁君之書，語重心長，衹①徊往復，庶幾延垂絶之人紀，而維世道於不敝也夫！

中華人民造國之二十二年六月二十日，無錫錢基博謹序。

（原刊於《喪禮集要》，丁梓仁著，1933年出版）

① 衹，疑當爲"低"。

《無錫縣立初級中學五年概況》序

無錫縣立初級中學校長秦達軒先生輯其就職以來之所經畫爲《五年概況》一册，將以詔告於邑人父老而索博一言以爲徵信。觀於秦校長之治校也，事之大小罔不舉，屋之新故必以整，師生秩秩，咸熙有績。其在《書》曰“庶績咸熙”，秦校長有焉。繼今以往，秦校長弗懈益奮，久道化成，以善圖其後。此則邑人子弟之緟有休，而以博之朽駑，幸隨父老之後以觀化，與有榮施焉，姑書此以爲券。中華民國二十三年一月十二日，邑人錢基博謹序。

（原刊於《無錫縣立初級中學五年概況》，1934 年 1 月）

《麟洲叢稿》序

余年十五六，吾宗博學方聞以文章有名者，必推史才先生。其爲人儀表甚偉，巨脰短項，目上視，合相法所謂燕頷虎脰者。大腹垂垂，氣厚而性通。喜譚王伯大略，雜以詼笑，往往解人頤。而於漢學崇董仲舒，於宋儒憙陳亮。於時，天下士方閉户治舉子業，蕲得一當，而史才獨意若有不屑。年二十幾，中式光緒乙丑江南鄉試舉人。周歷秦晉燕豫，隨所至阨塞，即呼老兵退卒，詢曲折。歷主晉陽、河東、大梁、正誼、關中諸書院。抗論議，簡儀貌，與諸生爲亡町畦；而於吾邑顧祖禹氏《讀史方輿紀要》一書，口講指畫，壹本身歷，尤覘神解。

余少喜論兵，五經四子書畢，能爛誦孫武書十三篇，而貫串諸史，出以己所獨見。又讀陳亮《酌古論》而善之，每斆所爲，下筆纚纚不能以自休，於山川形勢險要、古今用兵戰守攻取成敗得失之迹，皆有折衷。睹諸老輩儒步雍容，動引聖人，何嘗不目笑存之，以爲無補世難，而曾不足以發吾胸中之奇。顧獨心折於史才，每過吾父，未嘗不侍側，聽議論之閎辨，仰瞻容貌之偉岸，不禁神軒色舉，嘅然想見古之豪傑。而史才長余三十歲以往，讀《新民叢報》載余所著《中國輿地大勢論》，拊掌嘉歎，引爲小友。俯仰數十年，曾無幾時，而史才長往作古人，睹陳根以絶哭。余亦鬢毛斑，而所懷不一攄，徒託爲儒生大言。

然史才再出，作令皖中。大吏欽其文章，歷任劇邑，皆世所稱膏腴地。而史才袖手以往，垂橐而歸，人笑爲拙宦，而史才意氣不衰，文史娱嬉，破屋三間，伏案吟嘯，聲往往出户外。顧苦貧，年七十許，頭顱雪白，飢驅南北，筆耕舌耨，用給饘粥，而時移勢易，主者或以老儒迂濶少之，而史才不以爲恨。一日與余遘，相攜飲茶肆。追話疇昔，捧腹大歎曰："以兵事言地理，以今地讀古史，吾邑顧氏垂之空文，而僕徵以實歷，此中包羅一部《讀史方輿紀要》，恨無所用，以發攄吾意，不免呼負腹耳。"奮袖低昂，面發赤，足以知其老而志在也。余聞其言而悲之。

今史才歿數年矣。其令子海岳以遺稿屬論定，都所著《麟洲文集》十六卷、《麟洲詩鈔》一卷、《麟洲遊記》六卷，皆海岳手寫定，其中半爲余夙昔所經眼者。大抵酌古論今似陳亮，而遜其遒變；因地制宜出顧祖禹，而不爲穿鑿。特以天性樸厚，發爲文章，紆餘委備而或傷拙重；急言竭論而未能容與；然權奇之氣，悲閔之懷，洋溢行墨，亦自有不可掩者。觀過知仁，亦於其黨也。

於戲！吾生無錫，山秀而障，水甘以清，士大夫秀而有文，尋尋常常，不敢爲度外事，稱其水土。所以學必宗東林，文必稱桐城，小廉曲謹以爲儒行，一挑半剔以遊文事。其視下，其言徐，摇曳咏歎，習爲風氣，湘鄉曾文正公比之浮芥舟以縱於送蹶涔之水，不復憶天下有曰海濤者也。獨史才卓爾不群，高睨大談。論其學術，由顧祖禹、陈亮以宗董仲舒；語其文章，由蘇氏洵、軾以學韓愈。雖其步武昔賢，未能相爲後先，而矯變絶出，以不囿於風土，要足爲皎然不欺其志者已，遂弁於端以歸海岳。海岳幼而奇慧，未及弱冠，足迹遍五岳，意氣激發，爲文章雄恣軼宕，庶幾無愧於家兒云。時在中華人民造國之二十二年六月二十六日，宗人基博謹序。

（原刊於《光華大學半月刊》第2卷第7期，

1934年4月1日）

《楊家圩周文襄公祠考略》序

君子之澤，非一世也。遜清道光二十九年，無錫大水，我外祖竹筠公有大功德於楊家圩，澹水沈災，既隄既安，邑獻秦緗業《虹橋老屋遺稿》、華翼綸《荔雨軒文集》具著其事。於是圩之人德之，祀之周文襄公祠，以永其思。亦惟我諸舅奕世繼志，勿墮於厥修，亦培而固，以撫有其人，而紹休於前聞。覘者是以卜君子之澤長，而徵吾舅氏之克保世以滋大也。屏東表兄誦先人之清芬，懼潛德以弗彰，纘戎祖懿，簒爲是考。昔子思昭明聖祖之德，以作《中庸》，而卒引《詩》以發其指曰："庶幾夙夜，以永終譽。"於戲！屏東其知之矣。以是勿替引焉，世世萬子孫無廢可也。時在中華人民造國之二十三年十月八日，表弟錢基博謹序。

（原刊於《楊家圩周文襄公祠考略》，孫藩圻輯，1934年出版）

《鶴巢通俗字環》序

同縣王雲軒先生以畫有名，人物工秀，冠絶當代，此邑人父老所藉藉稱道在耳目間者也。然先生精研文字，深究訓詁，殫竭精鋭，自少以老，乃爲經師大儒服膺未逮，而邑之人或有未盡知。

先生之學，以聲爲經，以形爲緯。年二十，訓蒙鄉塾，以爲讀書必先識字，識字必通訓詁，因著《臨書備覽》一書，凡知其音義而未諳其體者，如按圖之索驥，其字母二十有九，内分音母十八，介母三，韻母八，若以之拼合變化，可發四萬二千三百三十二聲不同之音，庶幾有見天下之頤[①]而觀其會通者焉。顧先生讀學潛修，闇然日章，嘗出一應教育部讀書統一會之聘，群彦畢至，衆難塞胸，而先生條議四事：一、音義歸納法；二、三拼法；三、京師須設傳習所；四、會中讀音宜先求統一。主者采其説，然後國音符號及法定注音字，規模粗具，蓋先生之力爲多焉。先生又嘗著《較正旗語應用字母書》，呈教育部，而褒之酬金，緟以獎章，有漢文都[②]目發明家之目。蓋其

① “頤”應爲“賾”。

② “都”應爲“部”。

檢字法，凡有筆畫不同之處，都爲八類，而檢一字以起筆二畫爲部，末尾二筆爲目，目中類似者分段夾定，若網在綱，所謂雙層夾板法也。先生張皇絶學，蘄於共曉，窮年孜矻，因著是書。中分《字形類纂》、《字音類纂》、《字義類纂》三卷。形即字體，音即讀法，義即訓詁，其所採字數彼此皆同，而以四號碼標於端，凡三卷中字同音同義同，即同號碼。故檢形可轉查音義，檢音可轉查形義，檢義可轉查音形，舉一以反三，回環往復，故總名之曰“字環”。而《字形類纂》，實以旗語字母爲藍本；《字音類纂》，又乃《臨書備覽》之變通。先生之學，於是乎備。獨念吾邑治小學者，前輩多稱安彙古先生，著有《韻徵》一書，謂韻有古今，古無不可通之韻，無所用叶。秦小峴侍郎蓋亟稱之，謂於顧寧人、毛西河之外，别自名家。今讀先生之書，遠紹旁搜，羅胡越之音變而擷其凡，窮今古之義藴而通於俗，師心自得，獨闢徑塗，以視安氏之論叶韻，猶不免掇拾陳第、顧炎武之緒論者。寧啻前賢之畏後賢也，使小峴侍郎生今日而見先生是書，更不知歡喜讚歎何如！

先生與人煦煦恭敬，而性實簡傲，杜門謝人事，文史自娱，即里巷不通慶弔。吾讀嵇叔夜《與山巨源絶交書》，至云不喜弔喪，而人道以此爲重，已爲未見恕者所怨，至欲見中傷者，每歎世情之難處。而觀于先生蕭然人外，有嵇叔夜之高情遠韻，而詬怒不及，人以長者稱之，先生於是倜乎遠矣。先生，名鶴，遂署所居曰鶴巢，凡所著書以冠云。時在中華人民造國之二十四年七月三十日，錢基博謹序。

（原刊於《新無錫》，1935年8月27日）

《健秋畫存》序

健秋作畫三十年，當其興到，時與古會。因都其存者爲一集，索余一言以弁其首。健秋天性好畫，父海萍先生以花卉擅譽一邑。生健秋，八歲，廳事懸王小某繪士女，健秋輒自以意臨，下筆楚楚，長者驚歎，以爲素所蓄積然云。自是委身於畫，而士女獨工秀。稍長，得傳神法於同縣趙鴻雪先生，又奉手於吳觀岱先生。吾邑繪士女者，輓近世推潘晝堂先生，蓋上宗唐子畏，而以遠承宋代名畫之寫真者也。觀老得晝堂之傳，初繪人物，其後稍旁出，兼工山水，得石濤、石谿筆意，深秀蒼古，見者以爲智過其師。同縣廉南湖詩人最矜重之，謚之曰“江南老畫師”而不名。健秋既從遊久之，而觀老門牆高峻，不輕許後進著弟子籍。健秋雖執弟子禮，亦不敢以贄進。觀老獨介以見南湖曰：“此吾弟子也。”蓋特有以寵異之矣。自是弟子稍有進者，而不得不推健秋執梃爲諸門生之長焉。健秋士女由華新羅以參宋元人筆法，山水則兼用石濤、石田，蒼深不如觀老，而特以輕秀出逸趣。此如韓昌黎之文，怪怪奇奇，雄變不測，而歐陽永叔效爲之，特出以容與閒易，往復百折，不能爲韓公之至，而能爲其不至者也。觀老能取異己者之長而時濟之，健秋則避所短而不犯焉。近人畫喜用西法，而健秋則恪守前矱，不肯見異思遷。既而畫日益有名，嘗以所作應德國柏林畫展會之徵，彼都人士，睹爲意趣别生，至出重金以購其士女。於戲！亦以見我用我法之自不落人後也。而目論之士，乃欲輕其家丘，豈徒畫爲然哉！

健秋，無錫諸氏，娶於張，與余婦有連。余知健秋之起自孤露，而焯然有以自樹立也，遂爲序之，所不辭云。時在中華人民造國之二十四年八月一日，錢基博寫於精忠柏石室之南牖。

（原刊於《新無錫》，1935 年 9 月 19 日）

黄仲蘇先生《朗誦法》序

《朗誦法》者，當代之絶學，而吾友黄仲蘇先生之所著也。近世文章道盡，士不悦學。其粗通古學者，往往專治古人名物制度訓詁書數，曼衍雜説，沾沾自喜；而於詞章語言之妙，罕知吟會。其尤甚者，敢爲詭誕，自輕家丘，曰："彼都人士，治文學者不如是也！"夫吃文爲患，生於好詭，逐新趣異，故喉唇糾紛；在昔劉彦和之所深歎；而今有甚焉者。獨仲蘇以名公子，生長典訓，負笈海西，精研文字，而衷之於家學。每謂余曰："西方作者，無不於誦讀下功夫。一篇之成，必開朗誦會以質正於名家。不意邦人君子，弦誦輟響，乃同《廣陵散》。吾子以文章有名，盍出一言以正之！"余聞之戄然，遂爲論桐城家言因聲求氣之法。仲蘇嘗喜其説之有契也，展誦是書，亟發深言，古訓是式；闡以科學。唯英才特達，則炳曜垂文，採故實於前代，觀通變於當今，有倫有脊，懸諸日月焉。乃索余序以明其旨。

余謂古人誦與讀異。《説文》："誦，諷也。""讀，籀書也。"蓋誦者諷其文辭，讀者籀其義藴。《周禮·春官·大司樂》："以樂語教國子，興道諷誦言語。"賈公彦注："以聲節之曰誦。"孟子曰："誦其詩，讀其書。"此誦與讀之辨也。後之人混誦於讀，操觚率爾，摘文乖張，而不識所調。於是桐城家者出，乃倡“因聲求氣”之説。長老所傳：劉大櫆絶豐偉，日取古人之文，縱聲讀之。姚鼐則患氣羸，然亦不廢哦誦；但抑其聲使之下耳。夫文學之興，造端歌謠。託風采，散鬱陶，滌暢情性，豈徒語妙；而頓挫抑揚，尤重音節。劉大櫆不云乎：“神氣者，文之最精處也。音節者，文之稍粗處也。字句者，文之最粗處也。”然予謂論文而至於字句，則文之能事盡矣。蓋音節者，神氣之迹也。字句者，音節之矩也。神氣不可見，於音節見之，音節無可準，以字句準之。音節高，則神氣必高，音節下，則神氣必下。故音節爲神氣之迹。一句之中，或多一字，或少一字；一字之中，或用平聲，或用仄聲；同一平字仄字，或用陰平陽平，上聲去聲，則音節迥異。故字句爲音節之矩。積字成句，積句成章，積章成篇，合而讀之，音節見矣。歌而詠之，神氣出矣。近人論文不知有所謂音節者，至語以字句，則必笑爲末事。此論似高實謬。作文如字句安頓不妙，豈復有文字乎？但所謂字句音節，須從古人文字中實實講貫通，始得；非如世俗所云也。夫行文多寡短長，抑揚高下，無一定之律，而有一定之妙；可以意會而不可以言傳。學者求神氣而得之於音節，求音節而得之於字句，則思過半矣。其要祇在讀古人文字時，便設以此身代古人説話，一吞一吐，皆由彼而不由我；爛熟後，我之神氣，即古人之神氣；古人之音節，都在我喉吻間；合我喉吻者，便是與古人神氣音節相似處；久之自然鏗鏘發金石聲。此著見大櫆《論文偶記》者也。

姚鼐得法大櫆，首唱宗風，嘗序所爲《古文辭類篹》，謂劉先生年八十，猶喜談説；見則必論古文，自以爲守其邑先正之法，襢之後進，義無所讓也。觀其所以詔弟子者曰：文章一事，而其所以致美之道非一端。命意立格，行氣遣辭，理充於中，聲振於外，數者一有不足，則文病矣。作者每意專於所求而遺於所忽，故雖有志於學而卒無以大過乎凡衆。故必用功勤而用心精密，兼收古人之具美，融合於胸中，無所凝滯，則下筆時自無得此遺彼之病也。見尺牘《與陳碩士》。深讀久爲，自有悟入。夫道德之精微，而觀聖人者，不出動容周旋中禮之事。文章之精妙，不出字句聲色之間，舍此便無可窺尋矣。見尺牘《與石甫姪孫》。大抵學古文者，必要放聲疾讀，又緩讀，祇久之自悟；若但能默看，即終身作外行也。見尺牘《與陳碩士》。詩古文各要從聲音證入。同上。文韻致好，但説到中間忽有滯鈍處，此乃是讀古人文不熟。急讀以求其體勢，緩讀以求其神味，得彼之長，悟吾之短，自有進也。同上。夫學文者，利病短長，下筆時必自知之；更取以與所讀古人文較量得失，無不明了，充其得而究其失，可入古人之室矣。見尺牘《與魯賓之》。此鼐之所以爲説也。

鼐晚而主鍾山書院講席；門下著籍者，上元有管同、梅曾亮，桐城有方東樹、姚瑩，四人者，稱爲高第弟子，各以所得傳授徒友，往往不絶。而曾亮最老壽，後死，仕宦京朝。同時爲古文者，群尊之爲師；鼐之薪火，於是烈焉。而曾亮之説曰：古文與他體異者，以首尾氣不可斷耳；有二首尾焉，則斷矣。退之謂六朝文雜亂無章，人以爲過論。夫上衣下裳，相成而不複也，故成章；若衣上加衣，裳下有裳，此所謂無章矣。其能成章者，一氣者也。欲得其氣，必求之於古人；周秦漢及唐宋人文，其佳者皆成誦乃可。夫觀書者，用目之一官而已；誦之而入於耳，益一官矣；且出於口，成於聲，而暢於氣。夫氣者，吾身之至精者也；以吾身之至精，御古人之至精，是故渾合而無有間也。見文集《與孫芝房書》。羅臺山氏與人論文而自述其讀文之勤與讀文之法，此世俗以爲迂且陋者也。然世俗之文，揚之而其氣不昌，誦之而其聲不文，循之而詞之豐殺厚薄緩急，與情事不相稱，若是者，皆不能善讀文者也。文言之，則昌黎所謂養氣；質言之，則端坐而誦之七八年；明允之言，即昌黎之言也。文人矜夸，或自諱其所得，而示人以微妙難知之詞。明允可謂不自諱者矣。而知而信之者或鮮。臺山氏能信而從之，而所以告人者，亦如老泉之不自諱。吾雖不獲見其人，其文固可以安坐而得之矣。見文集《臺山論文書後》。

湘鄉曾國藩與曾亮同官京朝，以文章相礲切；而雄直之氣，宏通之識，一時無兩；至乃亟許於鼐，列之《聖哲畫象記》，以爲粗解文章，由姚先生啓之也。然自明其所以入手之方，則曰：退之論文先貴沈浸醲郁，含英咀華。姬傳先生亦以格律聲色，與神理氣味四者並稱。見文集《復吴子序書》。熟讀而强探，長吟而反覆，使其氣若翔翥於虚無之表，其辭跌宕俊邁而不可以方物；抗吾氣以與古人之氣相翕。見文集《復陳太守寶箴書》。如《四書》、《詩》、《書》、《易經》、《左傳》、《昭明文選》、李、杜、韓、蘇之詩、韓、歐、曾、王之文，非高聲朗誦，則不能得其雄偉之概；非密詠恬吟，則不能探其深遠之趣。二者并進，使古人之聲調，拂拂然若與我之喉舌相習，則下筆時必有句調湊赴腕下，自覺琅琅可誦矣。見家訓《字諭紀澤》。蓋所以誥及門者如此；所以詔其子者亦無不如此。門弟子著籍甚衆；獨武昌張裕釗、桐城吴汝綸號稱能傳其學。汝綸之才大，而裕釗則以意度勝。裕釗初謁國藩，國藩爲朗誦王安石《泰州海陵縣主簿許君墓誌銘》，聲之抑揚詘折，足以發文之指趣。裕釗言下大悟，自此研討王文，筆端日益精進。

而汝綸嘗謂桐城諸老氣清體潔，海内所宗，獨雄奇瑰瑋之境尚少。曾文正公出而矯之，以漢賦之氣運之，而文體一變，故卓然爲一代大家。近時張廉卿又獨得於《史記》之譎怪；蓋文氣雄俊不及曾，而意思之詭詼，辭句之廉勁，亦能自成一家，見尺牘《與姚仲實》。所以推裕釗者甚至。而觀裕釗之所以與汝綸相討究者，則以爲：古之論文者，曰文以意爲主；而詞欲能副其意，氣欲能舉其辭。譬之車然，意爲之御，辭爲之載，而氣則所以行也。其始在因聲以求氣；得其氣，則意與詞，往往因之而並顯，而法不外是矣。是故契其一，而其餘可以緒引也。蓋曰意，曰詞，曰氣，曰法之數者，非判然自爲一事；常乘乎其機而緄同以凝於一；惟其妙之一出於自然而已。自然者，無意於至，而莫不備至；動皆中乎其節，而莫或知其然；日星之布列，山川之流峙，是也。寧惟日星山川，凡天地之間之生而成文者，皆未嘗有見其營度而位置之者也，而莫不蔚然以炳，而秩然以從。夫文之至者，亦若是焉而已。觀者因其既成而求之，而後有某者某者之可言耳。夫作者之亡也久矣；而吾欲求至乎其域，則務通乎其微，以其無意爲之，而莫不至也；故必諷誦之深且久，使吾之心與古人訢合於無間，然後能深契自然之妙，而究極其能事。若夫專以沈思力索爲事者，固時亦可以得其意，然與夫心凝形釋，冥合於言議之表者，則或有間矣。故姚氏暨諸家因聲求氣之説，爲不可易也。吾所求於古人者，由氣而通其意以及其辭與法，而喻乎其深。及吾所自爲文，則一以意爲主，而辭氣與法胥從之矣。見文集《答吴至父書》。

自吴汝綸以下，傳授心法，莫之或異。而以揆諸仲蘇所論，如車之合轍，如符之相契；然後知桐城家言因聲求氣之法，信有建諸天地而不悖，百世以俟聖人而不惑者焉。獨念余二十二歲，客會稽陶杏南先生之江西提法使幕。方刻意爲文章，日誦韓文，以爲定程。聲琅琅出户外，而陶公不以爲可。謂："子文畸於剛燥，余嘗病之，而莫知其所由然，而久乃知子之病於誦也！古人文有陽韻，有陰韻。而後之人讀其文者，抗墜抑揚，當隨韻之陰陽而與爲翕闢，如曾文正公所謂高聲疾讀以暢其氣，恬吟密詠以探其趣。有宜出之噴薄者，有出之吞吐者。亢之則在青雲之上，抑之則在淵泉之下，夫各有所當也。

而子之誦異是，有亢而無抑，有高聲疾讀而無恬吟密詠，有噴薄而無吞吐，大聲噌吰，往而不返；此其所以病也。在《易》乾之上九，曰亢龍有悔。夫文亦猶是也。戒之哉，毋固我，毋張皇！”博媿謝其言。三十年運而往，忽忽如昨日事，而陶公之墓木，不啻拱矣。遺言在耳，徒呼負負。於戲！余病於誦，而卒以病余文，此陶公之所致砭也。何足以敘仲蘇之書哉？用特申桐城家言因聲求氣之恉，以與仲蘇相發者而弁於篇。時在中華人民造國之二十四年十一月五日，無錫錢基博序於上海光華大學之南舍。

（原刊於《光華大學半月刊》第4卷第3期，
1935年11月10日）

《錫山風土竹枝詞》序

頌碩親家，撰《錫山風土竹枝詞》，積十五年之力，以得百五十篇。意有不盡，輔以細注。流風舊俗，展卷粲然。而搜奇采勝，往往有邑志之所未備者。昔頌碩先君子，博學通人，焯有文章，光緒邑志，成以一手，世所稱霜傑先生者也。吾嘗讀其書而慕之，今頌碩嬗其家學，託之篇什，以備一邑之掌故，拾志乘之闕遺，可謂文獻世家也。於戲！邑志放廢不修舊矣，而鄉土史地，小學定爲教科，微君斐然，有述作之志，於何考信而問業哉。弟錢基博。

（原刊於《錫山風土竹枝詞》，秦頌碩著，1935 年 12 月出版）

《費韋齋集》序

《韋齋文稿》，吴江費仲深先生所著，凡若干首。先生生長華膴而蹙首民瘼，交游戚里而無心榮仕，超然遠覽，涅而不緇，遭世之屯，忼慨陳辭，强志足以幹事，博見足以窮理。劉頌殷勤於時務，温嶠懇惻於費役。必使理有典刑，辭起風力，劉彦和所謂："不畏彊禦，氣流墨中；無爲詭隨，聲溢簡外。"孔文舉稱孝章"丈夫之雄"，先生有焉！特其意廣才高，振筆輙書，内無乏思，外無遺物，感激頓挫而不屑意修邊幅，頗以繁富爲累。昔鍾仲偉品阮嗣宗詩，以爲其原出於《小雅》，無雕蟲之功，頗多感慨之詞，厥旨淵放。先生之文，亦庶幾云爾！何意湮厄當世，道不偶時，天不佑仁，五十以死。惜哉！若人不復覩之已。孤子盛伯以遺稿屬訂定，遂爲録而序之。

余讀劉夢得作《柳子厚文集序》曰："凡子厚名氏與仕與①年暨行己之大方，有退之之誌若祭文在。"至若先生潔志之芳，持躬之大，吴縣張仲仁先生既爲之傳，以列其志行矣，不復具於此云。無錫錢基博謹序。

（作於1935年，後收入《費韋齋集》，費樹蔚著，1951年出版）

---

① 仕與，原作"任舉"，今據《柳子厚文集序》改正。

《爾雅釋補》序

汪生青在從余受詩古文辭，而經學則得法於吴縣曹叔彦太史、餘杭章太炎先生。《周易》、《尚書》、《爾雅》三書，尤殫心焉。《易》、《書》導揚師説，而《爾雅》則神解自超，稽古攸會，斠補前修，得如干事。以正餘杭先生，先生亟賞，謂邵氏《正義》不免麤舛，郝疏後出，覈而未精，得生研慮，足相匡捄。將爲序行，而歸道山。余於雅訓，苦未致力，獨謂《爾雅》一書，誼匪一端，詁訓名物，囊括兼該。詁訓，以總絶代之離詞，可讀書以明故，名物當辨同實而殊號，貴博物以通方。孔子論《詩》謂“多識鳥獸草木之名”，動植之學，新知日茁。而生好學深思，稽古有餘，所貴通方。如考《爾雅》以徵新籍，參之圖説，實以目驗蟲魚草木，審定古之何物爲今之何物。瞻彼東鄰，知新温古，蓋有先我而爲之者，非但取明經義，抑亦有裨實用。君子博物，未可以鑿空而漫不加訾省也。民國二十五年秋，無錫錢基博。

（原刊於《光華大學半月刊》第5卷第10期，1937年6月3日）

《燕遊賸草》序

余嘗謂李義山之詩，以頑豔發哀感，寓怊悵於宛轉，沈鬱頓挫，蓋衍杜陵之一體，殊常抱負，不徒妍華。觀其《漫成絶句》曰：“沈宋裁辭矜變律，王楊落筆得良朋。當時自謂宗師妙，今日惟觀屬對能。”則固自詡屬對之外，別有能事。何物西崑而以屬對爲義山，遺神取貌，徒爲鋪張排比而失其沈鬱頓挫；雖以開宗，無當大雅。余以語虞山詩老宗子威先生，先生亟許爲知言。而出《燕遊賸草》以相眎，則以沈思翰藻之筆，發哀郢弔屈之吟，三十年世變滄桑畢具於此，而不徒詞取妍華，味美於回，往往有在悵惘不甘中者。嗚呼！世人以西崑學義山而言之無物，皆所謂“但學《蘭亭》面”者。千年以來，真得髓者，舍先生更有誰耶！顧先生不以自慊，謂非世尚，余應之曰：“何傷？託風采，散鬱陶，文章之事，何藉世尚！世自世，我自我，我如此而世人不如此，此行吟躑躅之所以爲獨抱孤芳也。”余於吟事，無能爲役，然讀古人之詩多，頗異世人之見淺，輒抒所見以詔讀者。如以才藻驚先生，非所語於真賞已。甲申首春，無錫錢基博。

（原刊於《燕遊賸草》，宗子威著，1944 年 4 月出版）

《猛庵集》序

余之奉手於猛庵先生也晚；而讀猛庵之文，知猛庵之名，則甚早。余年十二，受學於余仲父頌眉公。元和江建霞學使，余仲父光緒戊子鄉榜同年也。學使之罷湖南學政而歸，過仲父，而餽以所刻《靈鶼閣叢書》。仲父則檢其中之《沅湘通藝録》相授，課以點閲；而猛庵之文粲然列焉。其詞蔚如，其趣淵如。低徊往復，意其爲人必神情散朗，意度安詳，如其文！如其文！歲月遷流，不知老之至，而余年已五十三。天不弔於中國，日人肆其封豕長蛇，以逞志於我江南。余不遑寧處，而播越來湘，乃獲摳衣以見猛庵。黔顔偉軀，頎然一丈夫。風情雲上，縱譚天下事，如龍虎變化，出余想像之外。而歎名士之自有真，賢者之不可測，豈徒以翰墨爲勳績、詞賦爲君子哉！

猛庵少而工詞賦，光緒乙未，應童子試。以《文選》學賦，祝秋海棠文受知於建霞學使，裒然舉首。余讀《沅湘通藝録》之所肄業及之者也。顧究心經世之學，中外輿地，瞭如指掌。於時清德宗鋭意圖新，欲變法而無輔，以光緒戊戌，下詔舉經濟特科，宛平徐研父學使，則以猛庵應。既而德宗變法無成，而經濟特科亦罷。猛庵不果行，而里居講學，長沙王益吾祭酒，以儒林丈人，湖山養望，起而辦湖南學務。辟猛庵以自佐，風氣未開，新故乖迕。維匡調娛，猛庵之力居多。自此委身教育，亘四十年，一意以長養人才爲己任。而太息於師道之不立，士風之已偷。謂科名利禄之習，已久錮於人心，而縱橫捭闔之徒，鑿赤子之天真，以鼓盪爲容説，急功近利，宕而不反，賊民興，喪無日矣。其詔學者以居世之學，謂一部《周禮》，治國、平天下。千經萬緯，盛水不漏，而所謹在纖悉之不遺，所重在執事之無曠，思不出位，不懈夙夜，日省月試，餼廩稱事，爲一身一家，即以爲一國；以之居世，即以之持世。而今之學者不然，往往高談名理，馳心富强，唐言寡實，而反身無本，及其瓠落無所容，則横決以圖一逞，生心害政，徒以亂世而已。及見日人之獲逞於我，而人未知奮，依然故我。猛庵發憤而道，每引一八〇六年德之見破於法而哲家菲士的之所爲大聲疾呼以詔德人者，曰：德國之敗，非徒一二在高位者之咎也。負其咎者，曰全體之相怨懟，而以諉過於人曰時代精神之散漫，曰錯誤，曰愚昧，曰膚淺與怯懦，千錯萬錯而成一錯，以有今日之敗。今吾人已俯首征服矣。然而吾人之能否自湔拔，則在吾人之自決。吾人恃力之戰已敗，吾人所望繼之而起者，曰主義之戰，曰道德之戰，曰品行之戰。菲士的之所以詔德人者如此。而返觀吾中國之今日則何如？奮袖低昂，意有餘恫。中間一出而長湖南省教育廳。醴陵何公芸樵，實爲湖南省政府主席，敬其宿學高望，而以先生長者待之。然猛庵所操者大，未盡其用也。獨余性疏簡，不喜與人接，蕭然一室，而猛庵門庭廣大，歡然有以相接，握手出肺肝相示，意量恢廓，以余之齷齪曲謹而相瞻對，幾如侏儒之於巨無霸。何能不愯然自失也耶！然余讀猛庵之集，而有以闚猛庵之深，悲天閔人，老而彌篤，慷慨傷懷，有不能以喻諸人人者，猛庵有感於英相邱吉爾已享人生應享之年一語，而賦詩相眎曰：“已享人生應享年，静中思索亦陶然。縱無健骨能支國，尚有癡情欲補天。萬物真如芻狗棄，九州寧許蟄龍眠。東西一聖同心理，祇作愚公不學仙。”足以知其老而志在也。余少不自力，以無所效於世，今誦其詩，獨無少愧於心乎？余避兵於橋頭市，而猛庵出集以授，遂爲撰次生平，而弁於卷首，以備讀者知人論世之資云。民國三十四年六月無錫錢基博。

曹典球按：余生平詩文，隨作隨棄，自知其不中繩墨，匪僅如揚子雲之悔其少作也。年來門人有搜集殘稿成帙者，無錫錢子泉先生，必索一閱。閱後，竟蒙賜之以序，奬譽過當，惶悚不敢示人。余文稿固始終不欲刊行者，而先生與余，同遯梅山山谷，七載於茲，有所賜，曷敢辭！且先生料敵如神，見道之深，平日所昭示於余者，至鉅且切；余老而不廢學，皆取法於先生。又何可秘此序而不傳之其人乎？是以録諸《嘉遯集》之後，以誌勿諼云爾。典球謹識。

（原刊於《八年嘉遯集》，曹典球著，1946 年出版）

《二知齋遺稿》序

二知齋詩、文、聯存三卷，邑先輩孫有卿先生所著。基博孫氏之所自出，而先生於余爲外祖行。以遜清光緒乙亥鄉試舉人，補授沭陽縣學教諭，嚴於課士，有師法而已。飢己溺施於有政，以匡輔縣官之所不及，誠信所孚，前後縣官無不委重焉。其爲惠於沭陽人者澤甚。溥施甚廣，嚮風慕義，不僅多士，具詳唐蔚芝先生所爲傳。顧道未大光，仕未大顯，而先生淡泊明志，取柱下史“知足、知止”二語，顏其齋曰“二知”。善施而不伐，德博而化，燕處超然，先生於是倜乎遠矣。哲嗣飈香從舅裒其尊公詩、文、聯相眎，披卷莊誦，言皆經國，而其文如布帛菽粟，可以衣食而不可以炫耀，華士之所不喜。然昔人有怪諸葛忠武文彩不豔，而陳壽撰集其文二十四篇，以謂：“聲教遺言，皆經事綜物，公誠之心形於文墨，足以知其人之意理，而有補於當世，豈徒以翰墨爲勳績，詞賦爲君子哉!”猶憶余垂髫之日，侍先君子遇先生於塗，從容緩步，而顧盼偉然。先君子辟呭而詔曰：“此舅公也。”余奉手進揖，望而知先生之爲鉅人長德，先生笑而頷之，聲色不矜，德意自遠。忽忽五十年，先君子之墓木久拱，而余亦行年六十，頭顱雪白矣。滄桑劫換，不知人間何世，回首前塵，爲之泫然。丙戌仲秋，從外孫錢基博謹序。

（原刊於《二知齋遺稿》，孫贊堯著，1946 年出版）

《關友聲詞集》序[①]

歷下關友聲先生與余未嘗相見，而相知餘十年。先生讀余所著《現代中國文學史》，不以爲剌謬，而遺書通殷勤，余報以書，而媵所著以相質證。烏虖！余生斯世，多迕少可，而所貶損多聞人，當世有足以聚徒成群之居處，肆足以飾邪熒衆之言談，天下望風奔走，如恐弗及，而余奮其筆舌，以此頗不爲時所容。而先生獨相賞於聲氣之外，千里通問，與俗殊酸鹹。得一知己，夫復何恨？此自古賢人君子之所以不易乎世，不見是而無悶，而余獨何幸得之於先生也。

及去歲，余弟子吴生忠匡以隨王佐民將軍管第二綏靖區司令部秘書，遊歷下，與先生相見，而以書告，傳語道無恙，且言先生將以詞集付梓，而命爲之序。余未見先生詞，遲回未即爲，先生則寄一畫，畫松一株，竹數莖，下蔭一漁父據石垂釣，著墨不多而神情栩栩，出苦瓜和尚，而繼以一詞，不爲翦紅刻翠之語，蕭疏淡遠如其畫境也。

余嘗謂詞惟宋人爲工，而大要不出二者：晏歐姜張，清切婉麗，沿花間

① 又名“《嚶園詞》序”。

之舊腔；蘇黄辛劉，跌宕排奡，開一代之新裁。降而益下，乃至以尋花問柳，爲調情偷歡，如詩家之有香奩疑雨，而濫觴於南唐後主，曼衍於《樂章》《片玉》，雖山谷、淮海亦不免此累，争風拈酸，無不入詞。《國風》好色不淫，斯爲濫矣。顧獨少蕭疏淡遠之一境，如詩家之有陶，有韋柳，清曠自怡，蕭然人外。《四庫全書提要》著録詞集五十九家，一百三卷，而以蕭疏淡遠爲稱者，祇兩家：其一宋趙師使《坦菴詞》一卷，《提要》稱："觀其集，蕭疏淡遠不肯爲翦紅刻翠之文，洵詞中之高格。"其一宋趙長卿《惜香樂府》十卷，則謂："長卿恬於仕進，觴詠自娱，隨意行吟，多得淡遠蕭疏之致。"然《坦菴詞》撫時感序，無翦紅刻翠，亦儘風情綺靡，蕭疏淡遠，談何容易？余獨愛其《謁金門》一詞，曰："沙畔路，記得舊時行處。藹藹疏煙迷遠樹，野航横不渡。　竹裏疏花梅吐，照眼一川鷗鷺。家在清江江上住，水流愁不去。"其他摘句，如《生查子》起句："庭虚任雀喧，院静無人到。"《南柯子》起句："木落千山瘦，風微一水澄。"及《滿江紅》結語："聽掀簾、疑是故人來，風敲竹。"所作詞四十九調，一百五十四首，由静得深，天然淡遠，而有蕭疏之致者，披沙之檢，得此而已。至長卿則恬於仕進而耽於聲色，花間鶯外，醇酒婦人，調笑偷情，形之翰墨，靡麗冶蕩有餘，淡遠蕭疏何曾？獨君家東廡先生注以紹興十七年七月九日序葉夢得《石林詞》謂："落其華而實之，能於簡淡時出雄傑，合處不減靖節、東坡之妙。"然《石林詞》取徑東坡，於風流婉約之中，得辭筆挫之妙，時出雄傑，而未簡淡。獨《南鄉子》曰："小院雨新晴，初聽黄鸝第一聲。滿地緑陰人不到，盈盈，一點飛花尚有情。　却傍水邊行，葉底跳魚浪自驚。日暮小舟何處去？斜横，衝破浪痕久未平。"《卜算子》上半闋曰："新月挂林梢，暗水鳴枯沼。時見疏星落畫簷，幾點流螢小。"《點絳唇》下半闋曰："深閉柴門，聽盡空簷雨。秋還暮，小窗低户，惟有寒蛩語。"狀難寫之景，含不盡之意，簡淡不減靖節。而誦所作三十調，一百又九首，如此者十不得一，固未見時出也。

然則蕭疏淡遠，固爲詞中之高格，而未易詣之境，抑何幸並吾世而得見先生，讜極其所詣，必能别出於古人而爲詞家之陶靖節、韋蘇州。自我開山，不亦沐乎？獨念先生以詞宗而工畫，畫居逸品，詞境如之，吾鄉倪雲林高士，則以畫家而能詩，畫品蕭散，詩亦如之，顧賢者之不可測。而誦雲林詞，浩歌激越，如《人月圓》曰："驚回一枕當年夢，漁唱起南津。畫屏雲嶂，池塘春草，無限消魂。舊家應在，梧桐覆井，楊柳藏門。閑身空老，孤蓬聽雨，鐙火江村。”《鵲橋仙》曰：“富豪沐恃，英雄休使，一旦繁華如洗。鵲巢何事占鳩居，看數載，主三易矣。　東家煙起，西家酒起，無復碧翬朱棨。我來重宿碧間雲，算舊製，惟餘此耳。”《折桂令》曰：“草茫茫，秦漢陵闕，世代興亡，却更似月影圓缺，山人家堆案圖書。當窗松桂，滿地薇蕨，侯門深何須刺謁。白雲自可怡悦。到如今世事難説，天地間不見一個英雄，不見一個豪傑。”凡此之類，以光景流連之詞，發滄桑路歷之感，慷慨悲歌，聲動簡外，直而緻，沈而姚，靡而不曼，意趣殊常，直欲作綺聲杜老。而《四庫》不見著録。《四庫全書》收《清閟閣集》十二卷，凡詩八卷，雜文二卷，《外紀》二卷而無詞。論詞者亦罕肄業，及之，今先生以畫自娱，摹山範水，白雲自可怡悦，特未曉生當此日，戎馬生郊，歷千古未有之變，而不見一個英雄豪傑。世事難説，百倍雲林。儻亦有發憤一道，以如雲林之浩歌激越者乎！遂以復於忠匡，而請先生有以語我來。三十六年四月，無錫基博，時客武昌。

（原刊於《武漢日報·文學副刊》第26期，1947年6月11日）

張令杭《文學綱領》序

昔太史公成其父之志，以作《史記》；今張生令杭欲成乃翁之志，以撰《文學綱領》。善繼善述，古今人何必不相及！先是乃翁某某先生嘗著《古今文派述》一書，刊入《四明叢書》，而詔於令杭曰："吾之書，足以闡文章之流別矣！然而觀其會通，則尚有待。子盍提綱挈領以發吾意乎?"於是令杭斐然有述作之志。然而文派易述，綱領未易言也。吾讀《卷阿》之詩曰："四方之綱。"《淮南·俶真訓》曰："窾領天地。"苟非佛之大神通，孰則能攝須彌於芥子。太史公有言："厥協六經異傳，整齊百家雜語。"此文學綱領之説也。今令杭生太史公之後三千年，而居今以稽古，著述者之衆，文章之日富，苟非聰明睿知足以有臨，文理密察足以有別。孰則能罄澄心以凝思，眇衆慮而爲言者乎！某某先生自爲其易，而責令杭以所難，亦如太史公談之於遷，望以己之所不能也。然則賢父之望其子，自古爲不薄矣。令杭尚勉之哉！余姑爲之序以勵其書之成云。丁亥九月，無錫錢基博，時客武昌。

（據網絡手稿圖片整理，作於 1947 年 9 月）

《仁園詩稿》序

蒲圻張德廷先生翮、與賀敏生先生良璜居同邑，而同以詩鳴。篇什唱酬，又以詩相好也。然而德廷爲其容易，敏生爲其艱辛。德廷爲其谐暢，呼之欲出，敏生爲其沈鬱，斂之爲□。詩境不同。而遭逢喪亂，衣敝足□，崎嶇憔悴於山顛水涯，寂寥□曠之境，往往悽愴傷懷，仰天悲歌，若有不任其聲而疾舉其詞者，則無不同。不幸窮寇納命，結伴回鄉。德廷先作古人，而敏生儼然造焉，袖《仁園詩稿》兩卷相眎，則德廷之遺詩也。其詩多五七言律，感時撫事，以抑揚爽朗之筆，發悵惘不甘之意。浩歌激越，所難深婉。跌蕩淋漓而遣詞雅雋。清新刻露，而託興深微。庶幾放翁之學杜乎？余嘗謂前無古人，後亦難繼。變無可變，有窮必復。宋詩至黄山谷、陳後山，西江派盛。格欲獨創，話必生造。而拗調强對，詩道已窮。於是放翁之以圓潤。意興婉愜，詩可以誦。近詩自范當世、陳散原同光體出，句不猶人，字忌習見。而餘地力破，詩勢亦竭。於是德廷變之爲深婉。詞筆朗秀，詩可以興。山窮水盡疑無路，柳暗花明又一村。光景常新，理無懵焉。惟放翁才情繁富，酒酣耳熱，至於漁舟樵徑，茶椀爐熏，或雨或晴，一草一木，莫不觸手成吟。詩垂萬首，利鈍互陳。而後之來者，罕會感激豪宕、沈鬱深婉之妙，惟取流連光景可以移掇者，轉相剽竊，遂爲口實。人以才多爲累。觀於德廷是稿，則其同邑覃孝方先生壽堃及敏生之所删定。略尋常應酬之什，而發其宏深微妙之旨，菁華畢出。盥誦再過，吾以篇少爲恨。然而引人入勝，嚮往無已。誰相知定，得此良友，汰蕪存英，而德廷於是爲不死矣！丁亥六月，無錫錢基博。

（原刊於《武漢日報·文學副刊》第45期，
1947年11月24日）

《轉蓬集》序[①]

虞山老詩人宗子威先生，風流飄逸，逾七十而下筆不自休。矍鑠□是翁，以詩鳴江南冀北。而南出嶺嶠，北抵遼瀋，幾乎井水飲處，無不知有詩人宗子威者。然而子威則爲余道蒲圻詩人賀君敏生良璜云。顧余未及誦其詩也。及去年秋，余客授來鄂而子威則先一年客死湘中。陳根絶哭矣，無以爲余介而未及造也。不意君之辱先施焉。則以余之粗讀古人詩，知其流別，而出《轉蓬集》以屬論定。集中古近體詩三百五十首，蓋多得於行遇羈旅乖離蕭索之時。而又戎馬生郊，忼慨傷懷，意氣感發，不可遏抑而有作者。一時詩老如榮縣趙堯生、綿竹曹纕蘅，以及子威諸名輩，無不抗手唱酬。而嘗執贄於義寧陳散原老人。觀其論詩之作，有："平生最下昌黎拜，出入蘇黄到少陵。"又曰："清切論詩豈至公，艱深鬱怒思無窮。"又曰："全排艱澀歸平易，那有新詩泣鬼神。"又曰："私淑散原阿所好，從龍我願化爲雲。"知其蘄嚮所在，殆欲薪傳散原。然避俗避熟而不爲生澀。紆餘宏肆，高舉橫厲。有遒語，無

① 原文後有"本刊編者按：《轉蓬集初選》見本刊第三十三期，《續選》見本期。《全集》有油印本，編成待梓。"

拗調。余尤愛誦其五言古《竹林嶺》、《下阬》、《羅溪》。五言律《中秋待月》、《記舟中憑眺》、《病起》、《巴東歸途》。七言律《思歸》，以及《崇陽敵炸而余居兀立有詠》、《由羅溪至羅坪作》、《有感》、《由羅溪至元渡河》、《除夕》、《楚帝》諸篇。思力沈摯，深入而不艱出。風格遒上，鬱怒而不叫囂。寄託遥深，所以不愧作者。昔南宋詩人陳與義源出豫章，而能自變化。觀其所傳《簡齋集》，清邃超特，以簡嚴掃繁縟，以雄渾化槎牙。機杼别出，論者以爲智過其師。善學者不當如是也。今君得法散原老人，而不爲所囿，爲其艱而不爲其澀，得其深而即得其艱。抒鬱紆遒宕之筆，寫荒寒蕭瑟之境。吐言天拔。持是以往，吾知老人必許君爲善學也。老人往矣！使九天有靈而聞斯言，當掀髯頷曰："雍之言然！"丁亥六月，無錫錢基博。

（原刊於《武漢日報·文學副刊》第45期，1947年11月24日）

《茈湖精舍詩初集》序

洱源馬生幼初，少嘗共學於春申江上，而治計學，以有志經世，顧未知其能詩也。一别二十年，久不相知聞，而名字隱隱起，以詩稱滇南。其中相知過從，屈指滇南詩人，必歸馬君、馬君云。及余受華中大學之聘以來武昌，晤國文系主任傅君懋勣，則幼初之僚婿也。出幼初所爲《茈糊精舍詩》相示，因才抒藻，不乏遒響。而爲言，幼初殊不慊所爲。自云初宗昌谷，恨其骨多；繼師玉谿，惡其肉滿。轉有事於少陵、涪翁，乃知變而益上，其詩功未有艾也。

獨涪翁之詩，以俗爲雅，鍛煉勤苦，其源實出韓退之。然詩筆雖遒，而詩境則隔；畢生功力，盡於下語。煉句而未能煉意，語新而意傷木；用事而或艱用筆，事融而筆未渾。所以勢峻而或仄，筆老而不到，有奇而無妙，有斬截而無奔放，鋪張學問以爲富，點化陳腐以爲新，而渾然天成如肺肝中流出者，不足也。特以元祐諸賢，才氣横溢，往往爛漫。而涪翁獨抒以瘦硬，健筆可扛，見者遂以爲高不可攀耳。然余謂退之積健爲雄，實勝涪翁之以硬成瘦。與其取徑涪翁以學少陵，不如逕學退之以追少陵。蓋以涪翁之於少陵，尚隔一境，不如退之之學少陵，智過其師也。少陵詩有二體：其一氣調高渾，珠圓玉潤，而出以雍容；其一筆力拗怒，獅跳虎卧，而故爲雄矯。退之則效其拗怒而祛其雍容。以想象出詼詭，以生剗爲刻畫，以單肆見奔迸，以排奡臻妥帖。學杜而亦參李，不暖姝一先生。蓋以想象出詼詭，以單肆見奔迸，其源出太白；而以生剗爲刻畫，以排奡臻妥帖，則得之少陵也。少陵工於刻畫，而太白富有想象。太白任性自然，無意琢煉之工；而退之則以生剗爲雕鐫，此其得之於杜，所以殊於李也。少陵物態曲盡，工爲寫實之篇；而退之則以想象融事實，斯又參之於李，所以異於杜也。太白天懷坦蕩，不爲淒厲；而退之則淒厲而有殊坦蕩。少陵身世迍邅，多爲沈鬱；而退之則恣肆而不爲沈鬱。少陵詩思無所不入，而退之詩膽無所不敢。觀其《送無本師[1]歸范陽》曰："無本於爲文，身大不及膽。吾嘗示之難，勇往無不敢。蛟龍弄牙角，造次欲手攬。衆鬼囚大幽，下覷襲玄窞。天陽熙四海，注視首不頷。鯨鵬相摩窣，兩舉快一噉。夫豈能必然，固已謝黯黯。狂詞肆滂沛，低昂見舒慘。"而今《長江集》具在，瘦骨崚嶒，衹見貌癯而神郁，何來膽大與詞狂！既曰：夫豈能然，不過夫子自道。今誦退之詩，萬怪惶惑，往往盛氣噴薄而出，跌宕淋漓，曲折如意。不惟五七言古，猖狂恣睢，肆意有作。而律絶近體，寂寥短章，亦復拔天倚地，句句欲活。

涪翁自詡以故爲新，不免因襲。何如退之之意境生剗，蹊徑獨辟也。近代詩伯，師法涪翁以有大名者，莫如陳散原老人。然而晚年所作，温粹以蘊，跌宕而昭，已轉手而參錯於宛陵、廬陵，不爲涪翁之木强所囿矣！

幼初詩功與年俱進，必能致辨於涪翁之木强，爲不善學退之；而因以曉然於退之之雄怪，爲善學少陵。神而明之，境詣自新。而以滇南之千山萬壑，拔天倚地，亦非膽大詞狂之退之詩筆，作巨刃之摩天揚，不足以稱山水之雄怪也。昔楊升庵以宰相子，久戍於滇，文采照映。滇人戍而祝之，拾其餘馨。然余讀升庵詩，工於設色，穠麗婉至，衹是女兒詩耳！塗抹河山，絢以金粉，山靈有知，能無叱咤。倘幼初肆意有作，發其雄怪，起予之歎，不禁拭老眼以俟之。戊子首夏，無錫錢基博。

（原刊於《芘湖精舍詩初集》，馬曜著，1948年出版）

---

① 即賈島。

《盧木齋先生遺稿》序

七年前，余客授華中大學以來武昌，偶在坊間睹沔陽盧木齋先生輯刊《湖北先正遺書》七百二十卷而善之，亟購而歸以贈圖書館。江漢炳靈，文章攸託，詔我共學，知所皈依，以爲世之所謂識時務者爲俊傑，吾知之矣，不過厭故而喜新，曲學以阿世耳，非有所真知灼見也。獨先生生新舊嬗變之交，實事求是以孤行己意，其始開風氣之先，及其既也，矯風氣之偏，而不爲風氣所囿，有以見天下之賾而觀其通者也。遺文三十首，哲弟慎之先生網羅放佚，千里郵寄，而屬論定以發其指。基博之生也晚，未及奉手，而又末學寡識，何足以窺先生之深。獨念先生生前清咸豐六年，方當科舉極盛之日，士非帖括無以進身，抑無以得食，先生獨毅然有所不爲，而究心疇人以牖啓新知，旁通歐故，年二十八，猶困不得一衿，亡以自振拔，而先生莫之恤，亦既爲一世之所不爲，抑亦亡以易食於當世，挈慎之先生相與槁餓蕭寺，而人亦莫之恤，則以孤行己意，而所學之與一世忤也，是豈屑意於曲學以阿世者哉！然而風氣之開以之。於是有光緒甲申法越之役，我軍敗績，問所以，則曰：法軍槍炮之射擊準，而我不如也。先生聞之，歎曰："此不習疇人之術也。"因著《火器真訣釋例》一書，具草爲湖北巡撫長洲彭芍亭中丞所見，付之刊，而禮聘主講算學書院，遂以顯名當世，而項城高勉之學使試補沔陽州學生，調肄業經心書院以風厲多士，於是先生年二十九矣。其明年應乙酉科鄉試，則以天算對策冠絶全場，而爲典試義烏朱蓉生先生所識拔，謂科舉以來所未有，中試舉人。高學使稱爲樸學異才以薦於朝，特旨以知縣交直隸總督李鴻章委用，於是需次天津，委充武備學堂算學總教習，而獲交侯官嚴幼陵先生，讀所譯著各書，並以通知四國之爲，而欲推陳出新，見諸措施。歷知贊皇、南宫、定興、豐潤諸縣，洊擢多倫諾爾廳，奉旨簡放直隸提學使，調任奉天，前後服官垂三十年，敬教勸學，新猷懋焯，播在人口，而科舉之廢，尤先生一言之以。先生以光緒乙巳秋，奉委率直隸官紳赴日本考察學務，臨行謁總督袁世凱，世凱曰："此一行也，宜深究彼之何以興學，而我之所以不振自見。"先生對："此不必出國門而可知者。吾國千百年相習以科舉取士，所試者八股文、詩賦、小楷耳。萃一國之聰明才知，悉心以事帖括無用之學，然上自臺閣卿相，下至一命之士，無不出於此，而美其名曰正途，得之者富貴利達，惟意所欲，否則窮愁白首，亡以自立於天地，使科舉不廢，雖日言興學，學必不興，如水流然，既有長江大河可奔赴，而支港細流，其何能暢。今之學校，不過支港細流而已，富貴利達之途不在也。"學部侍郎嚴修方在座，力贊其説。於是世凱會商鄂督張之洞連銜入奏，先生之行未旬日，而停科舉之詔下矣。嗚呼！先生之在當日，豈非舍其舊而新是謀，以開一時風氣者哉！然而先生知新温故，不廢經史，《輶軒語》、《書目答問》二書，張之洞早歲爲學政時所著，以課科舉之士，而詔示讀書之途徑者也。先生則所至必挾，五十年寖饋二書，按目以求，積書至數十萬卷，而臨民爲政，歷知五六縣廳，提學直隸、奉天兩省，未嘗不刊印二書，接見士夫，必以相貽而勉之讀書。及辛亥革命而先生解官，則慨然曰："吾不食於官，而儒者以治生爲急，吾粗曉歐人之計學而未及施用，則擄所藴蓄以委身實業，通商惠工，與時爲盈虚。"家大蕃息，而先生不以自豐豢，則斸其金十萬元，出其書十萬卷，捐之南開大學而以營建木齋圖書館。先生不以爲足，而度地北京城西以營建第二圖書館。名槧秘籍，爍然盈架，宜其沾溉儒林，欣讀未見。然撓萬物者莫疾乎風，歐化東漸，經史束閣，惟新之求，衡政論學乃至移風易俗，言必稱歐美，一往不返，輕我家丘，變本加厲，而讀綫裝書以爲大詬，寧啻《論語》當薪而欲茅坑是投，此則吾鄉吴稚暉老人一時逞肊之談，而傳誦青年以爲大快者也。先生則不以人棄我取欣得所求，而以道喪文敝爲大戚，思古情幽，與慎之先生窮年孜矻，陳發秘藏，而以爲近已而俗變相類，莫親切於鄉邦文獻，校理舊文，蒐刊《湖北先正遺書》、《沔陽叢書》，卷且逾千，所費以大萬，欲以恢張楚學，宏我漢京。吾讀《湖北先正遺書序》，而低徊往復以不自已焉。其言有曰："當茲道喪文敝之會，而值新舊絶續之交，水火兵戈，乘除紛擾，往籍湮晦，文獻淪亡，失今不圖，後將無及，豈徒以專己守殘，而志在輔弱起微。"儻亦一世之所不爲，而先生獨有以爲之於此日者耶。嗚呼！昔年人方篤舊，而先生日新又新，此日人皆鶩新，而先生與古爲徒，豈果先生之好與一世爲忤，無亦長慮却顧，意念所及，國必自伐，而後人伐，非與時爲變，固天演之所必淘汰，而舍己徇人，亦人心之日趨自伐，一往不返，寖且喪吾，自淘自汰，何有圖存？是以君子爲國，觀之上古，驗之當世，參以人事，察盛衰之理，審權勢之宜，去就有序，誠慎之也。儻不究觀始終，而漫以一端相窺，幾何大方之家，不爲曲士所笑哉！先生九京有知，儻亦以雍之言然。後學無錫錢基博謹序。

（摘自卞孝萱《〈慎園詩選〉中所見之錢基博、錢鍾書》，
約寫於 1953 年前後）

卷頭語 JUANTOUY

《中國文法説例》贅辭一

（論中國文字内籀之術）

亦惟我民國建極之四年，越十有一月，無錫錢基博撰説《中國文法説例》於吴江私立麗則女子中學之素心晨夕之廬。既竣事，乃捉筆而重贅之辭以與薄海之鴻儒碩彦壹揚榷其意曰：文法之爲義，與文學韋，蓋學者即物窮理之謂；而法則設事而知其塗術者也。質言之，亦曰法者明其當然而不深究其所以然而已，匪學之疇也。惟世之言中國文字者，輙曰文無定法，又曰文成法立，是則無法之中，未始不有法在。特天下好學深思、心知其意者之寡其倫耳，而僕則謂羲皇畫卦，造端書契，演進既深，代有作者，文成數萬，其指數千，雖曰九流佰氏，悉數難以僕終。觀其言以足志，文以足言，要自有不可畔之大例在，故曰中國文字者，科學也，壹以内籀之術治之可矣。

夫内籀之術，必重考索事實而無鶩於虚譚。何者？無亦曰：内籀之妙用，在能即異見同，籀爲公例耳。是匪考索事實不爲功，而兹書之所爲重“証”也。是故其爲道也有三：一曰旁羅博搜之既多，别白其不同，而爲之分類，譬諸草木，區以别矣。二曰舉其一而玩索之，析其官體之繁而知其功用，抑其次也。三曰觀其會通而立爲不可畔之大例，是則内籀之終事。而兹書之所尤齗齗焉者也。

以僕所睹記，論中國文字之分類者蓋莫予弟孫卿之序《文章舉隅》若矣。其辭曰："文章分類之法多矣。梁太子《昭明文選》分賦、詩、騷、七、詔、册、令、教、策問、表、上書、啓、彈事、牋、奏記、書、移、檄、難、對問、設論、辭、序、頌、贊、符命、史論、史述贊、論、連珠、箴、銘、誄、哀、碑文、墓誌、行狀、弔文、祭文各體。姚郎中《古文辭類篹》定爲論辨、序跋、奏議、書説、贈序、詔令、傳狀、碑誌、雜記、箴銘、頌贊、辭賦、哀祭十三類，而文之體類始備。曾文正《經史百家雜鈔》更約爲三門：曰著作，曰告語，曰記載，則尤簡而當矣。此一法也！謝枋得《文章軌範》分古今文爲放膽、小心二種。姚曾四象、八勢之説，實暗偷此中筋節而張其旂鼓，謂發前人所未發。以余觀之，氣勢趣味，放膽文也。識度情韻，小心文也。此又一法也！余兄潛夫能文章，好學深思，以爲文章之道，不外狀物、記事、説理三種。狀物欲其肖，不欲其飾；記事欲其實，不欲其夸；説理欲其顯，不欲其奧。其大較然也！余則增寫景、抒情二類，得文七篇，以詔競志同學諸子。雖不敢謂於諸家外别樹一幟，亦庶幾足與諸家相發明者。梁太子《昭明文選》各體，姚郎中《古文辭類篹》十三類，曾文正《經史百家雜鈔》三門，皆就體勢分也。謝枋得放膽、小心文，姚曾四象、八勢，就神味分也。余則就作用分也。知此者方可與讀吾此書。曰'文章舉隅'云者，亦欲諸子舉一隅則以三隅反耳。七篇者：曰韓退之《畫記》，狀物文也；曰柳子厚《遊黄溪記》、《始得西山宴遊記》，寫景文也；曰魏文帝《與吴質書》，抒情文也；曰歸熙甫《陶節婦傳》、林畏廬《記石六郎事》，記事文也；曰簡宗實《説性》，説理文也。"蓋其可得而論有如此者。玆稍增損余弟之舊目而爲之揭其綱焉：曰寫景之文，曰記事之文，感於外物而有作也；曰抒情之文，曰推理之文，情動乎中而不能自已者也。嚮予之所謂狀物而弟仍之者，玆一以寫景賅之。蓋天下無真非幻，山河大地及一切形氣思慮中物，不能自有，賴覺知而後有，見盡色絶，聞塞聲亡，且既賴覺而存，則將緣官爲變。目勞則看朱成碧，耳病則蟻鬬疑牛，相固在我，非着物也。是則我之所見爲物者，安知物之果如是而不爲空中幻景乎？是説也，予弟當亦領之。此則别白不同而爲分類之事也。若乃句有句、讀、頓三者之别，章有起、承、轉、落之不同，積句成章，積章成篇，是則析其官體而明功用之次事也。僕每懸一例，無不羅舉古人文字旁推交通以証其不相剌謬。匪是，無獲與焉者，亦可謂能觀其會通而籀爲文字之公例者矣。

信斯言也，是則壹本内籀之術以治之者，與西儒之所謂科學者何異？非法也。然而不謂之學焉者，則以未能窮理而深究其所以然也。近人每見諸大家文字，無一家面貌不相異，而詫以爲不可及。實則異不足詫。何者？以人心不同如其面，而言爲心聲，文字則尤言之至精焉者也。其異也，乃其宜也，所可詫者，轉是千形萬態不可方物之中，有其大同者在。於其所同，能究得其故。近日侯官吴氏撰《涵芬樓文談》，闡發處極有精到語。此科學之事矣，匪僕所能及也，願並世有以起予。

（無錫圖書館藏油印本，1915年11月）

《中國文法説例》贅辭二

（論中學校之授國文文法）

錢基博又曰：人亦有言，法者，如規矩準繩，工程所藉以集事者也。無法，則雖有般輸之能，無所用其巧。大抵文章一道，其妙處不可以教人，可以教人者，惟法而已。僕按之教育部頒中學校課程標準，于中學校第三四學年，國文有“文法要略”一科。揆諸立法者之意，豈不曰人生八歲入小學，自認字造句以迄成章作短篇文字，程度已够升學，而入中學習國文者又盈二載，是其平日於文字講、讀、作三者之經驗匪寡，至此而眎以當然不可畔之大例，必能有所證入乎？然而文法之爲物也，綱舉目張，條例秩然，實不啻一文字則例焉耳。是故其爲言也有序，非若論説文字之可以意緒層出不窮，傳記故事之恢詭可喜之足以引人入勝也。人生年十五六，童稚之性，亦既蜕化未盡，樂於不經而厭束縛，其聞雅樂而思卧者，勢也。而不悟文法之爲道，實眇衆慮而爲言者也。徒以其枯燥無味，遂不足引起諸生玩索之志，隨聽隨忘，棄之如遺。而爲講師者，亦遂心知其然，而不恤虚爲委蛇以卒事也，則其所稗於文學者幾何而必虚耗此日力爲也，宜其有闕焉放廢而不之授頃撿江蘇省立第五中學校學業教授程序表，即無“文法要略”一科者矣。此尤僕私心所爲大謬不然也！何者？蓋人生之畢業小學而升學也，其日用科學常識，亦既於高等小學一一具體而微矣。然甚深微妙之論，則尤非所驟幾，故在中學校之教之也。要當傳與智識之意少，而整理秩序其思想觀念之意多。即如理科之變混合教授爲分科有系統之教授，尤其顯著而可見者也。即國文何獨不然，是故授文法之作用有二：（一）綜合其平素講、讀、作三者之經驗而籀爲當然不可畔之大例，俾有明瞭真確之觀念一也；（二）條理其夙昔與師友講肄所得片面不全、破碎無系統之文字上之咫聞尺見而整正之使成系統，即所謂整理秩序其思想觀念者二也。而後者之爲用尤大。僕嘗謂其人無整正秩序之思想觀念者，其爲事也，厥乃亂雜而無章。異日厠身社會，決不能有條不紊。措置裕如也。嗚呼！此中國不規則之政治家之所以多，而紀綱之所爲日紊也。蓋其由來者漸矣！孟子曰："生於其心，害於其政。"《易》曰："履霜，堅冰至。"漸也。藉曰："坐視而不爲之計。"則匪吾儕言教育者之職志也。爲之計則奈何？無亦曰："吾儕成事不説而不能無望於未來。"衹有陶淑今日在校之學生事事物物，壹以治科學之法治之而已，即國文亦其一也。蓋科學者最規則之學也。其治之也，有倫有脊，雖秒忽不可以痡。《易》曰："艮其輔，言有序。"《詩》曰："出言有章。"曰有序，曰有章，即此積字成句，積句成章之條理秩如，整正不紊之謂也。平日教養有素，其足以培養秩序觀念而有造於綱紀人心者，爲功決匪淺鮮。豈屢措之語言文字之各得其當也耶！是則言中國文字之不可以無法，而文法之不可闕焉不授也亦明矣！雖然，授文法則奈何曰道在有以引起學生玩索之志，準所授文法而俾之圈識書籍，既日有以增益其新知，鼓動興趣，又時有以証文字公例之不韋。其抽繹之心，相引益長，浸漬漸摩之既久，趣味濃深，可操券決也。且天下法不虚立也，必有以融會貫通，推之九流百氏而無或差忒，而後能深信不疑，思之審而辨之愈明也。此則僕硜硜之愚，所願獻其野人之曝者矣。

（無錫圖書館藏油印本，1915 年 11 月）

《德國兵家克老山維茲兵法精義》卷頭語

侯官嚴又陵先生有言："西方一德，東方一倭，皆猶吾古秦，知有權利，而不信有禮義公理者也！德有三四兵家，且借天演之言，謂戰爲人類進化不可少之作用，德人雖有議院，然實尚武而專制，以戰爲國民不可少之聖藥；外交則尚夸詐，重詗偵；其教民以能刻苦，厲競争爲本；其所厲行，乃盡吾國申商孫吴之長而去其短。日本竊其緒餘，遂能於三十年之中，超爲一等强國。"見《學衡》雜誌載《與熊純如》手札。何圖狡焉啓疆，肆毒於我；喋血千里，乘勝遠鬥，其鋒不可當；顧究其所以用兵行軍之法，壹以德爲師資。而百年以來，德之名將所奉行之戰略，皆出其軍學鼻祖克老山維茲氏而自爲神明變化。克氏則普法之戰，常勝將軍毛奇之師也。孫子曰："知彼知己，百戰百勝。"儻知克之所以言兵，則知我之所以制日；勝負之數，其如示諸掌乎！

克老山維茲氏以西曆一七八〇年，生於普魯士之馬特堡；其先本波蘭人也。少小有胆智，束髮從戎；至以十三歲與於抗法之戰焉。二十一歲，入柏林軍事學校；校長香化斯脱氏深器之；而以二十三歲卒業。至二十六歲，爲一八〇六年，法皇拿破崙以大軍來侵。普人禦之，敗績；而克氏爲俘焉。既而普與法媾和，交釋所俘；遂以一八〇九年歸普，參贊軍政之改制，實施徵兵，用奠普國復興之基。而卒以普爲城下之盟，低首下心，惟拿破崙馬首是瞻也，義有不屈，私計當日地廣兵强之未爲法屈者，惟有俄爾！乃走俄軍，爲參謀。及拿破崙糾諸國聯軍以伐俄，而普軍與焉。俄爲堅壁清野；而拿破崙老師深入，無所得食；軍以大潰，僵殕屬路。然而普人震於積威，莫之敢攖！於是克氏發憤而起曰："報仇雪恥，在此舉矣！時哉不可失也！"身入普軍，慷慨陳辭，上説下教，莫不爲之動容！於是普人發難，乃舉兵以聲討拿破崙，任白立希氏爲元帥，而克氏爲之參謀，以有一八一四年滑鐵盧之役。而於是百戰百勝之拿破崙一蹶不振，遂以降王受縶；而克氏之以也！既以知兵有聞於普，而爲軍官學校教官，普王太子軍事教官。至一八一八年，受命爲柏林陸軍大學校長；而毛奇將軍實隸籍爲弟子焉。以一八三一年十一月十六日卒，年五十二歲。

克氏之卒也，其夫人瑪利校訂遺著，以一八三二年六月卅日出版，而爲之序焉；凡十册，而冠以兵法三册，分八卷。其中一論戰之性質，爲八章；二論戰之原理，爲六章；三論戰略，十八章；四論交戰，十四章；五論兵力，十八章；六論守，三十章；七論攻，廿一章；八論军事計劃，九章；共一百二十四章，原始要终，富哉言乎！自毛奇以暨歐洲大戰之興登堡、麥耿生、魯登道夫諸大將，莫不奉爲繩墨，善其運用。而衷考克氏之言兵，傳授心法，乃得之拿破崙大皇，以其習與拿破崙戰者久也。當其時，名王大將之遇拿破崙者何限，日與爲構，徒驚拿皇用兵之神，縱横揮斥，莫測高深，祇有目眩心駭，望風而靡已耳！獨克氏運其機智，好學深思，闚拿皇用心所在，默識心通，以能自得師，成一家言；所以其言兵不墨守成法，而焯有玄解，蔚爲德國兵學之祖也！其大指可得而論者有三：一曰：戰争之道，尤貴迅速決勝，而以消潰敵國之軍隊及其戰鬥力。孫子所謂"貴勝不貴久"，而"古之善用兵者，能使敵人前後不相及，衆寡不相待，貴賤不相救，上下不相收，卒離而不集，兵合而不齊"，用此道也。二曰：戰略無妨政略，外交以輔軍事，斯其戰勝不忒。如恃勝好戰，而外交因應無方，則未有能終保其勝！孫子所謂"不知諸侯之謀者，不能預交"；而"霸王之兵，伐大國，則其衆不得聚；威加於敵，則其交不得合；是故不争天下之交，不養天下之權，信己之私，威加於敵，故其城可拔，其國可隳"者也。三曰：操縱敵國之輿論，以煽誘敵國之人心，使之厭戰而自爲瓦解；夫如是，其孰能禦我！此則馬謖應諸葛亮南征之對，所謂“用兵之道，攻心爲上”而出以新式運用者也。而今觀於日本則何如？方其始也，挾戰勝之威，乘積弛之我，欲以雷霆萬鈞，迅雷不及掩耳，脅我媾和，解我軍備，然後因我之資，蓄力養鋭，以徐與俄持；故其大命懸於速戰而大捷，信有如克氏所論者。然而孟賁烏獲，力有所底，飈發雷奮，浸淫以迄今日，老師深入，兵頓魯南；我方再接再厲，敵已再衰三竭；豈非孫子所謂“其用戰也，勝久則頓兵挫鋭，攻城則力屈，久暴師則國用不足；夫頓兵挫鋭，屈力殫貨，則諸侯乘其弊而起，雖有智者，不能善其後”耶！此其無勝我之道一矣！日之有疾怨深仇於俄，非一日矣；而又以好大喜功，招英法之怒，協以助我；而亦自慮事欲之難成也，乃與德意爲媾，德意虛以協定相餌，而陰以邀利於英；大欲一償，何藉於日；而方窮兵不戢，以求逞志於我；此正孫子所謂“不争天下之交，不養天下之權，信己之私，威加於敵，故其城可拔，其國可墮”，危乎殆哉！抑亦克氏之所致戒也！其無勝我之道二矣！師直爲壯，曲爲老；凡我國人，外禦其侮，小大畢力，未有貳志。而日則殘民以逞，師出無名，誹謗有誅，道路以目。兵無鬥志，軍紀日壞；而貪財好色，淫掠無禁，賊殺不辜；益以堅我國人同仇敵愾之志，有死而無二；雖欲如克氏所稱“操縱我國之輿論”，消殺國人之抗戰而有所不能。何者？則以日軍之恣爲不道，我國之人懷必死，而非可以虛詞飾説動焉！此其無勝我之道三矣！觀於克氏之爲書，而勝負之數，不待蓍蔡，昭然可睹也；要在我之有以善圖其後耳！其書以一八四九年，有法譯本；一八七三年，有英譯本。

基博嘗授同學諸子以孫武書，時則首都淪陷，我軍敗績；天下洶洶，士無靖志，而基博則謂：“强弱無定形，勝負無常勢；要在量敵而審己，因利以制權。儻得孫武十三篇書讀之，心知其意，可以鎮方擾之人心，延國命於垂絶！”亦以爲轂宜誦説。轂宜聞而驚歎曰：“微乎微乎！出神入化矣；惜余聞道之晚也！”既而昭於基博曰：“余粗習歐故”；迺爲道“德之有克氏焉，言而世爲天下則，亦庶幾歐西之孫子也”！遂據英譯本以相研討，而證孫武之書，雖其言有合有不合；而要以徵見日人所以敢冒天下之不韙，而以逞志於我者，其道有由！基博曰：“盍迻譯以爲我國人告也？”轂宜笑曰：“孫武書，十三篇耳；然而國人罕有肄業及之者！況克氏之下筆不自休，其卷帙之浩浩，且什伯於孫武書焉；恐讀者未終卷，而我倦欲眠矣；寧易闕其要領所在乎！”基博仰而思，俯而答曰：“是何傷！請毋斤斤於字比句次之直譯；而會通其旨，以爲要删；意最其精，辭出以達，庶幾目治者易終卷，心維者易挈要焉；其亦可也！”於是縠宜説其義，基博潤其辭，以一卷爲一篇，隨篇標目，題曰精義，勿以辭閡；掛一漏萬，雖自知其未允；纂言鉤玄，庶無負於作者！如以此爲未足，則有克氏之原書在。聊疏其旨，以冠於篇。時在中華民國二十七年之五九國恥紀念日，無錫錢基博、顧縠宜仝叙於國立浙江大學之泰和縣上田村舍。

（原刊於《國命旬刊》第六期，1938 年 5 月）

《孫子章句訓義》卷頭語

《孫子章句訓義》，僕舊日之所刊也；新戰史例，則今之所增訂也。往者德國兵家克老山維茲詔人："欲學兵法，衹有讀史。"人謂理論爲事實之母；不知事實乃理論之母；無事實，無理論；而有理論矣，茍不能驗之以事，抑亦無徵不信！孔子曰："我欲載之空言，不如見之行事之深切著明也！"是故兵法之所以演進者三：其（一）曰綜兵事以籀爲法。孫子生春秋之末，列國兵爭，聞見習熟，而著十三篇，以爲中國言兵之祖。克老山維茲與於普法之役，身經百戰，退而論兵以著書八卷，肇開德國兵學。是故非戰國紛紜之世，不能産兵法！蓋法不虚立，有兵事而後有兵法。茍無其事，不能空憑以抒議也！非聰明天亶之士，不能著兵法！事變之賾，屠僇之慘，俗人眩焉，獲免爲幸！惟智勇深沈者，默識心通，不震不懾，有以見天下之動，而觀其會通，以行其典禮也。其（二）曰衍兵法以籀其例。古人發凡起例，無不原本事實；而言簡以賅，未可以臆，無徵不信，抑亦無徵不明！德國史梯芬將軍，傳授心法以承克老山維茲，而蒐集古今速戰速決之例，成爲《卡南》一書。吾國唐之杜佑撰《通典》，著有《兵典》以爲："孫武所著十三篇，旨極斯道，故知往昔行師制勝，誠當皆精其理。"輒捃摭史事，與孫武書之義相協，並頗相類者纂之，爲卷十有五，爲目百四十有奇，條舉件繫，大抵以孫武書明法，而以古事爲驗；其於唐以前兵事略備矣！明武進唐順之論用兵指要，撰有《武編》十卷，分前後兩集，而後集則徵述古事，亦猶杜佑之志也。惟克老山維茲言："籀史例以闡兵法，宜用最近之例。蓋古代之事，往往書闕有間；而時代愈近，則記載愈完備；此非言古代之例，一無可取也；如戰略犖犖數大端，古例何嘗不精要；惟戰術及戰略之詳細布置，則以近例爲尤宜；何者？以其近己而時變相類。"嗚呼！此吾新戰史例之所以爲增訂也。其（三）曰用兵法以顯諸力。同一史梯芬計畫也，同一迂迴戰略也，然小毛奇一九一四年用之於法而無效；而希特勒一九四〇年用之於法，則有成功者，顯之有力也。此則行軍用兵，將帥之事；而非書生紙上談兵所敢置喙矣！書生不能用兵，然而書生不妨談兵；由談兵，而知兵。昔胡文忠公未嘗不有慨乎言之，以謂："天下之大患，總是書生不知兵之過；總以兵事爲小人之事，非學者之事；一遇警動，則讀書人早已遠走，或隱匿不出；實因其人志氣不能自爲，不知兵事！不知兵事爲儒學之至精，非尋常士流所能幾及也！兵事以人才爲根本，人才以志氣爲根本；兵可挫而氣不可挫，氣可挫而志不可挫。"志何以不挫？曰知兵而已！嗚呼！古人以憂患動心忍性；今人以憂患倖生喪志；平日侈談之學問經濟，文章道德，一旦大難當前，未有片語隻字，可以鎮得心定，振得氣壯！明之亡也，亦有老秀才無拳無勇以爲國干城，而見危受命，神閒氣定，安坐以待，引頸受刃者！今人則併此勇氣而無之！四郊多壘，亦士之辱！效死勿去，何必軍人！而大敵未臨，學府先震，道聽塗說，庸人自擾，不惟無勇，抑亦不智，播散謠傳，摇動人心，鼠駭獸走，逃死勿遑；大師失其所以爲表，後生失其所以爲學，見之氣喪，語之顔赧，君子修辭立誠，吾言亶不然乎！嗚呼！此十三篇書之所以不可不讀也！

吾之所爲籀新戰史例以闡十三篇書者，自甲午中日之戰，日俄之戰，歐洲第一次大戰，及阿比西尼亞、西班牙、阿爾巴尼亞之戰，以迄今日方酣之大戰，而上溯於普王菲烈德立、法帝拿破崙兩雄；凡列國兵情國勢，齊民訓士，布陣用器之制，戰勝攻取之方，乃至參謀之組織，間諜之運用，莫不互勘其得失，闡論其因果；而尤致力於歷史之演變，推見本末；然後知十三篇書，囊括古今，真可以建諸天地而不悖，百世以俟聖人而不惑焉！近代論兵，多以德國爲典型；而吾國之説《孫子》者，往往斷章取義，以皮傅德國兵家之説；此不知《孫子》者也！孫子不云乎！“不盡知用兵之害者，則不能盡知用兵之利也！”德之兵家，徒知用兵之利而已！德國兵法，始於菲烈德立大王，謂：“勝利者，前進而已！儻有攻人之力，可以乘人之不備而不爲攻者，其人則愚人也；爲國則愚國也！”老毛奇將軍則曰：“戰争爲上帝創造世界計畫之一！儻無戰争，世界將沈淪於唯物主義之深淵，而不能拔矣！唯戰争，足以洗滌物質享樂之世界！”魯登道夫言：“戰争者，人之天性也。强者勝而善者敗，於是不高貴之惡者，突進嚮前！使高貴者而不敗，則必高貴者而亦强，斯可以抵抗不高貴者，而繼續生存耳。”希特勒言：“戰争者，永恒者也！普遍者也！無空間，無時間，無所謂開端，無所謂和平，無戰争，則無生命！”不恤糜爛其民而戰之，倖災樂禍；此誠孫子所謂“不盡知用兵之害，則不能盡知用兵之利”者也！

至於十三篇書，經之以五事，校之以計而索其情，因利制權，作戰謀攻，而必以全争天下，禁攻寢兵，其言曰：“兵者，國之大事，死生之地，存亡之道，不可不察也！是故百戰百勝，非善之善者也；不戰而屈人之兵，善之善者也！非危不戰；主不可以怒而興師，將不可以愠而致戰，合於利而動；怒可以復喜，愠可以復悦；亡國不可以復存，死者不可以復生；故明君慎之，良將警之，此安國全軍之道也。”其操心也危，其慮患也深，鄭重丁寧，“非危不戰！”孔子曰：“仁者其言也訒！爲之難，言之得無訒乎！”嗚呼！孫子，仁者也；其言也訒！而德人之言兵也則易矣！戰國時，趙括自少學兵法，嘗與父奢言之。奢不能難，然不謂善！括母問其故？奢曰：“兵，死地也，而括易言之！趙若將括；破趙軍者，必括也！”嗚呼！德人之言兵也則易矣！其言之不怍，則爲之也難！

俾斯麥以德國鐵血宰相稱；顧頗不慊於德國軍人之戰略，雖老毛奇將軍亦非所重！方一八六九年，拿破崙第三之將啓釁於德也，俾斯麥獨居深念，以謂：“波蘭，小國耳！然以俄、普、奥三大國之力，亡之百年，而民未親附，叛者四起！況以法人之聰强，有悠久之文化！德如敗法，於德何補；徒以賈怨，未必爲功！縱得亞爾薩斯，不得不出兵以守；而法國不亡，必有一日得其所與，以成聯盟，而與我爲敵；我不得旰食矣！”嗚呼！此固鹵莽滅裂，好大喜功之德國兵家，未易遽以告者也！顧不意而俘拿破崙第三；俾斯麥念：“今而後，吾德人不知何日得太平矣！”維此老成，瞻言百里！顧德國兵家，則以謂："戰争者，民族生存之一方式。人類之生於今，應以戰争爲終身之職業。"而其戰略，則欲用殲滅戰略，謂："應採速戰速決之法，以殲滅敗者而摧殘之以絶跡於歷史。勝者何必與敗者談判和平之條件！蓋一經戰敗，即無談判之資格；而戰勝者，僅須從心所欲，提出條件，以交戰敗者接受而已！"一九一四年，小毛奇欲以施之於法，而未遂也；遂以冒天下之大不韙，府世界之怨，而幾以不國！顧不悔禍於厥衷！魯登道夫著《全民戰争論》，謂："方針，何惜偏！祇要偏能澈底，則反而正矣！"意以爲小毛奇不澈底也。今白魯希茲用閃電戰以佐希特勒，滅國者十餘，而法亦潰；計可謂澈底矣！然而喋血萬里，伏尸千萬，破人之國，德亦無成，連兵不解，勝利何日，丁壯死於鋒鏑，老弱不得一飽，損人不利己，意欲何爲！嗚呼！是則偏之爲害，而孫子之"必以全争於天下"也！然而希特勒其知之矣！方其破波蘭也，大聲呼籲，以謂："西線戰局之相持，匪余所曉！如連兵久不解，必有一日，德法之間，劃新疆焉！然世界殘破，不見莊嚴之都市；而破瓦頹垣，一片荒涼，豈余之意！曠觀歷史，幾見戰勝之事；而常兩敗以俱傷！"吁！何其言之恫也！顧虎已騎背，不能再下；劍已出鞘，不得自收；張脈僨興，欲罷不能！汝佔先著以雄飛，誰甘輸情而雌伏；既有今日，何必當初！而閃電之戰，勝在奇襲；故技慣試，人有虞心！克老山維茲嘗言："如攻擊者，以突襲之活潑爲常，此實大誤！"習以爲常，雖襲何突！傳授心法，亦已質變！乃人情好奇，談者誇詡；日本，我之自出，生心害政，拾德國兵家殘唾，師其餘智，不恤反兵所親，日以肆毒於我，同種同文，相煎何急！不知其國東鄉大將有言："熱心於戰争者，不知戰争者也！凡經歷戰争之恐怖，而猶嗜戰争者，非人類也！無論何法，必勝戰争；吾人必不顧一切以力避戰争！苟非危及民族之生存者，不可以戰争！"嗚呼！此孫子之所謂"非危不戰"，而老成之謀國，少壯軍閥之所漫不措意者也！不圖前車將覆，後轍已尋！國人談兵，亦多誦德！或曰："守則不足，攻則有餘，與其困守以待攻，不如先發而制人！"或曰："國土防禦，當在敵境。"矜閃電戰之奇捷，以導揚速戰速決之論。凡此不中情實，播爲美談，生心必以害政，異日將爲厲階！嗚呼！希特勒之所以能爲閃電戰者，亦以德國科學之精研，工業之發達，由來已久，而憑藉者厚，因勢利導，固非一手一足之烈，亦豈歲月所能有功；然而悉索敝賦，二十餘年，虜使其民，日困征繕，飢不得食，寒不得衣，憔悴虐政，不知税駕；希特勒之威聲，震耀宇宙矣；於德之國計民生何有！夫德之國土防禦，在敵境矣；日之國土防禦，在我境矣；然而“其用戰也，勝久則鈍兵挫鋭，攻堅則力屈，久暴師則國用不足；夫鈍兵挫鋭，屈力殫貨，則諸侯乘其弊而起；雖有智者，不能善其後矣！”此固孫子之所大戒，而顧亦步亦趨，欲逐後塵乎！余故推本孫子之意，以明著閃電戰之不足奇，速戰速決之不可能，條舉件繫，具論於篇；辭而闢之，廓如也！

嗚呼！我中國今日之抗戰，不患不勝；所患既勝之後，票佼鋒協之武人，狃於一役，“不知用兵之害”，好大喜功，日糜爛其民而戰之，如希特勒之所爲也！借使希特勒之舉兵也，僅以毀凡爾賽之條約，恢德意志之榮譽，師直爲壯，豈惟德人之所願欲，抑亦舉世之所同情；而雄圖既溢，瞻視非常，欲以并吞八荒，力征經營，罷民以逞，樹敵日衆，終亦必亡而已矣！所貴乎兵家者，豈一勝之爲烈；尤貴有以善其後；未制勝，且先慮敗；既制勝，宜圖保勝。而德之兵家，徒爲制勝而已，敗且無以善後，勝亦豈能終保！抑兵之爲用，制勝未易，善敗尤難！而我蔣委員長以積弱之勢，抗暴興之日，再接再厲，而氣不撓，善敗不亡，敗豈終敗，可謂善敗也已！老子曰：“抗兵相加，哀者勝矣！”而德之兵家，則不爲“哀”而爲“亢”！“亢之爲言也，知進而不知退，知存而不知亡，知得而不知喪！其唯聖人乎；知進退存亡而不失其正者，其唯聖人乎！”我蔣委員長有焉！余嘗謂德國兵家：史梯芬之蒐古今殲滅戰例，知兵事而不知兵法者也！塞克特及白魯希茲之創閃電戰，知兵器而不知兵法者也！惟蔣委員長爲能知兵法，以退爲進，推亡固存，無兵器而固兵心，作士氣，敗而逾奮，此所以不可及也！既有以善敗於方今，必有以保勝於他日！

余觀列國戰略之成功，莫不習慣成自然，原本歷史！英之先爲不可勝以待敵之可勝，自拿破崙之戰而已然；俄之寓攻於守，致人而不致於人，亦自拿破崙之戰已然；德之貴勝不貴久，自一八六六年，普奥之戰已然；日之制人於先發，自甲午中日之戰已然；運用之妙，熟極生巧，蓋歷史之相沿，而因習者有素也！特是陳陳相因，數見不鮮，我所習熟，敵能預測，而有以相制，則無以善後焉！獨蔣委員長高瞻遠矚，推陳出新，以空間换時間，而予敵以不決；以弱勢耗强敵，而持我以堅忍；决心抗戰，可失地而不可媾和，一破中國數千年之歷史，而不爲因循！吾嘗慨吾國士夫，震於歐化，而輕家丘，民族自信之心已墮；論及歐戰，輒詫戰術之創新，雖臭腐亦爲神奇，而太不知歷史！一談抗日，則又疾首蹙額，宋、金、元、明、清之故事，潮上心頭而不能自拔，往往降志辱身，而求以全軀保妻子；縱有形格勢禁，而慷慨當衆，沈吟私室；知識愈高，意氣愈沮，而無法以自振；則太熟歷史爲之厲階也！此一役也，中國歷史，將爲之轉變，而予民族以自信，滌舊染之汚而自新；豈僅一勝之爲烈！吾嘗持此誼以告人；而人莫之信也！

或有問於予曰："宋之南渡也，李綱、張浚，咸議抗金，而日尋干戈，無役不北；卒以媾和，而生民稍得息肩，不已多乎！"余應之曰："昔李綱勸高宗首定國是；而宋之敗也，由於國是不定，二三其志！宋人怯戰以求和，金人餌和以亟戰；金人且和且戰，宋人不戰不守，宋不爲備，而金乘之；史實具在，豈戰之罪！而劉錡順昌之捷，岳飛朱仙鎮之役，金之鐵騎縱橫，亦非無堅不摧也！使當日如蔣委員長者，總師干以與周旋；愈敗愈不和，愈戰愈强，以堅制鋭，金何能爲！今决心抗戰，國是久定，士有死志，民無二心；師直爲壯，曲爲老；彼曲我直，吾何畏彼哉！吾觀李綱、張浚，議論纚纚，兵情敵勢，焯有所見，然以不習戎事，於將士非素拊循，雖有經國料敵之智，而無臨戎馭軍之才，終不足以當大任，捍强敵！是故李綱、張浚，知兵法而不知兵事者也！蔣委員長，則知兵法而能治軍事者也！李綱、張浚，縱無力以抗金；蔣委員長，必有材以敗日；今古事異，可斷言者！"

或又曰："自古中國，有起西北，以兼東南；罕有東南，克定中原！而今國都播遷西南，人以吴三桂視之矣！"余應之曰："言不可以若是其幾也！昔趙翼論長安地氣，以謂：'地氣之盛衰，久則必變！唐開元、天寶間，地氣自西北轉東北之大變局也！秦中自古爲帝王州，周秦、西漢遞都之；苻秦、姚秦、西魏、後周，相間割據；隋文帝遷都於龍首山下，距故城僅二十餘里，仍秦地也；自是混一天下，成大一統。唐因之，至開元、天寶，而長安之盛極矣！盛極必衰，理固然也！自是地氣將自西趨東北，故突生安史以兆其端！自後河朔三鎮，名雖屬唐，僅同化外羈縻，不復能臂指相使。蓋東北之氣將興，西方之氣，已不能包舉而收攝之也！東北之氣，始興而未盛，故雖不爲西所制，尚不能制西。西之氣，漸衰而未竭，故雖不能制東北，尚不爲東北所制；而無如氣已日薄一日，帝居遂不能安！於是元宗避禄山，有成都之行。代宗避吐蕃，有陝州之行。德宗避涇師，有奉天梁洋之行。地之觚觚不安，知氣之消耗漸散！迨僖宗走成都，走興元，走鳳翔；昭宗走莎城，走華州，又被劫於鳳翔，被遷於洛；而長安自此夷爲郡縣矣！當長安夷爲郡縣之時，契丹安巴堅已起於遼，此正地氣自西趨東北之消息！特以氣雖東北趨而尚未盡結，故僅有幽、薊而不能統一中原。而氣之東北趨者，則有洛陽、汴梁爲之迤邐潛引，如堪輿家所謂過峽者。至一二百年，而東北之氣，積而益固；於是金源遂有天下之半；元明遂有天下之全；至我朝不惟有天下之全，且又擴西北塞外數萬里，皆控制於東北；此王氣全結於東北之明證也！而抑知轉移關鍵，乃在開元、天寶時哉！’上下古今，此誠博學通人之論！然東北之氣，極盛於清，而亦消耗以盡；與之代興，將在西南！趙氏以安禄山之反，爲地氣自西北轉東北之消息；吾則以吴三桂之反，爲地氣自東北轉西南之消息！蓋自明以前，西南諸省，蠻夷荒服，僅等羈縻，曾無力以問鼎中原！及吴三桂稱兵雲南，一出而秦隴響應，東南震動；稱帝衡山，清廷岌岌，連鐵騎以南下，而苦戰荆岳久不解，如楚漢之争滎陽、成皋焉；此正地氣自東北轉西南之消息；特以氣雖西南趨，而尚未結，其興也浡，其亡也忽！清廷遂據幽燕以盜有諸夏者二百年；然革命常起南方！廣西崎嶇嶺徼，地瘠民貧，有史以來，何當大局！然洪秀全、楊秀清發難金田，乃裹五嶺之民，陵厲無前，出湘蹴鄂，順長江而下，奠都金陵，奄有天下之半者，垂十餘年；兵鋒之鋭，直達津沽！清廷蹙縮而莫誰何；於是曾國藩、左宗棠之徒，起於湖南，用湘軍以與角逐，廑乃克定；而湘軍四出，東至東海，南踰嶺外，西定天山。清廷拱手仰成以得苟延；則是西南之氣日王，而東北之氣，已不能包舉而收攝之也！氣之西南趨者，則有武漢、衡湘，迤邐漸引以爲過峽。黄興起於湖南，黎元洪舉兵武昌，而清廷之大命以傾！及袁世凱因清之故都，洪憲稱帝；而蔡鍔以雲南首義，一舉而覆之；則是西南之氣以益旁薄！抗日軍興，而國都播遷西南，以奠民族復興之基；文化隨之深入，西南必以開發。地運何常，人事可恃！然則今日之大患，不在日人兵勢之强；而在吾人之歷史因襲觀念太强，氣不自振，志以先沮也！”

嗚呼！物腐而蟲必生，志疑而間以入！吾人喪氣沮志，以疑於戰；此固日人之所大欲，而間之可得入也！觀於歐洲第一次大戰：一九一七年，俄軍雖不振；然德人不敢以一卒叩邊，而割地以亟和者，列寧之護送回俄，而德人之用間成功也；非戰之罪也！一九一八年，德人百戰百勝，而亦内潰；則以英法之宣傳成功，而人民之厭戰以深也；亦非戰之罪也！今希特勒暗啞叱咤，縱横歐陸，滅十餘國；人皆震於閃電戰之威！顧校其成功；國之破於戰者十之三；國之破於間者十之七；而所以爲間，則一本克老山維兹之傳授心法，操縱敵國之輿論，餌以和平，而煽誘敵國之民志，使之厭戰而自爲瓦解焉！嗚呼！吾儕士夫，讀書明理，豈有賣國以爲間；徒以罷於奔命，厭戰情深，談吐之間，張皇敵勢，而不知不覺，播散謡傳，以爲間用者，吾見亦多矣！此吾之所大懼也！嗚呼！三十年來，吾見列强用間以破人之國者，不爲少矣！陰謀祕計，微乎微乎！就所覩記，蒐著其事，以闡孫子用間之篇，如禹鼎之鑄奸，如秦鏡之照妖，繪影繪聲，窮態極妍；豈如太史公之好奇哉！毋亦以爲國人監觀也！

余少喜談兵，老不自振，讀書數萬卷，到老不得一字之力；教書三十歲，報國幾見一士之用；撫衷唯有悔餘，羈旅以延病喘，作伴回鄉，不知何日；首丘思切，殊難爲懷！獨念本院締造，茂公亟招，間關以來，長沙大火，楊家灘之工院亟遷，而藍田之人心大震，風聲鶴唳，士氣已墨！而茂公神閒氣定，經營方亟，撫綏多士，以有今日；其間長沙大戰，亦再而三，迫近前線，驚心烽火，士無靖志；而茂公在危不擾，絃誦依舊！作育之效，未知何如；即此矢志不撓，處變若定，率勵多士，俾知有勇，而體不懼，以安問學；已足立懦廉頑，樹之風聲！嗚呼！見利思義，見危授命，亦士之常！此而不能，百年樹人，亦奚以爲！此僕衰病餘生，以得追隨爲幸者也！屠龍之技，於我何有！伏櫪之驥，不能無嘶！此中耿耿，讀者監諸！無錫錢基博識於國立師範學院之光明山，時爲夏曆辛巳除夕，山居已四度除夕矣！雲天淒黯，急景凋年，余髮種種，蓋不勝遲暮之感云！

（商務印書館，1947 年 11 月出版）

《華中高等師範學校歷史博物館贈品說明書》卷頭語

家無長物，不過舊物故紙以供標本研究；凡贈品二百一十一件，分十類，每類就所認識，而按時代以成系列，繫以説明；一知半解，不足以言博物，更何足以表現中國歷史之悠久；不過出其所藏，公諸同仁同學，聊竭區區以發動社會之文物教學而已！卑之無甚高論也！

文物教學之第一步，在認識。

據歷史以認識文物，因文物以認識社會。

認識須能知類通達，而轉認識以成知識；因一物之認識以推見同類，因此一類之認識以推見相互之他類；因所見而推所未見；觀其會通，則必有待於辯證。

文物教學，須視之爲考古學之演進；而不限於考古學。考古學，不過就一古物而考其來歷，明其製作。至於文物教學，尤當注意於物物之相互，而觀其生滅錯綜以應用唯物史觀辯證；乃爲好學深思、心知其意也！《易·繫辭傳》："物相雜，故曰文。""文"者，物之相互。曰"物"，可以認識盡；曰"文物"，則不能以認識盡，而必有待於辯證。苟不能應用辯證以闡明物之相互，不能知文物。所以説明頗注意於物之相互；且因所見而及所不及①也。

德國米海里司教授，以一九〇八年出版《美術考古學發見之一世紀》一書，注重歷史之發展；吾人不能不從客觀之分析入手，實事求是，縝密考證；然而吾人不可以忘全體；一編之中，三致意焉。

錢基博 一九五二年十二月

（油印本，今藏華中師範大學歷史文化學院博物館）

① 及，疑當作“見”。

發刊詞 FAKANCI

《麗則女校週報》弁言

《詩》有之："明命使賦。"注："賦，布也。"《傳》曰："詩人之賦麗以則。"説者謂"麗，離也"，於卦爲離，取象則女。女爲國民之母，離乃文明之兆，重明以麗乎正，乃化成天下。此麗之所爲貴以則，而則之爲言乎法，不則則不麗乎正，不能化成天下也。是則我麗則女校掌教諸大師，顧名思義之所爲吐話爲經，屬辭爲法，《週報》立言之主旨，而校長任味知先生之明兩作離以繼明照於諸同學姊妹者乎！顧不日報，不月報而週報者，有取於《易·復卦》之旨，所以大章吾校諸大師之黽勉教督，不憚反復其道"七日來復"、"誨人不倦"之仁心仁聞者也；乃不以博爲固陋，俾弁簡端。博殆《詩》所謂"明命使賦"之人耳，敢云"麗以則"乎哉！真氣内潛，篤實輝光，凡我姊妹，無辜所望，輯《社説》第一。百國寶書，尼父博采，殫見洽聞，薄大瀛海，輯《中外大事記》第二。《春秋》秉筆，實本魯史，旁薄内遺，斯焉取斯，輯《校内新聞》第三。不學無術，史氏所譏，静娟細意，慮剖茫微，輯《學術》第四。博通今古，不辨菽麥，通儒所病，何可不覈，輯《常識譚》第五。稗官小故，亦志藝文，扶風承劉，以資博聞，輯《故事》第六。行有餘力，則以學文，弟子所職，敢不懋厥勤，輯《文苑》第七。事有非常，用資瀆告，辭規意切，駭聾警俗，輯《專件》第八。文舉屬章，半簡必録，既觀辭令，亦審邇躅，輯《校外通信》第九。拾錦碎璣，乃資多識，游心藝事，亦弟子職，輯《叢談》第十。《餘興》第十一。

（原刊於《婦女雜誌》第4卷第2期，1918年2月）

《宏毅日誌彙刊》頌言（發刊辭一）

民國八年某月，本校同學日露布其所心得，盈若干月而彙刊焉，題曰“宏[1]毅日誌彙刊”，冠以“宏”、“毅”二字，校訓也。烏虖！我同學諸子於是乎爲知道矣。自五四運動以還，新思潮瀰漫，“自覺”、“解放”之聲，洋洋焉盈耳。曰：“此歐化之所以日進無疆者也。”聞之者或欣焉，或戚焉。欣者，欣其説之新穎也；而戚之者，則以爲大道之藩，於是抉焉矣。然博以爲道之爲言路也，人人之所共由以達於“自覺”、“解放”之域者也。孔子何嘗不言“自覺”？何嘗不言“解放”？“克己復禮”之謂“自覺[2]”；“仁以己任”之謂“解放”。《中庸》，孔子言“自覺”之書也；《大學》，孔子言“解放”之書也。顧言“解放”者，必先“自覺”。而“自覺”之道，莫尚乎“誠”。《中庸》曰：“誠之者，擇善而固執之者也。博學之，審問之，慎思之，明辨之，篤行之。有弗學，學之弗能，弗措也；有弗問，問之弗知，弗措也；有弗思，思之弗得，弗措也；有弗辨，辨之弗明，弗措也；有弗行，行之弗篤，弗措

---

① “宏”與“弘”本通，本文與下文皆混用，一任其就，不改。

② 覺，原作“解”，今改正。

也。”烏虖！此曾子之所爲“死而後已”者也。“人一能之，己百之；人十能之，己千之。果能此道矣，雖愚必明。”明者自覺之謂也。“誠則明矣，明則誠矣。”烏虖！天下烏有不“誠”而能“自覺”者乎？惟“誠”爲能“自覺”，故曰：“誠者自成也，而道自道也。”然則自成自道之道，果安在耶？曰：在“克己復禮”。俄國托爾斯泰教人不可不認真我，此托氏之“自覺”也。顧托氏則以爲：“我有獸性之我，有理性之我；而我之所以爲人，在制配獸性於理性之中。厥道曰愛，何以言其然也？獸性之我，剬己自多而争奪興焉。顧理性之我，則思所以制止此獸性之我。而告之曰：‘争奪相殺，人道之大苦也。是故不與人争奪之爲幸福。’惟愛者爲能不與人争奪。”烏虖！此孔子“克己復禮爲仁”之説也。己即獸性之我，禮即理性之我，而仁即愛也。然而不“擇善”者不能“復禮”，“擇善”而不“固執”者不能“克己復禮”。烏虖！此“誠”之所以爲“自覺”之道也。惟能“自覺”者而後可與言“解放”。《大學》之言“解放”，在人類“解放”，匪祇自我“解放”。是以君子有“絜矩之道”也。烏虖！我亦人類之一也，“人類解放”，我焉有不解放者乎？使人類不盡“解放”，雖欲“自我解放”得乎？是故“解放”之道，莫善於“仁以爲己任”。仁者人也，然而所藏乎身不恕而能喻諸人者，未之有也。《中庸》曰：“忠恕違道不遠，施諸己而不願，亦勿施於人。”故曰“克己復禮之謂仁”。假使人人挾一“自我解放”之辟見恣己而不能克己，是則《大學》之謂所“争民施奪”而已矣，何“解放”之有焉？則甚矣不“自覺”者之不可與言“解放”也。然而信道不篤者不能“自覺”，執德不宏者不能“解放”。惟“毅”而後信道篤，惟“宏”而後執德宏。余故於《宏毅日誌》第一次彙刊之日，而爲詮釋校訓“宏”、“毅”二字，以頌同學諸子之有以“自覺”焉，“解放”焉。我同學其勉之哉！

（原刊於《弘毅》，1920年第1卷第1期）

《弘毅日誌彙刊》再致頌言

（發刊辭二）

《弘毅日誌》第一次彙刊之日，同學諸子必欲得博一言。博既引校訓"弘"、"毅"二字，而説"自覺"、"解放"之所以，爲諸子頌。顧猶不能已於言者，以爲"自覺"者，"解放"之基也，言"解放"者不可不"自覺"；則博且再與諸子言"自覺"。因念美國於我爲先進，邦人士之所觀化者也，言政治者必於是焉，言教育者必於是焉，言實業者必於是焉。顧諸子，學生也。而博則奉職於學校者也，則且與諸子言美國學校之"自覺"。美國披德爾佛氏，華盛頓大學教授也。其言曰："近三十年來，大學學生，不誠於求智……以視古之志精而力果者相去遠甚。……苟有誦習，非出强制，即由獎勉，甚或中有所慴，不敢不學而已。……夫性不嚮學之學生既多。……轉而校外之活動，愈以發舒。此指大學之體育比賽、盟黨要結、社會運動、政治演講等事而言。而大學乃竟以此代高等之教育，青年益視爲學業之正，樂於附從。若使之治學於課室，則雖數小時之暫，莫不頭痛欲裂。……於是求智之正軌已失，學生之活動益甚，有真能滿足智能之量者寡矣。"見《新教育》第二卷第三期譯披氏《將來之美國大學》論文。烏虖！自近日吾國學生觀之，則所謂"盟黨要結"也，

“社會運動”也，“政治演講”也，方日興月盛而未有已，豈非所謂“學校解放”者耶？顧彼都人士，方戚戚焉自覺其不可，曰此“非求智之正軌也”。然而我中國今日學生方亦步亦趨，循其故武，果何爲者耶？惟本校同學諸子，大率孜孜於學聰明識道理者多，憤國事之日非，而彊學癒不怠，以爲“非彊學不足以救國”也。天下未有人民競於學而其國澌滅以亡者。本校同學諸子不以社會運動妨德業之修進。烏虖！此本校同學諸子之力能“自覺”，而不肯隨俗爲進退也。韓退之有言曰：“業精於勤荒於嬉，行成於思毁於隨。”思之謂自覺，而隨則毁焉矣。本校同學諸子能自覺而不爲毁行之隨，其爲可頌，孰有大於是者哉！爰再致語以頌之。

（原刊於《弘毅》，1920 年第 1 卷第 1 期）

《無錫新報》發刊辭

《無錫新報》發刊之日，基博不敏，敬謹以同人之命，屬辭比事而陳於邑人君子之前曰：

飲冰室《自由書》載："犬養木堂爲語，日本維新以來，文明普及之法有三：一曰學校，二曰報紙，三曰演説。大抵國民識字多者，當利用報紙，國民識字少者，當利用演説。"然則報紙者，社會教育之一種，所以輔學校教育之不逮者也。《無錫新報》者，將以爲無錫社會教育之木鐸，祛其舊染之污而促之日新焉。

或曰：無錫地方不過數百里，而以報紙論，有《錫報》、《新無錫》，奚以《無錫新報》爲？此報紙太多之説也。雖然，有人自海外歸者，言一千八百五十年。美國報紙僅二百五十四種，至一千九百年，增至一萬一千二百二十六種矣。是五十年之間增報紙一萬九百七十二種也。是平均每一年增報紙二百十九種也。然而美人不以爲多，報紙日增而讀報之人亦隨之日增，使報紙而足以貫徹社會教育之主旨，庸有嫌其太多之理者。無錫地方雖小，然泰伯端委之地也。人民逾八十萬，文物冠江南。而地方社會教育之報紙，祇嫌其不多耳。此《無錫新報》之所爲踵《錫報》、《新無錫》而繼起者也。

然則《無錫新報》之所以異於《錫報》、《新無錫》者安在？曰：報以有聞必録爲旨，《無錫新報》之與《錫報》、《新無錫》同者也。而寓社會教育之意味於有聞必録之中，則同人匪曰能之，不敢不勉者也。記載不涉人之隱私，議論期可見諸施行。有日刊焉，有星期增刊焉，有月刊焉。譚學術則温故知新，而出以婉而多諷之筆；抒時評則忠告善道，而相誡訐以爲直之辭。開誠布公，集思廣益，要以新民智，淑民德，而無悖於社會教育之主旨耳。

（原刊於《無錫新報》創刊號，1922年9月1日）

《無錫新報·文學月刊》發端

《無錫新報》社以《文學月刊》委編製，曰："吾子以文學教育任第三師範講席有年矣！盍推而大之，以文學化邑何如?"余應之曰："固所願也。"夫報紙之新聞，依於事實，而人群之激發，實基於感情。今有一物最足激厲感情、發抒人性自然之美者，莫如文學。此今日之"報紙文學"，所以"附庸蔚爲大國也"！竊謂中國今日乃文藝復興時期，振大漢之天聲，合太和於人類，表著民德，鼓舞國魂，胥在於此。

雖然，中國號稱右文之國，而文學爲物，其義云何？或多未喻。故冠以文學一門，發凡起例，以究厥旨；其次曰史料，曰文苑，曰詞林，曰聯叢，曰箋存，曰詩文話。都七門，此《文學月刊》之大凡也。雖然，竊有説：

博師範學校文學講師也。諸君子責博以一校之文學教育，推而大之，廣被一邑，誼所不敢逃也。若乃揚榷邑政，指陳其得失；此今日政論家之事；博之所不敢與知也！邑人君子，尚體此意。十一年九月一日，錢基博。

（原刊於《無錫新報·文學月刊》創刊號，1922年9月1日）

《無錫新報·思潮月刊》發端

近人好言“思潮”二字，基博以爲此不合理之名詞也！使思而如潮之起伏無定，則所謂人生者，無意志無目的之生活耳！夫人生之所以異於禽獸之生者，以有意志、有目的也。人生之所以有意志有目的者，以能“思”也。孟子曰：“耳目之官，不思而蔽於物。……心之官則思；思則得之，不思則不得也！先立乎其大者，則其小者不能奪也。”韓文公曰：“行成於思毀於隨。”蓋人生之有“思”，猶舟行之有舵也；所以發蹤指示，持人生之鵠者也。乃不以舵爲喻，而以“潮”爲喻乎！潮之流徙，無定程者也！舵之持旋，有定向者也！嗚呼！天下之人，果有“思”而如潮之涌者乎？曰：有之！《民律》上之所謂“心神喪失”者，是已！夫所謂“心神喪失”云者，匪無思也！思太多也！俄而發洋財焉！俄而作貴官焉！俄而高車駟馬焉！又俄而賊發火起焉！樓臺彈指，幻想顛倒，而手足無所措，俗則謂之“瘋狂”；若喪失心神然者？此其人於法律上爲“無行爲能力”！耗矣哀哉！我中國人今日之思也。俄而國粹焉！俄而歐化焉！俄而理智焉！又俄而直覺焉！如蘇老泉喻韓子之文，所謂“如長江大河，渾浩流轉，魚黿蛟龍，萬怪惶惑”；則信乎“思”之如潮也！或曰：“思潮”云者，喻吾人思想之變進，如潮流轉之速也。子斥“思”

之不宜如潮，得毋以此阻遏思想進化之機耶？是又不然：潮之流轉，無意志，無目的，而激薄於不自已者也。至吾人思想之變進，則貴持以定識定力，而不可無意志、無目的者也。使個人而“思”如“潮”涌，斯其人於法律上爲“心神喪失”，爲“無行爲能力”。今一國而人人“思”如“潮”；將國爲“心神喪失”之國；而於國際法上認爲“無行爲能力”可乎！人之“心神喪失”、“無行爲能力”者，於法律宣告“禁治産”，然則國人之“心神喪失”、“無行爲能力”者，設於國際法上宣告“禁治國”，可乎？

嗚呼！余欲無言！然而人曰思潮，我不得不亦曰思潮。人曰：“汝其爲《思潮月刊》。”我不得不亦曰：“我其爲《思潮月刊》。”人云，我不得不亦云也。雖然，我不能禁人之“思”不如“潮”。我不可不告人以“思之不可如潮，而當把捉此思如舵之待舟”。嗚呼！國人之思之有潮也！其起於“新”、“故”之激薄乎！茲基博之爲《思潮月刊》也，有“國故論衡”之部焉！以温故也。有“西學介紹”之部焉；以知新也。毋我執以詭時，不曲學以阿世！我妄言之，諸公姑妄聽之！十一年九月十六日，錢基博。

（原刊於《無錫新報·思潮月刊》創刊號，1922年9月16日）

《無錫新報·雙十節特刊》發端

中華民國之慶雙十節，於今十一度矣！《易》數：天一，地二，天三，地四，天五，地六，天七，地八，天九，地十，由一而推之十，地道之所以有終也。由十而增之一，天道之所以更始也。此《易》理之寓於數字者也！自今日之譚科學者以言；其説不異夢囈！然民國締造，號稱共和；而武人作慝，剬己自恣。農輟耕於野，士輟學於庠；拊手蹙額，莫可如何！而當茲十一度之雙十節日，要不能不祝中華民國景命更新之自今始！而有以驗《易》數之不誣！亦人情之不得已也！孔子曰："推十合一曰士。"許洨長曰："士，事也。从十，从一。"蓋士之字體从十从一；而士之義則事。基博則世之所號爲士也。夫以推十合一之士，而躬逢此十一度之雙十節；其將何所事以無負於士之名乎！曹子桓云："文章者，經國之大業。"亦士之所有事也。茲雙十節紀念文學特刊之所爲輯也。世之讀吾文者，尚其念民國締造之不易，而有以善其後。十一年十月十日，錢基博。

（原刊於《無錫新報·雙十節特刊》，1922 年 10 月 10 日）

《工商日報》發刊詞

無錫工聯總會，將刊《工商日報》以大誥百工，利用厚生。吾友王子彤雲實以秘書部長主其事，索爲發刊辭，則詢王子所欲言。

王子乃以工聯總會創刊日報之旨相詔曰：日報之天職，在廣布新聞，濬發民知。乃或者襲宣傳之名，操不根之談，不知理想必根諸事實，宣傳當基於正義，而誣妄不經，以淆衆聽。播新聞之實録，而藉爲舞文之具，濬文明之利器，而出以左道之言，愚民之術，酷於秦皇，秦皇愚民以焚書，時奸愚民以報紙。世變日亟，識者憂焉，凡我同人，必謹必戒。記事必實録，勿爲誣妄；持議必正大，勿爲回枉。庶納工友於規物，儆殖貨以自省。此本報發刊之旨也，願子有以進我。

博作而言曰：休哉！王子之言也。博誠愧無以相益，然不可無以答子之意，我固妄言之，子固妄聽之。

無錫工業之興，不自統治於國民政府而始然，而工聯總會之組織，則國民政府統治而後有。然則有國民政府，而後有工聯總會。倘無錫不爲國民政府所統治，則亦無工聯總會，是故工聯總會進行之方針，必基於國民政府所自出之三民主義，則博不能無一言。

工人利益之當尊重，中山先生民生主義與馬克思社會主義之所同也。然而有異者，馬克思社會進化，必基於階級戰爭，而今日之階級戰爭，則在勞力者以資本家爲鵠，而旁及於商人。商人者，亦掠勞力之盈餘以自爲利者也。故階級戰爭，工商亦所不免，此馬克思之論旨也；而中山先生則以爲裁抑商人，別自有道，奚事於階級戰爭，而工業生產之贏利，亦豈僅恃勞工，而可資爲勞工剬政之口實，遺誥具在，可覆按焉。要之，馬克思主義，以階級戰爭爲社會進化之基，而中山先生民生主義，則以全民福利爲社會進化之基；工人職生産，商人事分配，各有攸司，而裁商人之壟斷，不在階級戰爭，而在分配之社會化。以從事於創制顯庸，通商惠工，一以貫之，馬克思主義如烈風雷雨，中山先生如光風霽月，一仁一暴，寧待蓍蔡？而今之言工人利益者，乃誤解中山主義。以有事於階級戰爭，於是社會日以阢隉，民生益見憔悴，此豈中山先生之所及料？所望因時因地，勿爲拘墟，蒐羅事實，明發讜論，有以間執讒慝之口，而進生民於康樂。安民和衆，兵氣化爲日月之光，以共躋仁壽之域，此固不徒一鄉一邑之幸已。然而微言大義，無徵不信，理想必根諸事實，宣傳當基於正義，王子則固言之矣。雖然，願有進也。吾聞諸海外歸者，爲言英報之記事，以關於政治經濟者爲主，美報則兼記社會瑣事，德報載統計表最多，獨法人之報，則記事簡而能賅，議論磊落而多感慨，稱世界第一。未識諸君之報，將何所取裁焉。姑書此以覘其後。

（原刊於《工商日報》創刊號，1927年7月18日）

《國命旬刊》發刊辭

迺者東人不道，蕩摇我邊疆，屠殺我無辜，肆其封豕長蛇，以來犯我京畿。凡我邦人，悼心蹙頞，雖欲勿戰，烏可以已！是用鷹揚之師，決命争首，死傷積野，猶復徒首奮呼，争爲先登。同人服務教育，各有攸司，雖曰同仇，匪遑離局；然而義憤空發，喉舌廑存，是用抒其肝膽，播爲文字，旬出一紙，署曰國命；將以導宣民意，張皇士氣，而發刊有日，屬爲之辭。基博被服儒者，古訓是式，謹銓厥指，以昭告於我邦人父老兄弟，諸姑姊妹之前曰：

夫文，止戈爲武，維我先民，禁攻寢兵；親仁善鄰，自古已然，然而戰陣無勇，比於不孝；四郊多壘，則士之辱，著見經記；以爲大戒，而按之《説文》："國，邦也，從□，從或。""或，邦也，從口從戈以守；一，地也。"是知國之爲詁，誼在抗戰；而從□於外者，所以明疆埸之有定，樹界表以共守；人不來犯，我亦不犯人，爾毋我虞，我毋爾侵。然而狡焉啓疆，何國蔑有！如有侵畔，寸土勿讓，操戈以守，有死無退；日蹙百里，其何能國！古人造字，豈曰徒然！凡我邦人，當知國於天地，可以抗戰而不可以侵略；可以不侵略，而不可以不抗戰。抗戰者，國民自衛之天職。侵略者，武人好大之野心。《傳》曰："兵猶火也，不戢必自焚。"而獨不監之古乎！有以侵略亡人之國，而卒不免亡國滅種以自夷者；中國歷史之嬴秦、匈奴、契丹、女真；歐洲古代之斯巴達、羅馬；滔滔者天下皆是也！近觀普法戰争以前之法，歐洲大戰中之德，何莫非以其民族之好戰尚武，而備受全世界人之膺懲！《傳》不云乎："前車之覆，後車之監。"而我東鄰，乃欲蹈其覆轍也！耗矣哀哉！然而刑仁講讓，忘戰必危；有以不抗戰而坐貽隕滅者；觀於我國，遠則徐偃王以仁義亡，近則南宋以講學削，又其明效大驗也。我今日之中華民國，而欲不爲偃王之徐，南渡之宋，則惟有出之以抗戰。而抗戰者，匪執政者之威脅我，勢臨我，而出於我疆我理之情有不容已！往者齊人之伐魯也，戰於郎，公叔禺人遇負杖入保者息，曰："使之雖病也，任之雖重也；君子不能爲謀也，士弗能死也，不可。我則既言矣！"與其鄰童汪踦往，皆死焉。魯人欲勿殤童汪踦，問於仲尼，仲尼曰："能執干戈以衛社稷，雖欲勿殤也，不亦可乎。"於戲！執干戈以衛社稷，童子之所攘臂以起；而謂鱿鱿烈丈夫有不能乎？使之雖病，任之雖重；而君子欲不爲之謀也，士欲弗爲死也，於義既有不可，於情尤甚不安！我疆我理，尺地寸壤，何莫匪我高曾祖考，上溯以暨無極，暴霜露，斬荆棘之所僅得有！國必自伐，而後人伐；我不自削，人誰削我！我愛和平，而寧容人之蹂躪我和平！我不侵略，而寧容人之侵略我土地！操戈以守，義不旋踵，此古人造字，國之所以從□從或，而或之所以從口從戈以守一；凡我邦人父老兄弟，諸姑姊妹，不可不深思其諦者一也。

所謂國命者何也？按命之爲詁，古有二釋：其一、性命之誼。《禮記·中庸》："天命之謂性。"注："天命，謂天所命生人者也，是謂性命。"《左氏·成十三年傳》："民受天地之中以生，所謂命也。"疏引劉炫説："命者，冥也，言其生育之性，得之於冥兆也。"《大戴記·本命》："命者，性之終也；分於道之謂命。"《論衡·命義》："命則性也。"此性命之説也。其二、時命之謂。《荀子·正命》："節遇謂之命。"注："當時所遇謂之命。"《淮南·繆稱》："命者，所遭於時也。"《列子·力命》篇題注："命者，必然之期，素定之分也。"此時命之意也。如與國字聯文以解：從其前者而言之，則所謂國命者國性之謂，於文則止戈爲武，在國則操戈以守。凡我邦人，當知可以不侵略。而不可以不抗戰，乃我中華民族之昊天有成命，秉之性分，引爲天職，古訓是式，斷斷無疑；其誼一也。從其後者而言之，所謂國命者又國運之意，當此日彊寇憑陵，實逼處此；凡我邦人，逃死無所，昔人有言"困獸猶鬬"，況國乎！

其勢不得不起而抗戰，此正所謂必然之期，素定之分；雖欲不戰，惡得而不戰；其誼二也。然而惟命不常，多難興邦。凡我邦人，溺於宴安，木古則枯，人老亦衰；此一役也，動心忍性，可以袪民族舊染之汙而自新；可以矯民族偷惰之習而自振。《詩》不云乎："周雖舊邦，其命維新。"而鼓舞作新，其必以此日之抗戰發其機；舍曰不能，則爲人奴虜而已矣！何去何從，孰得孰失？願我邦人父老兄弟，諸姑姊妹不可不深思其故者又一也。

同人發刊之期，適當國慶之日，所望背城借一，矢志無貳，國命攸續，同人利賴，年年此日，永得以一紙與邦人父老相見。如不自奮而圖苟活，人爲刀俎，我爲魚肉。昔人有言："虞不臘矣！"存亡之機，決於今日。子犯有言，曰："師直爲壯，曲爲老。"日則不德而徼怨於我，日曲我直，我志彌厲。推亡固存，義何所讓！群賢競盡其謨，小大咸得肆力；而加之以篤固，申之以忠勇；道有窮而必復，人有激而斯奮，困心衡慮，咸有一德；豈上帝臨我而貳其心！苟衆志不能以成城，救國不由於得民，民不愛國，惟生是偷；然後黔首有瓦解之危，關門無結草之固；彊寇縱兵，如驅群羊，而天綱解紐，大命既傾，河山墟矣！雖當國孤憤，烈士死綏，將奚救哉！是故當國者，必策民之自知衛其國，而情不已於抗戰。道之以政，齊之以刑，不若動之以誠，結之以義。故曰："域民不以封疆之界，固國不以山谿之險。"此物此志也。伯爾君子，幸鑑此意！

（原刊於《國命旬刊》創刊號，1937 年 10 月 10 日）

後　序 HOUXU

《桃花扇傳奇》後序

愛新覺羅氏以非族入主中夏，民心未厭；而辛亥之役，以政治革命終，實以種族革命始！而《桃花扇傳奇》，則播種族革命之因於三百年前；而無錫顧彩之所作也。彩字天石，七歲能詩；年十二，已裒然成集；以選貢生入都；王公側席，崑山徐元文方柄國，以科舉招致之，欲彩出門下。彩乃曰："嘻！彼不師我而欲弟我！以弟博第，吾實恥之！且徐某安得以聲利輕天下士耶！"絶不通。既而客某鉅公所，小不適，輒辭去。某鉅公慚曰："吾誠不能客先生；然度諸貴人，無能禮先生者！"乃作書致衍聖公，走幣延聘。至曲阜，與孔尚任深相得。傳者謂《桃花扇》一書，爲孔尚任借侯朝宗、李香君點染，譜宏光遺事。其序之者，署名梁溪夢華居士，即彩也。序稱："云亭山人，以承平聖裔，京國閒曹，忽然興會所至，撰出《桃花扇》一書。"是彩亦明認《桃花扇》爲云亭山人作，無異辭也。至同縣顧光旭輯《梁溪詩鈔》，於彩傳，獨云"至《桃花扇傳奇》則嫁名孔東塘者"，是《桃花扇》實出彩作；而光旭於彩爲諸孫，聞見必確，其言當有所本。乃《桃花扇》後附云亭山人漫述此書本末。中一條云："前有《小忽雷傳奇》一種，皆顧子天石代余填詞；及作《桃花扇》時，天石已出都矣！"是當日亦有疑《桃花扇》之爲彩作；而山人此言若爲辨白者。然考之彩作《桃花扇》原序，稱“歲在甲戌，先生指署齋所懸唐朝樂器小忽雷，令余譜之。一時刻燭分箋，壘鼓競吹，覺浩浩落落，如午夜之聯詩，而性情加慁。翌日而歌兒持板待韻；又翌日而旗亭已樹赤幟矣！斯劇之作，亦猶是焉”。今玩“斯劇之作，亦猶是焉”二語，不惟《小忽雷》爲彩所譜；而《桃花扇》之譜，亦出於彩無疑焉。是彩雖不言《桃花扇》爲己作；而未嘗不認譜之自我出也。云亭山人於彩之一序，自始無異辭，而後忽云“作《桃花扇》時，天石已出都”，輕輕將序中“斯劇之作，亦猶是焉”二語抹過，而又不斥言其非是；又因欲攘《桃花扇》之爲己作，遂不恤爲《小忽雷》晝供，而質言之曰“顧子天石代余填詞”，殆所謂“作僞心勞日拙”，欲蓋彌彰者耶！云亭山人又云：“顧子天石讀余《桃花扇》，引而申之，改爲《南桃花扇》，令生旦當場團圓，以快觀者之目；其詞華精警，追步臨川，雖補余之不逮，未免形余傖父，步敢不避席乎！”是彩作《桃花扇》而後又作《南桃花扇》。《桃花扇》以張薇出家白雲庵爲侯李説法，二人醒悟修行，分住南北二山結局；而《南桃花扇》則改朝宗挈姬北歸，白顧[①]偕老。按朝宗於順治癸卯尚應秋試，改之不爲無見，劇中諸人姓氏履歷亦真實不虚。而云亭山人之特舉以白於人人者，匪真爲《南桃花扇》表彰也！意若曰：“顧子所作者，自是《南桃花扇》爾！”至《桃花扇》一書，故云亭山人作也。海陵沈成垣跋云：“余竊怪顧天石爲云亭知己，而不解《桃花扇》之用意組織，漫改爲《南桃花扇》。令生旦當場團圓；則猶整看《桃花》而未能破耳！云亭作《桃花扇》，是讀破萬卷之時，其胸中浩浩落落，絶無全牛矣！太祖三百年天下，可謂整齊；而其終也若此！是天下不能常整也！天下不能常整，而兒女閨房之事，固能常整乎？讀《入道》一曲，云亭何難説幾句團圓話頭；而顧作如是筆墨。噫！山人胸中眼中，不啻齏粉，於花團而錦簇所謂團圓者難以盡言耳！”是《南桃花扇》用意之深至，實不如《桃花扇》。而彩之作《桃花扇》，其始不過筆墨遊戲，故不恤嫁名云亭爲之；而不意云亭之以是獲大名也！迨晚歲改作《南桃花扇》，不過以示瑟歌之意云爾！云亭亦解此旨，故有“敢不避席”之語；陽示推崇以慰藉其意。今《南桃花扇》傳而不書著，《桃花扇》特著，人知《桃花扇》之爲云亭山人作，而不知爲彩之作！余故特表

① “顧”疑爲“頭”之訛。

而出之以諗讀者。孔尚任，字季重，一字聘之，號東塘，又號云亭山人，康熙間授國子監博士，累官户部員外郎，有《湖海集》。乃疏濬海口，奉使淮揚，于役四年。所作而以湖海名者，以揚州爲五湖之區，東海之表也。大抵登臨讌集之作，多推本唐音；間題漫興游戲之作，則時有入宋。而去國懷鄉，憂時閔俗，與夫故友之深情，亡國之隱痛，言外寄慨，亦往往見焉。所撰《蘅皋詞序》一篇，論樂府、近體、詩餘、南北曲之遞變以及音節，則固審音知曲。而玩“顧子天石代余填詞”一語，豈精於審音而短於填詞，遂以假手於彩也耶！

（選自《潛廬集》，作於 1912 年 4 月）

讀曾子固《列女傳目録序》書後

徐師曾《文體明辨》，按題跋者，簡編之後語也。凡經傳子史詩文圖書之類，前有序引，後有後序，可謂盡矣。其後覽者，或因人之請求，或感而有得，則復撰詞以綴於末簡，而總謂之題跋。至總其實，則有四焉：一曰題，二曰跋，三曰書某，四曰讀某。夫題者，諦也，審諦其義也。跋者，本也，因文而見本也。書者，書其語也。讀者，因於讀也。題、讀始於唐，跋、書起於宋。題跋者，舉類以該之也。其詞考古證今，釋疑訂謬焉。要以簡勁爲主，此則屬於讀之類。

自古言女德之懿者，莫善於匡稚圭説《關雎》之詩也。曰："情欲之感，無介乎容儀；宴私之意，不形乎動静。"此則子固序《列女傳》所謂："能正其視聽言動者，大人之事，而有道者之所難爲能也。顧令天下之女子能之，何其盛也!"於是子固特爲推論女教之純備，而歸本於君子之身化，故曰："《家人》之義，歸於反身；《二南》之業，本於文王。"此自子固奏進時主責難之義則然耳。顧其言有曰："後世自學問之士，多徇於外物而不安其守。其室家既不見可法，故競於邪侈，豈獨無相成之道哉！士之苟於自恕，顧利冒恥而不知反己者，往往以家自累故也。”是其歸獄於女子子之無以相成，又何其辭之嚴也。

嗚呼！婦德之不脩也舊矣。士君子稱説今古，燕居坐論，何嘗不厚自期許。進禮退義，匪不知安貧樂道之可貴，而乾餱之愆，室人交謫，惡聲所必反矣。及其在官守也，匪不知儉以養廉之爲美，而宫室妻妾之奉，相競於邪侈而不自已矣。是則其徇外物而不安於守也。何莫匪女子子之心，矜於虚榮，騖紛華靡麗有以致之也哉！於是冒進干利，敗德滅度，罔知所以自克。宜子固言之多慨也。夫孟光麤衣椎髻，而梁鴻忘富貴之樂，鮑宣妻短裳挽鹿車，而宣以脩德守約。此其德有以相成，爲世所偁慕也。人之度量相越，不其遠哉！

（原刊於《婦女雜誌》第2卷第8期，1916年8月5日）

《春壺殘滴》後序

右吳江沈詠樓先生詩文兩卷，其同縣柳君棄疾序之，文懿美甚，古人一書不再序，況博文質無所底，即盡心力爲之，奚能有加柳君毫末哉！雖然，先生之次君穎若，博之友也，嘗有以詒我矣，其曷敢以固辭。謹按穎若之言，曰："先子少卓犖，工詩古文，顧以爲此僅自娛之一種，於世無濟也。濟世莫如醫，上自黄帝、岐伯，以及漢張仲景《傷寒》、《金匱》之書，下逮金元四家，靡不疏而櫛之，涣然有以融會其大旨。蓋生平之精力大半瘁於此，詩文特其餘事耳。顧不肖，兄弟早孤，不及世父業，醫藥專家之書非不學者所克編訂，其粗得窺見膚末者，惟詩文耳。辭氣蹙然，若無當於先人之志意者。"於戲！此穎若之所爲不可幾及也。

吾聞讓清乾嘉之間，吳江有聖醫曰徐靈胎先生，既死，而錢唐袁枚爲之傳。枚生平亡足道，然集中載與徐榆村一書，謂老人欲爲尊公立傳者，慮必有奇方妙藥，如史册中之華陀、許穎宗，可以啓發後學，補救蒼生。不料寄來節略，一字不提，想薄醫爲小道故爾耶。二十年前，僕與薛一瓢交好。一瓢亡，僕欲爲立傳，故向其孫壽魚徵所治醫案。壽魚答云："先祖恥以醫名，但寄其性理語録來，欲自附於程朱之後。"僕始而驚，繼而欲嘔，因告之以

“得千百僞程朱，不如得一真華陀”，可謂有慨乎其言之也。按書中所稱，榆村，靈胎子也，夫榆村之父、壽魚之祖，明明醫也。顧二子必以醫爲諱，至先生則以一老明經工詩古文辭，儒而醫者也。而穎若乃曰“詩文其餘事”，是果孰爲善繼述者乎。於戲！醫者，活人之術也，惡用諱？近儒張文虎以書勸何補之捨詩古文辭而專力於醫，曰：“坐言起行而有實用於世，莫如醫。詩古文辭，亡用之空言也，徒因其名高而事之，惑矣。且醫固技也，而進於道。詩古文辭，藝能之末事，未見其高於醫。”於戲！此可謂知言者也。穎若語余曰：“猶子有斐方以通方技鳴於時，父書具在，吾將督之，董理而刊成一家焉。”於戲！先生之醫，未知視徐靈胎如何，而穎若則賢於榆村者遠矣！余故樂而爲之序焉。辛酉三月無錫後學錢基博謹撰。

（選自《潛廬集》，作於 1921 年 3 月）

吴江沈頴若先生《文字源流》後序

——文字源流之中英比較觀

吾讀吴江沈頴若先生《文字源流》一編，語殺不繁而舉例盡；因爲廣其意以詔諸生曰：仲尼誨人不倦，然舉一隅，不以三隅反；則不之復。莊生有言："井蛙不可以語于海者，拘于虚也。"夷考埃及、墨西哥之古文，而知世界文字，同出于一源。埃及國語：一曰圖解；二曰符號；三曰音聲模擬。較之吾國六書，圖解即象形；符號即指事；音聲模擬即諧聲。墨西哥古語，由圖解易爲符號，由符號易爲音聲；雖不合許君之六書次第，而揆之班氏所言六書次第，亦頗相符。故文字之形聲雖殊，而制作之大例則一。蓋既爲地球上之人類，同此五官四肢；喜怒形於色，哀樂動乎中，音之不能盡而筆諸書；文字之聲雖異，所以爲傳達言語之具者實同。特以各國所處之地位不同，洋海環之，山嶺障之，斯言文不能統一耳。雖然，中西文字之異，人之所知也。中西文字之異，而有其不異者存，則人之所不甚知也。諸生旁治英文者也，試以英文爲例：

（一）文字之初，先有義有聲而後諧聲以制文字，不論中西一也。蓋氣清而上浮者謂之天；天音何自生？生自顛。氣濁而下凝者謂之地；地音何自生？

生自低。推此類也，讀上字高字如張口仰望；讀下字低字如閉唇下視；讀吃字如吞咽；讀嘔字如嘔吐；蓋未造字之先，已發其音義矣。英文亦然；如 High，高也；讀之張口如仰望。Lower，低也；讀之閉唇如下視。eat，讀之亦如吞咽。又如吾國有感歎詞：嗚呼、噫嘻、唉及丁東，剥啄之類；專以諧聲爲義。而西文亦有 O、Oh、ah、ha、alas、hurrah 及 boom（爆發聲）、click（輕擊聲）、crashing（折斷聲）、hick（鑿聲）等字，若此類者，不勝枚舉。

（二）凡韻母悉屬喉音，而英文之韻母 vowel 有五：曰 a、e、i、o、u，同于中國之宫、商、角、徵、羽。a 商，e 角，i 徵，o 宫，u 羽也。亦有變音，與中國同，謂之雙音 Diphthongia，如 oi 之在 boil，ai 之在 aisle，皆變徵之音也。試以 a、e、i、o、u 五韻母而徵之中國韻書：如 a 在 father 音阿，正六麻，二十一馬；二十二禡音。a 在 all，其音與 au 之在 land 同，則五歌，二十哿，二十一箇也。a 在 gant 入聲短呼七曷，八黠。e 之在 me，音伊，正四支音；而 e 在 met，則入聲短呼九屑。i 在 knit，入聲二十錫，十四緝。o 在 not，入聲十藥，在 no，介五歌七虞之間；在 move，七虞，其音與 u 之在 rude 同；而 oo 之在 wood，其音與 u 之在 but 同，則入聲一屋矣。u 在 nut，入聲十五合，十七洽。而 i 在 high，其音與 ai 之在 aisle 同，則九佳也。oi 在 boil，十灰。ou 在 bow 及 bound，四豪。ew 在 new，其音與 u 之在 tube 同，則十一尤矣。惟英語無六魚音，而法語之 u 字，乃真六魚音也。

（三）夷考英文有字根，乃有展轉引申之字。字根皆拉丁、希臘文也。如以 acer（拉丁字，有“尖利、辛辣、尖酸、苦、刻薄”諸義）爲字根；而 acrid（辛辣）、acrimony（薑桂之性，嚴酷刻薄）、acid（酸，醋酸）諸字由之引申而出。以 stasi（希臘字，有“堅持、植立不動、永久”諸義）爲字根，而 ecstasy（顛狂妄動）、ahosstay（背叛道教）、system（法則）諸字即由之引申而出。詳見《納氏文法》第四册第二十七章三八五——三九二頁。聲相從者義亦相從。而我國文字亦然：如以“中”爲字根；而盡中心爲“忠”，中衣爲“衷”，人次在中爲“仲”；其從“中”輾轉引申之字，聲從中者義亦從中。又如以“戔”爲字根；戔，小也；於是貝之小者爲“賤”，皿之小者爲“盞”，竹簡之小者爲“箋”，凡從戔，輾轉引申之字，聲從“戔”者義亦從“戔”。諸如此類，不可枚舉。

（四）獨體爲文，合體爲字。文不足于用，而孳乳成字以濟其窮；此不論中西一也。侯官嚴復曰：“從成字之法而言之，英字又可分爲兩大類：其一曰文 primary words。其一曰字 secondary words。文者何？原成之字，不可復析者也，如化學之原質然。字者何？孳乳寖多之字，所可更析之以爲文者也，如化學之雜質。字分二類，中西皆然。中國之文，如一人、夕、口、馬、日諸字；西國之 primary words，如 one man，night，mouth，horse，sun 等。中國之字，如信、武、證、忠、娶諸字，皆合文而成者也。西國之 secondary words，如 tedshoom midday，kingdom，beautiful，亦可更析爲 primary words 者也。”

（五）英字之孳乳，其法有二：一曰會合，compasrtion。會合者，取分立之文字而合之使成一也。如 lighthhouse（燈塔）、inkstand（墨水瓶）等字，謂之 compound words。所會合者，自二字有時至於三字四字；如 shend-thrift（豪奢之子）合二字者也。midship-man（海軍學生）合三字者也。out-of-the-way（非常者）合四字者也。一曰轉成，derivation。轉成者，由一字之根，以意義之殊而變化其體成異字者也。如 love 愛字爲根；而 loving（愛、中意）、lover（情人）、lovely（可愛）、loveable（可愛者）諸字由之而出。full（富足）字爲根；而富於信義者謂之 truthful，甚可畏者謂之 fearful，富有希望者謂之 hopeful。ward 者，著其物之所趨也，以此爲根；而進往曰 forward，鄉往曰 toward，北首曰 northward，西南首曰 southwestward，不便利曰 awkward，凡此之類，謂之 derivatives。按許君六書定義，以事爲名，取譬相成，謂之形聲；比類合誼，以見指撝，謂之會意；皆合有義分立之文，而孳乳成字。如形聲之中衣爲衷，正言爲證；會意之一大爲天，用口爲周；即是西文之 compound words 也。又合兩字見意者，如會意之天從一大，古從十口；形聲之衷從衣，中聲；證從言，正聲；是也。有合三字四字見意者，如會意之祭從示，以手持肉，䍐從四中；形聲之整從攴，從束，從正，正亦聲；是也。亦與英文之 compound words 相同。至英文之 derivation，則亦猶轉注建類一首，同意相受之例耳。惟 derivatives 之同意相受，大抵皆即一字爲根，而前後附益之；而轉注則以一字建一類之首，而上下左右附益之耳。蓋西文橫行，中文縱行也。

（六）按中國六書，象形、指事二者，爲西國拼切之字所無；間見於記號，如天學以○爲日，以☽爲月；然非文字。惟會意（賅形聲而言之，以聲亦兼意也）、轉注、假借三者，爲用與中文正同；而假借之用尤宏。如 back，背也；而 backslide，backslider 之 back，則作違背解。Way，路也；而亦訓爲方法。以肩背之背引申作違背之背，道路之道引申作道術之道，即六書之假借也。西文謂之 ambiguity，皆以一字而當數義。如 box 有二十餘詁，皆由本義引申而假借之。此類最多，如 rampant，本訓躍者、緣者、獸之立者，引申爲事勢之方興，皆謂 rampant 也。patient，本訓受事者，引申之爲病人，爲忍耐。valant，本訓飛者、傲者、鳥之張翼者，引申之爲流蕩，爲輕迅。fluent，本訓流者；故言辭之流利，書法之流美，皆用之。patend，本訓開者；故事之顯無隱者，塗之通者，皆謂之；而製造專利亦云 patent 者，以其得國家之明論，故有此稱也。

（七）英文中拉丁字，往往同此一字，在此爲名詞，在彼爲動詞，其形無殊；但變其所讀之重音 accent，而實用之名詞，即轉爲動詞之虛用者；此其變流之趣，乃與吾國文字正同。蓋即中文之讀破法，如“春風扇微和”，扇讀平聲，而名詞轉成動詞。“春風風人，夏雨雨人”，風雨皆讀去；亦轉名詞爲動詞者。他若“解衣衣我，推食食我”之衣食二字；“春朝朝日，秋夕夕月”之朝夕二字；皆緣讀破法而名詞轉動。湘鄉曾國藩所謂實字虛用者也；蓋不勝枚舉焉。此於英字如下，可略舉以爲釋例者也：

Noun	名詞	Verb	動詞
a'ccent	重音	acce'nt	重讀之
a'ffix	接尾字	affi'x	附後
co'llect	總會	colle'ct	集會
co'ncert	和會	conce'rt	相和
co'nvert	改宗教者	conve'rt	勸化
e'xtract	精華	extra'ct	攝取
in'sult	羞辱	insu'lt	淩辱
o'bject	外物	obje'ct	疏淩外辱兼惡
pro'duce	物産	produ'ce	出産
fre'quent	常有	freque'nt	時常往來
a'bsent	所亡	abse'nt	脱身

co'mpound	混合物	comp'ound	混合
pre'sent	禮物	prese'nt	奉獻
re'bel	叛徒	reb'el	作叛

雖然，accent 變而後義異者固多，而 accent 不變而異義者尤夥。此如中文："人其人，火其居"，而未聞人火二字有讀破也。《公羊傳》"入其宮無人宮焉，入其門無人門焉"；其第二宮，第二門字，亦不讀破也。此在英文，如 help（助）可爲名詞，可爲動詞。他若 water，paper，stuff，dance，book，smoke，fine 等，幾無實用之名詞不可虛用者；亦觀其句中之職爲何如耳；烏得變乎？此所以宏文字之用也。

但以中文與西文比例爲論，有其難者；則西文常用之名，例爲一字；而中文或以數位爲一名；故其相似難見。此在學者能以意通之而已。即如英文 arise 起、awake 醒、agoe 去，諸字起首之 a 母，正與《書・堯典》"黎民於變"、《大學》"於止"之於字合符。而 abed 在床、ashore 於岸，兩字起首之 a 母，則又與《易・系辭傳》"其於中古乎"，《曲禮》"於外曰公，於其國曰君"之於相當。蓋我之於字乃象形，在古正讀爲鴉，與 a 音近也。中西言語當上古時，本爲合一，在此可以證見，此不過一事耳。

（原刊於《無錫新報・思潮月刊》，1923 年 2 月 16 日）

《尹文子校讀記》後叙

余觀《尹文子》四本：一涵芬樓景印正統道藏本；一涵芬樓景印江南圖書館藏明翻宋本；一中華書局翻印金山錢熙祚守山閣本，後附校記；一湖北崇文官書局刻百子全書本。其中錢校稱審覈唐魏徵《群書治要》、馬總《意林》，采獵所及，有不同他本而字句劇勝者。遂據道藏本以爲主，而佗本異同，旁逮魏、馬所采，讎記於册，亦有錢校所未及者。又以魏、馬鉤提未得玄要，汰蕪存英，而爲提要以附於篇。而支分節解，標題於端，以最指要，援《河上公老子章句》之例也。

余讀《莊子・天下篇》，稱宋鈃、尹文"接萬物以別宥爲始"。何謂別宥？此其説見於《吕氏春秋・去宥》之篇，設譬以明之。曰："鄰父有與人鄰者，有枯梧樹。其鄰之父言梧樹之不善也，鄰人遽伐之。鄰父因請而以爲薪，其人不説，曰：'鄰者若此其險也，豈可爲之鄰哉！'此有所宥也。夫請以爲薪與弗請，此不可以疑枯梧樹之善與不善也。齊人有欲得金者，清旦被衣冠往鬻金者之所，見人操金，攫而奪之。吏搏而束縛①之，問曰：'人皆在焉，子

① "縛"，原作"搏"，今據《吕氏春秋》原文改。

攫人之金，何故?’對吏曰：‘殊不見人，徒見金耳。’此真大有所宥也。夫人有所宥者，固以晝爲昏，以白爲墨，以堯爲桀。宥之爲敗亦大矣。[①]故凡人必别宥然後知，别宥，則能全其天矣。”宥，古通囿。《詩·大雅》：“王在靈囿”，疏：“囿者，築牆爲界域而禽獸在其中也。”尸子曰“料子貴别囿”，即别宥也。别囿者，謂不囿於畛域，别而去之也。然則尹文接萬物以别宥爲始，而書乃曰：“接萬物使分，别海内使不續。”曰使分，曰不續，則大有宥而非别宥矣。然而其辭相反，其實相成，蓋子之名家，同於佛之因明，異於歐之邏輯。歐之邏輯，以分析名相徹始徹終；而佛之因明，則分析而蘄之於玄同；子之名家，則有名而歸徼於無名者也。故曰大道無穪，穪器有名。别宥以接萬物，乃能明大道之無穪不續；使别海内，斯以徵穪器之有名。尹文言穪器有名而原之於大道無穪，猶老子言有名萬物之母而先之以無名天地之始也。然則接萬物以别宥爲始，亦何嫌於接萬物使分，别海内使不相續乎？其學出於老氏。大道無穪，故常無以觀其妙，穪器有名，斯常有以觀其徼。而其書引《老子》而釋之者有二：一、老子曰：“以正治國，以奇用兵，以無事取天下。”釋之曰：“政者，名法是也，以名法治國，萬物所不能亂；奇者，權術是也，以權術用兵，萬物所不能敵。凡能用名法權術而矯抑殘暴之情，則己無事焉，己無事則得天下矣。故失治則任法，失法則任兵。以求無事，不以取彊，則柔者反能服之。”二、老子曰：“民不畏死，如何以死懼之。”釋之曰：“民之不畏死，由刑罰過。刑罰過，則民不賴其生。生無所賴，視君之威末如也。刑罰中，則民畏死。畏死，由生之可樂也。知生之可樂，故可以死懼之。此人君之所宜執，臣下之所宜慎。”蓋發老氏慈儉之旨，而以捄兵刑慘礉之過，以視商君之天資刻薄，申韓之慘礉少恩者，用心固不牟矣，又推申商用法之過而徼終於反道。以爲道不足以治，則用法；法不足以治，則用術；術不足以治，則用權；權不足以治，則用勢。勢用則反權，權用則反術，術用則反法，法用則反道，道用則無爲而自治。故窮則徼終，徼終則反始，始終相襲，無窮極也。此其所以别宥而不爲拘虚之論也。夫惟别宥，斯能通方，籀其辭趣，出納百家。其曰大道不稱，老子可道非道之旨也；衆有必名，仲

---

① 《吕氏春秋·先識覽第四·去宥》此處原文有“亡國之主，其皆甚有所宥邪?”一句。

尼正名之説也；不貴獨治而貴衆治，老子不尚賢之意也；不貴聖人而貴聖法，韓非明法度之旨也。《難一》、《難勢》。術者，人君之所密用，韓非《主道》之説也；勢者，制法之利器，韓非《難勢》之意也。先聞人之誅，韓非《五蠹》之説也；離好牛之名，公孫龍白馬之論也。彌綸群言，自成馨逸，可謂有味乎其言之也。校録既竟，爲發其旨於此。

中華人民造國之二十年一月十六日，無錫錢基博叙於無錫國學專修學校。

（原刊於《名家五種校讀記》，錢基博著，無錫國學專修學校，1935 年 5 月印行）

《鄧析子校讀記》後叙

世傳《鄧析子》二篇，其中言天於人無厚，君於民無厚，父於子無厚，兄於弟無厚。勢者君之輿，威者君之策。則其旨同於申韓。言令煩則民詐，政擾則民不定。心欲安静，慮欲深遠。則其旨同於黄老。籀其辭趣，亦不一揆，而要其歸主於正辭以一辯，斷法以齊民。故曰辯説，非所聽也；虚言向，非所應也；無益亂，非舉也。故談者别殊類使不相害，序異端使不相亂。諭志通意，非務相乖也。若飾詞以相亂，匿詞以相移，非古之辯也，此正辭以一辯也。又曰治之法，莫大於私不行；君之功，莫大於使民不争。今也立法而行私與法争，其亂也甚於無法；立君而尊賢與君争，其亂也甚於無君。故有道之國，法立則私善不行，君立而賢者不尊。民一於君，事斷於法，此斷法以齊民也。由黄老而爲申韓，鄧析實筦其樞，蓋刑名之鼻祖也。大抵刑名之學，要在形名參同。刑者形也，著其事狀也；名者命也，命其事物也。《管子・七法》名也句注："名者，所以命事也。"今按鄧析書曰："無形者有形之本；無聲者有聲之母。循名責實，實之極也；按實定名，名之極也。参以相平，轉而相成，故得之形名。"此形名參同之説也，原不限於言刑法。而後世刑法圖籍之編纂，乃以此爲幟墨。世傳《唐律》、《清律》，冠以名例，暫行民律刑律，弁以總則。命事物以定名，名之事也。鄧析書所謂按實定名，名之極也。《唐律》名例之後，次以衞禁、職制、户婚、廐庫、擅興、賊盜、鬬訟、詐僞、雜律、捕亡、斷獄等篇。《清律》名例之後，次以吏、户、禮、兵、刑、工諸律。而暫行民刑兩律，則總則之後，詳以分則。著事狀以論形，刑之事也。鄧析書所謂“循名責實，實之極也”。而推本言之，則曰：“無形者有形之本，無聲者有聲之母。”太史公論道者所謂“其術以虛無爲本”者也，此刑名所以原於道德也。《荀子·不苟篇》曰：“山淵平，天地比；齊、秦襲；入乎耳，出乎口；鉤有鬚，卵有毛。是説之難持者也，而惠施、鄧析能之。”又以好治怪説，玩琦辭，與惠施並非。今鄧析書皆不詳，知佚説多矣。

余覩《鄧析子》三本：一涵芬樓景印江南圖書館藏明初刊本；一中華書局翻印金山錢熙祚指海本，有校記；一湖北崇文官書局刻百子全書本。而唐馬總《意林》、清馬驌《繹史》，於鄧析書亦有采獵。涵芬樓景明初刊本，“敬”字、“愼”字缺筆，知亦翻宋本，遂據指海本以爲主。而他本異同，旁及二馬所采，讎記於册，乃知錢校亦未盡善。《無厚篇》“周公誅管蔡，此於弟無厚也”兩句，它本及馬驌引皆有之，而指海本無。不知校補，它可知矣。又以二馬鉤提未得玄要，汰蕪存英，支分節解，而爲提要以附於篇云。

中華人民造國之二十年一月二十一日，無錫錢基博叙於光華大學。

（原刊於《名家五種校讀記》，錢基博著，無錫國學專修學校，1935年5月印行）

《慎子校讀記》後叙

《慎子》，劉向校定四十二篇，隋、唐志皆十卷，《崇文總目》二卷三十七篇。是其文代有散佚，陳振孫《書録解題》著録《慎子》一卷，麻沙刻本纔五篇。周氏《涉筆》稱："屏去繆悠，翦削枝葉，本道而附於情，主法而責於上。五篇雖簡約，而明白純正，統本貫末。"《文獻通考·經籍考》引。五篇者，曰《威德》、《因循》、《民雜》、《德立》、《君人》。其佚文成章有意理者，《群書治要》有《知忠》、《君臣》兩篇，又《藝文類聚》五十四、《太平御覽》六百三十八引《慎子》曰"法之功莫大使私不行"八十四字，其語亦載《鄧析·轉辭篇》，可考覽者唯此而已。其他零簡殘帙，雖有存焉者，無關宏旨也。余覩慎子書三本：一金山錢熙祚守山閣叢書本，有校記，并輯佚文綴於後，頗稱善本；一湖北崇文官書局刻百子全書本；一涵芬樓景印江陰繆荃孫藕香簃寫本。三者之中，繆寫獨多，蓋從明萬曆間吴人慎懋賞刻本寫録者。其書分内外篇，内篇三十六事，外篇五十三事。守山閣據《治要》、《御覽》各書輯爲佚文者，此均有之，而從未見收於著録家之目，覩者詡爲驚人秘笈。其實明人鶩古不學，好爲矯僞，如豐坊楊慎輩，數見不尠，固不止一慎懋賞。《慎子》書，陳振孫所見已止五篇，安得明代獨出完本。慎懋賞既出於雜襲，以瞇其時不學人之耳目，而藝風老人更炫鬻之以誣古人而欺當世。細覈其書，凡不見守山閣本者，除綴輯《治要》、《意林》、《御覽》各書而外，凡《國語》、《國策》、《鬻子》、《管子》、《莊子》、《列子》、《韓非子》以及漢《賈誼新書》、《韓詩外傳》、《劉向新序》、《孔子世家》諸書，罔不剽竊，嶢然而出其類。其意緒文辭，叉牙相抵而不合。其尤可笑者，荀子譏慎子"蔽於法而不知賢"，《慎子》書明言"君立則賢者不尊"，而慎懋賞乃襲《墨子·尚賢》之文以爲《内篇》。第十三條"夫王公大人爲政於國家"者。又如"鄒忌以鼓琴見齊王"，語見《史記·田敬仲完世家》、劉向《新序》，慎懋賞雜襲其文而改"淳于髡曰"爲"田駢曰、環淵曰、接予曰、慎到曰"。"孟子輿説齊王而不説"事出《韓詩外傳》，而慎懋賞亦襲其文，改"淳于髡曰"爲"慎子曰"，又不屢是。"鄭同北見趙王"事見《趙策》，於《慎子》無與，而慎懋賞强砌"慎子侍趙王"、"顧謂慎子曰"諸語，以爲《慎子》書内篇之終。且古人著書，内外分篇，蓋有經緯。内篇必立所言之宗，而外雜諸篇取與内篇之旨相爲經緯。而慎懋賞所爲《慎子》内外書，旁采子、史，内固不見統宗，外亦未相經緯，雜廁不倫，徒見其心勞日拙爾。獨藝風老人好言版本而不通，其藏書不過貿販鬻利，非真能辨文章之源流，識古書之真僞者。徒詡版本之罕異，而未能好學深思，心知其意，乃矜贋鼎以爲瑰寶，詩書夷於骨董收藏，矜其奇秘。蓋吴下儒林丈人之藏書有聞者，自黄蕘圃、顧千里而下暨於輓清潘伯寅、葉鞠裳輩，諛聞動衆，大率類此，固不必以苛繩藝風老人已。今以守山閣本爲主，讎記他本字句，旁逮《治要》、《意林》諸書所引。其慎懋賞書所獨有者，就覩記所及，著其自出，讎校字句，以備考覽焉，而所不知，蓋闕如也。

韓非書言"人主之大物，非法則術也"。術者，因任而授官，循名而責實，藏之於胸中，以偶萬端而潛御群臣者也。法者，憲令著於官府，刑罰必於民心，賞存乎慎法，而罰加乎奸令者也。故法莫如顯，而術不欲見。申不害言術，公孫鞅爲法。《韓非子》：《難三》、《定法》。而以吾觀於慎子，則法而兼術者焉。《史記·孟子荀卿列傳》曰"慎到學黄老道德之術"，而《荀子·非十二子篇》則稱"慎到尚法而無法"，以其法家，故尚法，以其法家而學黄老道德之術，故尚法而無法。法者，一成而不可易，有成勢，有常形。術者，因循乃見妙用，無成勢，無常形。今讀《慎子》書曰："古者立天子而貴之者，非以利一人也。曰：天下無一貴，則理無由通，通理以爲天下也。故立天子以爲天下，非立天下以爲天子也；立國君以爲國，非立國以爲君也。”“君人者舍法而以身治，則誅賞予奪從君心出，然則受賞者雖當，望多無窮；受罰者雖當，望輕無已。君舍法而以心裁輕重，則同功殊賞，同罪殊罰矣，怨之所由生也。”“法雖不善，猶愈於無法，所以一人心也。”“夫投鉤以分財，投策以分馬，非鉤、策爲均也。使得美者不知所以德，得惡者不知所以怨，此所以塞怨望也。”其大要歸本國之能治，獨裁於君。君之任治，必齊以法，此法家之治也。慎子又曰：“天道因則大，化則細。因也者，因民之能也，因人之情也。人莫不自爲也，化而使之爲我，則莫可得而用。”“故用人之自爲，不用人之爲我，則莫不可得而用矣。此之謂因。”“民雜處而各有所能，所能者不同，此亦民之情也。大君者，太上也，兼畜下者也。下之所能不同，而皆上之用也。是以大君因民之能爲資，盡包而畜之，無能去取焉。故不設一方以求於人，所求者無不足也。”“則易爲下矣。易爲下，則莫不容；莫不容，故多下。多下之謂太上。君臣之道，臣事事而君無事，君逸樂而臣任勞，臣盡智力以善其事，而君無與焉。”“人君自任而務爲善以先下，則是代下負任蒙勞也，臣反逸矣。”“皆私其所知以自覆掩，有過則臣反責君，逆亂之道也。”人君苟任臣而勿自躬，則臣皆事事矣。此黄老道德之術，而老子所云“無爲而無不爲，取天下常以無事”。王弼注：動，常因也。《老子》第四十八章。莊子所稱“上必無爲而用天下，下必有爲爲天下用”。《莊子・天道篇》。韓非《主道》，所謂有“行而不以賢觀臣下之所因”者也。《漢書・藝文志》著録《慎子》書以入法家，誠竊以爲知其一而未知其二，何者？慎子法而兼術，法者可正名，術者莫能名。慎子則以莫能名之術，而神明乎可正名之法。因任而資能，循名而責實，藏之胸中，以偶萬端，而潛御群臣。豈非鄧析所謂“無形有形之本，無聲有聲之母”。循名責實，按實定名，参以相平，轉而相成，故得之形名者歟?《志》録鄧析以弁名家之首，故慎子亦以改隸名家焉。

中華人民造國之二十年二月十四日，無錫錢基博叙於後東塾之南牖。

（原刊於《名家五種校讀記》，錢基博著，無錫國學專修學校，1935年5月印行）

《公孫龍子校讀記》後叙

余覩《公孫龍》書三本：一涵芬樓景印正統道藏本；一烏程嚴可均校道藏本；一湖北崇文官書局刻百子全書本。金山錢熙祚守山閣校本，稱爲覈而未見。百子全書本，疑亦出道藏而依嚴校改正者。惟嚴校殊未爲審，有正文注文互勘而譌敓可見者，嚴氏亦仍其舊。《群書治要》、《意林》及《太平御覽》皆無《公孫龍子》，而馬驌《繹史》所引，不知出何本，以視道藏本，字句有劇勝處，其篇次亦與道藏本不同。惟有正文，無注文，注文出宋謝希深，原有序，據《史記·平原君虞卿列傳》集解引劉向《别録》及《列子·仲尼篇》爲説。而道藏本有注無序，序中自謙膚識，於所注未能怡然。而鉤深索隱，頗得其趣。《四庫提要》遽以淺近無可取薄之，譚何容易也。今以道藏本爲主，讎記異同，未曉於吾宗何如？要視嚴校爲勝爾。

《莊子·天地篇》曰："辯者有言，離堅白，若縣寓。"荀子稱堅白同異之分隔，於公孫龍書徵之矣，而要歸之於正名實。其書大指深疾名器乖實，不慎所謂，乃離堅白以析同異，假白馬而審名實，此其柢也。然而明指物以混乎是非，離堅白而窮於不知，然後知物物斯離，不相雜也。各各趨變，不相須也。不相須，故不假彼以成此；不相雜，故不持此以亂彼。是以聖人即物而冥，即事而静。即事而静，故天下安存；即物而冥，故物皆得性。物皆得性，則彼我同親。天下安存，則名實不存也。謝希深《堅白論注》。則是以分析名相始，而以玄同名相終矣。

《漢書·藝文志》曰："名家者流，蓋出於禮官。古者名位不同，禮亦異數。孔子曰：'必也正名乎？名不正，則言不順。言不順，則事不成。'此其所長也。及警者爲之，則苟鉤鈲析，亂而已。"班氏之論，未爲得名家之意也。夫名之不可不正，起於行禮。《周官·大宗伯》以九儀之命正邦國之位，後鄭謂每命異儀，貴賤之位乃正。《春秋左氏傳》所謂"名位不同，禮亦異數"。蓋名物辨而後禮數明，舍名固無與言禮，故後之言禮者莫不正名。孔子之極言禮，《禮運》。故言爲政，必先正名。名不正，則言不順。言不順，則事不成。事不成，則禮樂不興。荀卿謂"禮者法之大分，群類之綱紀，學至於禮而至"。《荀子·勸學篇》。故言"制名以指實，上以明貴賤，下以辯同異。貴賤明，同異別，則志無不喻之患，事無困廢之禍"。《荀子·正名篇》。則是正名原於用禮也。然謂正名原起用禮則可，而謂名家出於禮官則不可。蓋禮官正名以昭别，而名家玄名以混同，言名同而所以言則殊致。禮論小大之殊，而惠施則謂至大無外，謂之大一，至小無内，謂之小一；無厚不可積也，其大千里，小大一體也。禮叙尊卑之别，而鄧析、惠施則謂山淵平，天地比，尊卑無二也。禮重親疏之等，而鄧析、惠施則謂齊秦襲，氾愛萬物，親疏一律也。禮别同異之嫌，而惠施則謂大同而與小同異，此之謂小同異，萬物畢同畢異，此之謂大同異，同異一致也。禮謹是非之辯，而鄧析操兩可之説，設無窮之辭，以非爲是，以是爲非，是非無度，而可與不可日變。公孫龍則謂物莫非指而指非指，是非無定也。此其言名，務泯名相，優等差。然則禮者爲異，名者爲同，其逕庭如此。惟老子之道，兼綜有名無名兩者而言。去别宥而尚玄同，則曰"無名天地之始"，明同異而察名實，則以"有名萬物之母"。大抵儒者徵其有以正名，禮義之教也。名家優其等以混同，道德之意也。而班氏衡之以禮官之正名，則詆之曰"警者"、"苟鉤鈲析"、"亂而已"，不知禮者法之所自出。孔子論正名，而推極之於"禮樂不興"，則刑罰不中，故齊刑者先正名，而後賞罰必當其實也。至於名家歸根道德，玄同名相，禮官不可以衡名家，猶之邏輯不可以論因明也。夫相宗非相，名家無名。道不同，不相爲謀。荀卿禮家，而嫉惠施、公孫龍之徒，亂名改作，以是爲非，故作《正名篇》曰："聖王没，名守慢，奇辭起，名實亂，異形離心，交喻異物，名實玄紐，貴賤不明，同異不别，如是則志必有不喻之患，而事必有困廢之禍。"儻即《志》之所謂"警"，而"鉤鈲析"、"亂"之訾所由昉歟？不知名之所以自成一家，而不同於儒之正名，法之刑名者。正以其名實玄紐，鉤鈲析亂，而超絶於一切名相言議之表也。乃章學誠又謂"名家宜列法家之前，而《漢志》列後，失事理之倫叙矣。蓋名家論其理，而法家又詳於事也"。此亦似是而非之論，不知法家根極於正名，而名家極論於玄紐，歸趣不同，不可不察也；而知之者希，都凡其旨以終於篇。

中華人民造國之二十年三月初六日，無錫錢基博叙於後東塾之南牖。

（原刊於《名家五種校讀記》，錢基博著，無錫國學專修學校，1935年5月印行）

《復堂董子定本》後序

右仁和譚獻復堂録輯《董子定本》，吾友徐君薇生用盧文弨抱經堂刻，校寫副册而著其舊目，署於端曰："此本未有傳刻，可以入叢書也。"余珍重故人遺墨，不欲遽以辱手民，遵爲迻寫一過，而蒐録《復堂日記》之論董子書者十一事以附於篇。

竊按《漢書・藝文志》，《六藝》春秋家公羊董仲舒《治獄》十六篇，《諸子・儒家》"《董仲舒》百二十三篇"，而稽之本傳，則曰："仲舒所著，皆明經術之意，及上疏條教，凡百二十三篇。"篇數與《諸子・儒家》《董仲舒》合，而云"説《春秋》事得失，《聞舉》、《玉杯》、《蕃露》、《清明》、《竹林》"之屬，復數十篇者，則疑與六藝春秋家董仲舒《治獄》十六篇别爲一書。故篇數不同，大抵《治獄》之在董仲舒已有成書。而"説春秋事得失，《聞舉》、《玉杯》、《蕃露》、《清明》、《竹林》"之屬，復數十篇者，則草藁未成書之作，故一則定著其篇爲十六，一則約略其屬云數十，辭意明白。而論者以爲"説《春秋》事得失"，即《治獄》之文，其然，殆不然也。其後《治獄》十六篇亡，而百二十三篇及"説《春秋》事得失，《聞舉》、《玉杯》、《蕃露》、《清明》、《竹林》"之屬，亦既簡編散脱，世所傳《春秋蕃露》八十二篇，後人掇拾叢殘，其中有百二十三篇遺文，有“説《春秋》事得失”遺文，衡決參錯，昔年紬誦，每苦不貫，茲得譚氏更定，輯其“説《春秋》事得失”者，曰《蕃露玉杯竹林玉英精華當爲清明》、《王道》、《觀德》、《滅國》、《隨本消息》、《盟會要》、《正貫》、《十指》、《二端》、《三代改制質文》、《爵國》、《俞序》，凡十六篇，爲《春秋説》而其不涉於《春秋》者，别爲儒家《董仲舒》八篇，改定前後，部次别白，綱舉目張，跗蕚相銜，然後董子之書，神明焕然。所可譏者，獨其混《春秋説》於《公羊治獄》以爲一書，而增損篇目，以足《漢志》十六篇之數，斯仍不免經生拘虚之見爾。顧或者謂竄亂古書，奮筆無忌，甚違尼父闕疑之旨，而宋儒之所爲見譏於後世者也。譚氏之爲，得無同譏？然删《書》定《詩》，尼父不讓，《春秋》筆削，亦匪其舊，所謂闕疑，闕其可疑者爾，而於不疑者何有？

校理古籍，始漢劉向，而就可考見，言所校中外《晏子》書三十篇，爲八百三十八章，除復重二十二篇，六百三十八章，定著八篇，二百一十五章，“中書以夭爲芳，又爲備，先爲牛，章爲長，如此類者多”，謹頗略椾，皆已定。所校讎中《孫卿書》凡三百二十二篇，以相校除復重二百九十篇，定著三十二篇，皆已定，曰定著。則非舊傳之篇籍如此而出向所定著也。然後知《漢書・藝文志》著録《六略》所云某書若干篇，胥出向所定著者爲多，而不必舊第之篇籍本然爾，然則朱熹之於《大學》、《中庸》更易章句，秩如彬如，俾可觀覽，乃深得劉向校理之法，今人不敢議劉向，而偏集呰於朱熹，黨同妒真，多見其不知類也。知此者可以無譏於譚氏已。

然譚氏定著儒家《董仲舒》八篇而不收《賢良策對》，以補書闕之有間，猶局於世所見《蕃露》書，而未能爲大方家，何者？《董仲舒》百二十三篇，與《賈誼》五十八篇，《漢書・藝文志》併著《諸子・儒家》，賈誼《陳政事》、《諫放民私鑄》諸疏，具著五十八篇之内，而仲舒本傳，亦言仲舒所著，明經術之意，及上疏條教，凡百二十三篇。今觀《賢良策對》，祖述春秋，本陰陽之化，究列代之變，所謂明經術之意者非歟？而其證驗古今，出於應詔陳政，則上疏之屬也。與對膠西王五行對之，見世所傳《蕃露》書者同類，故知必在百二十三篇之内，而按譚氏所著儒家《董仲舒》目，曰《仁義篇》第一，《名篇》第二，《政篇》第三，《制篇》第四，《天人義》第五，《陰陽義》第六，《五行義》第七，《郊義》第八，凡八篇。然則《賢良策對》，案

《春秋》之中，視前世已行之事，以觀天人相與之際，董子固顯白言之以自開宗明義矣。當以隸《天人義》第五。大抵董子之學，原本《春秋》，而旁衍於陰陽名家，括囊大義，兩言蔽之，一曰徵人以言天，一曰考實以正名。徵人以言天，斯深觀陰陽消息，而要其歸，必止乎仁義節儉君臣上下六親之施。考實以正名，故謹於詁訓，至不墮名家警者苟鉤鈲析之習，徒以生當據亂，民瞑無知，君主當陽，而欲以元之深，正天之端，以天之端，正王者之政，舊《蕃露·二端》第十五文，今譚氏定《春秋説·二端》第十三。其義既具於《賢良策對》矣。至曰："治天下之端，在審辨大，辨大之端，在審查①名號。名者，大理之首章也。録其首章之義以窺其中之事，則是非可知。逆順自著，深察王號之大意，其中有五科；王者皇也，方也，匡也，黄也，往也。是故王意不普大而皇，則道不能正直而方，道不能正直而方，則德不能匡運周遍，德不能匡運周遍，則美不能黄，美不能黄，則四方不能往，四方不能往，則不全于王。深察君號之大意，其中亦有五科，君者元也，原也，權也，温也，群也。是故君意不比於元，則動而失本，動而失本，則所爲不立，所爲不立，則不效于原，不效于原，則自委舍，自委舍，則化不行。中有脱文。用權於變，則失中適之宜，失中適之宜，則道不平，德不温，道不平，德不温，則衆不親安。衆不親安，則離散不群。離散不群，則不全於君。"舊《蕃露·深察名號》第三十五，今譚氏定儒家《董仲舒·名篇》第二。斯尤謹於正名以課稱王稱君之實，匪徒虚竊大號以苟相貴而已。奈之何世之爲治者，擅稱王稱君之貴，而偏袪稱王稱君之名，袪稱王稱君之名，而并墮稱王稱君之實，擅王之貴，而道不能正，德不能匡，尸君之位，而德不以温，衆不以群，争民施奪，民散久矣。斯誠不深察名號之過也。夫名生於真，非其真，弗以爲名。名者，聖人之所以真物也。《深察名號》文。故曰仁之爲言人也。義之爲言我也。仁之法，在愛人，不在愛我。義之法，在正我，不在正人。我自不正，雖能正人，弗予爲義。人不被其愛，雖厚自愛，不予爲仁。舊《蕃露·仁義法》第二十九，今譚氏定儒家《董仲舒·仁義篇》第一。聖人之謹於正名如此，君子於其言，無所苟而已。《深察名號》文。以此坊民，民猶有厚自幸愛而苛責人繳繞無已者。斯皆民彝之極則，經國之至道。譚氏董理其篇章，而未紬繹於宏粹，余故特表而

① 審查，《春秋繁露》通行本作"深察"。

出之，以匡譚氏所未逮，而諗治董子書者。董子云：“以元之深，正天之端，以天之端，正王者之政。”語見《二端篇》。而唐徐彦《公羊隱元年疏》引作《春秋説》。疑《春秋説》，徐彦嘗所逮見，而益以徵世所傳《蕃露》書，掇拾僅存之有“説《春秋》事得失”遺文，或者足佐譚氏以張目，而明定著之有本歟？

獨念薇生私淑譚書，深研其學，而異物早化，素縑尚新，虚發鄙論，孰與證對，瞻寫遺墨，悢悢如何。民國十九年十月十四日，無錫錢基博。

（原刊於《南通報·文藝附刊》，1930 年 12 月 26 日）

《雪苑侯朝宗全集》後序

余年十歲就外傅，受《古文觀止》、《唐詩》。既卒業，先君子授以侯朝宗先生《壯悔堂文》、《四憶堂詩》，曰："是能文昌黎，而詩杜陵，力争上流者也。"英爽開濟，讀其文何嘗不想見其爲人。忽忽四十年，余髮如此種種，而先君子之墓木拱矣。望道未見，自傷老大，追念庭訓，徒呼負負，而爲文章之知取逕昌黎以不落桐城窠臼，實壯悔先生有以啓其機也。

今年春，其十世孫侯君醒吾自商丘蒐家藏先生集外詩文稿，併舊刊，爲《雪苑侯朝宗全集》，奉持以來，仿宋精印，索余一言以殿集後。伏念清初以文章繼往開來，足爲一代楷模者三人，曰長洲汪琬，曰寧都魏禧，以及壯悔先生。汪琬最老壽，仕宦京朝有大名；魏禧名山自負，及年五十餘，跌宕江湖，傳食東諸侯。獨先生奉親不出，又早死差，無籍籍名，然而才調卓犖，汪、魏不如。汪琬文章學歐、曾，然而謹於布置，短於神明；魏禧縱横捭闔出眉山蘇氏，尤善爲斷續離合，勢則猛而骨未遒。觀於先生爲文，氣格緊健，體勢莽蒼。議論之文，能爲層出不窮，千轉萬變，而一氣奔瀉，抑揚爽朗。其中一入一出，筆力嶄然，多以突語轉捩，横恣溢出，雖叙實事，必驅遣陵跨，令於空際飛馳，如集中太常公、司成公、甯南侯、騫千里諸傳，及沈季宣、郭老僕諸墓誌是也。其原出於昌黎，而時濟以廬陵之澹永，救其矜誕，發以東坡之疏快，不爲鉤棘，文成法立，不謹布置而神明自周，聲生勢張，不矜氣力而風骨自遒，以視汪、魏，倜乎遠矣。又，汪、魏文章有名而詩匪當行，先生則兼能並茂，而神情鬱動，波瀾老成。其原出於少陵，五七言古震蕩而不爲硬語盤空，五七言律整偶而出以逸氣生動。先生之詩，宗何、李、王，李酷摹唐格，而文則一反所爲，力湔七子膚縟之習。君子立身行道，貴於卓然有以自立，不苟徇風氣而亦不故爲矯異，觀其文，可以知其人，此則從前趨庭肄業之所及，而欲藉以抒一得者也。儻以答醒吾，跋集尾，而以備文章流别之考論焉。

特是士逐歐化，久輕家丘，經史束閣，以爲無用。本實先撥，何論枝葉?數典忘祖，恬不爲怪。而醒吾抱殘蒐缺，遺册能守，發幽光於久埋，傳斯文之一脈，君子之澤，不止五世。方欲張皇潤色，播之天下，而值斯文道喪之今日，撫卷懷慕，不尤足以矯世枉而敦薄俗也哉！民國二十六年五月八日，無錫錢基博。

（原刊於《光華大學半月刊》第5卷第10期，1937年6月3日）

《蔣百里先生文選》後序

浙江黃君萍荪蒐輯《蔣百里先生文選》，而以余之好談兵，疑與先生有故，索爲一言。而預播姓名於執筆之列，數以書相促，苦未有以應。然余於先生無故也，而不能不謂知先生。蓋世之知先生或接聲音笑貌於言談過從之餘，而余之知先生獨會精神識趣於語言文字之表也。余勤於讀書，而疏於接物，今人與居，古人與稽。然欲執古之道，而以御今之有，參以人事，而觀之上古，驗之當世，時賢之言論風采，雖罕晉接，時賢有文章著述，則無不讀。余讀百里先生之著述而知先生不爲不久矣。余之知先生，蓋以民國三年讀梁任公先生主編之《庸言》，中載先生《孫子新釋》一篇，歎爲古書新讀，會心正不在遠，反復數過，歷歷心頭。而今讀萍蓀所輯文選，《孫子新釋》，赫然列目，重溫故書，如睹故人也。余少好談兵而未有所試，然中國古兵家言，無不蒐討，而清季直隸湖北練新軍之所譯《東西洋兵法》，亦多購閱，欲有以觀其會通而準今以酌古，觀當日江南新軍之耗子彈以習射擊，而不練槍刺操以習對搏，以爲無當實用，而亦不慊日本之槍刺操，當貽書雲夢吴綬卿將軍，有所論列，謂“日本之槍刺操，有勁而無巧，式簡，變化少，而中國兵器之用，不外擊刺，棒以擊，矛以刺，刀之砍，亦擊也。惟劍與戟擊刺兩施，勁巧兼擅，如善古代刀矛劍戟之用，神而明之，而用之於槍刺操，尤足以習手足，便搏接而立攻守之勝。燕趙古多技擊之士，方今不乏健者，盍廣招延而於此加之意？昔戚武毅練兵南北，著有長兵、短兵、拳經、劍經之篇，以教士卒，如能推陳出新以著槍刺經，必以紹休前人”。將軍復書嘉許，而未及有施也。及辛亥革命，觀江南諸將自以爲革命有功，貪財好婦女，瞋目語難，以聲色自娱嬉，而不知兵之有學，心所謂危，而迻譯《日本參謀須知》，參以己意，成《參謀論》以登民立報，意欲有所警發，而人微言輕，莫之省也。時余規某師長不能練兵，不如解兵，謂“辛亥革命之成功，清廷特以虚聲下耳，此後必以實力。然辛亥革命之執槍者，今則以功擢而執指揮刀矣，談何容易。若而人者，執槍尚能射擊，執刀以何指揮？何也，以未嘗問學也。公誠以爲所部堪一戰乎！”及民國二年以有二次革命之役，而余之言卒驗。余還讀我書以養吾恬。而得讀先生《孫子新釋》以開拓萬古心胸，竊歎天下未嘗無人，而中國兵之有學，將必於先生肇之，誠以未見顔色爲恨！

竊謂先生之論兵也，善衡今而道古，尤推陳以出新，愜心貴當，此其識有獨到！

觀於先生之論井田，以謂“所以致力於溝洫者，非特以養農業氏族之灌溉，抑亦以制遊牧民族之縱横。夫阡陌交横，溝渠旁午，固以限上古戎車之馬足，由今言之，亦何嘗不可以制重兵器之馳突無前”。其説是矣。顧余嘗論中國戒備久弛；所恃地險！傳不云乎！“地險，山川丘陵也。王公設險以守其國。”今不設險而通路，汽車縱横，馳道四出，無異開門揖盜；狡焉啓疆，何國蔑有？顧念南北宋時，遼金騎兵鋭不可當，北宋之於幽燕麟麟，南宋之於荆襄淮蔡，沿邊之地，無不有塘濼、方田、稻田、榆塞爲之險。塘濼係卑下瀦水所成；方田，係地形稍高，穿渠引水者；稻田，係地形平易，可以灌溉者；榆塞係岡阜之地，植榆爲阻，四者可以阻胡騎之衝突。其詳據見《宋史·何承矩傳》及薛季宣《浪語集》。方今列强角力，無不有坦克車兵，而我國無之，國道如砥，適以藉寇兵而資馳驅耳。十年樹木，榆塞非旦夕所能爲力！塘濼、方田、稻田，似可因地制宜以爲經畫。”聞者大笑曰：“子乃欲以宋人禦胡騎之法，而以制現代科學戰争之坦克車兵耶。”余亦爲之愯然。而今誦先生之論，乃自知其匪迂爾。

余讀先生著《巡視歐洲西戰場記》嘗引《左傳》長勺之戰，用曹劌盈竭之論，而闡一九一六年凡爾登之役，法之所以制勝，以謂“德軍之傾全力以略取陣地也，法軍決不分其主力以求原綫之維持，而故控其力，取攻勢於敵人既得陣地以後。以我之力有餘裕，乘德之攻堅力屈，一鼓作氣，此則曹劌三鼓之原理，而用之以最新武器者也”。間嘗竊推先生之意，補之曰：長勺之戰曹劌論戰勇氣，再衰三竭，彼竭我盈，以我之盈，乘彼之竭，此法之所以勝，勝之理也。邲之戰，隨武子陳楚軍行，前茅慮無，中權後勁；以後之勁，承前之無，此法之所爲勝，勝之法也，昔左文襄公每詔所部曰：“兵事利鈍，未可預知，而鋭進須防其退速，後勁尤重於前矛。蓋戰陣之事，最忌前突後竭，行軍布陣，壯士利器，厚集於後，則前隊得勢，鋒鋭有加，戰勝而兵力愈增，必勝之著也。若全力悉注前行，一洩無餘，設有蹉跌，無復後繼，是乃危道。”嗚呼，此德人之所以百戰百勝，而法卒以承其弊於昔日也。法人蒲哈德氏嘗著德大將興登堡歐戰成敗鑑，其大指以謂：“善治兵者，不主前綫之密集，而主後綫之堅厚，果後綫之軍脆薄，則前綫□衄，全軍潰不可支。夫德人殫鋭竭力，而不圖後繼，一擊不中，亦以一蹶不振。何如我福熙元帥老謀壯事，力故控其有餘，以輕兵置前綫，而後綫則厚集兵力以承前綫，蓋兵數密集，易爲敵人之兵火聚殲，前綫兵稀而散，則敵人之炮火雖密而無大傷害，而兵力厚集於第二綫以承德軍炮火之衰，以全力捲陣而進，靡不勝矣！”夫前綫兵少之謂“前矛慮無”；後綫陣厚之謂“中權後勁”。觀於今日之世界大戰，德人以新式武器爲閃電戰，推鋒而前，而不得逞志於蘇聯，蘇聯則以堅制鋭，厚集其陣以爲縱深之配備，亦不外推衍此義，而陣地愈深入，兵力愈增强，不殫鋭竭力以堅持前綫，而“前茅慮無”，“中權後勁”，故控其力於後衛以伺德軍深入，而薄之於再衰一竭之餘，此又德人之所以百戰百勝而蘇聯卒以承其弊於今日也。嗚呼，世人無不讀《左傳》，而讀《左傳》以衡新戰術，惟先生爲能好學深思，心知其意。而余淺見寡聞，誠亦未敢妄自菲薄。

顧目論者又或睹飛機坦克車之九天九地，兵器之日新，而瞠目結舌，莫明所以，余每引《司馬法》以曉之曰：“兵器萬變，原則不變，長短兼資，配合以戰”，《司馬法》言：“兵不雜，則不利，長兵以衛，短兵以守，太長則難措，太短則不及，長以衛短，短以救長，迭戰則久，皆戰則强”。古之所謂長兵，弓矢也；短兵，刀矛也。今之所謂長兵，空軍也，炮兵也；短兵，坦克車兵也，步兵也。觀之上古，驗之當世，不過由刀矛弓矢之兼資，擴展而爲近代步兵炮兵之兼資，又擴展而爲現代步兵炮兵坦克車兵空軍之兼資，“長以衛短，短以救長，迭戰則久，皆戰則强”。古今之兵器雖變，而所以用器，其中勝負得失之故，豈有異乎。因爲推論戚武毅長兵短用，短兵長用之意，然而會之者鮮。

嗚呼！世變日亟，亦已繁矣，而所以闡世變，貴能以簡御繁，俗士震歐化而鶩於新，莫能知新温古。儒者又篤古而不通今，罕有推陳以出新、訟議紛孥莫衷一是，惟先生有以見天下之賾而觀其會通。嗚呼，此博學通人之所以爲命世間出也，燕居坐論，恨不得與先生抵掌上下古今而□質正之。獨念先生昔年奉手於梁任公先生，執禮甚恭，而余□十以前，亦讀任公先生之《新民叢報》而有所感發，任公先生嘗著《中國地理大勢論》，余則爲廣其意而著《中國輿地大勢論》以投稿，任公先生不以鄙棄而復書奬，藉亦有意引而進之。

既而余以舌耕傭書，不通音問者二十年，及民國十四年而晤於北平，任公先生謂：“適從何來，遽集於此，何二十年不聞蹤迹。”余遜謝曰：“教書耳，先生用世，而僕則欲以自用；先生爲政，而僕則苦未正己，語默不同，未欲以瀆也。”任公先生爲之默然，然先生以執禮於任公先生，頗或爲人不諒，僕則蕭然守寂以自疏外，抑亦幾罹世網，人生實難，來者難誣，而文章足以經國，先生於是爲不朽矣。

民國三十三年二月無錫錢基博謹序，時避兵湘中之光明山。

（作於 1944 年 2 月）

题　跋

TIBA

《武侠叢談》跋

技擊者，蓋古兵家者言之技巧，習手足，便器械，積機關以立攻守之勝者也。班孟堅論次兵書五十三家，技巧十三家與焉。齊人隆之，孫卿謂之亡國之兵，此自推論仁義之無敵耳。究之齊蔚爲霸國，蘇季子謂齊車之良，五家之兵，疾如錐矢，戰如雷電，解如風雨，未必非隆技擊之效也。太史公論列五方民俗，至謂臨淄之俗，勇於持刺，爲大國之風，不其然哉！輓近吾國震於槍礮火器之致遠，謂非肉薄所能爲功，至薄固有之武術爲不足事。然吾聞日本有所謂柔術者，遊東瀛者初見之，以爲近於中國江湖賣解者流，未之奇也；而彼里人士乃尊之爲武士道。迨日俄之役，兩軍相見，日軍往往肉薄陷敵陣以奏膚功，于是柔術之效大著。而世之議者，乃知中國之伎擊爲不可廢也。抑吾徒有遊於瑞典而歸者矣，謂瑞典雖弱小，然其人剛猛好戰，雖虎狼之俄猶畏之。其教戰也，所練者騰高距遠之法頗多。惟刀劍擊刺之法，使兩人對習，偏身相向，首冠鐵絲籠，而手臂韜以重革，以防創傷；各執軍器直刺，如中國古劍術焉。此其視中國之伎擊，有以異乎否乎？乃世之柄兵者不察，不自知崇固有之國粹，徒思斅步邯鄲，冀欲丐他人餘瀝以自潤溉。是其捨己田而他芸，雖謂之大惑不解，不爲過也。吾嘗讀某報載皖人某，嘗獲師承而精於武術，貧不自存，思以術授徒糊口，顧國人無應者。有英國教士見而奇之，謂曰："汝能隨吾往倫敦乎？月數百金，不難致也。"其人謝曰："吾受業於吾師，嘗承師之戒矣。吾師戒曰：'愼轉授人，非其人尤勿授也。'汝乃欲予傳術於外國耶？且吾習聞師說，苟業成而貧困不聊生者，寧爲盜以自給，毋鬻術以爲食也。"嗚呼！彼桓桓者，寧非國家干城之選？乃不能爲國家捍力邊圉，而資彊敵羅致其人以爲己用。在其人雖有所不忍於祖國，究之貧無以自存，終不能不自棄於爲盜。此誰之過歟？今本書所撰次，爲盜者什人而伍，則皖人之言驗已。寧得謂之非有國有家者之責歟？無錫錢基博。

（原刊於《武俠叢談》，冷風編，商務印書館，1916 年出版）

跋元人黄晉卿撰寫《袁静春先生墓誌銘》拓本

右元人黄晉卿撰故静春先生袁君墓誌銘寫石拓本，中有斷痕，泐十字，半泐者十四，殘六百五十二字。真書鉅約徑二縱黍有奇，亦晉卿作，得三十五行，行二十一字，眉山蘇髯翁評：真字難飄揚，小字難寬綽有餘。玩此本庶幾得之，乃吴江費君韋齋檢舊藏金石碑版得之，以貽静春先生之十九世孫榮棣、二十世孫福倫者。史稱晉卿爲人“清風高節，如冰壺三尺，纖塵勿汙，然剛中少容，觸物或弦急霆震，若未易涯涘，一旋踵間，煦如陽春”。其作爲文字，布置謹嚴，援據精切，俯仰雍容，不大聲色，譬之澄湖不波，一碧萬頃，魚鼈蛟龍，潛伏不動，而淵然之光，自不可犯。讀此文猶可想見其爲人。惟其叙静春先生隱居有高致，而不著宗國之恨、麥秀黍離之感，殆韋齋詩所爲致嘅於黄生之筆猶不足以揚烈芬者乎！抑在當日有所諱耶！蓋先生父樞宼娶宋濮安王女爲郡馬，元軍下江南，抗節不屈，闔家被害，有僕負先生，竄逸得不死云，著之郡縣志者如此，蓋宋室甥也。自是膏肓泉石，棹舟五湖，散髮扣舷，以寄其趣於烟波洲島、蒼茫杳靄之間，有所得，壹發之詩。與郡人郭麟孫、龔璛交尤善，號稱“吴中三君子”，亦晉卿此文所未及著者也。惟余剛中不能容物，頗類晉卿，然有所觸，未嘗不自悔，悔則煦嘔如老嫗，亦未始不猶晉卿也。然作文字好爲斬岸，不可攀躋，頗傷峻急，不如晉卿之俯仰從容，不矜聲色；而其布置謹切，自謂猶當抗行也。今得坿跋晉卿此本，故所願云，晉卿溍其名，婺州義烏人，仕至翰林侍讀學士，贈江夏郡公，謚文獻，著有《日損齋稿》，與臨川虞集、豫章揭傒斯、浦陽柳貫齊名，人號爲“儒林四傑”，合併著之。乙卯中夏無錫錢基博跋記。

（選自《潛廬集》，作於1917年7月）

《南湖居士自反録索隱》跋尾

合肥公子《自反録》，博未之見。嘗有一越士來，爲博説且曰："於吾子意何如?"博則告之曰："南湖居士，博鄉人也。其又私暱於博，誠不欲有所稱説，以蹈比周之嫌。然昔河間紀文達公自稱數十年服官，亡敢以苞苴進者，惟戚友倩寫先人題主，或銘墓，雖厚幣，未嘗不受，此其不以貨自嫌，誠體仁人孝子之情於亡已，然而仁人孝子罔極之隱，亦若不以貨取爲嫌者，推其用心，豈不曰君子疾没世而名不稱；若而人者，吾先人没世之名攸賴焉。幣之厚，禮之隆，衹以將吾意爾，夫敢曰報稱而貨取之哉!"嗚呼！古之人用情何其厚也。博少賤，於公子亡素交，誠不曉公子何如人。獨念公子者，胚胎前光，生長典訓之内，師友不乏賢士大夫，豈不知道者?博聞古之君子交絶不出惡聲，況以先人身後，著述託人校刊垂不朽，此何大事，而嘵嘵以費不貲凶終焉，不亦足以輕先人而羞當世士耶。公子而賢者，不宜若是，意必有□人教公子儉其親者，爲公子惜費，而不思公子先人生平志事，方藉是宏文鉅編傳之，千秋萬歲，其價值寧可以金錢計耶?將無公子之金錢重，而先人之志事輕耶?此則公子之過聽也。公子行悔之矣。其奚勞吾儕喋喋爲也。南湖居士立身自有本末，天下人共知之，則又亡俟博之飾説焉。謹謝客亡何得讀南湖居士此小册子，乃知居士體公子不匱之孝，所以爲其先人没世計者，甚至而公子不察則是，居士以仁人孝子待公子，而公子不欲以仁人孝子自待也。於居士奚傷焉？其亦平心静氣，以徐俟公子之悔焉可耳。公子而賢者歟？吾知負荆有日矣，姑識此言以爲券。時民國七年五月九日夜九時也，邑子錢基博。

（原刊於《新無錫》，1918 年 5 月 25 日）

《次晢次齋遺文》跋尾（二則）

其一：

烏虖！此先慈墓誌也。舅氏作此，未以見眎，今檢遺稿得之。其叙家常瑣屑，深微樸至，入歸熙甫之室，而銘之筆力堅浄，則非歸氏之所能辦也。然吾母墓木則已拱矣，雖欲納壙而末由矣。讀竟，爲之泫然。甥錢基博謹跋。

其二：

著墨不多，而清曠自怡，敻絶塵表。近人文字中，惟吴南屏最擅此勝。甥錢基博謹跋。

（原刊於《次晢次齋遺文》，孫振烈著，1919年出版）

題龐生文後

這篇文章的標題，是“儒家智識階級的‘同盟罷業’”。作者引許多孔孟的學説來作證。説道：“這種‘同盟罷業’的名詞，都以爲中國嚮來没有的，仿造歐美罷了。實在勞動階級的‘同盟罷業’，因爲中國嚮來是老大帝國，重勞心而不重勞力，自然没有這種舉動，這種名詞。若然智識階級的‘同盟罷業’，中國向來本有的，不過换個名目不叫做‘同盟罷業’。然則什麽人説的？什麽人做的呢？就是儒家了，就是孔子、孟子了。”我讀這篇文，很佩服作者讀書有見。然而作者引現在中國的學生罷學，和教師罷教來做例，却錯極了。爲什麽緣故呢？因爲孔子説：“天下無道則隱。”孟子説：“無罪而殺士，則大夫可以去；無罪而戮民，則士可以徙。”不過是勸我們智識階級的人，不要誤用聰明，去幫扶着惡政府，和惡社會“助紂爲虐”罷了。换句話説，便是消極的不爲惡。現在中國的學生罷學，和教師罷教，不學不教，却是消極的不爲善。怎樣可拿來相提並論？倘使社會上，個個人消極的不爲惡，這個社會，便成個好社會。然而倘使個個人都要消極的不爲善起來，作者想想，這個社會，還成個什麽現象呢？况且我們智識階級的人，所以要“隱”、“去”、“徙”，不肯幫助惡政府，和惡社會去做事，便是要减損惡政府和惡社會作惡的勢力。現在中國的學生罷學，受損失的，是學生自己的學業。教師罷教，受損失的，是受教學生的課業。在學生一方面説，自己罷學，是“自暴自欺[1]”；在教師一方面説，既然不能制止學生罷學，自己反要罷教，是“怠廢職務”，是“誤人子弟”。照這樣説：究竟還是減損惡政府和惡社會作惡的勢力呢？還是墮損我們自己在社會上作善的能力和信用呢？我却莫名其妙，還望作者細細的想一想。善惡的兩條路，如何可不認清。近時巴黎通信社，發表全歐智識界的宣言。大旨説：“這番大戰，完全是我智識界的思想家，和藝術家，把腦力去助政客軍人演成的。”這句話，意思中間也勸“智識界不要把腦力去助作惡的政客軍人”。不但如此，而且進一步，要主張“正誼人道”，竭力引導普天下的人，嚮善的一條路走去。而今我中國的智識界，既然不能教人不作惡，自己又不肯嚮善，拼命的鬧罷學罷教，當作一件驚天動地大事業做。你道可歎不可歎呢！我們勸阻他還來不及，如何還可以“有書爲證”去作興他。我常常説：現在我們中國，爲什麽弄不好呢？就是因爲小人肆無忌憚的作惡。社會上有一兩個好人，却只是一副“憂國憂民”的面孔，勿高勿興，總不曉得打起精神去做。所以“君子道消，小人道長”。我説到這句話，真正覺得傷心。我想天地中間，衹有虎狼一般凶的動物，天然是“敢於作惡而不勇於爲善”。而今眼見我們中國人，作惡是肆無忌憚的；作善是勿高勿興的，是没有精神打起來的。難道天生是一種“敢於作惡而不勇於爲善的人類麽？這還有點人味兒嗎？我是要做人的，要爲善的。我並且要勸作者同着我做人爲善的”。作者試把我的話想一想。

作者附記

徐師曾《文體明辨》説：“題跋者，編簡之後語。……覽者或……感而有得，則復撰詞以綴於末簡。……一曰題，二曰跋，三曰書某，四曰讀某。夫題者，諦也，審諦其義也。跋者，本也，因文而見本也。書者，書其語也。讀者，因於讀也。……題跋者，舉類以賅之也。其詞考古證今，釋疑訂謬焉。”我這篇因爲讀龎生的文，審諦他的意義，心裏有贊可的，有不贊可的。贊可的，因“書其語”。不贊可的，因發表我的意見。

① “欺”當作“棄”。

“考古證今”，“釋疑訂謬”，正合《文體明辨》所説“題跋”的一種文字。因爲龐生的原文，但曉得“儒家智識階級的‘同盟罷業’”，有書爲證，却没有知道儒家孔子、孟子的用心所在。所以特特提出“善”、“惡”兩個字，做討論的前提。中間“善惡的兩條路，如何可不認清”一句話，當頭作一棒喝，是通篇的點眼。直説到“我是要做人的，要爲善的，并且要勸作者同着我做人爲善的”兩句話，醒出所以作“題”的意思，唤起注意，作一結穴。民國九年三月十九日午後七時，作者自記。

（原刊於《語體文範》，錢基博編著，1920年7月出版）

《太炎文録拾遺》題記

《謝本師》：

此文訐以爲直，不可爲訓。章氏不收入集，未必無悔於厥心也！然文之峭拔特甚！

（原刊於《無錫新報·文學月刊》，1922 年 9 月 1 日）

《上譚半厂書》：

此章氏早年筆札也！壬子季春，博爲文壽袁爽秋太常夫人；遂得太常詩扇爲潤筆！賸以譚半厂師友手札五十通，皆一時名迹也！而章氏此札，赫然在焉！可以考見當日經學今古文之争，不惟辭意恢詭已也！

（原刊於《無錫新報·文學月刊》，1922 年 10 月 1 日）

《致劉申叔兩書》：

按章太炎氏自定《文録》，有癸卯與劉光漢兩書，丙午與劉光漢兩書；而此兩書汰不與焉！然發凡起例，申左氏之恉；而第二書，則引丙午與劉光漢第一書，未竟之緒；尤有補《文録》未備者。

（原刊於《無錫新報·文學月刊》，1922 年 11 月 1 日）

李恭《“四依”的求學法》跋尾

諸生以“四依”求學，而吾竊期以“真如”講學。“真如”者，“如其法之量，不增不減，不作揣摩擬議之謂；法如是；説亦如是”。而今之講學者不然！苟吾身體日增於健全，猶得與諸生商量學問，願以此相交勗。

一一，五，九，基博病中跋尾。

（原刊於《無錫新報·思潮月刊》，1922年9月16日）

題《華孝子祠記》

同巷華雁臣姻兄，過示所藏遂昌鄭元祐撰《華孝子祠記》手稿。乃明嘉靖乙酉，邑獻曹梅村給事懷，與東萊藍玉甫御史田，並命有事於陝西，藍舉以贈，而給事遂以貽姻家華進士補庵先生者也。明故大學士楊文襄公一清爲長跋，識藍贈給事本末，而前有清大學士嵇文恭公題耑五大字，方半尺許，則乾隆丙子華氏之屬而作。兩代名臣，輝炳一册，有目矜貴，而鄭氏則元之文儒，名元祐，字明德，至正之士，累官浙江儒學提舉。本遂昌人，其父希(逵)，徙錢唐，元祐又流寓平江，其集以"僑吴"爲名，而是記署曰"遂昌"，不忘本也。余讀元祐所爲《遂昌山樵雜録》，凡十八條，記宋末遺聞，及當代高士名臣軼事，辭意斐篤，有憂世之言。又有《僑吴集》十二卷，著見《四庫全書總目》，稱其生至元之世，猶及見咸淳遺老，中間又得接虞集諸人，聞其緒論，所與遊者，如顧瑛、倪瓚、張雨，皆一時勝流，各放光明，互相薰染；其文頗疏宕有氣，詩亦蒼古，惜放佚未之見。而展誦此記，其書疏野而遒媚，其文清謹而條暢，窺豹一斑，氣均固不同矣，寧啻孝子純德懿行之足以楷模君倫，風儀伯世也哉！後學錢基博題記，時在辛未孟秋。

雁臣按：余家藏元鄭元祐撰書《華孝子祠記》，明嘉靖時東萊藍玉甫侍御田、梅村曹子德給事懷、石淙病叟楊文襄公一清，暨吾族補庵公均有跋語。有清一代，題者甚多。鼎革後，余復乞當代名流，錫之題咏，類皆以孝祖之孝行，足以風末俗而敦人心。或以此記亙五六百年，轉輾流佚，仍歸嫡裔，爲孝祖英靈之所呵護，而於撰書此記之鄭氏鮮論及者。子泉先生此文於鄭氏之言行，以及平生之著作，詳載靡遺，實足以補題識之闕。至叙事之謹嚴，筆墨之清逸，猶爲餘事耳。雁臣附識。

（原刊於《錫報》，1931 年 9 月 21 日）

書梁啓超《墨經校釋》後

《墨子》書多奧言錯字，而《經》、《經説》爲甚；舊無注釋。獨魯勝有《墨辯注》，其叙見《晉書·隱逸傳》，謂："墨子著書作《辯經》以正名本，惠施、公孫龍祖述其學，以正别名顯於世。"又曰："《墨辯》有上下《經》，《經》各有《説》，凡四篇，與其書衆篇連第；今引《説》就《經》，各附其章。"實開言《墨辯》者"引《説》就《經》"之先例。然其書不傳。至清儒憙治校讐之學；而仁和盧文弨、陽湖孫星衍始校《墨子》書，多所是正。鎮洋畢沅乃據盧、孫二校，以意折衷，所正復多於前，文義粲然；更爲注解，成《墨子注》十六卷。獨《經》、《經説》文字奧衍淩雜；畢沅乃據《經》上篇"讀此書旁行"之一語，别爲新考定《經》上篇，分上下兩行横列附篇末；乃考見《墨辯》古本寫法。然自謂："於《經》、《經説》、大小《取》諸篇，不能句讀"，疑滯猶衆。武進張惠言著《墨子經説解》，用魯勝"引《説》就《經》"之例，正其句讀，通其指要，合爲二篇；而《墨辯》乃有專注。後之言《墨辯》者宗之。

其後南海鄒伯奇素治西來天算重光之學，比次重差旁要諸術以解《墨經》，具著其説於《學計一得》，轉相發明；而後讀者知《墨辯》所涵，有算術，有光學，有重學。其同縣陳澧聞伯奇之説，益爲推明所未備，語見《東塾讀書記》。瑞安孫詒讓集衆家説《墨》，下以己意，成《墨子閒詁》十五卷，最稱精博！然自謂："《經説》諸篇，未闚眇旨。《墨經》揭舉精理，引而不發，爲名家言之宗；必有微言大例，如歐土論理家亞里大得勒之演繹法，培根之歸納法，及佛氏之因明論者。"因見西書甚少，慮近皮傅，未敢著篇，盖其慎也！嘗以書告新會梁啓超而望其補誼；足爲後來言《墨辯》者闢一新塗也！餘杭章炳麟撰《原名》、《明見》之篇，迺以歐土邏輯、印度因明詁説《墨辯》，語著《國故論衡》；而後讀者知《墨辯》所涵，有因明，有邏輯！益驚其言之河漢無涯，附庸蔚爲大國矣！

長沙章士釗、績溪胡適，亦以歐土邏輯治《墨經》，有所濬發。士釗有《名學他辯》、《名墨訾應考》之篇；適有《墨辯新詁》之作。而新會梁啓超年二十三，得《墨子閒詁》，讀而好之；特以詒讓之言，于《墨辯》多所校釋，劄記卷端，積二十年，比而次之，得數萬言，命曰《墨經校釋》。魯勝以《經》、《經説》爲《辯經》，題曰《墨辯》；而不即以當《莊子·天下篇》之《墨經》，最有斟酌。而梁氏則逕題《墨辯》爲《墨經》矣；此不可也！語詳見前。其於畢沅、張惠言、孫詒讓之説，持異同者蓋過半，自許甚厚；而士釗與適讀之，不盡謂然也，然胡適稱惠施、桓團、公孫龍辨者之徒爲"别墨"，與梁啓超同；蓋本魯勝之序《墨辯注》也。獨章士釗明其不然！大致以爲："施、龍祖述墨學，説創魯勝，前未有聞！《漢書·藝文志》名墨流别，判然不同；施、龍之名，隸名而不隸墨。《荀子·解蔽篇》云：'墨子蔽於用而不知文，惠子蔽於辭而不知實。'墨、惠並舉，而所蔽之性，適得其反；謂爲師承所在，詎非讕言！今觀惠、墨兩家，同論一事，其義莫不相反。如惠子言：'一尺之棰，日取其半，萬世而不竭。'墨子言：'非半勿新，則不動，説在端。'凡注墨者率謂此即惠義。而不悟兩義相對，一立一破，絶未可同年而語也！且以辭序徵之，似惠为立而墨为破。何以言之？惠子之意，重在取而不在所取。以謂無論何物，苟取量厪止於半，則雖尺棰已耳，可以日日取之，歷萬世而不竭也。墨家非之，謂所取之物，誠不必竭，而取必竭。一尺之棰，決無萬世取半之理。蓋今日吾取其半，明日吾取其半之半，又明日吾於半之半中取其一半，可以計日而窮於取，奚言萬世！何也？尺者，端之積也。端乃無序而不可分。於尺取半，半又取半，必有一日全棰所餘，兩端而已；取其一而遺其餘，餘端凝然'不動’，不能斱，即不能取也。故曰：‘非半勿斱，則不動，説在端。’此其所言，果一義乎？抑二義乎？略加疏解，是非炳然可知。而從來治墨學者未或道及！即明鋭慎密如孫詒讓，曾謂：‘據莊子所言，則似戰國時墨家别傳之學，不盡墨子之本指者。’於此且一致爲魯勝之説所欺，無怪夫墨學之不能大昌明也！”因作《名墨訾應考》，著如上例者若干條，以證名、墨兩家“倍譎不同”，決非相爲“祖述”。其辭甚辯！胡適謂：“施、龍專科學之墨而舍宗教之墨。”而士釗則以爲：“墨子言教言學，理原一貫；歧而二之，乃不知墨者之所言！”漢陽張純一作《墨子閒詁箋》，推明墨家教學一貫之致，而括其要於《墨辯》，曰：“墨學全書，莫重於《經》與《説》，而《大取》尤爲綱要，《小取》特其立辯實行之方法。蓋墨辯異同，凡以明兼；兼明而後墨道明，天志、兼愛、節用諸義無不明。本兼而别者取小，兼以正别者取大，皆當於《經》、《説》求之。而《墨辯》尤重歸納。”此則拓《墨辯》之域，推而大之，至於全墨者也。謹最《墨辯》諸家之要删，坿諸梁氏《墨經校釋》之篇末，而以明此學之流變，庶供讀者之參論焉。

（選自《潛盧集》，作於1926年5月）

惠定宇《禮記注疏鈔》稿本跋

吴江薛公俠先生藏有元和惠棟定宇《禮記注疏鈔》稿本四厚册，第一册《禮記注疏鈔》題下有陰文“惠棟之印”、陽文“定宇”篆文兩徑寸方印。開卷摘抄孔穎達《正義序》，每篇題解皆摘《正義》，記文亦不録全，不過摘一兩句，下稱“注曰”云云，“正義曰”云云。其有注疏之説而不以爲是者，或直於右旁，《祭法》注：“此禘謂祭昊天於圜丘也。”《正義》以祖顓頊配黄帝，而祭是禘其祖之所自出，以其祖配之也；皆於句之右旁作直丨於《正義》，并在下旁注“趙匡邪説，始自王肅”八字。或批於眉端，或另箋粘附，而批箋多者累四五百言，少則數十言、十餘言不等。其宋以後禮家之説足相參證者，如陳祥道《禮書》、黄敏求《九經餘義》之屬，則另鈔附後，或低一字寫，以示識别。要以摘鈔鄭注、孔疏爲主，鈔用正楷，批箋則行草，鈔書結體扁而筆勢稚瘦，批箋結字長而筆勢老成。第一册及第四册末附十二頁，頁尾題“男承德録”四字；第二册、第三册、第四册册尾，皆題“男承學録”，題字結體長而筆勢渾，與批箋同，疑定宇親筆也。按吴縣陳黄中和叔《東莊遺集》中有《惠徵君棟墓誌銘》稱子五人，承德先卒，承跗後君半歲卒，承緒、承萼，無承學名號；稱五人而見其四。而青浦王昶《蘭泉春融堂集·惠先生墓誌銘》則云：“子四：承學、承緒、承跗、承萼。”又不見承德。長洲彭啓豐《芝庭文集》爲《惠定宇傳》，末稱：“子三人：承緒、承跗、承萼。”承德、承學名皆不見。意定宇五子，承德、承學居長，早夭，特未知二人孰爲少長也；然而定宇五子無有聞者。定宇自叙其書稱：“余家四世傳經，咸通古義，因述九經，吾子孫其世傳之。”又曰：“曾王父樸庵先生通《左氏春秋》，作《補注》一卷，傳序相授，於今四世矣！某少習是書，長聞庭訓，因剌取經傳附以先世遺聞，廣爲《補注》六卷，傳之子孫，俾知四世之業勿替引之云爾！”斯其所望於子孫之勿替引者，辭甚切至。而德、學早世，餘三子僅附名乃父傳誌之末而已。錢大昕爲定宇傳，并不著其子名，則不能世其學可知也。有清一代，嘉定錢氏，大昕、大昭，大昭子東垣、繹侗①，又從子繹侗，父子兄弟兩世。高郵王氏，念孫、引之父子兩世。江都汪氏，中、喜孫父子兩世。閩縣陳氏，壽祺、喬樅父子二世。定海黄氏，式三、以周父子兩世。五家傳經兩世。常州莊氏、存與，從子述祖，孫綬甲，祖孫三世。寶應劉氏台拱、寶楠、恭冕祖孫三世。皆三世。而最多者稱儀徵劉氏，文淇、毓崧、師培四世。獨四世，惠氏亦四世。孟子言“君子之澤五世”，而經生傳業無有及五世者。觀於惠氏傳經四世，蓋至定宇而集其成，亦至定宇而失其傳，極盛難爲繼，哀哉耗已！定宇於六經最邃，言《易》而於《禮》則好言禘及明堂，謂禘行於明堂，明堂法本於《易》。其學由《易》以通《禮》，因陰陽而悟明堂，其緒論見所撰《明堂大道録》及《禘説》。而此之所爲，不過摘抄注疏，略采後儒以儲作論之材，未足以窺其藴。陳黄中、王昶、錢大昕諸家傳志備舉定宇所著，而獨不及此《禮記注疏鈔》。儻以無當於著書乎？然摘鈔注疏，鉤提玄要，古之人有以名家者，《宋史·魏了翁傳》稱：“了翁以説經者但知誦習成言，不能求之詳博，因取諸經注疏之文，據事别類而録之，謂之《九經要義》。”明萬曆中，張萱重編《内閣書目》，載《九經要義》，尚存《儀禮》七册、《禮記》三册、《周易》二册、《尚書》一册、《春秋》二册、《論語》二册、《孟子》二册，又《類目》六卷本共爲一編，見《四庫全書總目》“《周易》要義”條下。《禮記要義》久佚不見。觀其《儀禮要義》於每篇各爲條目而節取注疏録於下方，有綱有目，條理秩如，使品節度數之辨，展卷即知，梳爬剔抉，於學者最爲有功。而定宇此册節鈔《禮記注疏》，或可補了翁《要

① “繹侗”疑爲衍文。

義》之放廢。惟是順文摘鈔而非據事別類，遂不免遜其秩如耳。然要以見古人之刻苦讀書，手眼並到。其每册開卷收藏印記，有古吴潘介祉叔潤收藏印記、古吴潘念慈收藏印記、陸沆之印字曰“靖伯吴門”、陸僎私印、“邃漢齋藏”，朱白文、大小長方不一式。潘、陸兩氏不可考。邃漢齋，蓋公俠所以自署其室云。

（選自《潛廬集》，作於 1931 年 5 月）

《漢書事鈔》寫本跋

吴江薛公俠先生示余所藏寫本《漢書事鈔》兩册，端楷清整，朱書圈批，丹墨爛然，而批於文心，亦時有會。卷端有吴江迮王灝滄洲校讀題字，有謝茂芳字仁卿，及許元基讀書記。陽文方六分，朱印兩顆，目録前黏一紙爲元基所記，曰："昔董易農先生分《史》、《漢》爲文鈔、事鈔二書，而《漢書事鈔》未就而没，靖元唐先生摘而補之。此本爲余大伯父祥趾公照唐本手録者也。乾隆辛未冬獲于肆中，如珠還合浦，劍合延津，爲之興感。長至後二日，元基識。"乾隆辛未爲十六年。許氏元基及其伯父祥趾不可考，而所云董易農先生及靖元唐先生，皆武進人。唐氏本以史學名家，名惲宸，字靖元，諸生，性豪邁，爲詩有奇氣。年十四患病，父命以《三國志》自娱，憤陳壽帝魏僞蜀，有意訂正，卒成《季漢史》一書，見者謂："義例本《春秋》，文章逼史遷也。"事見宜興吴德旋仲倫《得月樓聞見録》。而董易農名文驥，字玉虬，易農其號也；順治進士，官御史，外擢隴西道，乞歸休，年未五十。家居注《三禮》，有《微泉閣集》，《常州府志》有傳。元基稱其分《史》、《漢》爲《文鈔》、《事鈔》二書云云，則《漢書》而外，别有《史記文鈔》、《史記事鈔》，皆不見《漢書文鈔》。亦不見《文鈔》摘録文篇，必如《二十四史文鈔》

之類，而《事鈔》則爲記事之提要。此册首行題下注，凡同《史記》者不録，而《帝紀》起武帝元封，傳自李陵、蘇武、外戚傳。自孝武李夫人皆斷自孝武以後者，以前有《史記事鈔》，省重複也。唐後史家無專門别識，鈔撮前人史籍，不能自擅名家，故《宋志·藝文》“史部”創爲“史鈔”一目，就可考見。榷而爲論，有離析而編纂之者，如沈樞之《通鑑總類》是也。有簡汰而刊削之者，如吕祖謙之《十七史詳節》是也。有采摭文句而存之者，如洪邁之《史記法語》、《南朝史精語》是也。有割裂詞藻而次之者，如楊侃之《兩漢博聞》是也。董氏此鈔，離析編纂，蓋《通鑑總類》之比矣。特其《事鈔》、《文鈔》别輯爲書，牝牡互詳，頗爲創例。厥後乾隆之世，餘姚邵晉涵二雲嘗爲總督湖廣尚書鎮洋畢沅秋帆諟定所撰《宋元通鑑》以續司馬光書，則請姑標《宋元事鑑》，謂：“《説文》史訓記事；又《孟子》趙注亦以天子之事爲天子之史，見古人即事即史之義。”宛轉遷避，蓋取不敢遽續司馬光書。而會稽章學誠實齋因推《孟子》其事其文之義，且欲廣吕祖謙撰輯之《宋文鑑》一書，别爲《宋元文鑑》，將與《事鑑》並立，以爲後此一成之例，所爲方志咸撰《文徵》。今觀董氏《事》、《文》兩鈔，相輔相成，儻開實齋之前例而爲揚徽之首涂者乎？若論其書，衹以便蒙求，備誦覽爾，則固卑之不足高論。

（原刊於《無錫國學專修學校校友會集刊》第1輯，1931年6月出版）

《復堂日記續録》跋記

餘杭章炳麟太炎，漢學稱大師，治經尤長疏證，得高郵王氏法，自命其學出德清俞樾曲園。然文章之稱晉宋，問學之究流别，其意則本諸復堂者爲多。余誦復堂書，其轍迹固有可尋者，而記於章氏，前後六見：

其一：記“光緒十八年壬辰五月廿四日，過龔甫，見案頭有餘杭章生説經文稿，其一主荀子袾䙰，謂古者天子朱袞衣，諸侯𢆶袞衣。其一説嘉栗旨酒，謂栗爲量名。其一説𧖦旗爲鋒旗之借字。其一説日云莫矣，寡君須矣，爲日暯暯且中之暯，非昏莫。誼不盡確，要爲得間”。厥爲章氏見知復堂之始。結言符賞，樹義銘膺，丈人偉其獨異，談士依以揚聲者也。

其二：記“廿有一年乙未九月廿三日，得汪子用祖孫書，又爲餘杭章生炳麟枚叔呈雜文三篇，章生劬學善病，嘗撰《春秋左傳讀》，有志治經，前年楊春浦以所作文字質，已略指正之矣”。

其三：“仲冬朔壬辰，今日晴窗，章生枚叔來談，迫暮去。”不記何年，前有臘月三日至廿六日記，疑爲廿二年之仲冬也。輸臆論心，奉手問業。一言投分，要以百年之期；數面成親，申之永夕之誓。奇疑賞析，足徵氣類已。

其四：記“廿三年丁酉三月廿七日，聞章生枚叔與同事鬨而去，此我預料，嘗尼其行”。而博藏有章氏上復堂一箋，其詞曰：“夫子大人函丈，滬濱拜别，神氣惘然，抵鄂後，未奉手札，想履道貞吉，吐言爲經，定符私頌。麟自與梁、麥諸子相遇，論及學派，輒如冰炭。仲華亦假館滬上，每有論議，常與康學牴牾，惜其才氣太弱，學識未富，失據敗績，時亦有之。卓如門人梁作霖者，至斥以陋儒，詆以‘狗曲’，原注面斥之云狗狗。麟雖未遭溪詢，亦不遠於轅固之遇黄生。康黨諸大賢，以長素爲教皇，又目爲南海聖人，謂不及十年，當有符命，其人目光炯炯如巖下電。此病狂語，不值一笑，而好之者乃如蛣蜣轉丸，則不得不大聲疾呼，直攻其妄。嘗謂鄧析、少正卯、盧杞、吕惠卿輩，咄此康瓠，皆未能爲之奴隸，若鍾伯敬、李卓吾，狂悖恣肆，造言不經，乃真似之。私議及此，屬垣漏言，康黨銜次骨矣。會譚復笙來自江南，以卓如文比賈生，以麟文比相如，未稱麥君。麥忮忌甚，三月十三日，康黨麕至，攘臂大鬨，梁作霖復欲往毆仲華，昌言於衆曰：‘昔在粤中，有某孝廉詆諆康氏，於廣坐毆之，今復毆彼二人者，足以自信其學矣。’噫嘻，長素有是數子，其果如仲尼得由，惡言不入於耳邪？遂與仲華先後歸杭州，避蠱毒也。《新學僞經考》前已有駁議數十條，近杜門謝客，將次第續成之。《墨子閒詁》新義紛綸，仍能平實，實近世奇作，麟頃已購乙通，前攜至鄂中者，望將書價逕寄報館可也。原注每部二圓二角。浙中風氣未開，學堂雖設，人以兒戲視之，老儒嚄唶，少年佻達，溺於琱蟲，不可振起，前邪後許，實尟其人。鄂中地大物博，求友稍易，有可寄寓，俛求引導爲幸。握管煩懣，中心成痗。肅此，恭請道安。即祈玄鑑。受業章炳麟敬上。”首署“夫子”，自稱“受業”，尾署“三月十九”。按《記》：復堂以是年二月八日束裝作鄂遊，二月廿三日抵鄂，與書中情事月日均合，而書叙梁、麥諸子攘臂大鬨，是則《記》所謂與同事鬨而去，蓋在《時務報》館也。號冤師門，依仁有道，齷齪斯世，吾誰與歸！

其五：記“三月廿九日，得章生枚叔書，亂離瘼矣，士人不圖樹立，無端爲門户之争，竭心力而成戰國世界，冷眼一笑，熱心尤當一笑”。所謂得章生枚叔書者，是則博所藏署三月十九之一箋也。細繹其詞，眼冷心熱，如我佛如來，拈花微笑，乃得正法眼藏；而惜乎金剛怒目，滔滔者之不足與語此也。瞻言百里，唯此老成乎。

其六：記“二十有四年戊戌正月元日，拜年客來，謝之。唯章生枚叔來，入室長談”。暮年謝客，獨座輸心，師弟交親，可以概見。不審《太炎文録》，何以遍檢不得影迹。

其别録二《與人論國學書》曰："往見鄉先生譚仲修，有子已冠，未通文義，遽以《文史》、《校讎》二種教之，其後抵掌説《莊子·天下篇》、劉歆《諸子略》，然不知其意云何。”則直字之曰“譚仲修”，冠之以“鄉先生”，而尊稱之“夫子”，自署之“受業”，胥歸一筆鉤乙，而又詞兼詼調，其意若有憾焉。豈章君治《左氏》、《周官》，敦崇古學，而譚氏誦説《公羊》，好稱今文，有如康成之於何休，今古學不同之所致耶？然吾聞之也，鄭君古學之宗，受諸馬融，以爲本師，而從第五元先習《公羊》，著於本傳，而鍼廢起疾，未嘗横被師門。詩有之，“轉益多師是我師”，章君獨不聞之乎？夫尊其生而畔其死，是敬其有知而慢其無知也，是奸人之道而背畔之心也。於戲！師弟徙以死生，勢能施於問學，不圖逢蒙，乃在夫儒。白圭之玷，吾於章君無取乎爾。

（原刊於《南通報·文藝附刊》，1931年7月16日）

題徐錫丞先生鼎康手寫《金剛經》後

自古《金剛經》寫者多家，近人余見兩本：翁方綱筆勢簡重，極意波發，取勢必遠，而置節尚促；葉衍蘭筆情疏朗，氣加凝整，結字正方，而措畫務側。翁逸於勢，葉擅其體。然觀葉氏書錯筆綴墨，修短相副，櫛比鱗列，體均而勢未和，不如翁之放逸生奇，揚波振擎，如鷹峙，如鳥震，延頸脅翼，勢欲陵雲。葉出之矜持，稍形板刻；翁漸臻自在，故多變態。而要其抑左揚右，望之若欹，未造於虛静渾和，八面深穩，則又兩人利鈍不同而同於病。翁落筆峻而結體欠莊和；葉行墨澀而取勢未排宕。翁勢勁力弛，往往瀾漫；葉畫瘦行寬，不免凋疏。

今觀錫丞先生此本，神完氣足，細筋入骨，如刀斬斧齊而束身矩步，有冠劍不可犯之色。以此驂駕翁、葉，何必古今人不相及！

《金剛經》正名《金剛般若波羅密經》，金剛喻堅，般若喻净。而錫丞先生寫此，畫瘦行寬而不凋疏，可謂無愧堅與净者也。瞻玩反復，自歎勝緣。無錫錢基博。

（選自《潛廬集》，作於 1932 年 11 月）

《京江相公詩稿真迹》跋

我聞在清，京江相公以文章華國，有聲於康熙朝。《四庫全書》著録《張文貞集》十二卷，凡賦、頌、表、箋、疏、議、書、考、説、序、跋、記、紀事、傳贊、策問、紀功碑、墓碑、神道碑、墓誌銘各體，得文一百四十五篇。其事以資掌故，備考核，而文則舂容典雅，渢渢乎盛世之音，獨詩無傳刻。

此稿爲吾曾大父、大父手澤所貽，先君特秘愛之。光緒庚子之歲，父執楊鬌叟先生過吾父，欣所未見，爲題四絶句以結墨緣。而其稿之流傳顛末，則詳嘉慶五年楊敦厚一跋。敦厚，寔楊文定公曾孫，而余從姑有嫁楊者，遂以歸於曾大父。自余同曾祖以下群從兄弟二十餘人，獨余稚弱，未及省姑顔。故人沈君爲題詩云"我往從姑拜姑側，便向我姑乞此册"者，傳聞之譌也。

今誦其詩，優遊緩節，不爲清季同光體憔殺之音，足以輔相承平。稱其文章之雍容揄揚，而字體則渾穆簡静，自在滿足，又不同嘉道以後，爲包安吴體者之極意波發，力求跌宕。乃嘆曹子桓所云"文章經國[①]大業"。道隆而

---

① 此處漏"之"字。

隆，君子於以覘世運焉。我聞南皮相國張公之在光緒朝也，其氣力足以奔走一世，其詩文亦以弁冕群倫；而尚氣敢言論，不如京江相國風度端凝之以和平養無事之福，而覩文章無根柢詞華之號稱六朝駢體以纖仄拗澀字句强湊成篇者，書法之不諳筆勢結字，而隸楷雜糅，假託包派者，未嘗不痛心疾首，謂此輩詭異險怪，惑世誣民，習爲愁慘之象，舉世無寧宇矣。果不數年而清鼎以革，民不有其生。

於戲！維此老成，瞻言百里。展覽此稿，低徊莊誦，能不神往傾慕無極。先君嘗以詔余小子博曰："昔在太平軍之亂，汝曾大父似山居藏書千餘册，其中不乏奇秘，胥付劫火，獨此稿爲燼餘之廑存。吾父極珍罕焉。汝小子當克保有以勿替，世世子孫。"凡有字無字得五十二頁。吾友柳君翼謀，相國之鄉人也。寔長南京龍蟠里國學圖書館，遂索付景印以拾《四庫》之闕，爲序簡端，以詔讀者。時在中華人民造國之二十四年元旦，無錫錢基博謹記。

（原刊於《光華大學半月刊》第3卷第7期，1935年3月25日）

《文心雕龍校讀記》跋

彦和《文心》，蓋發憤鬱結之所爲作。其大指歸於振經誥以捄雕藻，先理道而後文華。阮文達謂："彦和《雕龍》，漸開四六之體。"此論《雕龍》之文爾。若論宗旨，彦和自序明矣：蓋"本乎道，師乎聖，體乎經"，而謂"《周書》論辭，貴乎體要；尼父陳訓，惡乎異端；辭訓之異，宜體於要；於是搦筆和墨，乃始論文"。而《原道》以開宗，《徵聖》以明義，裁覈浮濫，還宗經誥，蓋樹八家古文之規模，而掃六朝儷體之縟蕪者也。論者乃謂彦和之意，以爲"文章本貴修飾"，尚得謂之知言乎！特其文章，好爲偶對，駢四儷六，足於徐、庾外自樹一幟。孝穆長書記而善言事，子山工碑版而擅鋪叙，而彦和《雕龍》，則善議論而工析理：咸以所長，鼎足千古。

其刻本以乾隆三年黄叔琳校注、紀昀評朱墨刊本爲通行，黄校注頗有遺議，而紀評之於訓詁義理，則覈審歸於至當。取涵芬樓景印明嘉靖刊本、乾隆辛亥金谿王氏重刊漢魏叢書本、乾隆五十六年長洲張松孫注本與黄校紀評本互讎一過。《雕龍》舊有明楊慎批點、梅子庚①音注，以其相沿既久，别風

① "庚"，當作"庾"，下同。

淮雨，往往有之；雖子庚自謂校正之功，五倍於楊，然中間脱訛，故自不乏。至黄校，蓋因楊點、梅校而增訂之者，獨其注出黄客某甲所爲，繁蕪未得要領。而張注則先外舅王公《笏堂遺書》，注者行實無聞，惟自序稱“余也卅載宦場，一麾出守。家原儒素，酷類任昉之貧；學媿書淫，深慕張華之積”云云，尾署“乾隆五十六年，歲在重光大淵獻九月既望，長洲張松孫鶴坪氏并書”，略可考見時代仕履。凡例八條，其第四條稱：“梅子庚元本讎校精，得黄崑圃本依據參考，其字句間有多寡不同，仍照梅本刊刻。”第五條稱“注釋：梅本簡中傷繁；黄本繁中傷雜。參考之中，略爲增損”云云。蓋刊據梅本而注則增損梅、黄两刻而緟定之者。自序稱：“視梅注而加詳，集楊評而參考，略避雷同，再加剞劂。”雖非甚精，而亦罕本。中華人民造國之十九年九月十八日，無錫錢基博。

（無錫國學專修學校叢書之十，1935 年 6 月出版）

《學製齋論文書札》題記

審言先生，起自孤寒，苦志讀書，日益宏肆，而論文不囿風氣，好稱子部雜家之學，卓然有以自立。余生也晚，未嘗奉手。而先生殷勤賜書，語重心長。今先生往矣。其子承祜抄論文書札相示，與余三書，録其二焉。重展乙過，如親瞻對。一流將盡，温太真爲之動色。況先生絶學，斯文一脈，如龔定庵所云“但開風氣不爲師”者耶。先生尤自負其駢文，然隸事新穎，而少乏韻致，今誦其書札，詞筆疏俊，而氣調岸異，繁彩勿務，古豔自生，乃正蕭散似魏晉間人也。甲戌首夏，錢基博。

（原刊於《光華大學半月刊》第4卷第5期，1935年12月10日）

葉思昆《關於本校大一目前的功課》跋

舜欽先生以葉生《半月刊》投稿相示，讀之，對于同學現在的功課煩重，時間和精力之不給，表示十二分同情。然我們校中教授先生們一種盡瘁教學，誨人不倦的精神還望許多同學肯予以好意的接受。近得畢業同學來信，希望校中設法加重基本訓練，免得畢業後服務社會時，感覺應用和能力的不夠。我服務校中，深愧無以相副，真右尸位之感！

錢基博跋。

（原刊於《光華大學半月刊》第4卷第9期，1936年5月）

《現代中國文學史》跋

無錫國學專門學校諸生，索余所著《現代中國文學史長編》稿，而集貲以鉛字排印貳佰部，索跋於後。余蒐討舊獻，旁羅新聞，草創此編，始民國六年，積十餘歲，起王闓運以迄胡適，裒然成鉅帙，人不求備，而風氣變遷，大略可覩。其中陳石遺衍、康南海有爲兩老人，梁任公啓超、章行嚴士釗兩先生，皆曾以稿相示。惟任公晤談時，若有不愉色然；輒亦無以自解也。嗚呼！革命成功，此諸公者，或推或挽，多與有力！然冒寵利以居成功者，所在多有；而曾不圖革命之何以善其後。獨章太炎炳麟革命之文雄；而自始於革命有過慮之譚；長圖大念，不自今日。然而論者徒矜其博文，罕體其深識。康南海，維新之先鋒；而垂老有篤古之論，著《歐洲十一國遊記》，然疑歐化，若圖晚蓋；回首前塵，能無惘然。獨梁任公沾沾自喜，時欲與後生相追逐，與之爲亡町畦；若忘老之將至，而不免貽落伍之譏；耗矣哀哉！乃知推排成老物，此亦無可如何之事。任公嫵媚動人，南海權奇自喜，一師一弟，各擅千秋。嚴又陵復與南海、任公同時輩流，早年聲氣標榜，抵掌圖新，倡予和汝；而臨絶哀音，乃力詆康、梁，以爲“社會紀綱之滅裂，少年心行之浮薄，誰生厲階，二公實尸其咎”，感慨惻愴，言之雪涕！嗚呼！神器不可以一端闕；愚民不可以浮議擾；嚴叟國士，抑何見之晚也！章行嚴少小關學，意氣無前；而整飭學風，行嚴乃不自我先，不自我後，首發大難，不憚以今日之我，與昔日之我戰，召鬧取怒，功罪與天下人共見之；可謂磊落丈夫已！其它難以更僕數，余爲一一著於篇。於戲！舉壹世之人，徒見諸公者文采炤映，傾動當時，而不知柴棘滿胸，中有難言之隱，捫心不得，抱慙何窮。讀者以此一帙爲現代文人之懺悔録可也。民不見德，唯亂是聞；䚡䚡諸公，高文動俗，徒快一時，果何爲乎？余文質無底，抱樸杜門，論治不緣政黨，談藝不入文社；差幸服習父兄之教，不逐時賢後塵。獨念東漢黨人，千古盛事。然鄭康成經師人師，模楷儒冠；而名字不在黨籍，談者高之。自惟問學不中爲康成作奴僕；唯此一事，粗堪追隨。然而士無靖志，論喜驚衆。前人悔之，後來不悛！波隨流轉，漫漫安竭；長寫不測，知其何故哉！昔元微之撰《會真記》，叙張生崔女事，所望知之者不爲，爲之者不惑。嗚呼！女用色媚，士以文淫。所操不同，惑志一也。知之不爲，爲之不惑，諸公已矣，來者監諸！至於載筆之法，次第之義，具詳叙目，此不論焉。

中華人民造國之二十一年十二月十五日無錫錢基博跋於上海光華大學之西院。

附：四版增訂識語

拙著《現代中國文學史長編》出版以還，自柳詒徵、胡先驌、鄭桐蓀、陳灨一、劉麟生、陳恴濤、潘式、王利器、郭斌佳諸君，或識或不識，莫不致書通殷勤，匡我不逮。而胡先驌、郭斌佳兩君，更有批評紹介之文，見於報章，纚纚千百言，奬勖交至。劉麟生君則全書校讀，拾遺補闕，以校勘記見遺。文章之契，通於性命。博文質無底，常愧無以答諸君厚我之雅。何圖萬本流傳，三版書罄，敢不融貫諸君之意，而就聞見之所及，重爲增訂；其有不知，蓋闕如也。從今歲五月二十日屬稿，迄今卒事，歷時一月又二十二日。

有舊有其人而傳改作者；如散文之馬其昶、姚永概、永樸、林紓；詩中晚唐之樊增祥，同光體之陳三立、陳衍；白話文之胡適；是也。有舊無其人而今增入者；如魏晉文王闓運之增附廖平、吴虞；駢文孫德謙後之增黄孝紓；散文馬其昶之增附葉玉麟，又增王樹枏、賀濤附張宗瑛、李剛己、趙衡、吴闓生；詩中晚唐樊增祥、易順鼎之增附三多、李希聖、曹元忠，又增楊圻附汪榮寶、楊无恙；同光體之增附奚侗、何振岱、龔乾義、曾克耑，又增異軍突起之金天羽；以及詞朱祖謀之增附龍沐勛，曲吴梅之增附盧前；是也。其它諸人，雖仍舊貫，各有增訂；以視原書，材料增十之四，改竄及十之五；而要蕲於詳略互見，脈絡貫通；神明不減，而翔實過之！

此次增訂，有鄭重申叙，而爲原書所未及者三事：第一，疑古非聖。五十年來，學風之變，其機發自湘之王闓運；由湘而蜀廖平，由蜀而粤康有爲、梁啓超，而皖胡適、陳獨秀，以匯合於蜀吴虞；其所由來者漸矣，非一朝一夕之故也！第二，桐城古文，久王而厭。自清末以逮民國初元，所謂桐城文者，皆承吴汝綸以衍湘鄉曾文正公之一脈，暗以漢幟易趙幟，久矣！惟姚永概、永樸兄弟，恪守邑先正之法，載其清静，而能止節淫濫耳！第三，詩之同光體，實自桐城古文家之姚鼐嬗衍而來；則是桐城之文，在清末雖久王而厭，而桐城之詩，在民初頗極盛難繼也。此三事，自來未經人道，特拈出之。

方清之季，吴汝綸之在北直，張之洞之在東南，雖用事不用事、得位得勢攸異；而開風氣之先，綰新舊之樞，則兩公如出一轍也！特兩公者早死，未可以入現代。茲舉賀濤文，以《吴先生行狀》爲代表作品；馬其昶文，以《吴先生墓誌銘》爲代表作品；而陳衍文，則以《張之洞傳》爲代表作品；匪惟以徵數公之文事，亦欲讀吾書者知學風士氣之有開必先也。其它諸人詩文，代表作品，匪有關國家之掌故，即以驗若人之身世。廖平論文，謂："欲爲有才識之文，宜從史書中所録文觀之，然後能詳其此文之關係何在，而其文之妙處始可求；但看選本則不能。如屠京山爲文，專學《宋書》，是其例也。史書所録之文，非於當時有關係之作，必當時最有名者，讀之增人才識。"博雖不敏，請事斯語，其人其文，必擇最有關係者。

會稽章學誠論《文史通義》，以謂："文人記叙，往往比志傳修飭簡淨；蓋有意於爲文也。志傳不盡出於有意，故文不甚修飭；然大體終比記事之文遠勝。蓋記事之文，如盆池拳石，自成結構。而志傳之文，如高山大川，神氣包舉，雖咫尺而皆具無窮之勢；即偶有文理乖刺，字句疵病，皆不足以爲累。"博草創是書，未能竟體修飭；而自謂大力控摶，神氣包舉，由一人以貫十數人，摶數十人如一人，有往必復，無垂不縮。潘式君貽我書，以謂："此書斷自現代，部勒精整，叙次貫串，其宛委相通之法，良得史公之遺；而擿辭雅潔，尤爲獨出冠時。”“雅潔”愧曰未能，“部勒”則所經意，得失寸心，不敢自誣！如云“宛委相通，史公之遺”，雖不能至，然心嚮往之矣！

余讀《太史公書·商君列傳》，叙鞅欲變法，備列群臣廷辯之議；又著鞅自歎爲法之敝以終於篇，而爲後世監戒；可謂有嘅乎其言之。是書論列諸公，亡慮皆提倡宗風以開一代之新運；然利未形而害隨之！昔賢詠“一將功成萬骨枯”；吾則謂一儒成名，百姓遭殃。我生不辰，目覩諸公衮衮，放言高論，喜爲異説而不讓，令聞廣譽施於身，而不自知諸公之高名厚實，何莫非億兆姓之含冤茹辛，有以成之。今吾儕小民，呻吟憔瘁於新政制之下，疾首痌心，求死不得；末學小生，叫囂跳踉於新學説之中，急言竭論，迷復何日。而諸公聲名日高，慮無反顧。昔法國羅蘭夫人太息於“自由自由，天下人許多罪惡，假汝以行”！博則深致嘅於“維新維新，中國人許多涕淚，隨汝以來”！誰生厲階，至今爲梗。然有自始爲之而即致其長慮卻顧者，章炳麟是也。有自始舍舊謀新，如恐不力，而晚乃致次骨之悔以明不可追者，陳三立、王國維、康有爲、嚴復、章士釗是也。有唯恐落伍，兢兢焉日新又新以爲追逐；而進退維谷，卒不掩心理之矛盾者；梁啓超、胡適是也。博檮昧無知曉，但掇拾排比諸公之行事及言論，散見於數十年中各報章，而參證之於本集，叙次之以系統。追憶昔年誦説王樹枏之抗論詆廖平，朱一新之貽書規南海，馬其昶之上疏論新政，方在弱冠，少年盛氣以爲頑朽，斥其昏庸；及今覆之，何乃不幸言中。生民道盡，驗於蓍蔡。然後知“利不百不變法”之爲老成瞻言也！時迫事近，其在今日，溺於風尚，中於意氣，必有以余論列爲不然者。吾知百年以後，世移勢變，是非經久而論定，意氣閲世而平心，事過境遷，痛定思痛，必有沈吟反覆於吾書，而致戒於天下神器之不可爲，國於天地之必有與立者；此則硜硜之愚，所欲與天下後世共白之者已！嗟嗟諸公，抵掌掀髯，日騖聲氣之中；而博則抱樸守愚，寂處聲氣之外；用敢著旁觀之清，昭後車之鑒。金玉爾音，多言多敗，無易由言，慎之哉！吾聞嚴復之歿也，遺書戒子孫，謂：“中國必不亡，舊法可損益，必不可叛。”一言爲智，可懸日月。伯爾君子，尚哀吾言。

時在中華人民造國之二十五年七月十一日錢基博自識於光華大學。

（上海世界書局，1936年9月增訂本）

《讀史方輿紀要》跋

《讀史方輿紀要》一百三十卷，無錫顧祖禹撰，而署常熟顧祖禹。其實祖禹與余同邑，家對宛溪，號廊下顧。父柔謙，爲贅壻昆湖譚氏，生祖禹，遂署常熟。而自序其先世，謂："徵君原九於宋端平元年，由臨安避地梁溪，耕讀於宛溪之上。"則其世爲無錫人無疑也。衡陽馬君宗霍、東安席君魯史咸爲余言："顧祖禹《讀史方輿紀要》，多出大興劉獻廷。"余謂康熙間，崐山徐乾學以尚書修《一統志》，奉旨設局洞庭，延祖禹分纂，祖禹引劉獻廷參其事，則有之，而謂祖禹之著書，多出獻廷，則未之前聞也。

祖禹與獻廷同治地理，而獻廷之地理，得之周遊；祖禹之地理，資於讀書。獻廷身徧歷九州，覽其山川形勢，訪遺佚，交其豪傑，觀其土俗，相其陰陽，博采軼事，以益廣其聞見，而質證其所學，成《廣陽雜記》一書。祖禹則足迹不出江以南，而自序著書之所以，謂："思欲遠追《禹貢》、《職方》之紀，近考《春秋》歷代之文，旁及稗官野乘之説，參訂百家之志，續成昭代之書，垂之後世，俾覽者有所考鏡，而貧賤憂戚，雜亂其中，上之不能涉江逾河，登五岳，浮沅湘，探禹穴，窮天下之形勢；次之不能訪求故老，參稽博識，因以盡知天下險易阨塞之處；下之不能備圖志，列史乘，不出户而風雨常調順，人民悉康寧。法界諸含識，同證無上道。
戊子十一月，無錫錢基博端肅敬記。

（鉛印綫裝本，1948 年 12 月出版）

《雲夢吴綬卿烈士遺詩》跋

沔陽張義癡先生得吾鄉廉南湖夫人吴芝瑛女士所寫《雲夢吴綬卿烈士遺詩》石印本，叙其始末，以遺湖北省立圖書館；而以博早歲嘗爲烈士傳，實冠册首；乃命之跋。烈士之傳，余嘗悔其少作，而改訂入集；併録以□論定。獨念烈士死於辛亥，忽忽三十七年，而人民流離死亡以千萬數，争民施奪，革命尚未成功！獨以寵利冒成功者，酣豢富貴，不知人間何世；豈不重負烈士之斷脰瀝血，舍命弗渝；而烈士之目，於是爲不瞑矣！義癡先生，辛亥之革命元老也，有聲江漢！早歲爲民族發憤，以革命繫獄；老而與生民同艱，不以革命起家！歷任柄寄，而一身以外無長物；安步當車；布袍襲身；撫髯飄蕭，先生於是年七十七矣；乃至老屋藏身，僅蔽風雨；老妻灌園，不免抱甕！有顯者過，見夫人摘蔬傴僂；指顧比鄰之渠渠夏屋，問曰："此張老先生之居歟?"夫人應否！"然則何居?"曰："即此是爾!"顯者遲疑不前；而先生出迎；乃大驚曰："此乃老先生之居歟?"既而知嚮所見聞訊者爲夫人，則益大驚！以視夫人同車而招摇市過之者；孰則爲孔子之所醜歟！嗚呼！以吾觀於先生之清風亮節，以澹泊明素抱，而不以寵利冒成功；立懦廉頑，庶幾無負於烈士之斷脰瀝血，舍命弗渝者！余見烈士貽廉南湖書數通，文采不艷，而議論瀾翻不竭；惜其時未録副！南湖客死北平；而英人福開森爲理身後；所有圖書珍玩，捆載以去！未曉烈士當年遺札，亦什襲以併去否？抑尚零落廠肆間也？先生盍一訪之以併貽圖書館？三十八年元旦，無錫錢基博，時客授武昌。

（原刊於《武漢日報·文學副刊》第15期，
1949年1月13日）

《毛澤東選集》（第一卷）籀繹

十月二十九日開卷，至十一月初八日讀完，而觀其會通，以籀其成功，凡得三點：

一、大處下子，小處著眼，千頭萬緒，快刀斬亂麻之手段，而難在細針密縷，不走一毫。

二、主義一定，方略萬變，所以頭頭是道，無著不活，而能因禍而得福，轉敗而爲功。

三、時勢艱難，會值喪敗，而能好學深思，心知其意，所以善敗不亡。

《實踐論》最啓發人神知。

錢基博

（據作者手迹整理，作於 1951 年 10 月）

《高忠憲公手寫文稿》跋

吾邑高忠憲公手寫文稿四首：一《東林會話》，二《告宋儒楊龜山先生文》，三《鄒忠公惠山祠堂記》，四《楊長公唐孺人墓表》，皆天啓五年乙丑削籍以後作。其中年月日可考者，《東林會話》署“乙丑八月初一日”，《告楊龜山先生文》署“天啓六年丙寅二月十三日”。而公以甲子即家起刑部右侍郎，六月抵京，擢都察院左都御史，申嚴憲綱，斥大閹魏忠賢黨崔呈秀，乃假會推，以阿比中公罷歸，則乙丑前一年也。明年乙丑春，緹騎四出，逮楊漣、左光斗斃詔獄，趙南星坐贓遣戍，皆公之好也。而公亦坐削籍，忻然曰：“非此無以見諸公地下。”屏迹水居，讀《易》不輟，至丙寅春，而公與周起元、周順昌、季應昇、黄尊素五人同逮，公誼不辱身以辱國，而草遺疏置案頭，三月十六日夜半，自沉園池。先以十六日之晝，衣冠謁楊龜山先生道南祠，爲文以别，歸而看花後園，談笑從容，曰：“吾視死如歸耳。”而《告楊龜山先生文》，署丙寅二月十三日，則前一月中作，中云：“進則正言直諫於朝，退則明善淑身於野，丹心矢竭於少壯，素節不改於暮齡。”倘亦夫子自道，而皎然不欺其志者。

夫公之學，由宋儒以推本孔子，明德新民，反身而誠，故能守死善道，致命遂志，其稿不加點竄，淡墨草草，如不經意，而周旋中規，折旋中矩，寓縱橫於繩墨，自唐以來名家書，亦罕比倫。昔端午橋得黃山谷行草王長者史詩老兩墓誌稿，付珂羅板印，以明得意。山谷固以書名，然生峭有餘，渾厚轉遜，以視公此卷老筆紛披爲何如？而公之千秋則別有在，豈徒高氏之家寶，抑亦人間之正氣也。子轂出眎索題，爲敘始末，以昭來茲，尚其永寶藏之，癸巳十月。

（原刊於《孫庵晚年舊體文存初編》，錢基厚著，1961 年冬油印本）

題《辛亥革命》跋語

中國史學會編篡《辛亥革命》史料，成書八册，以博曾參末議，又采從前報章雜誌所載拙文五篇，郵贈乙部以作紀念。惟博病隨老增，絶意著述，謹以移贈歷史系。錢基博，時年七十一，客授華中師範學院，一九五七年九月十二日。

（據作者手迹整理，作於 1957 年 9 月 12 日）

校訂後記

據《説文》："序，東西牆也"，"䟦，蹎䟦也。從足，犮聲"。序引申爲"前言"、"引言"時也可作"叙"或"引"，用以介紹文章或書籍的写作宗旨、體例及作者情況，也可闡發作品内涵、評價作家或討論相關問題。䟦的本義是在草中行走，越山過嶺，引申爲文章或書籍正文之後的短文，也稱"題䟦"、"䟦尾"、"後序"或"後記"，用以説明資料來源、寫作過程等相關情況。序與䟦的位置有先後之别，但在語言表達與篇章結構等方面具有相似性，因此合稱序䟦文體。

序分爲自序與他序。《離騷》開篇"上陳氏族，下列祖考；先述厥生，次顯名字"，劉知幾在《史通·序傳》中認爲"自叙發迹，實基於此"；《易·序卦》也被部分學者認爲是序的雛形。成書於漢代的《詩序》分爲大序、小序，司馬遷《史記》有《太史公自序》，班固《漢書》有《叙傳》，許慎《説文解字》和王逸《楚辭章句》等均有序。正如序的起源仍有爭議一樣，䟦始於何時也還没有定論，但至少在南北朝時已出現畫作的題䟦了。李綽《尚書故實》云："《清夜遊西園圖》，顧長康畫，有梁朝諸王䟦尾處。"唐代張彥遠《歷代名畫記》中則有關於書䟦的記載："前代御府自晉、宋至周、隋，收聚圖書，皆未行印記，但備列當時鑒識藝人押署”，“開元中，玄宗購求天下圖書，亦命當時鑒識人押署、跋尾”。自唐至清，序跋的撰寫蔚然成風。

與奏議、書啓等傳統文體不同，序跋至今仍有强大的生命力，這顯然是由它的功能及價值所決定的。姚鼐在《古文辭類纂》中稱序跋“推論本原，廣大其義”，魯迅認爲“在一本書之前，有一篇序文，略述作者的生涯、思想、主張，或本書中所含的要義，一定於讀者便益得多”①，錢基博也注意到“古人每有所作，必述其用意所在，在以冠一篇之首，如《尚書》每篇之首數語，乃史臣之述其緣起，即序也。後世之著述家，或亦乞人爲之，如左太沖之儔是也”。錢基博一生寫下了大量的序跋，他認爲這些序跋“以生平讀書無一字滑過，故於學術文章得失利病，多抉心發奥之論”。《序跋合編》收録了錢基博撰寫的各類序跋（含書序、卷頭語、發刊詞、後序、題跋等）共六卷、一百六十六篇，他的創作態度嚴肅而誠懇，介紹與評論都基於對作者及作品的瞭解，不空發一言。這些文字或考鏡源流，或品評得失，或閒敘掌故，處處閃爍着思想與智慧的光芒，從中也不難窺見錢基博的爲人與爲學。綜而言之，《序跋合編》主要反映了以下四方面的内容。

第一，愛國之心。錢基博生於衰季之世，飽經憂患，他感歎“不幸生今日，兵氣匝大地，人民流離死亡，水火刀兵震乎外，憂患恐怖鑠其内”，“天不吊於中國，日人肆其封豕長蛇”，“未能荷戈，且爲談兵”，强烈的愛國心驅使他以筆爲武器，寫下了大量的愛國文字。他認爲“國”字從“或”從“口”，以守一，即執干戈以衛社稷之義也。面對日本的侵略，他指出抗戰是國民自衛之天職，國民當知國與天地，可以抗戰而不可以侵略，可以不侵略而不可以不抗戰。自幼熟讀兵書的錢基博，在爲《孫子章句訓義》、《德國兵家克老山維茲兵法精義》、《歐洲兵學演變史論》等兵學著作寫的序中，仔細分析了中日兩國的局勢，認爲中國地大物博而日本財殫力竭，所以日本驟勝而無成，中國善敗而不亡。他進而指出，日本與俄國有疾怨深仇，又因好大喜功而招英法之怒，加之德國只是虚意與日本結盟，所以日本的處境很危險。

---

① 魯迅：“譯者附記”，《文藝與批評》，《魯迅全集》第十卷，北京：人民文學出版社，2005年，第328頁。

而且日本師出無名，軍紀日壞，更增强了我國人同仇敵愾之志，因此，中國必將取得抗日戰爭的最後勝利。

除了軍事救國，錢基博還關注外交、實業、教育等的强弱與國家命運的關係，指出武力孱弱、輿論消沈之國，則決無外交可言；俯仰隨人、習於媚外則不能立國；皮傅歐化、曲學阿世則危害社會，使國且不國，若積大水而失其壅堤矣。這些憂國憂民的言論正是錢基博拳拳赤子之心的真實寫照。

錢基博的愛國之心也體現在對國故的態度上。他認爲稽古與求新並不矛盾，"先聖昔賢之所闡明者，在時賢或土苴視之，其在當日何必不爲特殊之新文化"，指出"舊知必非與新知枘鑿"，"汲古不深者，新知亦無自濬發"，"蓋新文化云者，非唾棄國故之謂，而刷新國故之謂"①。對本國歷史與文化的珍視，這本身就是一種愛國情懷。

第二，鄉土之情。惟桑與梓，必恭敬止。錢基博對家鄉無錫充滿感情，《序跋合編》中多處可見對無錫的介紹與評論。錢基博認爲，無錫雖然"地方不過百里。其境内無高山大野，地薄，寡於積聚，非甚壯縣"②，但地理位置重要，"帶姑蘇而襟南徐，引太湖而扼申江，表裏湖山，文物冠於江南，吴越用兵必先有事"③，而且人才輩出："自楊文靖講學而開道南一派，蓋東林之所自昉也。迨顧高諸君子出，海内翕然宗之，流風餘韻，亙清初不衰，士務經明行修，服古之儒炳炳盛矣！時則有若顧景範之史地，顧復初、秦蕙田之經學，楊蓉裳、顧立方、秦小峴諸人之文章，其尤著者"④；到了晚清，徐壽、徐建寅父子之製器尚象，華蘅芳、華世芳兄弟之數學，楊範甫氏之興學，皆能獨闢蹊徑，爲於舉世不爲之日。錢基博頗爲這些成就而自豪，他也自覺地傳播無錫的歷史文化，致力於無錫的教育事業，《序跋合編》中就有多篇相關的文章，如《〈無錫光復志〉叙目》、《〈江蘇省立第三師範學區紀念人物志〉自序》、《〈無錫人物志稿〉自序》、《三師〈群書治要〉叙目》、《〈競志女學雜誌〉序》、《〈無錫競志女學十週紀念録燼存〉序》、《〈錫秀〉序》、《〈無錫縣

① 劉書勳編著：《〈無錫縣立圖書館鄉賢部書目〉序》，1920年6月出版。
② 《錫秀》第4卷第1號，1919年12月。
③ 《無錫指南》第10增訂版，1927年2月。
④ 劉書勳編著：《〈無錫縣立圖書館鄉賢部書目〉序》，1920年6月出版。

立圖書館鄉賢部書目〉序》、《〈無錫乙種實業學校十週紀念録〉序言》、《〈江蘇省立第三師範學校圖書研究刊〉序》、《〈無錫指南〉序》、《〈無錫縣立圖書館歷年概况〉叙》、《〈一年來的無錫縣二〉序》、《〈無錫國學專修學校校友會集刊第一輯〉序》、《〈無錫國專作文會考程文〉叙目》、《〈無錫縣立初級中學五年概况〉序》、《〈無錫新報〉發刊辭》等。錢基博一直認爲愛國始於鄉土，他對鄉土的摯愛之情與對祖國的熱愛之心是一脈相承的。

第三，親友之愛。錢穆在《八十憶雙親・師友雜憶》中寫道："余在中學任教，集美、無錫、蘇州三處，積八年之久，同事逾百人，最敬事者，首推子泉。生平相交，待人之厚，亦首推子泉。"錢基博的爲人由此可見一斑。《序跋合編》中收集的衆多篇章也顯示出錢基博深受親友的尊重與信賴，這正源於他對親友真摯而熱烈的情感。他贊同梅曾亮所云"壽莫壽於使後世知我爲古人"，故與錢基厚詮次母親孫氏誄德之文而成《北堂永感録》，希望傳之千秋萬載，藉以紀念母親。他對四舅孫振烈推崇備至，説四舅"肥遯樂道，仕隱之跡若殊，然其胸有千秋，不輕著書"，認爲其《次晢次齋遺文》堪比紀昀的《閱微草堂筆記》。由於四舅孤標特立，"如清風澄露，滌濯軒冕。而其英絶抗往之意，則有如孤松百尺，幹霄直上，而人間世一切不足當睥睨"，錢基博在《〈次晢次齋主人年譜〉序》中爲其大鳴不平："世之人，聞米顛倪迂之風者，莫不以當吾世得一見其人爲幸。顧於今遘一四舅其人焉，輒又竊竊詫怪，人情之貴古而薄今固如是哉！"錢基博的至情至性在此流露無遺。

錢基博爲親友所作的序跋都是基於事實、有感而發，讀來真實可信。《〈吴下英才集〉序》記載，錢基博讀《獨立週報》，見金松岑文字而心儀，金松岑則由錢基博的文章而瞭解其精神意氣，二人神交已久，初遇時就已然如故知，錢基博贊同金松岑的教育理念，因而爲之作序。爲陶大均《平龕遺稿》作序，則緣於錢基博早年入陶幕府，與陶相知甚深。陶時與日本士大夫多有往來，意在親仁善鄰、尊國體、固疆圉。陶子念新承父之蔭，在對日外交中頗受禮遇。錢基博擔心念新因交驩日本而沾沾自得，故受念新之邀作序時，特意講述了陶大均當年因受日人陷害，失意而病卒的經過。他認爲"惟念新之孤也早，生平志事或不備知，而博則知之其可不爲念新言。願念新之奉以周旋，勿隳先志也"，"聊當趨庭之訓"。錢基博對友人的一片赤誠躍然紙上，令人動容。

從《序跋合編》中也不難看出錢基博甘當諍友，美惡不掩。比如他評價《一柳艸堂文稿》“所病在言之太盡，不如惜抱翁之簡雋；而又控之無力，亦遜曾太傅之雄矯”，同時指出其“意度安閒，不作色張之，而纖悉委備，取捨廉肉不失法……四言堅卓彌徵功力，則又望溪之所不及”。他甚至在《〈從政録〉序》中直言自己的不足：“孫卿治官中文字，實亦能剖析利害，如曉事人語，洞澈中邊。使余爲之，便不免姚桐城所譏，有傷雅不能簡當之病，此尤余甚愧勿如孫卿，而他人亦與吾勿如者也。”錢基博的寫作態度率直而中肯，堪爲後世楷模。

第四，學問之博。錢基博以學問名世，“詁經譚史，旁涉百家”，《序跋合編》也展現了他恢宏的學術氣象。譬如評論史筆，錢基博認爲范曄“於六朝文士纖綺之習，往往振刷不盡”，不逮司馬遷、班固、陳壽三家，而司馬遷與班固“不同工而同病，子長病激宕，孟堅病豐褥，要皆刻意求工”，不如陳壽“閑閑抒寫，無一字一句著力，而實無一字一句率意。驟觀之字字若平易近人，而旨乃彌雋，味闇然長，光油然幽”①。又如在討論何爲文學史時，他指出自范曄《後漢書》創“文苑傳”之例，一代文宗往往不厠於文苑之列，所入者皆不過第二流以下之文學家，“且作傳之旨，在於鋪叙履歷；其簡略者，僅以記姓名而已。於文章之興廢得失，不贊一詞”。他認爲《文苑傳》不是文學史，因爲文學史是文學著作之史，重在説明文學著作而不在鋪叙文學家之履歷，考證文學家履歷旨在説明文學著作。立足於文學本位這一觀點直至今日依然生機勃勃，足以證明錢基博的遠見卓識。

對於斷代文學，錢基博也自有見解，如“自來論文章者，多侈談漢、魏、唐、宋，而罕及明代！獨會稽李慈銘極言明人詩文，超絶宋元恒蹊，而未有勘發。自我觀之：中國文學之有明，其如歐洲中世紀之有文藝復興乎”，《明代文學》一書就是錢基博這方面的研究成果。

知人論世是錢基博品評文學作品的常用方法。雲夢吴烈士天生豪傑，秉剛直之性，有懷必吐，錢基博認爲他“奮首低昂，意氣自豪，故其爲詩尤雄

① 《〈三國志捃華〉序》，原刊於《新無錫》，1918年3月13日。